Ueberreuter Großdruck

Amanda Quick

Liebe um Mitternacht

Aus dem Amerikanischen von
Elke Iheukumere

UEBERREUTER

ISBN 3-8000-9214-X
ISBN 978-3-8000-9214-7

Titel der Originalausgabe: Wait until Midnight
Originalverlag: Jove Books, The Berkeley Publishing Group, New York

Umschlaggestaltung von Agentur C21 unter Verwendung eines Fotos von Jupiterimages
Druck: Druckerei Theiss, A-9431 St. Stefan i. L.
Gedruckt auf Salzer EOS 1,3 x Vol., naturweiß, 80g
1 3 5 7 6 4 2

www.ueberreuter-grossdruck.com
www.ueberreuter.at

Für Frank

Prolog

Die letzten Jahre der Regierungszeit von Königin Victoria …

Erstaunliche Darbietung übersinnlicher Kräfte
von
Gilbert Otford
Reporter

The Flying Intelligencer

Mrs. Fordyce, die bekannte Autorin, hat vor einiger Zeit vor einem kleinen, privaten Publikum, das nur aus Damen bestand, eine aufregende Demonstration ihrer übersinnlichen Fähigkeiten gegeben.

Diejenigen, die dieser Demonstration beigewohnt haben, beschrieben eine beeindruckende Szene. Der Raum war auf eine höchst dramatische Art und Weise abgedunkelt. Mrs. Fordyce saß allein an einem Tisch, der nur von einer einzelnen Lampe erhellt wurde. Aus dieser Position beantwortete sie Fragen und machte Bemerkungen höchst persönlicher Art über viele der Anwesenden.

Nach dieser Vorstellung war man allgemein der Ansicht, dass nur der Besitz höchst außergewöhnlicher übersinnlicher Fähigkeiten dafür verantwortlich war, dass Mrs. Fordyce so ungeheuer genau auf die Fragen antworten konnte, die man ihr gestellt hatte. Die erstaunliche Genauigkeit ihrer Bemerkungen über die Anwesenden in dem Raum, die sie zuvor nicht gekannt hatte, hinterließ einen tiefen Eindruck.

Mrs. Fordyce wurde später überschüttet von Anfragen nach Séancen und Sitzungen. Man schlug ihr auch vor, dass sie Mr. Reed, den Präsidenten der Gesellschaft für übersinnliche Untersuchungen, um die Erlaubnis bitten sollte, sich im Wintersett House, dem Sitz der Gesellschaft, testen zu lassen. Sie schlug all diese Aufforderungen aus und machte deutlich, dass es keine weiteren Demonstrationen oder Darbietungen ihrer Fähigkeiten geben würde.

Unter den Wissenschaftlern, die solche Phänomene untersuchen, ist es allgemein bekannt, dass der Einsatz eines solchen übersinnlichen Talents eine beträchtliche Belastung für die Nerven bedeutet, und die sind, so hat die Natur es nun einmal eingerichtet, bei Frauen bei weitem noch empfindsamer als bei Männern.

Mr. Reed hat unserem Korrespondenten berichtet, dass die Sorge um die Gesundheit der Nerven der einzige Grund für das Zögern eines weiblichen Mediums ist, seine Fähigkeiten zur Schau zu stellen. Er hat erklärt, dass die angeborene Zartheit ihrer Gefühle und der Wunsch nach Bescheidenheit, die Kennzeichen einer jeden wahren Dame, dafür sorgen, dass eine Frau, die sowohl wirklich übersinnliche Fähigkeiten als auch einen feinen Sinn für Anstand besitzt, nur äußerst zögerlich zustimmen wird, ihre Kräfte in der Öffentlichkeit zu zeigen.

1

Das Gesicht des toten Mediums war ein geisterhafter Schatten unter dem blutgetränkten Hochzeitsschleier. Im Leben war die Frau recht hübsch gewesen. Der lange, schwere Rock eines dunkelblauen Kleides lag zerknittert um ihre schlanken Beine mit den weißen Strümpfen. Der eiserne Feuerhaken, mit dem man ihr den Hinterkopf eingeschlagen hatte, lag gleich neben der Leiche.

Adam Hardesty ging durch das kleine, halbdunkle Zimmer und zwang sich, die unsichtbare Barriere zu überwinden, die der ganz besondere Geruch und die eisige Kälte des Todes schufen. Er hockte sich neben dem leblosen Körper nieder und hielt die Kerze hoch.

Durch den durchsichtigen Schleier erkannte er das Glitzern der blauen Perlen, die als Kette um den Hals von Elizabeth Delmont lagen. Dazu passende Ohrringe steckten in ihren Ohren. Auf dem Boden neben ihren blassen, leblosen Fingern entdeckte er eine zerbrochene Taschenuhr. Das Glas war zersplittert, die Zeiger der Uhr waren um Mitternacht stehen geblieben.

Er zog seine eigene Uhr aus der Tasche seiner Hose und sah nach der Zeit. Zehn nach zwei. Wenn die Uhr auf dem Teppich in der Tat bei dem heftigen Kampf zerbrochen war, der in diesem Zimmer stattgefunden hatte, war Delmont vor ein wenig mehr als zwei Stunden ermordet worden.

Eine Trauerbrosche, verziert mit schwarzem Emaille, lag auf dem geschnürten, mit Spitze besetzten steifen Mieder des blauen Kleides. Es sah so aus, als hätte jemand die Brosche absichtlich auf Delmonts Busen gelegt, eine Art grimmiger Parodie der Totenehrung.

Adam nahm die Brosche hoch und drehte sie um, um sich die Rückseite anzusehen. Die flackernde Kerze erhellte eine kleine Fotografie, das Portrait einer Frau mit hellem Haar, in einem weißen Kleid und mit einem Hochzeitsschleier. Die Lady schien nicht älter als achtzehn oder neunzehn Jahre zu sein. Etwas an dem traurigen, resignierten Gesichtsausdruck auf ihrem wunderschönen, ernsten Gesicht erweckte den Eindruck, dass sie sich nicht auf das Eheleben freute. Unter dem Bild war eine Locke blonden Haares unter einem abgeschrägten Kristall befestigt.

Lange betrachtete Adam das Gesicht der Frau und prägte sich jede Einzelheit des winzigen Bildes ein. Als er damit fertig war, legte er die Brosche sorgfältig auf das Mieder von Elizabeth Delmont zurück. Für die Polizei würde sie vielleicht ein nützlicher Hinweis sein.

Er richtete sich auf und drehte sich langsam um, um sich das Zimmer anzusehen, in dem Elizabeth Delmont umgebracht worden war. Es sah aus, als wäre ein heftiger Sturm hindurchgefegt und hätte einen Pfad der Zerstörung hinterlassen. Der große Tisch in der Mitte des Zimmers war umgestürzt und enthüllte einen eigenartigen Mechanismus, der darunter verborgen war. Zweifellos hatte Delmont den versteckten Mechanismus angebracht, um damit den schweren Tisch schweben zu lassen. Leicht zu beeindruckende Mitglieder einer Séance nahmen so etwas zum Zeichen, dass Geister anwesend waren.

Zwei Schubladen waren in die Seite des Tisches eingelassen, gleich unter der Oberfläche. Beide Schubladen standen offen. Er ging ein wenig näher und schob prüfend eine der Schubladen zu. Wie er es vermutet hatte, waren sie für das bloße Auge nicht zu erkennen, wenn sie geschlossen waren.

Mit den Fingerspitzen fuhr er um den ganzen Rand des viereckigen Tisches und suchte nach weiteren, sorgfältig verborgenen Schubladen. Doch er fand keine mehr.

Ein paar Stühle standen verstreut im Zimmer. Eine ganze Anzahl ungewöhnlicher Dinge lag auf dem Teppich, darunter eine Flöte, ein Sprachrohr, einige Glocken und Teile eines Glockenspiels.

Ein ausziehbarer Stock, eine Schieferplatte und einige Vorhängeschlösser lagen verstreut neben einem offenen Schrank. Er hob eines der Schlösser auf und untersuchte es im Licht der Kerze. Nur wenige Sekunden brauchte er, um die versteckte Feder zu finden, die jemand, der mit diesem Schloss gefesselt war, benutzen musste, um das Schloss zu öffnen.

Neben einem Stuhl lag ein totenbleicher weißer Arm, der so aussah, als hätte man ihn am Ellbogen amputiert. Die elegant geformte Hand hing noch an dem Arm. Er stieß mit der Schuhspitze dagegen.

Wachs, entschied er, sorgfältig gearbeitet, bis hin zu den weißen Fingernägeln und den Linien in der Handfläche.

Er war ein Skeptiker und hatte kein Verständnis für das augenblickliche große Interesse an übersinnlichen Erscheinungen. Dennoch wusste er sehr wohl, dass es eine ganze Menge Menschen geben würde, die bereit waren zu glauben, dass Delmont von einem der gefährlichen Geister beiseite geschafft worden war, den sie von der anderen Seite gerufen hatte, wenn erst einmal die Nachricht von ihrem Tod in den Zeitungen erscheinen würde.

Wenn es um Skandale ging, so gab es für ihn nur ein einziges, unumstößliches Gesetz: Lasse dich in keinen hineinziehen. Das Letzte, was er sich wünschte, war, dass der Tod von Elizabeth Delmont von den Zeitungen als Sensation verbreitet wurde, doch es war nicht sehr wahrscheinlich, dass sich das jetzt noch vermeiden ließ. Das Einzige, was er jetzt noch tun konnte, war, seinen eigenen Namen aus den Presseberichten herauszuhalten.

Er durchsuchte auch den Rest des Zimmers gründlich, in der Annahme, dass dieses Zimmer der Ort im Haus war, in dem das Medium sehr wahrscheinlich seine Geheimnisse versteckt hatte. Er entdeckte drei weitere verborgene Fächer, eines in der Wand und zwei im Boden, doch nirgendwo fand er Spuren eines Tagebuches.

Als er seine Durchsuchung beendet hatte, ging er die Treppe hinauf in das Schlafzimmer von Elizabeth Delmont und sah sich auch dort gründlich um, durchsuchte jede Schublade und den Schrank.

Vergeblich. Das einzig Interessante, das er finden konnte, war ein kleiner Katalog mit dem Titel *Die Geheimnisse des Mediums*. Unter den Artikeln, die in diesem Katalog zum Verkauf angeboten wurden, war eine Anzahl künstlicher Körperteile, die dazu bestimmt waren, Erscheinungen von Geistern vorzutäuschen, außerdem gab es Trickspiegel und ein eigenartiges Gerät aus Drähten und Flaschenzügen, mit dem man Schwerelosigkeit vortäuschen konnte. Die Firma garantierte potenziellen Kunden, dass alle Transaktionen mit strikter Vertraulichkeit und absoluter Diskretion abgewickelt werden würden.

Unten im Haus ging er durch den dunklen Flur, mit der Absicht, das Haus durch die Küchentür zu verlassen. Er hatte alles getan, was er tun konnte. Es war unmöglich, jeden Zentimeter des Hauses abzusuchen, in der Hoffnung, noch weitere versteckte Fächer oder Schränke zu finden.

Als er an dem düsteren Wohnzimmer vorüberging, fiel ihm inmitten der schweren Möbel ein Schreibtisch auf.

Er ging in das Zimmer, schritt über den rot und schwarz gemusterten Teppich und öffnete schnell verschiedene Schubladen des Schreibtisches. In keiner davon fand er ein Tagebuch, doch dann entdeckte er in einem Fach ein achtlos beiseite gelegtes Stück Papier, auf dem einige Adressen standen. Das Datum des gestrigen Tages und die Worte *neun Uhr* waren oben auf der Seite notiert.

Er betrachtete die Liste mit den Adressen eingehend und überlegte, dass er hier wahrscheinlich die Namen der Leute in der Hand hielt, die an Elizabeth Delmonts letzter Séance teilgenommen hatten.

Einer der Namen war dick unterstrichen. Er kam ihm vage bekannt vor, doch konnte er ihn nicht genau einordnen. Allein das war beunruhigend. Er hatte ein ausgezeichnetes Gedächtnis. Ein solches Talent war in seinem früheren Leben sehr nützlich gewesen, als er noch vom Klatsch und den Geheimnissen anderer Menschen seinen Lebensunterhalt bestritten hatte.

Jetzt bewegte er sich in weit gehobeneren Kreisen, doch einige Dinge hatten sich nicht verändert. Er vergaß niemals einen Namen oder ein Gesicht, das mit einem Gerücht in Verbindung stand. Diese Information gab ihm Macht in dem glitzernden, verräterischen Dschungel der Gesellschaft, genau wie sie ihm geholfen hatte, in seiner Jugend in den Straßen von London zu überleben.

Adam konzentrierte sich auf den unterstrichenen Namen und versuchte, in seiner Erinnerung ein Bild oder einen Eindruck heraufzubeschwören oder auch nur einen winzigen Hauch eines Gerüchtes. Ein flüchtiges Bild erschien. Er war beinahe sicher, dass Julia oder Wilson diesen Namen einmal erwähnt hatten. Er hatte irgendetwas mit einem Artikel in der Zeitung zu tun. Doch es war nicht die *Times*, dessen war er ganz sicher. Die las er gründlich, jeden Tag.

Der Name musste in einer der weniger angesehenen Zeitungen erwähnt worden sein, entschied er. In einer Zeitung, die sich mit blutrünstigen Geschichten oder Sensationen beschäftigte – mit gewalttätigen Verbrechen und mit anrüchigen Sexgeschichten – um ihre Auflage zu erhöhen.

Er hatte damals diesem Namen keinerlei Aufmerksamkeit geschenkt, weil diese Person nicht zu der relativ kleinen Welt des Reichtums und der Privilegien gehörte, die sein Jagdgebiet war.

Eine unheimliche Erregung ließ ihn erschauern und die Haare in seinem Nacken sträubten sich.

Mrs. Fordyce. Corley Lane 22.

Diesmal würde er den Namen nicht vergessen.

2

Der Mann wirkte geheimnisvoll und faszinierend. Sein Anblick hatte etwas Aufregendes, sogar ein wenig Beunruhigendes, als er an der Tür ihres kleinen Arbeitszimmers stand, überlegte Caroline Fordyce. Erwartung, Neugier und eine eigenartige Erregung erfassten sie.

Es war gerade erst neun Uhr am Morgen, und sie war Adam Grove noch nie zuvor in ihrem Leben begegnet. Eine Lady mit dem nötigen Sinn für Anstand hätte ihn niemals in ihr Haus gelassen, ganz sicher nicht zu einer so frühen Stunde am Morgen, überlegte sie. Aber ein zu engstirniger Umgang mit dem Anstand machte das Leben nicht gerade aufregend. Sie musste es schließlich wissen, immerhin war sie in den letzten drei Jahren äußerst bemüht gewesen, was den Anstand betraf, und das Leben hier in der Corley Lane 22 hatte entsetzlich trübe ausgesehen.

»Bitte, setzen Sie sich doch, Mr. Grove.« Caroline stand hinter ihrem Schreibtisch auf und trat vor das Gartenfester. Mit dem warmen Licht der Morgensonne in ihrem Rücken konnte sie ihren Besucher besser betrachten. »Meine Haushälterin hat mir gesagt, dass Sie zu mir gekommen sind, um über eine Angelegenheit zu sprechen, die Ihrer Meinung nach von äußerster Wichtigkeit für uns beide ist.«

In der Tat war es der Ausdruck *äußerste Wichtigkeit* gewesen, der ihr Interesse geweckt und sie dazu gebracht hatte, Mrs. Plummer zu bitten, Mr. Grove in ihr Arbeitszimmer zu führen. Die Worte *äußerste Wichtigkeit* vibrierten förmlich und versprachen einen ungewöhnlichen Vorfall.

Die Leute besuchten sie nie hier in der Corley Lane 22 mit einer Neuigkeit von *äußerster Wichtigkeit*, außer vielleicht der Tatsache, dass die junge Tochter des Fischhändlers Mrs. Plummer in der letzten Woche geraten hatte, gründlich an dem Lachs zu riechen, ehe sie ihn kaufte, weil er schon verdorben war. Das Mädchen hatte erklärt, dass ihr Vater den Fisch mit einer Substanz behandelte, die den Geruch der Verwesung überdeckte. Sie hatte Mrs. Plummer anvertraut, dass sie nicht dafür verantwortlich sein wollte, wenn sich der ganze Haushalt an dem Fisch den Magen verdarb. »Als hätte ich mich von einer solchen Sache hinters Licht führen lassen«, hatte Mrs. Plummer Caroline erklärt, und aus jedem ihrer Worte hatte Verachtung geklungen.

Das waren die einzigen äußerst wichtigen Ereignisse, die es in diesem Haushalt gab.

Sehr wahrscheinlich würde auch der Besucher am heutigen Morgen schon sehr schnell feststellen, dass er sich in der Adresse geirrt hatte und seine Neuigkeit von äußerster Wichtigkeit mit sich nehmen, wenn er wieder verschwand, überlegte Caroline. Aber inzwischen hatte sie die Absicht, die Unterbrechung ihres eintönigen Lebens entsprechend zu genießen.

»Danke, dass Sie mich so schnell empfangen haben, Mrs. Fordyce«, meinte Adam Grove, der noch immer an der Tür stand.

Oh, du meine Güte, dachte sie. Seine Stimme klang wundervoll bezwingend, sie war leise und tief und voller männlicher Selbstsicherheit. Wieder spürte sie einen Hauch von Erregung am ganzen Körper. Doch diesmal weckte er auch einen Anflug von Vorsicht in ihr. Sie fühlte, dass Grove ein Mann war, der einen eisernen Willen besaß, er war ein Mann, der es gewöhnt war, seine Ziele zu erreichen, wahrscheinlich sogar mit allen Mitteln.

Die Erkenntnis traf sie wie ein Blitz aus heiterem Himmel. Adam Grove war genau das, wonach sie schon den ganzen Morgen gesucht hatte. Er war perfekt.

Sie warf einen Blick auf das Blatt Papier und den Stift auf ihrem Schreibtisch und fragte sich, ob sie es wohl wagen konnte, sich Notizen zu machen. Sie wollte Grove nicht beunruhigen oder ihn allzu übereilt wieder wegschicken. Er würde seinen Fehler schon sehr schnell feststellen und dann zu der richtigen Adresse verschwinden. In der Zwischenzeit war es für sie eine hervorragende Gelegenheit, die sie nicht verderben wollte. Vielleicht würde er es ja gar nicht bemerken, wenn sie sich ab und zu während ihrer Unterhaltung ein paar Notizen machte.

»Natürlich fühlte ich mich verpflichtet, mir Ihre Neuigkeit anzuhören, die nach Ihren Worten von äußerster Wichtigkeit ist, Sir«, sagte sie und setzte sich so unauffällig wie möglich wieder auf den Stuhl hinter ihrem Schreibtisch.

»Ich hätte Sie nicht zu so früher Morgenstunde aufgesucht, wenn der Anlass meines Besuches nicht so äußerst dringend gewesen wäre«, versicherte er ihr.

Sie setzte sich, griff nach ihrem Stift und lächelte ihn aufmunternd an. »Bitte, wollen Sie sich nicht setzen, Sir?«

»Danke.«

Sie sah ihm zu, wie er durch das kleine Zimmer kam. Als er ins Licht trat, erkannte sie den teuren

Schnitt seines Rockes und seiner Hose. Ihre Finger krallten sich um den Stift.

Sei vorsichtig, dachte sie. Dieser Mann kommt aus der anderen Welt, nicht aus dem unsichtbaren Reich, das ein solches Interesse unter den Forschern der übersinnlichen Kräfte weckte, sondern aus den weitaus gefährlicheren Regionen der Gesellschaft. Es war ein Ort, an dem die Reichen und die Mächtigen alle Regeln bestimmten und sich rücksichtslos über diejenigen hinwegsetzten, die sie als gesellschaftlich unter ihnen stehend betrachteten. Vor drei Jahren hatte sie eine schreckliche Erfahrung mit einem Mann gehabt, der sich in privilegierten Kreisen bewegte. Das hatte sie eine Lektion gelehrt, die sie nicht so schnell wieder vergessen würde, ganz ungeachtet davon, wie geheimnisvoll und verlockend Mr. Adam Grove auch sein mochte.

Sie beobachtete ihn und versuchte, es sich nicht anmerken zu lassen. Grove war schlank und gut gebaut, auf eine sehr männliche Art. Seine Bewegungen waren knapp und kontrolliert, aber dennoch anmutig. Man hatte den Eindruck, dass er schnell handeln konnte, wenn Gefahr drohte, doch dass er seine Kraft und seinen Willen vollkommen unter Kontrolle hatte. Er erfüllte die Luft in diesem Zimmer mit Energie und einer männlichen Lebhaftigkeit, die nicht zu leugnen war.

Ohne Zweifel, er war das perfekte Vorbild für die Rolle des Edmund Drake.

Sie notierte schnell: *erfüllt die Luft mit männl. Lebhaftigkeit* und hoffte, dass es nicht aufgefallen war, dass es vielleicht so aussah, als hätte sie nur eine Einkaufsliste aufgeschrieben.

Sie entschied, dass sie sich auch Notizen über seinen Kleidungsstil machen sollte. Er war einmal elegant und vornehm gewesen, doch jetzt entsprach er nicht mehr der augenblicklichen Männermode, die solch atemberaubende Kombinationen wie gepunktete Hemden und gefältelte Hosen bevorzugte.

Grove war von Kopf bis Fuß in Schattierungen von dunklem Grau gekleidet. Sein Hemd war die einzige Ausnahme. Es strahlte leuchtend weiß. Der Kragen war in dem neuen modischen Stil zurückgeschlagen, was wesentlich bequemer zu sein schien als die übliche Art des hochstehenden Kragens. Seine Krawatte hatte er in einem lockeren Knoten gebunden, bei dem die langen Enden gerade herunterhingen.

Kein Wunder, dass sie so große Schwierigkeiten gehabt hatte bei der Frage, wie Edmund Drake gekleidet sein sollte. Sie hatte die Absicht gehabt, ihn in die Art von grell gestreiften Hosen und bunt gemusterten Hemden zu kleiden, die sie in letzter Zeit bei einigen der Gentlemen gesehen hatte. Solch eine leuchtend bunte Kleidung war jedoch für Edmund Drake vollkommen unangebracht. Er musste eine gewisse Bedrohung ausstrahlen, eine Aura resoluter Entschlossenheit. Punkte, Streifen und Falten passten gar nicht zu ihm.

Sie schrieb: *dunkelgrauer Rock und Hose*, ohne einen Blick auf das Papier zu werfen.

Grove setzte sich in den Ohrensessel vor dem Kamin. »Wie ich sehe, habe ich Ihre morgendliche Korrespondenz unterbrochen. Ich entschuldige mich noch einmal dafür.«

»Ach, das ist gar nicht nötig.« Sie lächelte ihn aufmunternd an. »Ich mache mir nur ein paar Notizen von einigen Dingen, um die ich mich später noch kümmern muss.«

»Verstehe.«

Groves Haar war genau richtig für Edmund Drake, überlegte sie. Es hatte einen Schimmer, der beinahe schwarz aussah, mit leisen Anzeichen von Silber an den Schläfen. Es war kurz geschnitten und eng an den Kopf gekämmt. Er hatte sich nicht der letzten Mode unterworfen, die einen Schnurrbart und einen kurzen Bart bevorzugte, doch konnte sie den Anflug eines dunklen Schattens auf den kantigen Linien seines Gesichts erkennen. Sie ahnte, dass er sich an diesem Morgen noch nicht rasiert hatte. Wie eigenartig.

Edmund Drakes Kleidung und Frisur waren nicht die einzigen Dinge, die sie würde ändern müssen, um ihm einen geheimnisvolleren Charakter zu geben. Sie begriff sofort, dass sie sich geirrt hatte, als sie versucht hatte, ihn als gut aussehend zu beschreiben. Jetzt hatte sie begriffen, dass sein Gesicht die gleichen unheimlich asketischen Züge haben musste, die sie in Adam Groves Gesicht bemerkt hatte. In der Tat musste Drake zu einem Mann werden, der durch die heißen, reinigenden Feuer einer harten und trüben Vergangenheit geprägt worden war.

Schnell notierte sie: *wilde Gesichtszüge*.

Von der Stelle, an der Adam Grove saß, konnte er ganz unmöglich über den kunstvoll geschnitzten Rücken ihres Rokoko-Schreibtisches erkennen, was sie geschrieben hatte, doch sie fühlte, dass er sie beobachtete. Sie hielt inne und sah mit einem strahlenden Lächeln auf.

Und sofort erstarrte sie, als sie die Ungeduld und die kalte Intelligenz in seinem Blick erkannte, die seine Augen ganz dunkelgrün erscheinen ließen.

Sehr sorgfältig und ohne auf das Papier zu blicken notierte sie: *Augen wie Smaragde. Glühen im Dunkeln?*

»Noch mehr Notizen, Mrs. Fordyce?« Er verzog den Mund auf eine Art, die jeden Anflug von Höflichkeit vermissen ließ.

»Ja. Ich entschuldige mich.« Schnell legte sie den Stift beiseite.

Jetzt, wo er mehr im Licht saß, konnte sie die tiefen Linien der Erschöpfung um seinen Mund und seine Augen herum erkennen. Der Tag hatte gerade erst begonnen. Was konnte für diese unterschwellige Art der Erschöpfung verantwortlich sein?

»Hätten Sie gern eine Tasse Tee?«, fragte sie leise.

Er schien von ihrem Angebot überrascht zu sein. »Nein, danke. So lange werde ich nicht bleiben.«

»Verstehe. Vielleicht sollten Sie mir genau sagen, weshalb Sie hierher gekommen sind, Sir.«

»Sehr wohl.« Er hielt einen Augenblick inne und versicherte sich, dass er ihre vollkommene Aufmerksamkeit genoss. »Ich glaube, Sie kennen eine Frau mit dem Namen Elizabeth Delmont?«

Einen Augenblick lang war ihr Kopf ganz leer. Doch dann weckte der Name eine Erinnerung.

»Sie meinen das Medium in der Hamsey Street?«, fragte sie.

»Jawohl.«

Sie lehnte sich in ihrem Stuhl zurück. Von allen Themen, die er hätte anschneiden können, hatte sie dieses am wenigsten erwartet. Und auch wenn es im Augenblick schien, als sei das ganze Land gefangen in einer ungeheuren Faszination aus Séancen, Medien und Untersuchungen über übersinnliche Kräfte, so konnte sie sich dennoch nicht vorstellen, warum ein Gentleman wie Adam Grove sich ernsthaft für solche Dinge interessierte.

»Ich bin ihr begegnet, ja«, gestand sie zögernd. »Zufällig habe ich gestern Abend einer Séance in Mrs. Delmonts Haus beigewohnt, zusammen mit meinen Tanten.« Sie zögerte. »Warum fragen Sie?«

»Elizabeth Delmont ist tot.«

Benommen starrte sie ihn einige Sekunden lang an. »Wie bitte?«

»Sie wurde ermordet, irgendwann nach dem Ende der Séance am gestrigen Abend«, erklärte er ihr bei weitem viel zu ruhig.

»*Ermordet.*« Sie schluckte. »Sind Sie ganz sicher?«

»Ich habe selbst ihre Leiche gefunden, kurz nach zwei Uhr heute Morgen.«

»*Sie* haben die Leiche gefunden?« Sie brauchte einen Augenblick, um sich von dieser beunruhigenden Bemerkung zu erholen. »Das verstehe ich nicht.«

»Jemand hat ihr mit einem Feuerhaken den Schädel eingeschlagen.«

Ein eisiger Klumpen bildete sich in Carolines Magen. Ihr kam der Gedanke, dass es vielleicht nicht gerade sehr vernünftig war, einen geheimnisvollen Gentleman in ihrem Haus zu haben, der behauptete, eine ermordete Frau entdeckt zu haben. Sie warf einen schnellen Blick zu dem Klingelzug neben dem Schreibtisch. Vielleicht sollte sie Mrs. Plummer herbeirufen.

Doch selbst noch, als sie in Gedanken bereits die Hand ausstreckte, um ihre Haushälterin zu rufen, erlag sie ihrer größten Schwäche, der Neugier.

»Darf ich fragen, warum Sie zu einer so späten Stunde in Mrs. Delmonts Haus waren?«, fragte sie.

Sobald sie diese Worte ausgesprochen hatte, begriff sie, dass sie einen großen Fehler gemacht hatte. Eine heiße Röte stieg in ihre Wangen. Es gab nur einen einzigen Grund, warum ein reicher, offensichtlich lebensfroher Mann wie Adam Grove um zwei Uhr am Morgen einen Besuch bei Elizabeth Delmont gemacht hatte.

Mrs. Delmont war eine wunderschöne Frau gewesen mit einer attraktiven Figur. Mit ihrer sinnlichen Art hatte sie ganz sicher Mr. McDaniel bezaubert, einen der Teilnehmer an der Séance am gestrigen Abend. Und zweifellos hatte das Medium die gleiche Wirkung auf eine ganze Anzahl anderer Gentlemen.

»Nein, Mrs. Fordyce, Elizabeth Delmont war nicht meine Geliebte«, erklärte Adam, als hätte er ihre Gedanken gelesen. »In der Tat bin ich ihr bis zur letzten Nacht noch nie begegnet. Als ich sie fand, war es für ein Kennenlernen bereits viel zu spät.«

»Verstehe.« Sie drängte die heiße Röte in ihren Wangen zurück und versuchte, gelassen auszusehen. Sie war angeblich immerhin eine Witwe, eine Lady, die einige Erfahrungen gesammelt hatte. »Verzeihen Sie mir, Mr. Grove. Die ganze Unterhaltung hat eine sehr eigenartige Wendung genommen. Ich hatte keine Ahnung, dass Mrs. Delmont gestorben ist.«

»*Ermordet* war das Wort, das ich benutzt habe.« Adam betrachtete sie nachdenklich. »Sie haben behauptet, dass diese Unterhaltung nicht in die Richtung geht, die Sie erwartet haben. Sagen Sie mir, was haben Sie geglaubt, warum ich heute hierher gekommen bin?«

»Wenn ich ganz ehrlich bin, so habe ich angenommen, dass Sie sich in der Adresse geirrt haben«, gestand sie.

»Wenn das der Fall war, warum haben Sie dann nicht Ihre Haushälterin angewiesen, sich zu versichern, dass ich auch bei der richtigen Hausnummer bin?«, fragte er mit einem überwältigenden Sinn für Logik.

»Ich gestehe, ich war neugierig darauf, was für Neuigkeiten Sie hatten.« Sie breitete beide Hände weit aus. »Wir bekommen hier nur sehr selten Besuch, der behauptet, Neuigkeiten von äußerster Wichtigkeit zu haben, müssen Sie wissen. In der Tat kann ich mich nicht an einen einzigen solchen Besucher in den ganzen drei Jahren erinnern, in denen ich hier lebe.«

»Wir?«

»Meine beiden Tanten leben zusammen mit mir hier. Sie sind im Augenblick nicht da, sie machen ihren Morgenspaziergang. Tante Emma und Tante Milly sind von der Wichtigkeit eines täglichen Spaziergangs überzeugt.«

Er runzelte die Stirn. »Ihre Namen habe ich auf der Liste der Anwesenden nicht gesehen. Sie haben gesagt, die beiden hätten Sie zu der Séance am gestrigen Abend begleitet?«

Ihr gefiel die Richtung nicht, in die sich die Unterhaltung bewegte. Es hatte beinahe den Anschein, als würde er sie verhören.

»Ja«, meinte sie und wurde jetzt vorsichtiger.

»Sie wollten nicht, dass ich am Abend noch allein ausgehe. Mrs. Delmont hatte gegen ihre Anwesenheit nichts einzuwenden.«

»Warum haben Sie dieser Séance beigewohnt? Haben Sie wirklich geglaubt, dass Elizabeth Delmont Verbindung mit den Geistern aufnehmen konnte?« Er machte sich gar nicht die Mühe, seine abschätzige Meinung über einen solchen Gedanken vor ihr zu verbergen.

Sein Sarkasmus ärgerte sie. Sie hatte das Gefühl, ihr Verhalten verteidigen zu müssen.

»Ich möchte Sie daran erinnern, Sir«, erklärte sie knapp, »dass eine ganze Reihe hoch angesehener, gebildeter, respektierter Menschen den Spiritismus und andere übersinnliche Dinge sehr ernst nehmen.«

»Alles Dummköpfe.«

»Eine ganze Anzahl Gesellschaften und Clubs haben sich gebildet, um Forschungen über diese übersinnlichen Ereignisse anzustellen und die Behauptungen der Medien zu untersuchen.« Sie streckte die Hand aus und griff nach einer Ausgabe der *New Dawn*, die gestern gekommen war. »Diese hier, zum Beispiel. Es ist eine Zeitung, die von der Gesellschaft für übersinnliche Forschungen herausgegeben wurde, und ich versichere Ihnen, die Artikel sind sehr gut untermauert.«

»Untermauerter Unsinn.« Er winkte mit einer Hand ab. »Es ist für jeden logisch denkenden Menschen offensichtlich, dass diejenigen, die behaupten, übersinnliche Kräfte zu besitzen, alle Scharlatane und Betrüger sind.«

»Ich würde behaupten, dass Sie ein Recht auf Ihre eigene Meinung haben«, gab sie zurück. »Aber verzeihen Sie, wenn ich darauf hinweise, dass dies nicht beweist, dass Sie offen und neugierig sind.«

Er lächelte freudlos. »Wie offen sind Sie denn, Mrs. Fordyce? Nehmen Sie die Dinge um die Erscheinung von Geistern, von Geisterstimmen und Klopfen unter Tischen wirklich ernst?«

Sie richtete sich ein wenig gerader in ihrem Stuhl auf. »Zufällig habe ich in dieser Richtung einige eigene Forschungen betrieben.«

»Und sind Ihnen irgendwelche Medien begegnet, von denen Sie überzeugt sind, dass sie echt sind? Mrs. Delmont, zum Beispiel?«

»Nein«, gestand sie ihm nur zögernd ein, weil sie ihm nicht nachgeben wollte. »Um ganz ehrlich zu sein, ich glaube nicht, dass es möglich ist, sich mit Geistern in Verbindung zu setzen.«

»Ich bin erleichtert, das zu hören. Es unterstreicht meinen ersten Eindruck, den ich von Ihrer Intelligenz gewonnen habe.«

Sie warf ihm einen bösen Blick zu. »Darf ich

Sie daran erinnern, Sir, dass sich das Gebiet der Erforschungen des Übersinnlichen in letzter Zeit sehr schnell erweitert hat? Seit einiger Zeit umschließt es eine unendliche Vielfalt von Phänomenen, nicht nur das Herbeirufen von Geistern. Und auch wenn ich nicht glaube, dass sich ein Medium mit Geistern und Phantomen in Verbindung setzen kann, so bin ich doch auch nicht bereit, all die anderen Arten der übersinnlichen Kräfte von der Hand zu weisen.«

Seine grünen Augen zogen sich beinahe unmerklich zusammen, und sein Blick wurde dadurch gefährlich eindringlich. »Wenn Sie nicht glauben, dass Medien sich mit der Geisterwelt in Verbindung setzen können, warum haben Sie dann gestern Abend an der Séance im Haus von Elizabeth Delmont teilgenommen?«

Zweifellos war dies hier ein ganz offensichtliches Verhör. Wieder warf sie einen Blick auf den Klingelzug.

»Es besteht keine Notwendigkeit, Ihre Haushälterin zu rufen, um Sie zu retten«, meinte er sarkastisch. »Ich habe nicht die Absicht, Ihnen etwas anzutun. Aber ich will schon einige Antworten von Ihnen bekommen.«

Sie runzelte die Stirn. »Sie klingen wie ein Polizeibeamter, Mr. Grove.«

»Beruhigen Sie sich, Mrs. Fordyce. Ich verspreche Ihnen, ich habe keinerlei Verbindungen zur Polizei.«

»Aber warum sind Sie dann hier, um Himmels willen, Sir? Was wollen Sie von mir?«

»Informationen«, erklärte er schlicht. »Warum haben Sie an der Séance teilgenommen?«

Er ist wirklich recht unerbittlich, dachte sie.

»Ich habe Ihnen doch gesagt, dass ich Forschungen über übersinnliche Phänomene betrieben habe«, wiederholte sie. »Und ganz im Gegensatz zu Ihrer Meinung sieht man das als legitimes Forschungsgebiet an.«

Er schüttelte verächtlich den Kopf. »Das sind einfache Tricks und Spielchen, mehr nicht.«

Es war höchste Zeit, dass sie ihm auch ein paar Fragen stellte, entschied sie. Sie verschränkte die Hände auf ihrem Schreibtisch und nahm, wie sie hoffte, eine entschlossene, autoritäre Haltung ein.

»Es tut mir sehr Leid, zu erfahren, dass Mrs. Delmont umgebracht wurde«, erklärte sie mit ausdrucksloser Stimme. »Aber ich fürchte, ich habe noch nicht so ganz verstanden, warum Sie sich für die Umstände ihres Todes interessieren. In der Tat, wenn Sie und Mrs. Delmont nicht, äh, intim miteinander bekannt waren, warum sind Sie dann um zwei Uhr am Morgen in ihr Haus gegangen?«

»Sie müssen sich damit zufrieden geben, dass ich meine Gründe hatte, Elizabeth Delmont zu dieser Zeit aufzusuchen, und dass meine Gründe außerordentlich wichtiger Natur waren. Und jetzt, wo sie tot ist, habe ich keine andere Wahl, als ihren Mörder zu finden.«

Sie war benommen. »Sie haben die Absicht, den Mörder *selbst* zu suchen?«

»Jawohl.«

»Aber das ist doch sicher Aufgabe der Polizei, Sir.«

Er zuckte mit den Schultern. »Die Polizei wird natürlich auch ihre Nachforschungen anstellen, aber ich bezweifle sehr, dass sie den Missetäter finden wird.«

Sie öffnete die Hände wieder und griff erneut nach ihrem Stift. »Das ist alles sehr interessant, Mr. Grove. In der Tat finde ich es fesselnd.« Sie schrieb: *entschlossen und unerbittlich* auf ihren Zettel. »Lassen Sie mich sehen, ob ich die Tatsachen richtig verstanden habe. Sie untersuchen den Tod von Mrs. Delmont, und Sie sind hierher zu mir gekommen, um mich zu fragen, ob ich irgendwelche Informationen über den Mord habe.«

Er sah, wie ihr Stift schnell über das Papier glitt. »Das ist die richtige Einschätzung der Situation.«

Das kann man wohl einen erstaunlichen Vorfall nennen, dachte sie. Viel erstaunlicher hätte er überhaupt nicht sein können.

»Ich werde Ihnen sehr gern alles erzählen, an das ich mich erinnern kann, Sir, wenn Sie mir zunächst einmal erklären, warum Sie sich für die ganze Sache interessieren.«

Er betrachtete sie, als sei sie ein ganz besonderes biologisches Wesen, das unerwartet aufgetaucht war und sich jetzt nur sehr schwer identifizieren ließ. In der Stille hörte man das Ticken der großen Uhr.

Nach einer langen Weile schien er eine Entscheidung getroffen zu haben.

»Also gut«, meinte er. »Ich werde Ihnen einige Ihrer Fragen beantworten. Aber als Gegenleistung muss ich darauf bestehen, dass Sie über all das, was ich Ihnen sage, strengstes Stillschweigen bewahren.«

»Ja, natürlich.« Sie notierte schnell das Wort: *geheimnisvoll* auf ihrem Zettel.

Er war schon von seinem Stuhl aufgestanden, noch ehe sie überhaupt bemerkt hatte, dass er sich bewegte.

»Was um alles in der Welt?« Erschrocken von seiner plötzlichen Bewegung schnappte sie nach Luft und ließ ihren Stift fallen.

Mit zwei großen Schritten hatte er die Entfernung zwischen ihnen überbrückt und nahm das Blatt Papier von ihrem Schreibtisch.

So weit ging seine offensichtliche Erschöpfung also doch nicht, dachte sie. Und dabei hatte er ihr sogar beinahe Leid getan.

»Sir.« Sie versuchte, ihm den Zettel aus der Hand zu reißen. »Geben Sie mir das bitte sofort zurück. Was fällt Ihnen eigentlich ein?«

»Ihre Liste der Dinge, die Sie erledigen müssen, hat mich neugierig gemacht, Madam.« Er überflog den Zettel schnell, und sein Gesichtsausdruck wurde immer kälter. »*Dunkelgrauer Rock und Hose? Wilder Gesichtsausdruck?* Was zum Teufel hat das zu bedeuten?«

»Ich sehe keinen Grund dafür, dass meine Notizen für Sie von Bedeutung sein sollten, Sir.«

»Ich habe Ihnen gerade erklärt, dass die Angelegenheit streng vertraulich behandelt werden muss. Immerhin gibt es die Möglichkeit eines Skandals. In diesen Dingen habe ich sehr strenge Regeln.«

Sie runzelte die Stirn. »Sie haben Regeln, wenn es um Skandale geht? Was hat das denn zu bedeuten?«

»Ich vermeide sie tunlichst.«

»Tut das nicht jeder?« Da es ihr nicht möglich war, ihm den Zettel wieder zu entreißen, machte sie ein hochmütiges Gesicht. »Glauben Sie mir,

Sir, auch ich habe nicht den Wunsch, in einen Skandal verwickelt zu werden. Ich habe ganz sicher nicht die Absicht, außerhalb dieses Hauses über Ihre Untersuchungen zu reden.«

»Und warum halten Sie es dann für nötig, diese Bemerkungen aufzuschreiben?«

Rechtschaffene Empörung stieg in ihr auf. »Ich habe nur meine Gedanken in eine gewisse Ordnung gebracht.«

Er überflog das, was sie aufgeschrieben hatte. »Gehe ich richtig in der Annahme, dass dieses Gekritzel mit meiner Kleidung und der Farbe meiner Augen zu tun hat, Mrs. Fordyce?«

»Nun ja …«

»Ich verlange zu wissen, warum Sie Ihre Beobachtungen zu Papier bringen. Verdammt, wenn Sie glauben, Sie könnten mich zum Objekt Ihrer privaten Aufzeichnungen machen …«

»Ich versichere Ihnen, dass ich nicht die Absicht habe, Sie in meinen privaten Aufzeichnungen zu erwähnen.« Es gelang ihr, diese Bemerkung mit äußerster Überzeugung vorzubringen, weil sie genau der Wahrheit entsprach.

»Dann muss ich daraus wohl schließen, dass Sie in der Tat ziemlich tief in dieser Geschichte um das ermordete Medium drinstecken«, erklärte er gedehnt und mit einer unterschwelligen Drohung.

Sie war entsetzt. »Das ist nicht wahr.«

»Es gibt keinen anderen logischen Grund, warum Sie sonst so persönliche Dinge aufschreiben sollten. Wenn Sie keine Mitschrift unserer Unterhaltung machen für Ihre persönlichen Aufzeichnungen, dann kann ich nur daraus schließen, dass Sie das tun, um einen Bericht für ihren Komplizen anzufertigen.«

»*Komplizen.*« Sie sprang auf, verwirrt und völlig verängstigt. »Das ist ungeheuerlich, Sir. Wie können Sie es wagen, anzudeuten, dass ich in einen Mord verwickelt sein könnte?«

Er wedelte mit dem Stück Papier vor ihrem Gesicht herum. »Wie sonst können Sie mir den Wunsch erklären, dieses Gespräch mitzuschreiben?«

Sie bemühte sich, ruhig zu bleiben und klar zu denken. »Ich schulde Ihnen keinerlei Erklärungen, Mr. Grove. Ganz im Gegenteil. Ich möchte Sie daran erinnern, dass Sie es waren, der heute in dieses Haus hereingeplatzt ist.«

Dieser Vorwurf schien ihn deutlich zu verwirren. »Das klingt ja gerade so, als hätte ich mir den Zugang zu Ihrem Haus erzwungen. Aber so war das nicht. Sie haben Ihre Haushälterin angewiesen, mich hereinzulassen.«

»Aber nur, weil Sie ihr gesagt haben, dass Sie wegen einer Sache gekommen sind, die für uns beide von äußerster Wichtigkeit ist.« Sie richtete sich auf. »Aber in Wahrheit scheint es so zu sein, dass Mrs. Delmonts unvorhergesehener Tod nur für Sie von äußerster Wichtigkeit ist, Mr. Grove.«

»Da irren Sie sich, Mrs. Fordyce.«

»Unsinn«, erklärte sie heftig und war sich ihrer Sache sehr sicher. »Ich interessiere mich überhaupt nicht für die Umstände, die zum Mord an Elizabeth Delmont geführt haben.«

Adam zog die Augenbrauen hoch. Er schwieg.

Zwei oder drei Sekunden lang hing die Stille schwer über dem Raum.

»Natürlich abgesehen von der vollkommen normalen Neugier, die man von einem Menschen erwarten kann, der gerade von einem schrecklichen Verbrechen gehört hat«, fügte sie noch hinzu.

»Ganz im Gegenteil, Mrs. Fordyce, ich bin überzeugt, dass Ihr Interesse an der ganzen Sache wesentlich tiefer geht als reine Neugier und normale Betroffenheit.«

»Wie soll das denn möglich sein?«, wollte sie wissen. »Ich habe diese Frau erst am gestrigen Abend kennen gelernt. Ich hatte auch nicht die Absicht, sie noch einmal wiederzusehen. Und dann möchte ich Sie auch noch daran erinnern, dass ich und meine Tanten nicht die einzigen Menschen waren, die an der letzten Séance von Mrs. Delmont teilgenommen haben. Es gab immerhin noch zwei andere Teilnehmer. Ich glaube, ihre Namen waren Mrs. Howell und Mr. McDaniel.«

Er trat an das Fenster und sah hinaus in den Garten. Trotz der Müdigkeit, die er ausstrahlte, hatte er seine schlanken, kräftigen Schultern gereckt.

»Beide sind schon recht alt und zerbrechlich«, erklärte er mit ausdrucksloser Stimme. »Ich glaube kaum, dass einer der beiden die nötige Kraft oder die Entschlossenheit besitzt, mit einem Feuerhaken einem jüngeren, kräftigeren Menschen den Schädel einzuschlagen, geschweige denn, einen schweren Tisch und mehrere Stühle umzustürzen.«

Sie zögerte. »Haben Sie mit den beiden gesprochen?«

»Es bestand nicht die Notwendigkeit, sie persönlich zu befragen. Ich habe einige diskrete Beobachtungen gemacht und in den Straßen nachgefragt, wo die beiden leben. Ich bin davon überzeugt, dass keiner der beiden mit der Sache etwas zu tun hat.«

»Nun ja, ich nehme an, das ist wohl auch eher unwahrscheinlich«, gestand sie ihm.

»Erzählen Sie mir, was während der Séance geschehen ist«, forderte er sie ruhig auf.

»Da gibt es nicht viel zu erzählen.« Sie breitete beide Hände aus. »Es gab nur die ganz normalen Dinge, wie etwa Klopfen und Geräusche. Und auch eine oder zwei Erscheinungen. Und dann gab es finanziellen Rat aus der Geisterwelt.«

»Finanziellen Rat?«, fragte er unerwartet aufmerksam.

»Ja, man hat Mr. McDaniel gesagt, dass er in Kürze mit einer außergewöhnlich erfolgreichen Gelegenheit einer Investition zu rechnen hätte. Es war nicht weiter ungewöhnlich. Die Teilnehmer bei solchen Séancen erfahren oft von den Geistern, dass ihnen eine unerwartete Erbschaft bevorsteht oder dass sie Geld aus einer zuvor nicht vorherzusehenden Quelle bekommen.«

»Verstehe.« Langsam wandte er sich um und sah sie mit einem Ausdruck an, der selbst für das Gesicht des Teufels höchstpersönlich ungewöhnlich gewesen wäre. »Also wurde das Thema Geld angeschnitten, nicht wahr?«

Sie umklammerte die Rückenlehne des Stuhles so fest, dass ihre Fingerknöchel ganz weiß wurden. Sie konnte kaum noch atmen. Würde er zur Polizei gehen, um sie und ihre Tanten des Mordes anzuklagen?

Jetzt ahnte sie, dass sie drei sich in großer Gefahr befanden. Sie waren alle unschuldig, doch zweifelte sie keinen Augenblick lang daran, dass sie sich in einer verzweifelten Lage befinden würden, wenn ein Gentleman mit der offensichtlichen Macht und der Stellung eines Adam Grove sie des Mordes bezichtigte.

Sie hatten keine andere Wahl als so schnell wie möglich aus London zu fliehen, entschied sie und dachte schnell nach. Ihre einzige Hoffnung war es, wieder zu verschwinden, genau wie schon einmal vor drei Jahren. Sie versuchte, sich daran zu erinnern, wie viel Geld sich im Haus befand. Sobald Adam Grove gegangen war, würde sie Mrs. Plummer losschicken, um sich nach dem Fahrplan der Züge zu erkundigen. Wie schnell konnten sie ihre Sachen zusammenpacken?

Adam zog seine dichten schwarzen Augenbrauen zusammen. »Ist alles in Ordnung mit Ihnen, Mrs. Fordyce? Sie sehen aus, als würden Sie gleich ohnmächtig werden.«

Wut stieg in ihr auf und überdeckte einen Augenblick lang ihre Panik.

»Sie haben gerade mein Leben bedroht, Sir, und auch das Leben meiner beiden Tanten. Welche Reaktion erwarten Sie denn da von mir?«

Er runzelte die Stirn. »Wovon reden Sie überhaupt? Ich habe keinerlei Drohungen gemacht, Madam.«

»Sie haben eine von uns oder sogar uns alle drei des Mordes beschuldigt. Und wenn Sie mit dieser Nachricht zur Polizei gehen, wird man uns alle verhaften und uns ins Gefängnis werfen. Man wird uns *hängen*.«

»Mrs. Fordyce, Sie lassen zu, dass Ihre Vorstellungskraft Ihren Verstand und Ihre Logik leitet. Ich mag ja vielleicht ein wenig misstrauisch sein, aber es gibt keinerlei Beweise gegen Sie.«

»Bah. Unsinn. Keine von uns kann beweisen, dass sie nach der Séance nicht noch einmal zurückgekehrt ist, um das Medium zu ermorden. Unser Wort würde gegen das Ihre stehen, Sir, und wir wissen doch alle sehr gut, dass drei Damen in unseren bescheidenen Verhältnissen, die keinerlei gesellschaftliche Verbindungen haben, keine Chance hätten, wenn ein Mann von Ihrem Stand und Ihrem Reichtum mit dem Finger auf uns zeigen und uns anklagen würde.«

»Reißen Sie sich zusammen. Ich bin nicht in der Stimmung, mich mit einer hysterischen Frau zu befassen.«

Ihre Wut gab ihr Kraft. »Wie können Sie es wagen, zu behaupten, dass ich hysterisch bin? Meine Tanten und ich werden am Galgen enden, und daran sind nur Sie schuld.«

»Nicht ganz«, brummte er.

»Sehr wohl.«

»Zum Teufel. Ich habe genug von all dem Theater.« Er machte einen Schritt auf sie zu.

»Halt.« Sie umklammerte den Rücken des Stuhls mit beiden Händen und wirbelte ihn herum, damit er als Barriere zwischen ihnen stand. »Kommen Sie nicht näher. Ich werde Mord und Brand schreien, wenn Sie noch einen einzigen Schritt näher kommen. Mrs. Plummer und die Nachbarn werden mich hören, das verspreche ich Ihnen.«

Er blieb stehen und atmete tief durch. »Beruhigen Sie sich, Mrs. Fordyce. Das ist alles sehr aufregend, ganz zu schweigen davon, dass es für alle eine große Zeitverschwendung ist.«

»Es ist mir ganz unmöglich, ruhig zu bleiben im Angesicht solch schwerer Bedrohungen.«

Er betrachtete sie nachdenklich. »Haben Sie vielleicht irgendwann einmal daran gedacht, eine Karriere auf der Bühne zu verfolgen, Mrs. Fordyce? Sie scheinen ein ausgeprägtes Talent für Melodramen zu haben.«

»Zumindest ich finde diese dramatische Reaktion in dieser Situation vollkommen angemessen«, brachte sie zwischen zusammengebissenen Zähnen hervor.

Er betrachtete sie lange und eingehend. Sie hatte den Eindruck, dass er sich einen geheimen Plan zurechtlegte.

»Atmen Sie tief durch, Madam, und fassen Sie sich«, meinte er schließlich. »Ich habe nicht die Absicht, Sie oder Ihre Tanten des Mordes anzuklagen.«

»Warum sollte ich Ihnen glauben?«

Er rieb sich über die Schläfen. »Sie müssen mir glauben, wenn ich Ihnen sage, dass die Gerechtigkeit in diesem Fall nicht mein hauptsächlicher Beweggrund ist. Ich bin damit zufrieden, der Polizei das Problem zu überlassen, obwohl ich daran zweifle, dass sie Erfolg haben wird. Sie ist recht tüchtig, wenn es darum geht, einen gewöhnlichen Mörder zu fassen, doch dies hier war kein gewöhnlicher Mord.«

Sie fühlte, dass er die Wahrheit sagte. Und dennoch hörte sie nicht auf, die Stuhllehne zu umklammern. »Wenn Sie nicht hierher gekommen sind, um für Elizabeth Delmont Gerechtigkeit zu suchen, was wollen Sie dann, Mr. Grove?«

Er betrachtete sie mit kühler Berechnung. »Mein einziges Ziel in der ganzen Sache ist, das Tagebuch zu finden.«

Sie versuchte erst gar nicht, ihr Erstaunen zu verbergen. »Was für ein Tagebuch?«

»Das Tagebuch, das irgendjemand gestern

Abend aus Elizabeth Delmonts Haus gestohlen hat.«

Sie dachte über seine Worte nach, so gut es ging. »Sie suchen das Tagebuch von Mrs. Delmont? Nun, ich versichere Ihnen, ich habe keine Ahnung davon, und meine Tanten auch nicht. Außerdem kann ich Ihnen mit absoluter Sicherheit sagen, dass ich am gestrigen Abend während der Séance kein Tagebuch gesehen habe.«

Er dachte einen Augenblick lang nach, dann schüttelte er den Kopf, als würde er seine Niederlage nur sehr zögernd akzeptieren.

»Wissen Sie, ich glaube sogar, dass Sie mir die Wahrheit sagen, Mrs. Fordyce. In der Tat scheint es so, als hätte ich mich in Ihnen geirrt.«

Sie entspannte sich ein wenig. »Geirrt, Sir?«

»Ich bin heute Morgen hierher gekommen in der Hoffnung, Sie dazu bringen zu können, mir zu gestehen, dass Sie dieses verdammte Tagebuch an sich genommen haben. Zumindest habe ich geglaubt, dass Sie in der Lage sein würden, mir zu erklären, was damit geschehen ist.«

»Warum ist ausgerechnet dieses Tagebuch so wichtig für Sie?«

»Es reicht wohl, wenn ich behaupte, dass Mrs. Delmont angenommen hat, sie könne mich damit erpressen.«

Mrs. Delmont hat sich offensichtlich von ihrer Gier leiten lassen und alle Vorsicht und Vernunft außer Acht gelassen, dachte Caroline. Kein normaler, vernünftiger Mensch würde das Risiko eingehen zu versuchen, Geld von diesem Mann zu erpressen.

»Wieso kommen Sie auf den Gedanken, dass ich wissen könnte, was mit dem Tagebuch geschehen ist?«, fragte sie.

Er stellte die Beine ein wenig weiter auseinander und verschränkte die Hände hinter dem Rücken. »Sie und die anderen Teilnehmer der Séance waren die letzten Menschen, die Elizabeth Delmont lebend gesehen haben, abgesehen von ihrem Mörder, natürlich. Ich habe von einem der Nachbarn von Mrs. Delmont erfahren, dass die Haushälterin an diesem Abend frei hatte.«

»Ja, das stimmt. Mrs. Delmont hat uns persönlich die Tür geöffnet. Sie hat gesagt, dass sie ihrer Haushälterin immer am Abend einer Séance frei gibt, weil sie nicht in eine richtige Trance kommen könnte, wenn außer den Teilnehmern noch jemand im Haus anwesend ist. In der Tat habe ich mich schon gefragt, ob vielleicht …«

»Ja?«, drängte er sie. »Was haben Sie sich gefragt, Mrs. Fordyce?«

»Nun ja, wenn Sie es unbedingt wissen müssen,

ich habe überlegt, ob Mrs. Delmont ihre Haushälterin vielleicht deshalb nicht im Haus haben wollte, wenn sie eine Séance abhielt, weil sie fürchtete, dass die Frau vielleicht ihre Tricks herausfinden würde, um sie dann später damit zu erpressen. Es gibt da einige Forscher des Übersinnlichen, von denen man gehört hat, dass sie die Dienstboten, die für ein Medium arbeiten, dafür bezahlen, wenn diese ihren Arbeitgebern nachspionieren.«

»Ein sehr kluger Gedanke, Mrs. Fordyce.« Adam schien von ihrer Logik beeindruckt. »Ich nehme an, dass Sie damit sogar Recht haben. Ein Medium verhält sich immer sehr geheimnisvoll.«

»Woher haben Sie überhaupt meinen Namen und meine Adresse erfahren?«

»Als ich die Leiche fand, habe ich auch eine Liste der Leute gefunden, die an der letzten Séance teilgenommen haben. Die Adressen standen neben den Namen.«

»Ach so.«

In ihrer Vorstellung sah sie Adam Grove, der methodisch das Wohnzimmer von Mrs. Delmont durchsuchte, während die Leiche der ermordeten Frau auf dem Boden lag. Es war eine erschreckende Vorstellung, die viel über das Nervenkostüm von Adam Grove verriet. Sie schluckte.

»Ich habe den Rest der Nacht und die frühen

Morgenstunden damit verbracht, mich mit den Dienstboten, den Kutschern und ...« Er zögerte, als würde er seine nächsten Worte sehr sorgfältig abwägen. »... anderen Menschen zu unterhalten, die ihren Lebensunterhalt auf den Straßen in der Nähe von Mrs. Delmonts Haus verdienen. Unter anderem ist es mir gelungen, herauszufinden, dass die Haushälterin von Mrs. Delmont damit beschäftigt war, ihrer Tochter beizustehen, die in der vergangenen Nacht ein Kind bekommen hat. Ihr Alibi ist unerschütterlich. Da blieb also nur noch Ihr Name, Mrs. Fordyce.«

»Kein Wunder, dass Sie so erschöpft aussehen«, meinte sie leise. »Sie waren die ganze Nacht unterwegs.«

Abwesend rieb er sich über sein stoppeliges Kinn und verzog das Gesicht. »Ich entschuldige mich für mein Aussehen.«

»Das ist wohl nicht so wichtig, unter diesen Umständen.« Sie zögerte. »Sie sind also heute hierher gekommen in der Absicht, mich auf diese Art und Weise zu befragen. Ihr Ziel war es, mich in Angst und Schrecken zu versetzen und mich so dazu zu bringen, ein schreckliches Komplott zu gestehen, nicht wahr?«

Er fuhr sich mit der Hand durch sein kurzes, dunkles Haar und zeigte keinerlei Anzeichen von

Reue. »Das war mehr oder weniger mein Plan, jawohl.«

Sie war sich noch immer nicht sicher, ob er diesen Plan schon vollkommen aufgegeben hatte, deshalb suchte sie in Gedanken verzweifelt nach anderen Verdächtigen.

»Vielleicht ist Mrs. Delmont ja das Opfer eines Einbrechers geworden, der sie angegriffen hat, nachdem er in ihr Haus eingebrochen ist«, schlug sie vor.

»Ich habe das ganze Haus auf den Kopf gestellt. Es gab keinen Beweis dafür, dass die Türen oder die Fenster aufgebrochen waren. Es scheint so, als hätte sie ihren Mörder selbst ins Haus gelassen.«

Die lässige Art und Weise, wie er dies sagte, vertiefte nur noch ihr Unbehagen. »Sie haben in der vorigen Nacht sicher eine ganze Menge Entdeckungen gemacht, Mr. Grove. Man könnte glauben, dass die Nähe einer so schrecklich ermordeten Frau es Ihnen schwer gemacht hat, so methodisch und logisch zu denken und zu handeln.«

»Leider scheine ich allerdings keinerlei besonders nützliche Entdeckungen gemacht zu haben«, lenkte er ein. Mit entschlossenem Schritt ging er zur Tür. »Ich habe nur Ihre Zeit verschwendet und auch die meine. Ich würde es wirklich sehr begrüßen, wenn Sie mit niemandem über diese Unterhaltung sprechen würden.«

Sie gab ihm keine Antwort.

Er blieb mit einer Hand auf der Türklinke stehen und sah sich noch einmal nach ihr um. »Nun, Mrs. Fordyce? Kann ich mich auf Sie verlassen, dass Sie unsere Unterhaltung vertraulich behandeln werden?«

Sie reckte sich. »Das kommt ganz darauf an, Sir.«

Ihre Worte schienen ihn zu belustigen. Zynisch erwiderte er: »Natürlich. Zweifellos möchten Sie für Ihr Stillschweigen entschädigt werden. Nennen Sie mir Ihren Preis, Mrs. Fordyce.«

Wieder stieg heiße Wut in ihr auf. »Sie können sich mein Schweigen nicht erkaufen, Mr. Grove. Ich will Ihr Geld nicht. Was mir Sorgen macht, ist die Sicherheit meiner Tanten und auch meine eigene. Sollte jemand von uns wegen Ihres Handelns in Gefahr sein, verhaftet zu werden, dann werde ich nicht zögern, der Polizei Ihren Namen zu nennen, und ich werde auch über jede Einzelheit unserer Unterhaltung berichten.«

»Ich bezweifle sehr, dass die Polizei Ihnen Schwierigkeiten machen wird. Wie ich schon sagte, werden die Polizisten sehr wahrscheinlich schließen, dass Mrs. Delmont von einem Einbrecher ermordet wurde, und das ist alles.«

»Wie können Sie da so sicher sein?«

»Weil es die einfachste Antwort ist, und weil die Vertreter des Gesetzes dafür bekannt sind, eine solche Erklärung vorzuziehen.«

»Und wenn sie nun die Liste der Teilnehmer der Séance finden und diese Menschen alle zu Verdächtigen werden, so wie Sie es auch vermutet haben, Sir?«

Er griff in seine Tasche und zog ein zusammengefaltetes Stück Papier daraus hervor. »Sie werden die Liste nicht finden.«

Sie starrte auf das Blatt Papier. »Sie haben die Liste mitgenommen?«

»Ich bin ganz sicher, dass keiner der Namen auf dieser Liste für die Polizei von irgendwelchem Nutzen sein wird.«

»Ach so.« Sie wusste nicht, was sie sonst noch hätte sagen sollen.

»Und da wir gerade von Namen sprechen«, fügte er noch wie nebenbei hinzu, »sollte ich Ihnen vielleicht sagen, dass es Ihnen gar nichts nützen würde, meinen Namen der Polizei zu nennen.«

»Und warum nicht?«, fragte sie kalt. »Weil ein Gentleman von Ihrem offensichtlichen Stand und Reichtum sich keine großen Sorgen zu machen braucht, Fragen der Polizei zu beantworten?«

»Niemand steht über dem Gesetz. Aber das ist

nicht der Grund, warum ich Ihnen raten würde, meinen Namen nicht zu nennen.« Sein Mund verzog sich zu einem rätselhaften Lächeln. »Das Problem ist, dass es einen Mr. Grove überhaupt nicht gibt. Ich habe ihn für diese Befragung heute erfunden. Wenn ich heute dieses Haus hier verlasse, wird er ganz einfach verschwinden, genauso wie eine dieser geisterhaften Erscheinungen, die bei einer Séance so beliebt sind.«

Sie setzte sich ganz plötzlich hin, alles in ihrem Kopf drehte sich. »Gütiger Himmel. Sie haben mir einen falschen Namen genannt?«

»Jawohl. Würden Sie so freundlich sein und mir eine Antwort auf eine allerletzte Frage geben?«

Sie zwinkerte mit den Augenlidern und kämpfte immer noch um ihre Fassung und darum, ihre verwirrten Gedanken zu ordnen. »Was für eine Frage?«

Er hielt das Blatt Papier hoch, das er von ihrem Schreibtisch genommen hatte. »Warum zum Teufel haben Sie sich all diese Notizen gemacht?«

»Ach die.« Bedrückt betrachtete sie die Notizen auf dem Blatt Papier, das er noch immer in der Hand hielt. »Ich bin Schriftstellerin, Sir. Meine Romane werden im *Flying Intelligencer* als Serie veröffentlicht.« Sie hielt inne. »Vielleicht lesen Sie diese Zeitung ja?«

»Nein, das tue ich nicht. Wenn ich mich recht erinnere, ist es eine dieser extrem ärgerlichen Zeitungen, die von Sensationen leben.«

»Nun ja …«

»Die Art von Zeitung, die nur Nachrichten druckt, die sich mit Skandalen und entsetzlichen Verbrechen beschäftigen, um die Aufmerksamkeit der Leser zu erregen.«

Sie seufzte. »Ich nehme an, Sie ziehen die *Times* vor.«

»Jawohl.«

»Das überrascht mich nicht«, murmelte sie. »Sagen Sie mir, finden Sie es nicht recht langweilig, diese Zeitung zu lesen?«

»Ich finde sie korrekt und verlässlich, Mrs. Fordyce. Es ist genau die Art von Zeitung, die ich bevorzuge.«

»Natürlich ist es das. Wie ich schon sagte, der *Flying Intelligencer* druckt meine Romane. Ich bin vertraglich dazu verpflichtet, meinem Herausgeber, Mr. Spraggett, jede Woche ein neues Kapitel abzuliefern. Ich hatte einige Probleme mit einem der Charaktere, Edmund Drake. Er ist für die Geschichte sehr wichtig, aber ich hatte Schwierigkeiten, ihn richtig zu Papier zu bringen. Sein Charakter ist noch ziemlich vage, fürchte ich. Er braucht noch ein wenig deutlichere Züge.«

Er zögerte, wirkte in gewisser Weise fasziniert, aber vielleicht auch verwirrt. »Sie haben sich Notizen über meine Erscheinung gemacht, damit Sie dann diese dem Helden Ihrer Geschichte geben können?«

»Um Himmels willen, nein«, versicherte sie ihm und winkte ab. »Wie kommen Sie denn auf diesen Gedanken? Edmund Drake ist nicht der Held meiner Geschichte. Er ist der Bösewicht des Stückes.«

3

Aus irgendeinem vollkommen unverständlichen Grund ärgerte er sich darüber, dass sie ihm die Rolle des Bösewichtes zugedacht hatte.

Adam Hardesty grübelte auf dem Weg zurück zu seinem Haus am Laxton Square über die entsetzliche Begegnung nach, die er gerade mit der unerwartet sehr attraktiven Mrs. Caroline Fordyce gehabt hatte. Er wusste sehr wohl, dass die Meinung, die diese Lady von ihm hatte, ganz am Ende der Liste all seiner Probleme stehen sollte, ganz besonders nach den sich rasch vermehrenden Schreckensmeldungen, die er unter Kontrolle zu halten versuchte.

Dennoch ärgerte er sich über die Tatsache, dass Caroline Fordyce ihn als ausgezeichnetes Vorbild für einen Bösewicht gehalten hatte. Seine Eingebung sagte ihm, dass nicht allein der *wilde Gesichtsausdruck* schuld daran war, dass sie eine so schlechte Meinung von ihm hatte. Er hatte den deutlichen Eindruck, dass Mrs. Fordyce Männer von seinem Stand nicht sehr hoch einschätzte.

Sie hingegen hatte sich sofort seinen wenn auch vorsichtigen Respekt erworben. Ein Blick in ihre intelligenten, neugierigen und äußerst hübschen braunen Augen hatte ihm verraten, dass er es mit einem großartigen Gegner zu tun hatte. Er hatte sich vorgenommen, in seinem Umgang mit dieser Lady sehr vorsichtig zu sein.

Doch leider war Respekt nicht die einzige Reaktion, die Caroline Fordyce in ihm hervorgerufen hatte. Sie hatte gleich beim ersten Anblick all seine Sinne gefangen genommen. So erschöpft er auch nach der langen Nacht seiner vergeblichen Nachforschungen gewesen war, hatte er doch sofort auf sie reagiert, auf eine sehr körperliche, äußerst beunruhigende Art und Weise.

Verdammt. Er konnte diese Art von Komplikation überhaupt nicht brauchen. Was zum Teufel war nur mit ihm los? Selbst als junger Mann hatte er sich nur sehr selten von seinen Leidenschaften führen lassen. Schon vor langer Zeit hatte er gelernt, dass Selbstbeherrschung der Schlüssel zum Erfolg war, sowohl auf den Straßen als auch in der genauso gnadenlosen Welt der Gesellschaft. Er hatte sich strenge Regeln auferlegt und auch danach gelebt. Sie beherrschten seine intimen Beziehungen genauso wie alles andere in seinem Leben.

Seine Regeln hatten ihm gute Dienste geleistet. Daher hatte er auch nicht die Absicht, sie jetzt außer Acht zu lassen.

Dennoch konnte er nicht aufhören, an den ersten Blick zu denken, den er auf Caroline Fordyce geworfen hatte, und er wunderte sich darüber, wie sehr ihn dieser erste Eindruck für sie eingenommen hatte. Ihr Bild vor diesem zierlichen kleinen Schreibtisch, erhellt vom Strahl der Morgensonne, schien sich in sein Gedächtnis eingebrannt zu haben.

Sie hatte ein schlichtes, schmuckloses Hauskleid in einem warmen Kupferton getragen. Das Kleid war dafür gemacht, von einer Dame im Haus getragen zu werden, daher fehlten die gerüschten Unterröcke und auch die kunstvolle Schleife am Rücken, die das eher förmlichere Kleid einer Frau zierte. Die Formen des eng anliegenden Mieders hatten ihre weibliche Figur, die hohen Brüste und ihre schlanke Taille noch unterstrichen.

Carolines glänzendes goldbraunes Haar war hochgesteckt gewesen, und sie hatte es im Nacken zu einem Knoten zusammengebunden, der die anmutige Linie ihres Halses noch unterstrich. Ihre Haltung strahlte einen ruhigen Stolz aus. Er glaubte, dass sie ungefähr Mitte zwanzig sein musste.

Ihre Stimme war einnehmend und sanft und hatte ihn sofort berührt. Bei jeder anderen Frau hätte diese Stimme absichtlich herausfordernd geklungen, doch er fühlte, dass es bei ihr keine Absicht war. Er war sehr sicher, dass die Art, wie Caroline sprach, ein Teil von ihr war. Sie deutete auf eine tiefe Leidenschaft hin.

Was war nur mit dem verstorbenen Mr. Fordyce geschehen?, fragte er sich. War er an Altersschwäche gestorben? Hatte ein Fieber ihn dahingerafft? Oder vielleicht ein Unfall? Wie auch immer, er war erleichtert, dass die Witwe sich nicht verpflichtet fühlte, sich in dem unglücklichen Stil der Trauer zu kleiden, den die Königin eingeführt hatte, nachdem sie ihren geliebten Albert verloren hatte. Manchmal hatte er den Eindruck, dass die Hälfte der Frauen in England in Krepp und Trauerschleier gekleidet zu sein schienen. Er hatte sich immer wieder darüber gewundert, dass es dem schwachen Geschlecht gelungen war, die triste Kleidung, die doch tiefe Trauer ausdrücken sollte, den höchsten Höhen der Mode zu unterwerfen.

Doch Caroline hatte kein einziges Schmuckstück getragen, das schwarz oder dunkel emailliert gewesen war. Vielleicht trauerte die geheimnisvolle Mrs. Fordyce ja gar nicht so sehr über den Verlust von Mr. Fordyce. Vielleicht war sie ja auch auf der Suche nach einer neuen Bindung intimer Art.

Das ist jetzt nicht der richtige Zeitpunkt, sich in solch tiefes Wasser ziehen zu lassen, überlegte er. Hier stand viel zu viel auf dem Spiel. Er durfte das Risiko nicht eingehen, sich von dieser Lady ablenken zu lassen, ganz gleich wie attraktiv und verlockend sie auch war.

Er überquerte die Straße und blieb kurz stehen, um einen überfüllten Bus vorbeizulassen, die Pferde mühten sich ab, das schwere Gefährt zu ziehen. Der Kutscher einer schnell dahineilenden zweirädrigen Droschke entdeckte ihn und bot ihm seine Dienste an. Adam winkte ab. Er würde schneller zu Fuß vorankommen.

Als er die gegenüberliegende Straßenseite erreicht hatte, ging er über den schmalen Bürgersteig und durchquerte einen kleinen, heruntergekommenen Park. Aus seinem alten Leben auf der Straße kannte er all die verborgenen Straßen und Wege der Stadt, die auf keiner Karte zu finden waren und von denen auch nur wenige Kutscher wussten.

Als er nach seinem schnellen Gang die schmale Gasse wieder verließ, entdeckte er einen Zeitungsjungen, der die neueste Ausgabe des *Flying Intelligencer* verkaufte.

Aus einem unerfindlichen Grund blieb er vor dem verwahrlost aussehenden Verkäufer stehen.

»Ich hätte gern eine Zeitung.« Er holte eine Münze aus der Tasche.

»Aye, Sir.« Der Junge grinste und griff in seine Tasche, um eine Zeitung herauszuholen. »Sie haben Glück, ich habe noch eine übrig. Ich nehme an, Sie können es kaum erwarten, die nächste Episode von Mrs. Fordyces Geschichte zu lesen, wie all meine anderen Kunden auch.«

»Ich gebe zu, ich bin ein wenig neugierig darauf.«

»Sie werden erfreut sein über diese Fortsetzung des Romans *Der geheimnisvolle Herr, The Mysterious Gentleman*, Sir«, versicherte ihm der Junge. »Sie beginnt mit einem erstaunlichen Vorfall und endet mit einem echten Knaller.«

»Wirklich?« Adam warf einen Blick auf die Titelseite der billigen Zeitung und stellte fest, dass *The Mysterious Gentleman* von Mrs. C. J. Fordyce drei ganze Spalten in Anspruch nahm. »Und wie steht es mit Edmund Drake? Findet er ein schlimmes Ende?«

»Noch nicht, Sir. Dafür ist es noch viel zu früh. Drake verhält sich noch immer sehr geheimnisvoll, obwohl es offensichtlich ist, dass er nichts Gutes im Schilde führt.« Der Zeitungsjunge strahlte vor

Erwartung. »Er heckt einen bösen Plan gegen die Heldin aus, Miss Lydia Hope.«

»Ich verstehe. Nun ja, so etwas tun Bösewichter nun einmal, nicht wahr? Sie hecken böse Pläne gegen unschuldige Ladies aus.«

»Aye, das ist wahr, aber Sie brauchen sich keine Sorgen zu machen«, erklärte der Junge fröhlich. »Edmund Drake wird schon noch ein schlimmes Schicksal ereilen. Alle Bösewichter von Mrs. Fordyce finden in der letzten Fortsetzung ein schreckliches Ende.«

Adam faltete die Zeitung zusammen und klemmte sie unter seinen Arm. »Das ist zweifellos etwas, auf das man sich freuen kann.«

Eine kurze Zeit später ging er die Treppe zu dem großen Haus am Laxton Square hinauf. Morton, dessen kahler Kopf in der Morgensonne glänzte, hielt ihm die Tür auf, noch ehe Adam seinen Schlüssel hervorholen konnte.

»Willkommen zu Hause, Sir«, sagte Morton.

Wäre Adam nicht so erschöpft gewesen, Mortons nur mühsam unterdrückte Neugier hätte ihn belustigt. Immerhin war es bereits halb elf. Er hatte das Haus gestern Abend kurz vor neun verlassen, um in seinen Club zu gehen, und er kam erst jetzt zurück. Es war anzunehmen, dass sein Butler wohl einige Fragen hatte. Aber Morton war viel zu gut ausgebildet oder, besser gesagt, viel zu sehr an die exzentrische Lebensweise dieses Hausherren gewöhnt, um eine Bemerkung zu machen.

»Mr. Grendon hat sich gerade zu einem späten Frühstück begeben, Sir.« Morton nahm Adams Mantel und seinen Hut. »Vielleicht möchten Sie ihm Gesellschaft leisten.«

»Ein ausgezeichneter Gedanke, Morton. Ich denke, genau das werde ich tun.«

Er brauchte Essen genauso dringend wie Schlaf, fand Adam. Und früher oder später würde er Wilson gegenübertreten und ihm die schlechten Nachrichten erzählen müssen. Dann konnte er es auch gleich hinter sich bringen.

Als er kurz darauf in das getäfelte und polierte Frühstückszimmer trat, blickte Wilson Grendon von seiner Morgenzeitung auf. Er betrachtete Adam ein paar Sekunden lang, dann zog er seine goldgerandete Brille von der Nase und legte sie beiseite.

»Ich nehme an, du hattest kein Glück?«, fragte er ohne weitere Einleitung.

»Das Medium war tot, als ich es fand. Ermordet.«

»Verdammt.« Wilson zog seine dichten grauen Augenbrauen über seiner bemerkenswerten Nase zusammen. »Delmont ist tot? Bist du auch ganz sicher?«

»Bei einer solchen Sache irrt man sich nur selten.« Adam warf die gefaltete Zeitung auf den Tisch und ging zur Anrichte, um sich die Speisen anzusehen. »Ich habe keinen Hinweis auf ein Tagebuch finden können, also muss ich wohl davon ausgehen, dass der Mörder es gestohlen hat. Die halbe Nacht und den größten Teil des Morgens habe ich damit verbracht, Nachforschungen in dieser Sache anzustellen.«

Wilson nahm diese Information mit besorgtem Gesicht entgegen. »Der Mord ist ganz sicher eine eigenartige Wendung in der ganzen Sache.«

»Nicht unbedingt. Der durchschnittliche Bösewicht würde in dieser Sache wohl ein großes Potenzial für eine Erpressung sehen.« Adam griff nach einem silbernen Vorlegebesteck und häufte sich Rühreier mit geräuchertem Lachs auf einen Teller. »Die Erwartung eines großen Geldbetrages bringt einige Menschen schon dazu, über einen Mord nachzudenken.«

Wilson sah ihn nachdenklich an. »Bist du sicher, dass das Medium wegen des Tagebuches umgebracht wurde?«

»Nein.« Adam trug seinen Teller zum Tisch

und setzte sich. »Aber mir scheint es eine logische Erklärung zu sein, unter diesen Umständen.«

»Nun, wenn du Recht hast, dann wird sich derjenige, der im Besitz dieses Tagebuchs ist, wohl schon bald bei dir melden.«

»Ich ziehe es nicht vor, still zu sitzen und zu warten, bis der Mörder mir eine Einladung schickt, in der er mich bittet, ihm einen bestimmten Betrag zu geben.« Adam machte sich über seine Rühreier her. »Ich habe die Absicht, ihn zuerst zu finden.«

Wilson trank einen Schluck von seinem Kaffee, dann stellte er die Tasse wieder ab. »Hast du während deiner Nachforschungen in der Nacht und heute Morgen etwas Nützliches erfahren?«

»Nein. Die einzige halbwegs Verdächtige stellte sich als eine Frau heraus, die äußerst schwierig und unberechenbar war und die findet, dass ich das ideale Vorbild für einen Bösewicht in einem reißerischen Roman bin.«

»Wie eigenartig.« Wilsons blassgraue Augen leuchteten interessiert auf. »Erzähle mir von ihr.«

Man konnte sich darauf verlassen, dass Wilson immer den einzigen Aspekt einer Sache herausfand, über den Adam nicht diskutieren wollte, fand Adam. Er strich sich Butter auf seinen Toast, während er über seine Antwort nachdachte.

»Da gibt es nicht viel zu erzählen«, meinte er.

»Ich bin davon überzeugt, dass die fragliche Lady überhaupt nicht in die Sache verwickelt ist.«

Wilson lehnte sich in seinem Stuhl zurück. »Das ist nicht das erste Mal, dass wir beide uns beim Frühstück über Mord und eventuelle gefährliche Dokumente unterhalten.«

»Wenn wir uns in der Vergangenheit in dieser Richtung unterhalten haben, ging es immer um geschäftliche Angelegenheiten«, wehrte Adam ab.

»Trotzdem ist es das erste Mal in der langen Geschichte unserer Verbindung, dass du eine Unterhaltung mit einer äußerst schwierigen und unberechenbaren Frau erwähnt hast, die fand, dass du das perfekte Modell für den Bösewicht in einem Roman seist. Verzeih mir, aber das finde ich sehr faszinierend.«

Adam biss in seinen Toast. »Ich habe dir doch gesagt, dass ich nicht glaube, dass die Lady etwas mit diesem Tagebuch zu tun hat.«

»Sie hat aber offensichtlich Eindruck auf dich gemacht.«

»Sie würde auf jeden Mann Eindruck machen.«

»Du weißt doch, was die Franzosen sagen: *cherchez la femme*.«

»Wir sind hier in England, nicht in Frankreich.« Adam legte das Stück Toast zurück auf den Teller und widmete sich wieder seinen Eiern. »Hier liegen die Dinge ganz anders.«

»Nicht immer. Ich komme nicht darum herum zu bemerken, dass die Lady eine äußerst beunruhigende Wirkung auf deine Stimmung hat.«

Wilson kennt mich viel zu gut, überlegte Adam.

»Ich möchte dich daran erinnern, dass ich in den vergangenen vierundzwanzig Stunden nicht geschlafen habe«, erklärte er mit ausdrucksloser Stimme. »Da ist es wohl kaum ein Wunder, dass ich nicht in der besten Laune bin.«

»Ganz im Gegenteil«, wehrte Wilson ab. »Meiner Erfahrung nach wirst du immer kaltblütiger und gefühlloser, je größer das Risiko ist, eigentlich sogar richtig eisig.«

Adam warf ihm einen bösen Blick zu.

Doch Wilson ignorierte ihn. »In der Tat, wenn man dich nicht gut kennen würde, könnte man annehmen, dass du überhaupt keine freundlicheren Gefühle hegst.«

Ein Hauch von Beunruhigung erfasste Adam. Die Gabel in seiner Hand hielt mitten in der Bewegung inne. »Mit allem Respekt, Sir, das Letzte, über das ich mich am heutigen Morgen mit dir unterhalten möchte, sind meine *freundlicheren Gefühle*.«

»Also wirklich, Adam, mir ist schon klar, dass du diese Gefühle hast. Noch ein Grund mehr, warum du endlich heiraten und Erben für den Reichtum der Grendon-Hardestys in die Welt setzen solltest.«

»Du kannst dich über einen Mangel an Erben nicht beklagen, Sir. Julia ist bereits verheiratet und hat dir zwei davon geschenkt. Jessica wird im nächsten Frühjahr in die Gesellschaft eingeführt. Sie wird zweifellos innerhalb der ersten beiden Wochen ein Dutzend Anträge bekommen. Wenn sie heiratet, wirst du noch mehr Erben bekommen. Und vergiss Nathan nicht. Früher oder später wird er das Interesse an seiner Philosophie verlieren, er wird heiraten und noch mehr Erben in die Welt setzen.«

»Da bleibst aber immer noch du übrig«, erklärte Wilson. »Du bist der Älteste von allen. Du hättest der Erste sein sollen, der heiratet.«

»Es ist absurd, hier zu sitzen und wieder einmal über mein Unvermögen zu sprechen, eine Frau zu finden, wo ich doch ein weitaus dringenderes Problem habe«, wehrte Adam ab und bemühte sich mit aller Kraft, ruhig zu bleiben. »Ich würde vorschlagen, wir unterhalten uns lieber über dieses Tagebuch.«

Wilson verzog das Gesicht. »Also gut, aber ich

muss dir sagen, dass ich mir bei weitem nicht so viele Sorgen darüber mache wie du.«

»Ja, das sehe ich. Würdest du mir freundlicherweise erklären, warum du dir überhaupt keine Sorgen darüber zu machen scheinst?«

»Der einzige Wert dieses Tagebuchs liegt darin, dass man es als Quelle für eine Erpressung benutzen kann. Früher oder später wird derjenige, der es von Elizabeth Delmont gestohlen hat, mit dir in Kontakt treten und versuchen, Geld von dir zu erpressen, genau wie Elizabeth Delmont es getan hat. Und wenn es so weit ist, dann wirst du auch den neuen Erpresser finden, genau wie du Elizabeth Delmont gefunden hast.« Wilson zog seine schmalen Schultern hoch. »Es ist ganz einfach nur eine Frage der Zeit.«

Wilsons Logik ist einleuchtend, wie immer, dachte Adam. Aber er war nicht in der Lage, dieses Problem genauso optimistisch zu betrachten.

»Es liegt mir nicht, auf einen Erpresser zu warten, der sehr wahrscheinlich sogar ein Mörder ist«, erklärte er ruhig.

Wilson seufzte. »Nein, natürlich nicht. Also gut, finde unseren Erpresser und rechne mit ihm ab. Dann kannst du dich wieder den wichtigeren Dingen zuwenden.«

Es gab nach Wilsons Meinung im Augenblick

nur eine einzige wichtige Angelegenheit. Er war entschlossen, Adam verheiratet zu sehen. Und nachdem er diesen Entschluss getroffen hatte, war er unerbittlich geworden.

Adam fühlte die Art von Zuneigung und Respekt für seinen Mentor, die seiner Vorstellung nach andere Männer wohl für ihre Väter fühlen würden. Dennoch hatte er nicht die Absicht, nur aus dem einzigen Grund zu heiraten, um Wilson Grendons Forderungen zu erfüllen.

Wilson Grendon war in der zweiten Hälfte der sechzig. Er war der letzte Abkömmling einer früher einmal mächtigen Adelsfamilie, deren Grundbesitz und Finanzen von einer langen Reihe von Lebemännern und Tunichtguten verschwendet worden waren. Wilson besaß einen eisernen Willen und ein großes Geschick für Geschäfte, er hatte sich daran gemacht, den Reichtum der Familie wieder aufzubauen. Und das war ihm gelungen, entgegen der Erwartung aller anderen, doch dabei hatte er den einzigen Grund verloren, der ihm die Kraft dazu gegeben hatte, seine geliebte Frau und seine beiden Kinder.

Mit gebrochenem Herzen hatte sich Wilson darangemacht, ein noch größeres Imperium aufzubauen. Er hatte sich in den vielschichtigen Machenschaften seiner weit gestreuten Unternehmungen in England und auf dem Kontinent verloren. Bei mehreren Gelegenheiten in den vergangenen Jahren hatten sich die weitreichenden Verbindungen des Grendon Imperiums nützlich für die Regierung Ihrer Majestät erwiesen.

Wilsons Agenten und seine Angestellten in Übersee hörten oft Gerüchte und bekamen Informationen über geheime Intrigen und ausländische Verschwörungen. Diese Dinge wurden dann an die Krone weitergeleitet, die dadurch wieder aus den Verbindungen Grendons ihren Vorteil zog und geheime diplomatische Botschaften weiterleitete.

Diese formlose Regelung war auch noch weitergeführt worden, nachdem Adam in Wilsons Dienste eingetreten war, daher hatte es auch die gelegentlichen Frühstücksunterhaltungen über Mord und andere Unannehmlichkeiten gegeben. Für Adam zählte all das zu den geschäftlichen Aktivitäten, es war eine natürliche Ausweitung seiner Laufbahn, die er bereits verfolgt hatte, als er seinen Lebensunterhalt noch auf der Straße verdiente. Informationen waren eine Ware wie alles andere auch. Man konnte sie kaufen, stehlen, damit handeln oder verkaufen.

Vieles in seiner Welt hatte sich vor vierzehn Jahren verändert, als er und Julia und Jessica und Nathan in Wilsons großes, einsames Haus am Laxton

Square eingezogen waren, doch die Art, wie er seinen Lebensunterhalt verdiente, gehörte nicht dazu, überlegte er jetzt.

In der Gesellschaft hatte man den Eindruck erweckt, dass er und die anderen drei lang verschollene Verwandte von Wilson waren. Wenn man der Geschichte glaubte, die Grendon erzählte, so hatte sein Anwalt die Familienbindung zufällig entdeckt, als er einige alte Papiere durchsah. Wilson hatte sofort die vier jungen Leute ausfindig gemacht, hatte sie in sein Haus aufgenommen und sie zu seinen Erben gemacht.

Einige Teile dieser Geschichte stimmten wirklich, überlegte Adam. Er und Julia, Jessica und Nathan waren wirklich Wilsons Erben. Aber die Verbindung zwischen ihnen war bei weitem undurchsichtiger und verwickelter, als es sich jemand in der Gesellschaft vorstellen konnte.

Während Wilson in den letzten Jahren immer mehr der täglichen Routine auf Adam übertragen hatte, war er doch noch immer so aufmerksam und gerissen wie immer. Und weil es für ihn nicht länger nötig war, seine beträchtlichen Fähigkeiten auf seine Geschäfte zu konzentrieren, hatte er wesentlich mehr freie Zeit für andere Dinge, wie zum Beispiel, Adam zu einer Eheschließung zu überreden.

»Ich sehe, dass du entschlossen bist, die Suche

nach dem Tagebuch fortzuführen«, meinte Wilson. »Wie willst du denn vorgehen?«

Adam griff nach der silbernen Kaffeekanne. »Auf meinem Nachhauseweg am heutigen Morgen habe ich mich daran erinnert, dass einer deiner alten Freunde, Prittlewell, sich in letzter Zeit sehr für die übersinnlichen Forschungen interessiert hat.«

Wilson schnaubte verächtlich. »Prittlewell und auch alle anderen Leute der gehobenen Gesellschaft. Ich sage dir, nichts ist erstaunlicher als zu sehen, dass so viele angeblich vernünftige und gebildete Menschen ihren Verstand und ihre natürliche Skepsis beiseite schieben, wenn ein Medium einen Tisch zum Schweben bringt. Meiner Meinung nach sind natürlich die Amerikaner dafür verantwortlich. Die ganze Sache hat auf der anderen Seite angefangen.«

»Auf der anderen Seite?«

»Auf der anderen Seite des Atlantiks«, schnaubte Wilson verächtlich. »Die Fox Schwestern mit ihren Klopfgeräuschen, die Davenports mit ihren Séancen, D. D. Home …«

Adam runzelte die Stirn. »Ich habe geglaubt, Home sei in Schottland geboren.«

»Er ist vielleicht dort geboren, doch aufgewachsen ist er in Amerika.«

»Ach so«, meinte Adam. »Ich nehme an, das erklärt die ganze Sache.«

»In der Tat. Wie ich schon sagte, das ist nicht der erste Unsinn, der von Amerika zu uns gekommen ist, und sehr wahrscheinlich wird es auch nicht der letzte sein.«

»Jawohl, Sir. Aber mir geht es darum, dass dein Freund Prittlewell zweifellos einigen Klatsch und auch Gerüchte über die Medien gehört haben muss, während er an Séancen teilgenommen und Vorträge über übersinnliche Forschungen gehört hat.«

»Sehr wahrscheinlich. Und?«

»Ich habe mich gefragt, ob du ihn vielleicht in dieser Hinsicht einmal so ganz zufällig ausfragen könntest. Finde heraus, was er über Elizabeth Delmont weiß und auch über die Menschen in ihrem Umfeld.«

Wilsons Gesicht leuchtete begeistert auf. Es gab nichts, was er so sehr liebte wie eine kleine Intrige. »Sehr gut. Das könnte sich als sehr interessant herausstellen.«

Und mit ein wenig Glück wird es dich so sehr beschäftigen, dass du viel zu abgelenkt bist, um weiterhin deinen Plan zu verfolgen, mich unter die Haube zu bringen, dachte Adam.

Er wollte gerade mit dieser Ablenkung weitermachen, als er hörte, wie in einiger Entfernung die Haustür geöffnet und dann wieder geschlossen wurde. Es gab nur einen einzigen Menschen, der zu dieser ungewöhnlichen Stunde zu Besuch kam.

»Julia ist gekommen«, meinte Adam. »Und denke daran, kein Wort davon zu ihr zu sagen. Ich möchte nicht, dass sie in diese Sache hineingezogen wird. Es besteht kein Grund, dass sie sich Sorgen machen sollte.«

»Da bin ich mit dir einer Meinung. Vertrau mir, ich werde nichts sagen.«

Im Flur waren leichte, schnelle Schritte zu hören. Einen Augenblick später erschien Julia an der Tür. Beide Männer standen auf.

»Guten Tag, ihr beide.« Sie schwebte mit einem strahlenden Lächeln ins Zimmer. »Ich hoffe, ihr seid bereit, heute Nachmittag noch einmal einige Arbeiter und Dekorateure zu ertragen.«

»Natürlich«, behauptete Wilson. »Wir sind stolz darauf, unseren kleinen Teil zu einem Ereignis beitragen zu dürfen, das der gesellschaftliche Höhepunkt der Saison sein wird. Ist das nicht so, Adam?«

»Solange du die Horde der Arbeiter und Dekorateure aus der Bibliothek fern hältst«, stimmte ihm Adam zu und zog ihr einen Stuhl zurecht.

Sie verzog das Gesicht, während sie sich setzte. »Keine Angst, jeder weiß, dass eure Bibliothek euer Heiligtum ist. Aber ich fürchte, in den nächsten Tagen wird es hier sehr hektisch zugehen. Ich lasse im Ballsaal Brunnen installieren und Spiegel aufhängen. Ich denke, das wird sehr faszinierend aussehen.«

»Da bin ich ganz sicher.« Adam setzte sich wieder hin und griff nach einer weiteren Scheibe Toast. »Ich nehme an, deine Planungen kommen gut voran?«

»Ja, aber heute Morgen musste ich Robert gegenüber zugeben, dass ich mich vielleicht in diesem Jahr mit dem Thema einer römischen Villa ein wenig übernommen habe.«

»Unsinn, meine Liebe.« Auch Wilson setzte sich und lächelte Julia mit väterlicher Aufmunterung an. »Wenn überhaupt jemand diesen Ballsaal in eine römische Villa verwandeln kann, dann bist du das. Ich habe keinen Zweifel daran, dass du erfolgreich sein wirst. Du wirst die ganze gehobene Gesellschaft wieder einmal zum Staunen bringen, genau wie im vergangenen Jahr.«

»Ich weiß euer Vertrauen zu schätzen.« Julia goss sich eine Tasse Tee ein. »Aber wenn die Sache wirklich so läuft, wie ich es geplant habe, dann ist das allein dein Verdienst, Onkel Wilson.

Ich könnte eine solch große Veranstaltung nicht auf die Beine bringen, wenn ich dazu nicht den alten Ballsaal benutzen könnte. Im Stadthaus ist ganz einfach nicht genügend Platz für etwas, das größer ist als eine Dinnerparty oder eine kleine Soirée.«

»Dein Ehemann ist sehr vernünftig, wenn er sein Geld nicht in ein großes Haus hier in der Stadt steckt«, meinte Wilson. »Das wäre eine vollkommene Geldverschwendung. Er hat genügend Land zu verwalten, und deine Familie ist sowieso nie lange genug in London, um solche Kosten zu rechtfertigen.«

Julia nickte und stellte die Teekanne zurück auf den Tisch. »Da kann ich dir nicht widersprechen. Übrigens hat Robert mich gebeten, dir zu sagen, dass er die Kinder morgen mit in den Park nehmen wird zum Jahrmarkt. Er lässt fragen, ob du sie vielleicht begleiten möchtest.«

Wilson sah sehr erfreut aus. »Ich werde in meinem Terminkalender nachsehen, ob ich Zeit habe.«

Sein Terminkalender würde ihm zweifellos verraten, dass er genügend Zeit hatte, um die Kinder und deren Vater, den Grafen von Southwood, auf ihrem Ausflug zu begleiten, dachte Adam. Wilson würde mit Freuden sogar eine Besprechung mit der Königin verschieben, um sich den Nachmittag mit den beiden Kindern freizuhalten.

Julia warf Wilson einen wissenden Blick zu. »Wenn du mit ihnen zum Jahrmarkt gehst, hast du außerdem einen guten Grund, das Haus zu verlassen, während die Dekorateure und die Arbeiter sich hier breit machen. Ich muss dich warnen, dass ich dir für den Rest der Woche nichts anderes bieten kann als Lärm und Durcheinander.«

»Eine römische Villa lässt sich schließlich nicht an einem einzigen Tag aufbauen«, lenkte Wilson ein.

Julia nippte an ihrem Tee. »Übrigens habe ich heute Morgen einen Brief von Jessica bekommen. Sie hat eine wundervolle Zeit in Dorset. Ich nehme an, dass das Leben auf dem Familiensitz ihrer Freundin nur aus Picknicks und Spielen besteht.«

»Wir haben eine Nachricht von Nathan bekommen, in der er schreibt, dass er im nächsten Monat zu meinem Geburtstag kommen wird, um uns alle zu besuchen«, berichtete Wilson ihr.

»Geht es ihm gut?«, fragte Julia ein wenig ängstlich. »Ich mache mir Sorgen um ihn, immerhin steckt er so viel seiner Zeit in seine Bücher.«

»Du brauchst dir keine Sorgen zu machen«,

wehrte Wilson leichtfertig ab. »Er ist vollkommen zufrieden. Ich glaube, er ist für ein Leben als Gelehrter geboren.«

Julia lächelte. »Wer hätte das gedacht?«

Die Unterhaltung am Frühstückstisch plätscherte dahin, und Adam bemühte sich gar nicht, dazu beizutragen. Nicht nur waren seine Gedanken auf viel dunklere Dinge gerichtet, auch die lange Nacht verlangte ihren Tribut. Er wollte ins Bett.

»Stimmt etwas nicht, Adam?«, fragte Julia plötzlich. »Du scheinst meilenweit weg zu sein. Langweile ich dich mit meinen Plänen für den Ball?«

»Nein, ich habe nur gerade an geschäftliche Dinge gedacht, um die ich mich unbedingt noch heute Morgen kümmern muss.« Er warf seine Serviette auf den Tisch. »Wenn du mich bitte entschuldigen würdest …«

Aber es war bereits zu spät. Julia betrachtete ihn sehr eingehend, voll schwesterlicher Neugier. »Was ist denn das? Dein Hemd ist ziemlich verknittert, und ich glaube, du hast dich auch heute Morgen noch nicht rasiert. Das sieht dir so gar nicht ähnlich.«

»Julia, wenn du nichts dagegen hast, ich muss wirklich gehen.« Er stand auf. »Genieße dein Frühstück, wir sehen uns dann später.«

Wilson senkte ein wenig den Kopf und kniff die Augen zusammen. »Ruh dich aus.«

Julia riss die Augen weit auf. »Warum musst du dich ausruhen? Bist du krank?«

»Ich fühle mich sehr wohl, danke.« Adam griff nach der gefalteten Zeitung und floh aus dem Frühstückszimmer.

Er hörte schnelle Schritte im Flur hinter sich und unterdrückte nur mit Mühe ein Aufstöhnen. Er hätte eigentlich wissen müssen, dass er nicht so einfach davonkommen würde.

»Adam«, rief Julia. »Ich möchte gern mit dir reden.«

»Was ist denn?« Er ging in die Bibliothek und setzte sich hinter seinen Schreibtisch. »Wie ich schon sagte, ich habe sehr viel zu tun.«

»Du hast dich heute Morgen nicht nur einfach nachlässig gekleidet.« Julia segelte hinter ihm in die Bibliothek und kam über den Orientteppich bis vor seinen Schreibtisch. »Ich glaube eher, dass du die ganze Nacht unterwegs warst.«

»Julia, es gibt gewisse Dinge, über die ein Gentleman nicht spricht, nicht einmal mit seiner Schwester.«

»Hah! Ich habe es doch gewusst. Du warst wirklich die ganze Nacht unterwegs.« Aus ihren Augen leuchtete die Neugier. »Ist es denn diesmal wenigstens ernst, oder ist es nur eine weitere deiner langweiligen kleinen Affären?«

»Ich habe gar nicht gewusst, dass du mein Privatleben langweilig findest. Ganz abgesehen davon, dass deine Meinung nicht von Bedeutung ist, wenn man bedenkt, dass es sich hier um mein Privatleben handelt und nicht um deines.«

Sie runzelte die Stirn, der Ton seiner Stimme hatte sie offensichtlich überrascht. »Ich wollte dich nicht beleidigen.«

Jetzt fühlte er sich schuldig. Er hatte sie gar nicht so anfahren wollen. »Ich weiß. Ich entschuldige mich auch für meine schlechte Laune. Wilson hat Recht, ich brauche ein wenig Schlaf.«

»Ich nehme an, ich finde deine Affären langweilig, weil auch du sie die meiste Zeit langweilig zu finden scheinst«, meinte sie, jetzt nachdenklich geworden.

»Verzeih mir, Julia, aber ich glaube, ich habe in dieser Unterhaltung den Faden verloren. Und ich möchte ihn auch gar nicht wiederfinden.«

Sie nickte, als habe er damit ihre Meinung insgeheim bestätigt. »Das ist es natürlich. Ich hätte dir schon viel früher meine Meinung darüber sagen sollen. Ich habe deine Affären schon immer recht langweilig gefunden, aber der Grund dafür war der, dass auch du immer recht gelangweilt zu sein schienst.«

»Eine solche Sache sehe ich nicht als Quelle der Inspiration an.«

»Offensichtlich nicht. Du behandelst deine romantischen Verbindungen mit den Damen genauso, wie du auch deine geschäftlichen Verbindungen behandelst. Sie sind immer sehr gut durchdacht und nach deinen eigenen Regeln geführt. Du zeigst niemals ein starkes persönliches Engagement. Wenn eine Verbindung endet, scheinst du sogar immer recht erleichtert zu sein, als hättest du eine Aufgabe abgeschlossen und könntest jetzt zu einem anderen Projekt übergehen.«

»Ich weiß überhaupt nicht, wovon du redest.«

»Ich spreche von der Tatsache, dass du niemals zulässt, dass du dich verliebst, Adam.« Sie hielt inne, um ihre nächsten Worte noch zu unterstreichen. »Onkel Wilson und ich sind der Meinung, dass es höchste Zeit dazu ist.«

Er biss die Zähne zusammen. »Julia, ich möchte dich warnen. Ich habe mir gerade eine Lektion von Wilson über dieses Thema anhören müssen. Ich bin nicht in der Stimmung für eine weitere Lektion.«

Sie ignorierte seine Worte, schob ihren Rock zur Seite und setzte sich in einen der ledernen Sessel. »Also bist du eine neue Verbindung eingegangen. Wer ist sie, Adam? Ich kann es kaum erwarten, ihren Namen zu erfahren.«

Ihm kam der Gedanke, dass er am besten Julias Aufmerksamkeit ablenken könnte, während er nach dem Tagebuch suchte, wenn er sie in dem Glauben ließ, dass er eine neue Affäre begonnen hätte. Wenn sie das glaubte, dann würde sie in den nächsten Tagen weitaus weniger Fragen über sein angeblich ungewöhnliches oder heimlichtuerisches Verhalten stellen.

Er sortierte seine Papiere, während er sich in Gedanken einen Plan zurechtlegte.

»Du kannst nicht von mir erwarten, dass ich dir ihren Namen verrate«, meinte er.

»Ich weiß, dass du gewisse Regeln in dieser Sache einhältst, aber in diesem Fall gelten diese Regeln nicht.«

»Sie gelten in jedem Fall.«

»Unsinn. Du hast diese Regeln immer viel zu ernst genommen. Also, warst du vielleicht in der vergangenen Nacht bei Lillian Tait? Ich habe gewusst, dass du ein Auge auf sie geworfen hast. Bist du endlich ihrem Charme erlegen?«

»Wie kommst du auf den Gedanken, dass ich eine ganze Nacht und einen großen Teil des Morgens an Lillian Tait verschwende?« Er legte die Papiere beiseite, die er gerade sortiert hatte. »Ich kann die Unterhaltung dieser Lady kaum einen Tanz lang ertragen.«

»Ich kann mir eine ganze Reihe von Gründen vorstellen, warum du sie unter anderen Umständen vielleicht ganz unterhaltsam findest. Mrs. Tait ist eine sehr attraktive und sehr reiche Witwe, und sie macht kein Geheimnis aus der Tatsache, dass sie nicht die Absicht hat, wieder zu heiraten. Sie genießt ihre Freiheit sehr. Alles in allem scheint es ganz so, dass sie für eine Affäre die richtigen Voraussetzungen mitbringt.«

»Findest du wirklich?« Absichtlich ließ er seine Stimme uninteressiert klingen.

»Ich kenne dich besser als jeder andere Mensch auf der Welt, wahrscheinlich nur mit Ausnahme von Onkel Wilson. Mir ist bereits seit einiger Zeit klar, dass du ganz besondere Regeln hast, wenn es um intime Beziehungen geht.« Sie machte eine bedeutungsvolle Pause. »Weißt du, ich denke, das ist eigentlich dein größtes Problem, Adam.«

Er sah sie verständnislos an. »Wie bitte?«

»Du bestehst darauf, dein ganzes Leben nach *Regeln* zu leben. Um Himmels willen, du hast Regeln für alles aufgestellt, sogar für deine romantischen Beziehungen.«

Er zog eine Augenbraue hoch. »Du erstaunst mich, Madam. Ich hatte immer den Eindruck, dass eine anständig erzogene Dame sich nicht mit einem Gentleman über seine romantischen Bindungen unterhält.«

Sie lächelte. »Ich versichere dir, jede Lady, die ich kenne, findet das Thema, wer mit wem tändelt, sehr faszinierend. In der Tat ist es meistens das erste Thema, das bei einem Tee oder einer gesellschaftlichen Veranstaltung diskutiert wird.«

»Wieder eine Illusion über das Verhalten von Damen, die zerbricht.« Er griff nach einem Stift. »Und ich habe immer geglaubt, dass die Themen, über die du dich mit deinen Freundinnen unterhältst, sich nur um Mode und die letzten Sensationsromane drehen.«

Sie schnalzte mit der Zunge. »Es ist immer wieder verwunderlich, dass so viele, anscheinend intelligente Gentlemen sich einzureden versuchen, dass wir Frauen entsetzlich unwissend sind, was das wahre Leben betrifft.«

Der Kommentar ließ ihn verstummen. »Wir wissen wohl beide, dass das Einzige, in dem du wohl kaum unwissend bist, das wahre Leben ist, Julia«, versicherte er ihr leise. »Ich wünschte nur, ich hätte bessere Arbeit geleistet, dich und die anderen davor zu beschützen.«

»Unsinn.« Das neckische Aufblitzen aus ihren Augen verschwand sofort. »Sage so etwas nicht,

Adam. Du hast uns alle sehr gut beschützt, als wir noch jung waren. Ich denke, Jessica, Nathan und ich hätten ohne dich nicht überlebt. Aber du hast doch sicher nicht angenommen, dass ich glaube, du würdest wie ein Mönch leben?«

Er zuckte zusammen. »Ich hätte nicht geglaubt, dass du dir so viele Gedanken über mein Privatleben machst.«

»Ich bin deine Schwester, in jeder Hinsicht, wenn auch nicht durch Blutsverwandtschaft«, rief sie ihm ins Gedächtnis. »Natürlich mache ich mir große Gedanken über dein Privatleben.« Ihre zierlichen Augenbrauen zogen sich hoch. »Und wenn ich mich recht erinnere, hast du mein Privatleben noch weitaus mehr unter die Lupe genommen, als ich dir erklärt habe, ich hätte mich unsterblich in Robert verliebt.«

»Du warst immerhin eine Erbin. Es war meine Pflicht, mich zu versichern, dass du nicht nur wegen deines Reichtums geheiratet wurdest.«

»Ja, das weiß ich, und du hast nicht eher Ruhe gegeben, bis du dich versichert hattest, dass Robert und ich einander wirklich liebten. Robert erschauert noch immer, wenn ich ihn an die verschiedenen Inquisitionen erinnere, denen er sich unterwerfen musste, um dein Vertrauen und deinen Respekt zu erringen.«

»Ich habe diese Treffen mit ihm niemals als Inquisition gesehen. Ich würde viel eher sagen, dass es Gelegenheiten waren für Southwood und mich, einander kennen zu lernen und eine Freundschaft aufzubauen.«

Sie lachte. »Er hat mir erzählt, dass er auf der ersten Angelreise nach Schottland wirklich den Wunsch hatte, dich zu ertränken. Er meinte, das Einzige, was ihn davon abgehalten habe, dich in den See zu stoßen, war das Wissen, dass du ein ausgezeichneter Schwimmer bist.«

»Wir haben auf dieser Reise immerhin einige sehr großartige Fische gefangen.«

»Und dann war da noch diese Einladung auf Wilsons Yacht, zu einer dreitägigen Segeltour, die Küste entlang. Er hat die Einladung nicht abgelehnt, weil er Angst hatte, du würdest ihn als Schwächling abtun.«

»Es war ausgezeichnetes Segelwetter.«

»Er war während der ganzen Fahrt schrecklich seekrank. Er behauptet, dass er noch immer nicht weiß, woher du schon vor der Reise geahnt hast, dass er anfällig ist für *mal de mer*.«

Adam nickte ernst. »Ich habe meine Quellen.«

»Was ich damit sagen will ist, dass du immer sehr auf mein Privatleben geachtet hast, und ich finde es nur verständlich, wenn ich das Gleiche tue. Doch leider hast du mir bis jetzt nur sehr wenig Grund gegeben, Interesse zu zeigen.«

»Es tut mir Leid, wenn du mich so äußerst langweilig findest, aber daran kann ich nur wenig ändern. Also, ich möchte wirklich nicht gern diese faszinierende Unterhaltung unterbrechen, aber ich habe heute Nachmittag noch andere Pläne. Und ich möchte mich vorher noch ein wenig ausruhen.«

Sie verzog das Gesicht. »Du wirst mir also nicht ihren Namen nennen, wie?«

»Nein.«

»Warum tust du nur so geheimnisvoll? Früher oder später werde ich sowieso erfahren, wer sie ist. Du weißt doch, wie der Klatsch in der gehobenen Gesellschaft blüht.« Sie hielt inne und legte den Kopf ein wenig zur Seite, dabei sah sie ihn fragend an. »Es sei denn, deine neue Freundin gehört gar nicht zur gehobenen Gesellschaft.«

Er stand auf und griff nach der Zeitung. »Wenn du mich jetzt entschuldigst, ich möchte nach oben gehen und mich ein wenig ausruhen.«

»Also gut, ich gebe auf, wenigstens für den Augenblick.« Sie stand auch auf. »Es ist deutlich, dass du nicht die Absicht hast, meine Neugier zu befriedigen. Aber früher oder später …« Sie hielt inne und blickte auf die Zeitung in seiner Hand. »Ich habe gar nicht gewusst, dass du den *Flying*

Intelligencer liest, Adam. Das ist so gar nicht deine Art. Diese Zeitung lebt von Sensationen und Klatsch.«

»Ich versichere dir, dies ist die erste und einzige Ausgabe dieser Zeitung, die ich je gekauft habe.«

»Du hattest Glück, überhaupt noch eine Ausgabe zu bekommen.« Sie ging zur Tür. »Mrs. Fordyces letzter Roman wird als Fortsetzung darin abgedruckt. Sie ist sehr beliebt. Ich nehme an, die Zeitungen werden sich sehr schnell verkaufen. In der Tat habe ich dafür gesorgt, dass Willoughby gleich am frühen Morgen losgegangen ist, um einen Zeitungsjungen zu finden. Ich will auf keinen Fall das nächste Kapitel des *The Mysterious Gentleman* verpassen.«

Das Gefühl bevorstehenden Unheils beschlich ihn. »Ich habe gar nicht gewusst, dass du Mrs. Fordyces Romane liest.«

»Doch, das tue ich. Ihre neue Geschichte ist bis jetzt die beste, wenn du mich fragst. Der Bösewicht ist ein Mann mit Namen Edmund Drake. Wir wissen zwar noch nicht, was er im Schilde führt, doch es ist offensichtlich, dass er böse Absichten hat, was die Heldin des Romans betrifft, Lydia Hope.«

Er biss die Zähne zusammen. »Das habe ich auch gehört.«

An der Tür blieb Julia noch einmal stehen. »Ich versichere dir, er wird ein schreckliches Ende finden. Der letzte Bösewicht von Mrs. Fordyce wurde am Ende des Romans weggebracht, um seine letzten Tage in einem Irrenhaus zu verbringen. Ich nehme an, sie hat auch für Edmund Drake etwas Ähnliches geplant.«

Kurze Zeit später, in der Abgeschiedenheit seines Schlafzimmers, nahm Adam seine Krawatte ab, schlüpfte aus seinem Rock und seinem Hemd und legte sich auf sein Bett, um endlich die nötige Ruhe zu finden. Er versuchte, seine Gedanken auf den nächsten Schritt in seinem Plan zu konzentrieren, doch aus irgendeinem verrückten Grund kehrten sie immer wieder zu Caroline Fordyce zurück.

Sie war ganz sicher überhaupt nicht sein Typ. Doch auf eine gewisse Weise passte sie recht gut zu dem, was Julia seine Regeln nannte. Sie war keine unschuldige junge Dame mehr, wie Jessica, die man so gut bewachen musste wie eine Kiste mit Gold, bis sie mit dem passenden Ehemann verheiratet worden war. Und sie war auch nicht die Frau eines Freundes oder eines Geschäftspartners, eine weitere Kategorie von Frauen, denen er tunlichst aus dem Weg ging.

Sie war eine Witwe, und außerdem noch eine recht weltkluge Frau. Sicher konnte nur eine Frau mit beträchtlicher Erfahrung diese Art von reißerischen, melodramatischen Geschichten erfinden, die einen Sensationsroman so beliebt machten.

Wenn man ihre Kleidung und ihr Haus betrachtete, schien sie zwar keinen großen Reichtum zu besitzen, doch es schien, dass sie sich durch ihre Schriftstellerei ein angenehmes Leben leisten konnte. Es stimmte, dass sie sich nicht in der gehobenen Gesellschaftsschicht bewegte, doch das war ausgezeichnet, entschied er. Es würde dann auch keinerlei Klatsch geben.

Er stöhnte auf und legte den Unterarm über die Augen. Im Augenblick hatte er schon genügend Probleme. Das Letzte, woran er jetzt denken sollte, war die Möglichkeit, mit Caroline Fordyce eine Affäre zu beginnen.

Doch leider schien es so, als könne er an kaum noch etwas anderes denken.

4

Als Caroline später an diesem Nachmittag in ihr Arbeitszimmer kam, warteten ihre Tanten bereits auf sie. Sie saßen vor dem Kamin und tranken Tee. Erwartungsvoll sahen die beiden ihr entgegen.

»Nun?«, fragte Milly mit ihrer üblichen Begeisterung.

»Es stimmt. Der geheimnisvolle Gentleman, der mich heute Morgen besucht hat, hat wirklich die Wahrheit gesagt.« Caroline setzte sich hinter ihren Schreibtisch. »Elizabeth Delmont ist in der vergangenen Nacht nach der Séance ermordet worden. Also besteht wohl kaum die Möglichkeit, dass Mr. Grove, oder wie auch immer sein Name sein mag, entweder verrückt ist oder ein Betrüger.«

Das war eine schwache Hoffnung gewesen, an die sie sich bis jetzt geklammert hatte.

»Was hast du denn gesehen, als du zu Delmonts Haus gegangen bist?«, wollte Emma wissen und sah wie immer so aus, als wäre sie auf die schlimmsten Nachrichten gefasst.

Caroline stützte die Ellbogen auf die Schreibtischplatte und legte den Kopf auf die Hände. »Ein Polizist stand vor ihrer Tür, und eine Menge neugieriger Nachbarn und einige Leute von der Presse hatten sich auf der Straße versammelt.«

»Du warst doch vorsichtig, damit dich niemand gesehen hat?«, fragte Emma ängstlich.

»Natürlich.« Caroline rümpfte die Nase. »Wenigstens niemand, der mich kennt.«

»Dennoch kann man bei einer solchen Sache nie vorsichtig genug sein«, rief ihr Emma ins Gedächtnis. »Der Mord wird schon bald eine große Sensation in den Zeitungen sein. Es wäre nicht gut, wenn unser Name auf irgendeine Weise damit in Verbindung gebracht würde, ganz besonders nicht, wenn man diesen unglücklichen Artikel bedenkt, der nach deiner Demonstration übersinnlicher Kräfte auf der Teegesellschaft von Harriet Hughes erschienen ist.«

»Erinnere mich bloß nicht mehr daran«, murmelte Caroline. »Was war das nur für ein Fehler. Ich weiß auch nicht, warum ich mich von dir und Tante Milly dazu habe überreden lassen.«

»Also wirklich, es war doch sehr unterhaltsam«, erklärte Milly leichthin. »Harriet und ihre Freundinnen waren wirklich alle sehr begeistert.«

Emma runzelte die Stirn. »Aber wer weiß, was

die Presse aus einer solchen Sache machen würde, wenn man Caroline vor einem Haus sehen würde, in dem ein Medium ermordet wurde? Es könnte ganz entsetzlich sein. Wir können nur hoffen, dass niemand erfährt, dass wir unter den Teilnehmern von Delmonts letzter Séance waren.«

»Mr. Grove hat gesagt, dass er nicht die Absicht hätte, der Polizei die Liste mit den Namen zu geben«, meinte Caroline. »Aber es könnte ja sein, dass er seine Meinung noch ändert.«

Emma sprach ihre Gedanken laut aus. »Wer weiß schon, was dieser Mann im Sinn hat. Er scheint recht exzentrisch zu sein, das kann man wohl behaupten. Stell dir nur vor, er hat die Absicht, den Mörder ganz allein zu finden.«

»Das ist ganz sicher nichts, was man von einem Gentleman erwarten kann, der sich in gehobenen Kreisen bewegt«, stimmte Milly ihr zu. »Ich frage mich, was wohl in dem Tagebuch, nach dem er sucht, über ihn stehen könnte. Und dann ist da ja auch noch die Sache mit dem falschen Namen.« Sie schnalzte mit der Zunge.

So viele Fragen, überlegte Caroline. Sie war nicht in der Lage gewesen, auch nur eine einzige Zeile zu Papier zu bringen, nachdem der Mann, der sich Adam Grove genannt hatte, wieder gegangen war. Er war weg, doch sein Schatten war geblieben. Er schien über dem gesamten Haushalt zu schweben.

Sie sah die beiden Menschen an, die sie auf dieser Welt am meisten liebte. Angst erfasste sie. Es war allein ihr Fehler, dass ihre Welt vor drei Jahren auf den Kopf gestellt worden war. Sie durfte nicht zulassen, dass so etwas noch einmal geschah. Sie trug die Verantwortung, ihre beiden Tanten vor einem weiteren großen Skandal zu schützen – oder vor etwas, das noch viel schlimmer war.

Emma und Milly hatten sie seit ihrem zweiten Lebensjahr großgezogen. Sie hatten sie in ihr Haus aufgenommen, nachdem ihre Mutter nach einer Überdosis Laudanum gestorben war. Sie hatte beide Frauen Tante genannt, seit sie sprechen konnte, doch in Wirklichkeit war Emma, die Schwester ihrer Mutter, die Einzige, die mit ihr blutsverwandt war.

Die beiden Frauen waren nicht mehr die Jüngsten. Sie waren seit Jahren mehr als nur gute Freundinnen, sie teilten sich nicht nur ihr Zuhause und die Verantwortung, ein Kind großzuziehen, sie hatten auch eine endlose Vielfalt gemeinsamer Interessen und Vorlieben.

Die beiden boten einen eindrucksvollen Kontrast, sowohl im Aussehen als auch im Temperament. Emma war groß, ernst und gut aussehend, und sie hatte eine etwas säuerliche Meinung von der Welt. Sie hatte zwar einen gewissen Sinn für Humor, doch lachte sie nur sehr selten.

Milly dagegen war klein, untersetzt und hatte ein so fröhliches Herz, dass diejenigen, die sie nicht so gut kannten, oft glaubten, sie sei ein wenig frivol. Doch nichts war weiter von der Wahrheit entfernt. Milly war genauso intelligent und gebildet wie Emma, aber sie hatte einen starken Sinn für Romantik.

Caroline war vor langer Zeit zu dem Entschluss gekommen, dass der Geschmack ihrer beiden Tanten in Sachen Kleidung zu ihrem Temperament passte. Emma bevorzugte dunkle, gedeckte Kleider mit nur wenig Rüschen und Verzierungen. Sie sah immer aus, als sei sie ständig in Trauer, ein Stil, der zur Zeit sehr in Mode war.

Aber es gab in letzter Zeit auch noch eine andere, genauso beliebte Moderichtung. Sie bestand aus einem wahren Durcheinander von Farben, Mustern und Entwürfen, und das passte ausgezeichnet zu Milly. Das Kleid, das sie an diesem Nachmittag trug, ging genau in diese Richtung. Es war eine Mischung aus roten und goldenen Streifen und schwarz-weißen Karos. Rüschen fielen über die gefältelten Arme und den Halsausschnitt. Ein gerüschter roter Unterrock lugte unter dem Saum des Kleides hervor.

Emma goss Caroline eine Tasse Tee ein. »Die ganze Sache ist höchst beunruhigend. Glaubst du, dass der Mörder uns vielleicht gestern Abend aus dem Schatten heraus beobachtet hat, als wir Delmonts Haus verlassen haben? Vielleicht hat er schon da auf eine günstige Gelegenheit gewartet.«

»Was für ein schrecklicher Gedanke.« Milly schien darüber eher erregt als verängstigt. »Ich muss zugeben, dass die Séance gestern Abend ziemlich aufregend war. Mir hat ganz besonders die Sache mit der geisterhaften Hand gefallen, die gleich neben dem Tisch erschien. Sehr effektiv. Ich habe schon befürchtet, dass Mr. McDaniel in Ohnmacht fallen würde, als die Finger nach seinem Ärmel griffen.«

»Elizabeth Delmont war natürlich eine hundertprozentige Betrügerin«, meinte Caroline nachdenklich. »Aber ich bewundere sie trotzdem dafür, dass sie eine so interessante Arbeit gemacht hat. Es gibt so wenig profitable Berufe für eine Lady.«

»Sehr wahr«, stimmte Emma ihr zu. »Hast du heute Nachmittag sonst noch etwas erfahren?«

»Ich habe ein junges Hausmädchen entdeckt, das ganz allein am Rande der Menschenmenge stand und das Durcheinander um Mrs. Delmonts Haus beobachtete«, erzählte Caroline. »Ich habe den Kutscher gebeten, anzuhalten, damit ich mit ihr reden konnte. Ich dachte, mit ihr zu reden wäre ziemlich sicher, weil sie keine Ahnung hatte, wer ich war. Sie hat mir bereitwillig von all den Gerüchten berichtet, die in der Menschenmenge erzählt wurden.«

»Was hat sie denn gesagt?«, wollte Milly wissen.

»Sie hat mir erzählt, dass alle davon sprachen, dass die Möbel im Séancezimmer durch übernatürliche Kräfte umgeworfen worden waren.«

Emma seufzte. »Ich nehme an, diese Art von Klatsch war unvermeidlich, wenn man bedenkt, dass es ein Medium war, das umgebracht wurde.«

»Jawohl.« Caroline griff nach ihrer Teetasse. »Sie hat auch gesagt, dass viel von einer zerbrochenen Taschenuhr gesprochen wurde.«

Milly sah neugierig auf. »Was war denn an der Taschenuhr so Besonderes?«

»Offensichtlich hat man sie neben der Leiche gefunden. Die Polizei glaubt, dass sie während des Mordes zerbrochen wurde.« Sie nahm einen Schluck von ihrem Tee und stellte die Tasse dann wieder ab. »Die Zeiger der Uhr sind genau um Mitternacht stehen geblieben.«

Ein Schauer rann durch Millys Körper. »Wie melodramatisch.«

Emma presste die Lippen zusammen. »Zweifellos wird die Uhr in den Zeitungsartikeln über den Mord eine große Rolle spielen.«

»Ich denke, es ist möglich, dass ein ungehaltener Teilnehmer einer Séance sich an Mrs. Delmont rächen wollte«, meinte Milly. »Eine Verbindung mit der anderen Seite kann für manche Menschen, die diese Art von Unsinn sehr ernst nehmen, mit sehr viel Gefühl verbunden sein.«

»Schon möglich«, meinte Caroline nachdenklich, »aber ich habe über die ganze Sache sehr gründlich nachgedacht, und mir ist noch eine andere Möglichkeit eingefallen.«

»Was für eine?«, fragte Emma.

»Der Gentleman, der heute Morgen hier war, ist davon überzeugt, dass der Mörder von Mrs. Delmont sie umgebracht hat, um an ein gewisses Tagebuch zu kommen. Aber wie ihr beide ja wisst, habe ich in letzter Zeit sehr viel Zeit im Hauptquartier der Gesellschaft für übersinnliche Forschungen verbracht, und dort ist es kein Geheimnis, dass Mrs. Delmont eine sehr eifersüchtige Konkurrentin hatte, ein Medium mit dem Namen Irene Toller.«

»Du hast uns schon einmal erzählt, dass es unter den Frauen, die als Medium arbeiten, eine große berufliche Konkurrenz gibt«, meinte Milly.

Emma rührte in ihrem Tee. »Wir können nur hoffen, dass die Polizei den Täter sehr schnell fängt und der ganzen Sache ein Ende macht.«

Aber was ist, wenn die Polizei den Mörder nicht findet, überlegte Caroline. Würden sie dann vielleicht irgendwann auch vor ihrer Tür stehen, genau wie Adam Grove es getan hatte? Und was war mit dem geheimnisvollen Mr. Grove? Wenn er das Tagebuch nicht fand, würde er dann wiederkommen, um sie mit noch mehr Fragen und unverhüllten Vorwürfen zu konfrontieren? Würde er sich vielleicht sogar entscheiden, der Polizei die Liste der Teilnehmer von Mrs. Delmonts letzter Séance zu übergeben?

Sie wusste sehr genau, dass man den meisten Männern seines Standes nicht trauen konnte.

Emma sah sie mit grimmigem Blick an. »Hättest du nur nicht die Idee gehabt, eine der Rollen in deinem neuen Roman mit einem Medium zu besetzen, Caroline. Dann wärst du auch niemals ins Wintersett House gegangen, um dort übersinnliche Studien zu betreiben, und wir hätten niemals an Elizabeth Delmonts letzter Séance teilgenommen.«

Aber ich habe diese Idee nun einmal gehabt,

dachte Caroline bedrückt. Und jetzt sahen sie und ihre Tanten sich der Tatsache gegenüber, in einen weiteren schrecklichen Skandal verwickelt zu werden, einen Skandal, der ihre neue Karriere zerstören würde, auf die sie alle drei finanziell angewiesen waren.

Sie konnte nicht einfach hier sitzen und darauf warten, dass das Unheil sie traf wie eine Lawine. Sie musste etwas tun. Es stand viel zu viel auf dem Spiel.

5

In dieser Nacht holte sie der alte Alptraum wieder ein.

Sie hob die schweren Röcke und lief über den unbefestigten Weg um ihr Leben. Hinter ihr hörte sie die schweren Schritte ihres Verfolgers, die immer näher kamen. Ihr Herz raste. Sie wurde müde, keuchend sog sie den Atem in ihre Lunge.

Furcht und Panik hatten zu Beginn dieses schrecklichen Ereignisses eine unnatürlich Energie in ihr freigesetzt, doch das Gewicht ihrer Röcke war entsetzlich, es bremste sie. Der kleine Sonnenschirm, der an einer hübschen Kette hing, die Milly und Emma ihr zum Geburtstag geschenkt hatte, schlug ihr gegen die Seite und brachte sie aus dem Gleichgewicht.

Sie wusste nicht, wie lange sie noch so würde laufen können, doch sie wusste, wenn sie stehen blieb, würde sie sterben.

»Du musst weggehen«, sagte ihr Verfolger mit dieser unheimlichen, unnatürlich vernünftigen Stimme. »Verstehst du das denn nicht? Er wird zu mir zurückkommen, wenn du weggehst.«

Sie wandte den Kopf nicht, um über ihre Schulter zurückzublicken. Dieses Risiko durfte sie nicht eingehen. Wenn sie stolperte und fiel, war sie verloren.

Es hatte sowieso keinen Zweck, zurückzublicken. Sie wusste alles, was sie wissen musste. Ihr Verfolger hielt ein großes, glänzendes Messer in der Hand und war entschlossen, sie umzubringen.

»Du musst weggehen.«

Die Schritte kamen näher, die Frau, die sie verfolgte, wurde nicht durch ein unförmiges Kleid aufgehalten. Ihre Mörderin trug nur ein Nachthemd aus leichtem Leinen und ein paar feste Schuhe.

»Er wird zu mir zurückkommen, wenn du weggehst.«

Der Wollrock ihres Kleides war schwer wie Blei. Sie verlor ihren Vorsprung …

Caroline wachte schweißgebadet auf, wie immer nach diesem Traum. Zweifellos war der Mord an dem Medium verantwortlich dafür, dass ihr Alptraum zurückgekehrt war, überlegte sie.

Sie hatte diesen Traum jetzt seit drei Jahren immer wieder gehabt. Manchmal träumte sie ihn zwei Wochen lang oder sogar einen ganzen Monat nicht, gerade lange genug, um die Hoffnung in ihr zu wecken, dass er nun wirklich vorüber war. Dann kam er ganz plötzlich ohne jegliche Warnung zurück und störte ihren Schlaf. Manchmal quälte er sie, suchte sie mehrere Nächte hintereinander heim, ehe er dann wieder verschwand.

Sie schwang die Beine aus dem Bett und griff nach ihrem Morgenmantel und den Pantoffeln. Es hatte keinen Zweck, zu versuchen, noch einmal einzuschlafen. Sie kannte diese Dinge mittlerweile viel zu gut. Es gab nur eines, was sie tun konnte – etwas, das sie jede Nacht tat, wenn dieser Traum und die beängstigenden Erinnerungen sie verfolgten.

Leise ging sie nach unten in das kalte Arbeitszimmer. Dort zündete sie eine Lampe an, goss sich ein halbes Glas Sherry ein und lief eine Zeit lang in dem Zimmer auf und ab.

Als sich ihre Nerven ein wenig beruhigt hatten und ihr Puls nicht länger raste, setzte sie sich an ihren Schreibtisch, holte Papier und Stift hervor und begann zu schreiben.

Von ihrem Alptraum, dem Mord und dem geheimnisvollen Mr. Grove abgesehen, gab es Arbeit zu erledigen. Mr. Spraggett, der Herausgeber des *Flying Intelligencer*, würde am Ende der Woche die nächste Folge des *The Mysterious Gentleman* erwarten.

Die erfolgreiche Schriftstellerin von Sensationsromanen, die in Fortsetzungen veröffentlicht wurden, überlebte nur durch einen sehr strengen

Terminplan: Jede Woche musste ein neues Kapitel geschrieben werden, sechsundzwanzig Wochen lang. Jedes Kapitel bestand aus ungefähr fünftausend Worten. Um das Interesse der Leser zu erhalten, musste jedes Kapitel mit einem erstaunlichen Vorfall beginnen und auch enden.

Der Zeitplan, dem sich Caroline unterwerfen musste, war so eng, dass sie normalerweise die Nachforschungen und die Notizen für ihren nächsten Roman bereits machte, wenn sie noch die letzten Kapitel für den Roman davor schrieb.

Einige hundert Worte später legte sie den Stift beiseite und las, was sie geschrieben hatte.

Zweifellos begann der Charakter des Edmund Drake langsam Formen anzunehmen. Und das war auch höchste Zeit, überlegte sie. Drake war bis jetzt nur eine schattenhafte Gestalt gewesen, doch er würde in den verbleibenden Kapiteln eine zentrale Rolle spielen.

6

Zwei Tage später saß Caroline in der letzten Reihe des Vortragssaales und sah, wie die Gaslichter langsam abgedunkelt wurden.

Der Raum wurde in ein tiefes Dämmerlicht gehüllt. Die einzige Stelle, die noch erleuchtet war, war die leere Bühne. Dort brannte eine einzelne Lampe mit einem geisterhaften Licht, sie erhellte einen Tisch und einen Stuhl. Die wenigen Zuschauer verstummten vor Erwartung.

Caroline bemerkte, dass sie in ihrer Reihe beinahe die einzige Zuhörerin war. Es schien, dass Irene Toller ein letztes Mal von ihrer toten Rivalin überflügelt worden war. Hier im Wintersett House hatte die Neuigkeit von Elizabeth Delmonts Ermordung die Aufmerksamkeit aller Menschen gefesselt, die mit übersinnlichen Forschungen zu tun hatten. In den Fluren und Räumen des alten Hauses summten die Gerüchte und die Spekulationen. Und bei so viel Aufregung hatten nur sehr wenige Menschen sich dazu entschließen können, Irene Tollers Demonstration zu besuchen, in der sie

Geister dazu bringen wollte, Worte aufzuschreiben.

Die abrupte Verdunkelung des Raums übte auf Carolines Sinne eine beunruhigende Wirkung aus. Es war, als hätten unsichtbare Finger über ihren Nacken gestrichen. Eine beunruhigende Erregung erfasste sie. Sie fühlte förmlich die Anwesenheit einer unsichtbaren Person, die ihr immer näher zu kommen schien.

»Guten Tag, Mrs. Fordyce.« Der Mann, der sich Adam Grove genannt hatte, sprach ganz leise hinter ihr. »Das ist sicher ein erstaunlicher Zufall, man könnte fast sogar behaupten, er hätte metaphysische Ausmaße. Haben Sie etwas dagegen, wenn ich mich neben Sie setze?«

Caroline zuckte so heftig zusammen, dass sie beinahe von ihrem Stuhl aufgefahren wäre. Es gelang ihr nur mit Mühe, einen leisen Aufschrei zu unterdrücken.

»Mr. Grove.« Der Schreck hatte sie ganz atemlos gemacht, und sie ärgerte sich über ihre Reaktion, deshalb warf sie ihm einen bösen Blick zu. Doch das schien er in der Dunkelheit überhaupt nicht zu bemerken. »Was um alles in der Welt tun Sie hier?«

»Das Gleiche wie Sie, würde ich denken.« Er schob sich vor ihr vorbei, offensichtlich in der Absicht, den Platz neben ihr einzunehmen, was sie ihm noch gar nicht erlaubt hatte. »Ich dachte, es wäre vielleicht ganz interessant, mir einmal Irene Tollers Vorstellung von schreibenden Geistern anzusehen.«

»Sie sind mir gefolgt«, warf sie ihm vor und schob ihre Röcke beiseite.

»Nein, das habe ich wirklich nicht getan.« Er setzte sich auf den Stuhl neben ihr. »Aber irgendwie überrascht es mich gar nicht, dass unsere Wege sich wieder einmal gekreuzt haben.«

»Ich unterhalte mich nicht mit Fremden, denen ich nicht offiziell vorgestellt worden bin«, erklärte sie mit eisiger Stimme.

»Richtig, das habe ich vergessen.« Er setzte sich bequem hin. »Immerhin habe ich Ihnen nicht meinen richtigen Namen genannt, als ich sie vor ein paar Tagen besucht habe, nicht wahr?«

»Um es ganz genau zu sagen, Sie haben mich belogen, Sir.«

»Ja, also, alles, was ich dazu sagen kann, ist, dass es zu diesem Zeitpunkt besser für Sie war. Aber da das Schicksal wieder einmal zugeschlagen und uns erneut zusammengeführt hat, kann ich mich Ihnen genauso gut jetzt vorstellen. Adam Hardesty, zu Ihren Diensten.«

»Warum sollte ich annehmen, dass Sie mir jetzt

die Wahrheit sagen und mir Ihren richtigen Namen nennen?«

»Ich werde Ihnen gern einen Beweis meiner Identität geben, wenn Sie das von mir verlangen.«

Sie ignorierte ihn. »Sie sind heute hierher gekommen, weil Sie herausgefunden haben, dass Mrs. Toller Ihnen vielleicht das Motiv für den Mord an Mrs. Delmont liefern könnte, nicht wahr?«

»Sie haben offensichtlich die gleichen Gerüchte gehört.«

»Die Rivalität zwischen den beiden ist hier im Wintersett House nichts Neues.«

»Ich nehme an, es war die Neugier, deretwegen Sie diese Sache verfolgt haben.« Er schüttelte den Kopf. »Hat man Sie nie vor den Gefahren dieses ganz besonderen Charakterzuges gewarnt?«

»Ich gebe zu, dass ich von Natur aus ein neugieriger Mensch bin, Mr. Hardesty, aber zufällig war es nicht die Neugier, die mich heute hierher geführt hat.«

»Nicht? Dann darf ich wohl fragen, was für ein verrückter Gedanke Sie dazu gebracht hat, einen Mordfall ganz allein untersuchen zu wollen? Diese Sache geht Sie längst nichts mehr an.«

»Leider bin ich mir da gar nicht so sicher«, entgegnete sie kühl. »Ich fand es nur vernünftig, mich persönlich um diese Angelegenheit zu kümmern.«

»Zum Teufel.« Er verschränkte die Arme vor der Brust. »Wie können Sie in dieser Sache nur von Vernunft reden? Es ist leichtsinnig, dumm und auch gefährlich, was Sie tun.«

»Ich hatte gar keine andere Wahl. Meiner Meinung nach ist die Situation bereits äußerst gefährlich. Es ist ganz offensichtlich, dass Sie ein sehr gnadenloser und entschlossener Mann sind. Nachdem Sie mein Haus verlassen hatten, kam mir der Gedanke, dass Sie, wenn Sie keinen anderen Verdächtigen finden, der Ihnen plausibel erscheint, wieder zu Ihrer ursprünglichen Theorie zurückkehren könnten und meine Tanten und mich als Verdächtige ansehen.«

Es gab eine kurze, angespannte Pause, während der er ihre Worte verdaute. Sie sah, dass er über ihre Logik nicht erfreut zu sein schien.

»Ich gebe zu, ich habe versucht, Sie ein wenig aus der Ruhe zu bringen«, gestand er ihr. »Aber ich dachte, ich hätte deutlich gemacht, dass ich einigermaßen davon überzeugt war, dass Sie und Ihre Tanten nichts mit der ganzen Sache zu tun hatten.«

»Einigermaßen überzeugt klingt in meinen Ohren gar nicht so sicher. Und jetzt hören Sie freundlicherweise auf, mich zu belästigen. Die Demonstration beginnt.«

Adam schwieg zwar, aber sie war sicher, dass er später noch eine ganze Menge zu sagen haben würde. Sie entschied sich, so schnell wie möglich zu verschwinden, nachdem Irene Toller ihre Vorstellung beendet hatte.

Ein kleiner Mann in einem gepflegten Anzug, mit einem modisch gepunkteten Hemd und einer gestreiften Weste betrat die Bühne. Er räusperte sich.

»Mrs. Irene Toller wird Ihnen jetzt eine Vorstellung automatischen Schreibens geben«, erklärte er.

Es gab einigen, wenig begeisterten Applaus.

Eine Frau trat hinter einem Vorhang an der Seite der Bühne hervor. Caroline hatte Irene Toller ab und zu in den Räumen des Wintersett House gesehen. Das Medium schien Anfang dreißig zu sein. Irene war groß und auffallend, mit scharfen Zügen. Ihr dunkles Haar hatte sie zu einer Frisur aus kunstvoll geflochtenen Zöpfen um den Kopf gelegt.

Irene schritt würdevoll zu dem Tisch. In ihrer Hand trug sie ein Gerät, von dem Caroline wusste, dass es sich hierbei um eine Planchette handelte, ein Tischchen mit zwei Beinen auf Rollen und einer Halterung für einen Stift. Dieses Gerät war vor einigen Jahren erfunden worden und dazu bestimmt, das Medium Nachrichten von der anderen Seite schreiben zu lassen, während es sich in Trance befand.

»Das alles wäre sicher recht unterhaltsam, wenn es nicht um die Tatsache gehen würde, dass ein Mord geschehen ist«, meinte Adam leise.

Irene Toller setzte sich und stellte die Planchette auf den Tisch vor ihr. Sie betrachtete zum ersten Mal die wenigen Menschen im Publikum. Caroline war erstaunt über den eindringlichen Blick der Frau.

»Guten Tag«, begrüßte Irene die Menschen mit kräftiger, wohlklingender Stimme. »Für diejenigen, die noch nie zuvor gesehen haben, wie eine Planchette benutzt wird, werde ich zuvor erklären, wie man sie einsetzt. Zuerst müssen Sie wissen, dass es eine Art Schleier gibt, der diese Welt von der Welt trennt, in der die Geister herrschen. Gewisse Individuen, wie ich zum Beispiel, besitzen die Fähigkeit, einen Weg hinüber zu finden. Ich bin in der Tat nur eine Art Kanal, ein Medium, durch das diejenigen, die schon vor uns von dieser Welt gegangen sind, in die weltliche Sphäre zurückkehren können.«

Ein aufmerksames Schweigen legte sich über die

Zuschauer. Irene genoss jetzt die volle Aufmerksamkeit jedes Einzelnen. Sie stellte die Planchette auf ein Blatt Papier und legte dann leicht die Finger darauf.

»Ich muss mich zuerst vorbereiten, damit die Geister meine Hand nutzen können, um ihre Botschaften niederzuschreiben«, sprach Irene weiter. »Wenn ich in die nötige Trance getreten bin, werde ich von den Zuschauern Fragen entgegennehmen. Und falls die Geister sich entscheiden, zu antworten, werden sie das über die Planchette tun.«

Man hörte leises Murmeln. Trotz ihrer Skepsis beugte sich Caroline erwartungsvoll ein wenig vor.

»Ich warne Sie jedoch, dass die Geister nicht immer die Fragen beantworten, die in diesen öffentlichen Sitzungen gestellt werden«, meinte Irene. »Sie bestehen sehr oft darauf, dass gewisse Fragen in einer weniger öffentlichen Sitzung gestellt werden.«

Adam beugte sich zu Caroline und flüsterte in ihr Ohr: »Es scheint so, als wolle sie ihr Geschäft mit wesentlich teureren Séancen ankurbeln, die sie am Abend in ihrem eigenen Haus abhält.«

»Seien Sie still. Ich versuche, Mrs. Toller zuzuhören.«

Auf der Bühne fiel Irene allen Anzeichen nach gerade in eine Trance. Sie hatte die Augen geschlossen und schwankte leicht auf ihrem Stuhl.

»Hört, ihr geisterhaften Geschöpfe, die hinter dem Schleier existieren, der diese Welt der Sterblichen abschirmt«, begann sie mit monotoner Stimme. »Wir möchten von euch hören. Wir suchen eure Führung und euer Wissen.«

Erwartung lag über dem Publikum. Caroline sah, dass die meisten der Anwesenden mit Freuden jeglicher Logik abschworen. Sie wollten wirklich glauben, dass Irene Toller mit der Geisterwelt in Verbindung treten konnte.

»Ein williges Publikum ist immer leicht zu betrügen«, meinte Adam leise.

Irene stieß ein leises, klagendes Geräusch aus, bei dem ein Schauer durch Carolines Körper rann. Das Medium zuckte mehrere Male zusammen, ihre Schultern bewegten sich.

Das Publikum war gebannt.

Irenes Stöhnen hörte plötzlich auf. Sie erstarrte, ihr Kopf fuhr zurück, dann richtete sie sich auf und erschien irgendwie größer und bedeutender als zuvor.

Sie öffnete die Augen und starrte das Publikum mit einem eindringlichen Blick an.

»Die Geister sind hier«, erklärte sie mit hohler,

Furcht einflößender Stimme, die so ganz anders war als ihre Stimme zuvor. »Sie schweben überall um uns herum in diesem Raum, für den normalen Menschen sind sie unsichtbar. Sie warten auf unsere Fragen. Sprecht.«

Caroline hörte, wie einige Leute Seufzer und leise Rufe ausstießen.

Ein Mann erhob sich ein wenig unsicher von seinem Platz. »Ich bitte um Entschuldigung, Mrs. Toller. Aber ich wollte die Geister fragen, wie es auf der anderen Seite ist.«

Einen Augenblick lang herrschte vollkommene Stille. Und dann begann, anscheinend ganz von selbst, die Planchette sich unter Irenes Fingern zu bewegen.

Caroline spürte, dass alle, mit Ausnahme von Adam Hardesty, den Atem anhielten. Das Publikum beobachtete fasziniert, wie der Stift, der in der Planchette eingelassen war, über das Papier glitt.

Nach einem Augenblick hörte er auf zu schreiben. Irene sah aus, als hätte die Anstrengung sie erschöpft. Sie schob die Planchette beiseite, hob das Blatt Papier auf und hielt es dem Publikum hin. Im Schein der Lampe erkannte man eine gekritzelte Botschaft.

»Dies ist ein Reich voller Licht und Harmonie«,

las Irene laut vor. »Diejenigen, die noch immer in ihrem sterblichen Körper gefangen sind, können es sich nicht vorstellen.«

Gemurmelte Zustimmung und Verwunderung waren von überallher zu hören.

»Ich habe kein Talent, Romane zu schreiben«, flüsterte Adam Caroline zu. »Aber ich schwöre, sogar ich könnte so etwas erfinden.«

»Wenn Sie es nicht lassen können, Bemerkungen über diese Demonstration zu machen, dann wäre es vielleicht besser, wenn Sie sich an einen anderen Platz in diesem Raum setzen würden, Sir«, fuhr ihn Caroline leise an. »Ich versuche, Mrs. Toller zu beobachten. Und dabei kann ich keine Ablenkung gebrauchen.«

»Sie nehmen diese Sache doch nicht etwa ernst?«

Sie tat so, als hätte sie seine Bemerkung gar nicht gehört.

Eine weitere Person stand auf, um eine Frage zu stellen, diesmal handelte es sich um eine Frau in mittleren Jahren. Sie trug Trauerkleidung. Ein schwarzer Schleier verbarg ihr Gesicht.

»Ist der Geist meines Mannes George hier?«, wollte sie mit bebender Stimme wissen. »Wenn das so ist, können Sie ihn bitte fragen, wo er seine Wertpapiere versteckt hat? Er weiß schon, welche ich meine. Ich habe überall danach gesucht und kann sie nicht finden. Ich muss sie unbedingt verkaufen. Ich bin völlig verzweifelt. In der Tat besteht die Gefahr, dass ich das Haus verliere.«

Alle blickten zur Bühne.

Irene legte die Fingerspitzen auf die Planchette. Wieder herrschte äußerste Stille. Caroline erwartete, dass das Medium erklären würde, dass der Geist des verstorbenen George nicht anwesend war. Doch zu ihrem Erstaunen begann sich die Planchette unter Irenes Fingerspitzen zu bewegen, langsam zuerst, dann immer schneller.

Die Planchette hielt abrupt an. Mit einem Ausdruck der Erschöpfung hob Irene das Blatt Papier hoch.

»Hinter dem Spiegel über dem Kamin«, las sie laut vor.

»Ich bin gerettet«, rief die Frau. »Wie kann ich Ihnen danken, Mrs. Toller? Meine Dankbarkeit ist Ihnen sicher.«

»Sie müssen dem Geist Ihres Mannes danken, Madam«, antwortete Irene. »Ich bin nur das Medium, durch das er diese Information weitergegeben hat.«

»Danke, George, wo immer du auch bist.« Die Frau schob sich aus der Sitzreihe und lief auf den Ausgang zu. »Bitte, entschuldigen Sie mich. Ich muss diese Wertpapiere sofort finden.«

Sie lief an Caroline vorüber, ein Hauch von Lavendelduft hing in der Luft, dann verschwand sie hinter dem Vorhang, der das Licht von der Tür abschirmte.

»Also, das war wirklich interessant«, meinte Adam.

Erregung lag über dem abgedunkelten Raum. Ein weiterer Mann sprang auf.

»Bitte, Mrs. Toller, ich habe eine Frage«, rief er laut. »Wenn der Geist von Elizabeth Delmont hier ist, dann soll sie uns doch bitte sagen, wer sie ermordet hat.«

Ein erschrockenes Schweigen senkte sich über das Publikum.

Auf der Bühne zuckte Irene heftig zusammen. Ihr Mund öffnete sich und schloss sich dann schnell wieder.

Zum ersten Mal richtete jetzt auch Adam seine volle Aufmerksamkeit auf die Bühne. Er beugte sich vor, stützte seine Unterarme auf die Oberschenkel und beobachtete Mrs. Toller ganz genau.

»Ich erwarte, dass sie behaupten wird, Mrs. Delmonts Geist ist nicht hier«, murmelte Caroline leise.

»Da bin ich gar nicht so sicher«, antwortete Adam. »Sehen Sie nur, die Planchette bewegt sich.«

Erstaunt starrte Caroline darauf. Unter Mrs. Tollers Fingern bewegte sich das Gerät hin und her, die Spitze des Stiftes fuhr über ein neues Blatt Papier.

Irene stöhnte auf. Man sah, wie ein Schauer durch ihren Körper rann, ihre Schultern bewegten sich. Es hatte den Anschein, als kämpfe sie darum, auf ihrem Stuhl sitzen zu bleiben.

Als die Planchette endlich stillstand, rührte sich niemand im Publikum.

Irene schob die Planchette beiseite und hob das Blatt Papier hoch. Lange starrte sie auf das Gekritzel. Spannung lag über dem Raum.

Irene las die Botschaft vor, mit dieser ihr fremden, rauen Stimme. »Elizabeth Delmont war eine Betrügerin. Sie hat die Geister verärgert mit ihren falschen Behauptungen und ihren Tricks. Die unsichtbare Hand der Rache hat sich aus dem Grab erhoben, um sie zum Schweigen zu bringen.«

Als wäre diese letzte Anstrengung zu viel für Irene gewesen, sank sie mit dem Gesicht auf den Tisch. Noch ehe sich jemand rühren konnte, flackerte die einzelne Lampe noch einmal heftig auf, dann erlosch sie. Der Saal war in vollkommene Dunkelheit gehüllt.

Jemand schrie. Eine allgemeine Unruhe breitete sich aus.

»Bitte bleiben Sie ruhig. Es ist alles in Ordnung. So etwas passiert oft, wenn Mrs. Toller ihre Demonstration beendet. Eine Séance ist eine große Anspannung für die Nerven eines Mediums. Ich werde die Lampe gleich wieder anzünden.«

Caroline erkannte die Stimme als die des kleinen Mannes, der Irene Toller angekündigt hatte.

Die Lichter wurden langsam wieder hell, die Bühne war erleuchtet.

Irene Toller und ihre Planchette waren verschwunden.

7

»Genug mit diesem Theater.« Adam griff fest nach Carolines Arm und zog sie auf die Füße. »Browning hatte Recht in seinem Stück: ›Mr. Sludge, das Medium.‹ Jeder, der behauptet, die Geister herbeirufen zu können, ist ein Betrüger.«

»Ich möchte Sie daran erinnern, Sir, dass Mr. Brownings Frau sehr beeindruckt war von der Séance, die der berühmte Mr. D. D. Home abgehalten hat. Die Gerüchte besagten, dass sie davon überzeugt war, dass Home nicht nur mit der Geisterwelt in Verbindung treten konnte, sondern dass es ihm sogar gelang, Erscheinungen herbeizurufen.«

»Mit allem Respekt für die unvergleichliche Elizabeth Barrett Browning, aber ich bin sicher, dass Home sie hinters Licht geführt hat.« Adam führte sie zur Tür. »Aber ich gebe zu, dass sie sich in ausgezeichneter Gesellschaft befunden hat. In seiner besten Zeit hat Home es sogar geschafft, einige wichtige Leute zum Narren zu halten.«

Zu seiner großen Freude wehrte sich Caroline nicht dagegen, dass er sie aus dem Vortragssaal führte. Aber dann stellte er sehr schnell fest, dass er sich in einer Hinsicht sehr geirrt hatte. Der wohlgerundete Körper und das verlockende, nachgiebige Gefühl ihres Armes unter dem Stoff ihres Kleides lenkten ihn sehr ab. Er musste sich gegen den plötzlichen Wunsch wehren, seinen Griff noch zu verstärken und sie an sich zu ziehen. Dies war das erste Mal, dass er sie berührt hatte. Er konnte das Aufflackern der Erregung nicht unterdrücken, das er dabei fühlte.

Sie war warm und lebhaft in ihrem grünen, spitzenbesetzten Kleid mit den weißen Abschlüssen am Hals und den Ärmeln. Die kurze Schleppe des Kleides wurde von einer hübschen Spange gehalten, damit sie gehen konnte, ohne mit dem Saum des Kleides den Boden zu berühren. Unter dem Saum lugten die zarten Spitzen ihrer Schuhe hervor, die die gleiche Farbe hatten wie das Kleid. Eine große, ein wenig frivole, goldgrüne Schleife verzierte den Rücken des Kleides, wo sich die Röcke ein wenig bauschten. Das Haar hatte sie zu einem eleganten Knoten hochgebunden. Ein winziger, mit Blumen besetzter Hut saß kokett schräg über einem Auge.

Sie sieht zum Anbeißen aus, dachte er, und er war entsetzlich hungrig.

Er führte sie durch den Flur, dabei war er sich ihrer Weiblichkeit beinahe schmerzlich bewusst. Der schwache, verlockende Duft ihres Körpers, gemischt mit den Blumen und Kräutern der Seife, die sie benutzt hatte, stieg ihm in die Nase. Der Duft rührte an seine Sinne. Er rief sich ins Gedächtnis, dass er viel zu alt und viel zu erfahren war, dass er viel zu viel von der dunklen, rauen Seite des Lebens gesehen hatte, um sich so leicht von einer Frau überwältigen zu lassen. Doch er konnte nicht anders. Alle Anzeichen sprachen dafür, dass er sich Hals über Kopf verliebt hatte.

Sie gingen durch die große Halle des Wintersett House, vorbei an einem Büro, einem großen Empfangsraum, an Vortragssälen und einer Bibliothek.

Soweit Adam das beurteilen konnte, stand nur die untere Etage des Hauses den Mitgliedern der Gesellschaft für übersinnliche Forschungen offen. Die Etagen darüber waren dem Publikum nicht zugänglich.

Das Haus war riesig, kahl und recht hässlich, seiner Meinung nach. Es war im gotischen Stil erbaut worden, mit dicken Steinmauern. Die Räume waren mit Gewölben im mittelalterlichen Stil ausgestattet. Nur sehr wenig Tageslicht drang in das Innere des großen Hauses.

Genau die Atmosphäre, die den Mitgliedern der Gesellschaft zusagte, stellte er sich vor.

Als sie die Eingangshalle erreichten, entdeckte er zwei Gentlemen, die sich ernsthaft unterhielten. Der kleinere der beiden war ein Mann von ungefähr vierzig oder fünfundvierzig Jahren. Obwohl er kleiner war als der Durchschnitt, so war er doch schwer und untersetzt, beinahe konnte man ihn sogar mit diesem Haus vergleichen. Er wirkte auf sehr eindringliche Art gebildet mit seiner Brille, dem Schnauzbart, dem schütteren Haar und seinem zerknitterten Rock.

Der kleine Mann mit der Brille hielt dem anderen, eleganten und gut gekleideten Mann mit einer aristokratischen Nase, der einen etwas gelangweilten Eindruck machte, eine Fotografie hin. Der größere Mann hatte eine Figur, die das Auge der Damen wie magisch anzog. Sein pechschwarzes Haar war von einer auffallenden silbernen Strähne durchzogen.

»Der große, elegant aussehende Mann ist Mr. Julian Elsworth«, flüsterte Caroline ihm zu. »Er ist der in London im Augenblick gefragteste Fachmann für übersinnliche Kräfte. Er gibt öffentliche Vorstellungen hier im Wintersett House, aber die meisten seiner Sitzungen hält er in Privathäusern ab, in den exklusivsten Kreisen.«

Sie schien viel zu begeistert von Elsworth zu sein, entschied Adam.

»Ich habe von ihm gehört«, meinte er. »Aber wir sind einander nie vorgestellt worden.«

»Ein offizieller Empfang zu seinen Ehren wird ein wenig später in dieser Woche hier stattfinden«, erklärte sie ihm. »Darauf wird eine Demonstration seiner Fähigkeiten folgen. Es wird sicher eine große Menge Zuschauer geben.«

»Und wer ist der kleinere Gentleman?«

»Das ist Mr. Reed. Er ist der Präsident der Gesellschaft für übersinnliche Forschungen und der Herausgeber der *New Dawn*.«

In diesem Augenblick sah Elsworth von dem Foto auf, das Reed ihm hinhielt. Er warf Adam einen kurzen, nachdenklichen Blick zu. Doch dann tat er ihn offensichtlich als unwichtig ab und wandte sich mit einem strahlenden Lächeln an Caroline.

»Mrs. Fordyce«, begrüßte Elsworth sie. »Es ist mir eine Freude, Sie wiederzusehen.«

»Mr. Elsworth.« Sie reichte ihm die Hand und richtete dann ihre Aufmerksamkeit auf den anderen Mann. »Mr. Reed.«

Sie warf Adam einen fragenden Blick zu. »Darf ich Ihnen vorstellen, Mr. …«

»Grove«, antwortete Adam, noch ehe sie sich

entscheiden konnte, welchen Namen sie benutzen sollte. »Adam Grove.«

Die beiden Männer nickten höflich, doch es war deutlich, dass ihr Interesse eher Caroline galt.

Reeds blasse Augen schauten eindringlich und ernst hinter seinen Brillengläsern hervor. »Willkommen im Wintersett House. Sind Sie gekommen, um Ihre Forschungen wieder aufzunehmen, oder haben Sie sich endlich entschieden, die Gesellschaft mit einer Vorstellung Ihrer eigenen übersinnlichen Fähigkeiten zu beehren?«

Adams Griff um Carolines Arm wurde fester. Übersinnliche Fähigkeiten? Was zum Teufel hatte das zu bedeuten?

Unauffällig versuchte Caroline, sich aus seinem Griff zu befreien. Er bemerkte, dass er sie festhielt, als wäre sie in Gefahr, von einer unsichtbaren Macht hinweggefegt zu werden. Schnell lockerte er seinen Griff, doch gab er sie nicht ganz frei. Aus irgendeinem Grund schien ihm sehr geraten, sie so fest wie nur möglich zu halten.

Caroline lächelte Reed höflich an. »Wie ich Ihnen schon vor einigen Tagen gesagt habe, Sir, der Artikel in der Presse war nicht richtig, was einige der dort aufgestellten Behauptungen über meine Demonstration bei der Teegesellschaft betraf.«

»Aber ich habe mit Mrs. Hughes höchstpersönlich gesprochen«, bestand Reed auf seiner Meinung. »Sie war sehr beeindruckt von den Dingen, die sie an diesem Tag gesehen hat.«

»Bitte glauben Sie mir, wenn ich Ihnen sage, dass ich überhaupt keinerlei Gabe besitze, die die Forscher dieser Gesellschaft interessieren könnte«, wehrte Caroline ab.

Reeds Lächeln war eine Mischung aus Verständnis und Anerkennung. »Ihr natürliches Feingefühl ehrt Sie, Mrs. Fordyce, aber Sie brauchen keine Angst zu haben. Ich würde nicht im Traum daran denken, Sie der Öffentlichkeit vorzuführen. Seien Sie versichert, dass die Tests, die wir machen würden, ganz privat ablaufen, nach den strengen Regeln der Wissenschaft.«

»Ich muss ablehnen«, erklärte Caroline entschlossen.

Elsworth zog seine Augenbrauen hoch. »Ich fürchte, Sie sind bei weitem zu bescheiden, Madam. Dem Artikel in der Zeitung nach waren Sie offensichtlich in der Lage, die Gedanken einiger der Damen zu lesen, die das Glück hatten, an der Teegesellschaft von Mrs. Hughes teilzunehmen.«

»Leider gibt es nichts, was ich der Gesellschaft vorführen könnte«, erklärte sie noch einmal, diesmal mit noch mehr Nachdruck.

Reed nickte ein paar Mal. »Wie Sie wünschen.

Ich würde nicht im Traum daran denken, Sie zu drängen, irgendetwas zu tun, was Ihnen Unbehagen bereitet.« Er hielt inne und sprach dann noch ein wenig leiser. »Ich nehme an, Sie haben die tragische Neuigkeit von Elizabeth Delmonts Tod gehört?«

»Erschreckend«, meinte Caroline.

»Wir alle hier in der Gesellschaft sind regelrecht benommen.« Reed schüttelte den Kopf. »Sie war ein Medium mit einem großen Talent.«

Elsworth warf einen Blick zurück zu dem Vortragssaal, in dem Irene Toller ihre Vorstellung gehabt hatte. »Nicht jeder scheint dieser Meinung zu sein.«

Adams Interesse an dieser Unterhaltung war geweckt. »Ja, wir haben auch vor einigen Minuten diesen Eindruck von Mrs. Toller bekommen.«

Reed verzog das Gesicht. »Ich fürchte, es hat da einige berufliche Rivalitäten zwischen Mrs. Toller und Mrs. Delmont gegeben. Mächtige Medien sind sehr oft eifersüchtig auf die Gaben der anderen.«

»Sie hat angedeutet, dass dunkle Kräfte von der anderen Seite für den Tod von Mrs. Delmont verantwortlich waren«, warf Caroline ein.

Elsworth verzog schmerzlich das Gesicht. »Wenn man der Sensationspresse glauben darf, hat es einige Besonderheiten bei diesem Mord gegeben, die zweifellos dazu beitragen werden, dass sehr viele Ausgaben der Zeitungen verkauft werden.«

»Was waren das denn für Besonderheiten?«, fragte Adam mit einem Ton, von dem er sicher war, dass er reine Neugier ausdrückte.

Reed seufzte schwer auf und sprach dann noch leiser. »Es hat Berichte gegeben, dass das Zimmer, in dem Delmont ihre Séancen abhielt, von einer übernatürlichen Macht vollkommen auf den Kopf gestellt worden ist. Möbel wurden herumgeworfen, als seien es nur kleine Holzstücke.« Er hielt inne, um seine nächsten Worte noch zu unterstreichen. »Sie haben auch erwähnt, dass eine geheimnisvolle schwarze Taschenuhr neben der Leiche gefunden wurde.«

»Was ist denn so geheimnisvoll an einer Taschenuhr?«, wollte Adam wissen.

»Wenn man dem Reporter glauben kann, so war die Uhr zerbrochen«, erklärte Elsworth. »Sehr wahrscheinlich wurde sie bei dem Mord zerbrochen. Die Zeiger der Uhr sind um zwölf Uhr stehen geblieben.« Er lächelte freudlos. »Die Mitternacht wird oft als besonders wichtige Stunde in der Welt der übersinnlichen Forschungen angesehen, müssen Sie wissen.«

»Einige Menschen glauben, dass das die Stunde der Nacht ist, zu der der Schleier zwischen dieser Welt und der anderen Seite am ehesten zu durchdringen ist«, fügte Reed noch mit einem ernsthaften Nicken seines Kopfes hinzu. »Das ist alles sehr beunruhigend.«

Caroline warf einen Blick auf das Foto in seiner Hand. »Ich sehe, Sie haben da ein Foto.«

»Ja, in der Tat.« Reeds Gesichtsaudruck wurde freundlicher, und er hielt das Foto für sie hoch. »Ich habe es gerade Elsworth gezeigt.«

Caroline beugte sich vor, um es besser sehen zu können. »Das ist sehr interessant.«

Adam betrachtete über ihre Schulter hinweg das Bild. Es zeigte eine attraktive junge Dame, die in einem großen Ledersessel saß. Das durchscheinende, geisterhafte Bild einer anderen Frau schien in der Luft hinter dem Kopf der jungen Dame zu erscheinen.

»Es wurde von einem Mitglied der Gesellschaft gemacht«, erklärte Reed voller Begeisterung. »Das Medium ist offensichtlich in der Lage, Erscheinungen herbeizurufen.«

»Das Problem ist, dass niemand solchen Geisterfotos mehr traut.« Elsworth schien eher gelangweilt. »Sie sind zu einfach zu fälschen, fürchte ich.«

»Wie so viele andere Dinge auch«, warf Adam ein.

Caroline warf ihm einen ermahnenden Blick zu, doch er tat so, als hätte er es nicht bemerkt.

»Sollen wir gehen, meine Liebe?«, fragte er. »Es wird bereits spät.«

»Ich bin nicht in Eile«, wehrte sie ab.

»Du hast offensichtlich unsere Verabredung vergessen«, fügte er hinzu und schob sie in Richtung Tür.

Einen Augenblick lang fürchtete er, sie würde sich wehren, doch stattdessen verabschiedete sie sich von Reed und Elsworth.

Draußen, auf der Treppe vor dem Wintersett House, blieb Caroline stehen, um ihren zierlichen grünen Sonnenschirm von der Kette zu lösen, mit der er an ihrer Taille befestigt war. Mit einem leisen Schnappen öffnete sie ihn.

»Wirklich, Mr. Hardesty, es gab keinen Grund, so unhöflich zu sein. Mr. Reed ist nicht nur der Präsident der Gesellschaft, er hat auch sehr viel getan, um ernsthafte, wissenschaftliche Forschungen durchzuführen.«

»Wissenschaftliche Forschungen übersinnlicher Fähigkeiten? Also, wenn das schon nicht in sich selbst ein Gegensatz ist.«

»Und was Mr. Elsworth betrifft, so müssen Sie

wissen, dass er in gewissen Kreisen als Erbe der Krone von D. D. Home angesehen wird. Man sagt, dass er genauso wie Home seinen Körper von der Erde lösen kann.«

»Wenn Sie das glauben, Mrs. Fordyce, dann darf ich Ihnen vielleicht eine sehr interessante Investition vorschlagen, von der ich gerade gehört habe. Es geht da um eine Diamantmine in Wales. Die Steine liegen da einfach so auf dem Boden herum und warten darauf, dass jemand mit einem Eimer kommt und sie einsammelt. Sie werden auf jeden Fall ein Vermögen verdienen.«

»Das finde ich überhaupt nicht lustig, Sir. Zu Ihrer Information, Mr. Elsworth ist mehrere Male von Forschern übersinnlicher Kräfte untersucht worden, und sie haben jedes Mal festgestellt, dass er ehrlich arbeitet. Einer von ihnen behauptet sogar, dass sowohl Mr. Home als auch Mr. Elsworth wahrscheinlich sogar von Werwölfen abstammen, und das ist auch der Grund dafür, warum sie so außergewöhnliche Kräfte besitzen.«

Er sah sie mit hochgezogenen Augenbrauen an und sagte kein einziges Wort.

Immerhin besaß sie genug Anstand, zu erröten.

»Nun ja«, gestand sie zähneknirschend. »Ich gebe zu, diese ganz besondere Behauptung ist recht unwahrscheinlich. Aber ich möchte wirklich sagen, dass Mr. Elsworth einige Gemeinsamkeiten mit D. D. Home hat. Die Teilnehmer an seinen Séancen gehörten zu den vornehmsten Menschen in London.«

»Ich habe Neuigkeiten für Sie, Madam. Meiner Erfahrung nach ist diese Art von Menschen genauso leicht zu beeinflussen wie alle anderen auch.«

»Man sagt, die Königin persönlich hätte um eine Séance gebeten, nachdem Prinz Albert gestorben war.«

»Ja, diese Gerüchte habe ich auch gehört.« Er führte sie die Treppe hinunter. »Aber leider ist es eine Tatsache, dass Menschen, die in großer Trauer sind, ganz gleich, welche Stellung sie bekleiden, leichte Beute für diejenigen sind, die sie ausnutzen wollen.«

»Ich weiß nicht einmal, warum ich versuche, mit Ihnen eine logische Diskussion über diese ganzen übersinnlichen Dinge zu führen. Es ist doch offensichtlich, dass Ihre Skepsis unerschütterlich ist.«

»Das ist nicht wahr.« Er führte sie über die Straße zu seiner Kutsche, einem dunklen, schmucklosen Gefährt, das man leicht mit einer gewöhnlichen Kutsche verwechseln konnte. Weil der Wagen auf der Straße keinerlei Aufmerksamkeit auf sich zog, bevorzugte er ihn bei Gelegenheiten, wenn er nicht zu Fuß gehen wollte. »Ich bin sogar ganz versessen darauf, mich über die übersinnlichen Talente einer ganz bestimmten Person zu unterhalten.«

»Um welche Person handelt es sich dabei?«, fragte sie und sah vorsichtig zu ihm auf.

»Also, um Sie natürlich, Mrs. Fordyce. Ich kann es kaum erwarten, all die Einzelheiten zu hören über Ihre Vorstellung übersinnlicher Kräfte, die Sie auf der Teegesellschaft von Mrs. Hughes gezeigt haben.«

Durward Reed wartete, bis die beiden durch die große Eingangstür des Wintersett House verschwunden waren, ehe er sich wieder seinem Begleiter zuwandte.

Er machte sich nichts aus Julian Elsworth. Mit seinem aristokratischen Benehmen, seiner kalten Intelligenz und den eigenartigen übersinnlichen Talenten machte dieser Mann ihn nervös. Es gab Zeiten, in denen er davon überzeugt war, dass Elsworth ihn insgeheim verachtete. Aber er konnte nicht abstreiten, dass Elsworth bei seinem Eintritt in die Gesellschaft dem Wintersett House einen großen Teil wichtiger öffentlicher Aufmerksamkeit und Glaubwürdigkeit gebracht hatte.

»Je mehr Mrs. Fordyce ihr eigenes Talent abstreitet, desto mehr glaube ich, dass sie es in der Tat besitzt«, dachte Durward laut nach. »Ich muss einen Weg finden, ihre Bedenken zu zerstreuen, und sie davon überzeugen, dass sie einen großen Beitrag zu der Wissenschaft der übersinnlichen Forschung leisten kann.«

Elsworth zuckte mit den Schultern. »Sie verdient ihren Lebensunterhalt als Schriftstellerin und nicht als Medium. Wenn Sie ihre Aufmerksamkeit fesseln wollen, dann schlage ich vor, Sie bieten ihr einen Vertrag für einen ihrer Romane an.«

Durward war einen Augenblick lang benommen von der Klugheit dieses Vorschlages.

»Gütiger Himmel, Mann«, hauchte er, als er seine Stimme wiedergefunden hatte. »Das ist ein brillanter Gedanke. Wenn ich ihr nächstes Buch im *New Dawn* veröffentliche, könnte ich eine ungeheure Anzahl neuer Leser für die Zeitschrift interessieren und für unser Forschungsgebiet eine große Aufmerksamkeit wecken. Darüber muss ich unbedingt nachdenken.«

Voller neuer Ideen eilte er zu seinem Büro, um über die Einzelheiten seines Plans nachzudenken, der in Gedanken bereits Formen annahm.

Zweifellos war Elsworth ein enormer Gewinn, auch wenn er ihm entschieden auf die Nerven ging.

8

»Dabei handelte es sich nur um ein großes Missverständnis«, erklärte Caroline und sah verärgert und resigniert drein. »Meine so genannte Demonstration übersinnlicher Kräfte sollte nicht mehr sein als eine lustige Unterhaltung für Mrs. Hughes und ihre Gäste.«

»Eine Unterhaltung?«

»Meine beiden Tanten spielen mehrmals in der Woche Karten mit Mrs. Hughes und ihren Freundinnen. Sie haben mich gebeten, eine kleine Vorstellung zu geben. Emma und Milly wussten, dass ich bei meinen letzten Nachforschungen einige der Tricks gelernt hatte, die von den Menschen angewendet werden, die behaupten, übersinnliche Fähigkeiten zu besitzen. Sie haben geglaubt, den Damen würde gefallen zu sehen, wie diese Leute ihre Effekte einsetzen.«

»Mrs. Hughes, so nehme ich an, hat Ihre Tricks ernst genommen?«

»Ich fürchte, ja«, gestand sie. »Es hat sich herausgestellt, dass sie Freunde hat, die aktiv in der Gesellschaft für übersinnliche Forschung mitarbeiten. Einer von ihnen hat sich dann mit einem Reporter des *Flying Intelligencer* unterhalten.« Sie hob beide Hände mit den Handflächen nach oben. »Eines führte zum anderen, und dann stand plötzlich ein Artikel über mich in der Zeitung. Es war alles ziemlich eigenartig, das kann ich wohl behaupten.«

»Typischer Sensationsjournalismus. Einige wenige Tatsachen, eingebettet in ein riesiges Durcheinander melodramatischer Erfindungen.«

Sie rümpfte die Nase. »Ich gebe zu, dass die Presse nicht immer mit der gebotenen Genauigkeit berichtet, die man gerne hätte.« Sie hielt inne und sah sich plötzlich um. »Wohin gehen wir? Ich muss zur Corley Lane zurück. Ich habe heute noch einige Seiten zu schreiben.«

»Ich werde Sie in meiner Kutsche nach Hause bringen, Mrs. Fordyce.«

»Oh.« Sie zögerte und sah ihn ein wenig verwundert an, als wäre der Gedanke, dass er mit ihr zur Corley Lane kommen würde, beunruhigend.

Auf der anderen Seite der Straße hatte sein Kutscher Ned die beiden bereits entdeckt. Er sprang vom Kutschsitz und öffnete die Tür der Kutsche.

Caroline schien sich entschieden zu haben. Als sie auf der anderen Straßenseite angekommen waren, blieb sie neben der Kutsche stehen.

»Ich danke Ihnen, Mr. Hardesty, aber ich bin heute mit einer Mietkutsche zum Wintersett House gekommen. Ich möchte auf die gleiche Art nach Hause zurückkehren.«

Ihr Zögern, in seine Kutsche zu steigen, ärgerte ihn mehr, als er vor sich selbst zugeben wollte. Er suchte nach einem Lockmittel, mit dem er sie dazu bringen konnte, in seine Kutsche zu steigen.

»Also gut, Mrs. Fordyce, Sie sollen das tun, was Sie möchten«, sagte er höflich und mit ein wenig Bedauern in der Stimme. »Ich hatte gehofft, wir könnten diese Gelegenheit benutzen, um über unsere Eindrücke von Irene Tollers Vorstellung heute zu reden, solange diese noch frisch sind, aber wenn Sie darauf bestehen, mit einer Mietkutsche nach Hause zu fahren …«

Sie sah erstaunt aus. »Sie wollten, dass wir unsere Eindrücke vergleichen?«

»Ja. Mir ist der Gedanke gekommen, dass wir vielleicht zusammen zu einem Schluss kommen würden, den wir nicht finden, wenn jeder allein darüber nachdenkt.«

Erregung blitzte in ihren Augen auf. »Ich verstehe. An diese Möglichkeit habe ich überhaupt noch nicht gedacht.«

»Wenn Sie mich allerdings nicht begleiten möchten, dann kann ich das sicher auch verstehen. Mir ist klar, dass unsere Bekanntschaft keinen sehr viel versprechenden Beginn hatte. Doch das ist allein mein Fehler.«

»Hmm.« Sie blickte unsicher zu der wartenden Kutsche.

Deutlicher hätte sie ihm nicht machen können, dass sie ihm nicht traute. Er fragte sich, ob sie wohl genauso zögern würde, wenn Julian Elsworth sie einladen würde, mit ihm in seiner Kutsche zu fahren.

Er versuchte es noch auf einem anderen Weg.

»Sicher fürchten Sie sich doch nicht vor dem Klatsch, Mrs. Fordyce«, meinte er ein wenig spöttisch. »Immerhin sind Sie eine respektierte Witwe und keine unverheiratete junge Dame, die es unbedingt vermeiden muss, mit einem Gentleman in eine Kutsche zu steigen, dem sie nicht versprochen ist.«

Zu seiner Überraschung hatte seine kleine Bemerkung eine wirklich erstaunliche Wirkung. Carolines Hand umklammerte den Griff ihres Sonnenschirms heftig.

»Mir sind die Gebote des Anstandes sehr wohl bekannt«, erklärte sie kalt.

»Natürlich. Aber darf ich dann fragen, wo das Problem ist?«

»Es liegt in der Tatsache, dass ich nicht genau weiß, wer Sie sind, Sir.«

»Ich habe Ihnen doch gesagt, dass mein Name Hardesty ist. Adam Hardesty.«

»Warum sollte ich Ihnen glauben, dass das Ihr wirklicher Name ist? Es könnte ein falscher Name sein, genau wie Grove es war.«

Er griff in seine Tasche und holte eine kleine Karte hervor, auf der sein Name gedruckt war. »Meine Karte, Mrs. Fordyce.«

Unbeeindruckt las sie die Karte. »Eine Visitenkarte kann man fälschen.«

Sie reichte ihm die Karte zurück, als sei sie Abfall. Zum ersten Mal seit langer Zeit fühlte er, dass er kurz davor stand, die Fassung zu verlieren.

»Ich wollte Sie nicht beleidigen, Madam«, erklärte er mit ausdrucksloser Stimme, »aber diese Schüchternheit ist ein wenig übertrieben, wenn Sie mir erlauben, das zu sagen. Immerhin sind Sie Schriftstellerin von Sensationsromanen.«

»Und was hat das zu bedeuten?«

»Jeder weiß, was das zu bedeuten hat.«

»In der Tat? Und was verrät Ihnen das über meine Persönlichkeit, Mr. Hardesty?«

Ihm kam der Gedanke, dass sie ihn damit in die Ecke gedrängt hatte. So etwas passierte ihm nur sehr selten im Umgang mit Frauen.

»Es bedeutet, dass Sie Geschichten schreiben, die sich zum großen Teil mit, nun ja, *Sensationen* beschäftigen«, meinte er und dachte ein wenig zu spät daran, vorsichtig zu sein.

»Und was ist daran falsch?«

Er warf einen schnellen Blick nach rechts und links die Straße entlang, um sicher zu sein, dass niemand nahe genug war, um ihre Unterhaltung mit anzuhören. Das Letzte, was er jetzt wollte, war die Aufmerksamkeit der Öffentlichkeit.

»Es ist eine Tatsache, dass Schriftsteller von Sensationsromanen dafür bekannt sind, über das zu schreiben, was man als äußerst weltliche Dinge beschreiben würde«, meinte er leise.

»Und woher wollen Sie das wissen, Sir? Sie haben deutlich gemacht, dass Sie solche Romane gar nicht lesen.«

»Das ist wahr. Aber ich habe das letzte Kapitel des *The Mysterious Gentleman* gelesen. In dieser einen Episode wurde unmissverständlich von Ehebruch, ungesetzlichen Liebesaffären und auch von einer heimlichen Eheschließung, einer entführten Kutsche und einem Mord gesprochen. Es ist also ganz deutlich, dass Ihre Romane eine Sensation nach der anderen behandeln.«

Sie lächelte ihn eisig an. »Ich bin beeindruckt von Ihrer neu erworbenen Kenntnis dieses Fachs,

Sir. Aber vielleicht sollten Sie wirklich ein paar Kapitel mehr lesen, ehe Sie sich ein Urteil über den Autor erlauben.«

»Es besteht überhaupt keine Notwendigkeit, die Geschichte zu Ende zu lesen. Es ist offensichtlich, dass Edmund Drake ein sehr unangenehmes Ende finden wird. Mein Onkel und meine Schwester haben mir versichert, dass Sie dafür bekannt sind, die Bösewichter in Ihren Romanen ein schreckliches Ende finden zu lassen.«

Carolines Gesichtsausdruck veränderte sich. »Ihre Schwester und Ihr Onkel lesen meine Romane?«

»Ich fürchte, ja.«

»Ach so.« Diese Neuigkeit schien sie zu freuen. »Es ist immer eine große Freude zu erfahren, dass jemandem meine Arbeit gefällt.«

»Nun ja, wie ich schon sagte …«

»Ich verstehe sehr gut, warum Sie sich über die Anständigkeit meiner Romane so viele Gedanken machen.« Sie lächelte ihn warm an. »Natürlich möchten Sie nicht, dass Ihre Schwester sich mit unpassenden Dingen beschäftigt. Ich versichere Ihnen, dass meine Charaktere, auch wenn die Themen und die Handlung meiner Romane oft von reiferen Dingen handeln, angemessen belohnt oder bestraft werden, je nach der Moral ihrer Taten.«

»Das bedeutet nichts Gutes für Edmund Drake.«

»Sie brauchen sich um ihn keine Sorgen zu machen. Immerhin ist er der Bösewicht in der Geschichte. Sie sollten nicht vergessen, dass meine Helden immer den Sieg davontragen und schließlich die Heldin heiraten.«

Er stützte eine Hand gegen die Kutsche und beugte sich gerade weit genug zu ihr, um seinen Schatten über sie zu werfen. »Sagen Sie mir, Mrs. Fordyce, ist es schon je einmal passiert, dass Sie Ihre Helden und Ihre Bösewichte verwechselt haben?«

»Noch nie, Sir. Der Unterschied zwischen einem Helden und einem Bösewicht war mir schon immer vollkommen klar.«

Er sah, dass es in dieser Hinsicht überhaupt keinen Zweifel bei ihr gab. Drake war zum Scheitern verurteilt.

»Was für ein Glück für Sie, Madam«, meinte er. In ihren Augen blitzte Verständnis auf. »Oh je. Sie nehmen das wohl persönlich, weil ich Ihnen gesagt habe, dass ich Sie als Modell für Edmund Drake benutzen wollte.« Sie lächelte ihn zerknirscht an. »Ich entschuldige mich dafür. Ich wollte Sie damit nicht beleidigen oder Ihre Gefühle verletzen, Sir.«

Was um alles in der Welt war nur in ihn gefahren, hier zu stehen und sich über Bösewichte und Helden zu streiten?

»Machen Sie sich keine Sorgen um meine Gefühle, Madam. Ich versichere Ihnen, ich habe schon schlimmere Beleidigungen ertragen müssen.« Er reckte sich und nahm die Hand von der Kutsche. »Sie können das wieder gutmachen, wenn Sie mir erlauben, Sie sicher nach Hause zu bringen.«

»Nun ja …«

»Falls sie noch immer Zweifel an meiner Identität haben, dann kann Ned sicher ein gutes Wort für mich einlegen.«

Ned hatte geduldig neben der offenen Tür der Kutsche gestanden und sich alle Mühe gegeben, so auszusehen, als würde er nicht der Unterhaltung lauschen. Als er jetzt seinen Namen hörte, zuckte er zusammen.

»Sir?«

»Bitte versichern Sie Mrs. Fordyce, dass mein Name Adam Hardesty ist und dass ich im Allgemeinen dafür bekannt bin, ein anständiger Gentleman zu sein, der keine Lady entführt und sie zu unmoralischen Dingen in seiner Kutsche mitnimmt.«

Neds Unterkiefer fiel in offensichtlichem Schock herunter. Er schluckte schnell, dann riss er sich zusammen.

»Ich kann mich für Mr. Hardesty verbürgen, Ma'am«, erklärte er mit rührender Ernsthaftigkeit. »Habe ihn seit Jahren gefahren. Sie brauchen keine Angst vor ihm zu haben, das ist sicher.«

Caroline lächelte. »Kann ich Sie beim Wort nehmen, Ned?«

»Aye, Ma'am. Und darf ich Ihnen sagen, Mrs. Fordyce, dass ich Ihren neuen Roman noch viel aufregender finde als den davor? Diese ganze Sache mit dem Feuer und mit der Rettung der kleinen Miss Anne aus den Flammen war sehr spannend. Genauso wie die Sache mit dem Mord.«

Caroline strahlte. »Danke, Ned.«

»Es war ein Geniestreich, dass Edmund Drake im Schatten gelauert hat, bis zum nächsten Kapitel. Er ist ein sehr geheimnisvoller Mann.«

Caroline errötete vor Freude und ging zu den Stufen, die Ned aus der Kutsche herausgeklappt hatte. »Es ist sehr nett von Ihnen, das zu sagen.«

Ned griente und half ihr beim Einsteigen in die Kutsche. »Ich kann es gar nicht erwarten, herauszufinden, was mit diesem elenden Schurken geschieht.«

Caroline lachte leise. »Ich arbeite noch in dieser Woche an seinem Schicksal, Ned.«

Adam sah ihr zu, wie sie sich elegant vorbeugte, um in die Kutsche zu steigen. Die lächerliche gold-grüne Schleife wippte verlockend und verschwand dann im Inneren der Kutsche.

Vielleicht sollte er bei Ned Unterricht nehmen, überlegte er, als er hinter Caroline in die Kutsche stieg. Sein Kutscher schien keinerlei Schwierigkeiten zu haben, sie dazu zu bringen, in die Kutsche zu steigen. Zweifellos hatte er die Charakterzüge eines Helden.

9

Ich habe es geschafft, dachte Caroline und war überrascht von ihrer eigenen Kühnheit. Sie hatte von ihrer neuen Stellung als Witwe profitiert, um in die Kutsche zu steigen, und jetzt saß sie hier in dem intimen Inneren dieser Kutsche mit dem faszinierendsten Mann, der ihr in ihrem ganzen Leben je begegnet war.

Es war wirklich Pech, dass es beim Thema ihrer Unterhaltung um Mord gehen würde.

Sie warf Adam einen fragenden Blick zu und versuchte, unbeteiligt auszusehen, als wäre sie es gewöhnt, mit einem Gentleman durch die Straßen von London zu fahren.

»Wie es scheint, waren die Gerüchte richtig«, begann Adam. Er lehnte in einer Ecke der Kutsche, die Beine hatte er ausgestreckt, einen Arm hatte er auf das Fenster gestützt. »Es hat wirklich keinerlei Zuneigung gegeben zwischen Irene Toller und Elizabeth Delmont.«

»Nein, wirklich nicht.« Caroline zwang sich, sich auf das zu konzentrieren, was sie während der Vorstellung erlebt hatte. »Mrs. Toller hat kein Geheimnis aus der Tatsache gemacht, dass sie das Gefühl hatte, die Gerechtigkeit hätte gesiegt.«

Adam zog eine Augenbraue hoch. »Ich bezweifle, dass es dabei um Gerechtigkeit ging, aber ganz abgesehen von dem Motiv wurde Mrs. Delmonts Schädel nicht von Erscheinungen der anderen Seite eingeschlagen. Ich kann mir nicht vorstellen, dass ein Geist mit Selbstachtung so etwas Weltliches wie einen Feuerhaken benutzen würde, um einen Mord zu begehen.«

Ein Schauer rann durch Carolines Körper. »Diese Art von Gewalttätigkeit ist wohl eher menschlich, nicht wahr?«

Adam betrachtete die Geschäftigkeit auf der Straße. »Toller hegte offensichtlich eine heftige Abneigung gegen ihre tote Rivalin. Sie könnte etwas über den Mord wissen.«

»Mir ist der Gedanke gekommen, dass Mrs. Toller vielleicht Mrs. Delmont umgebracht haben könnte. Berufliche Konkurrenz ist zweifellos ein sehr starkes Motiv.«

»Das will ich gar nicht abstreiten.« Seine Augen zogen sich ein wenig zusammen. »Aber was mich im Augenblick am meisten interessiert ist das, worüber in der Presse nicht berichtet wurde.«

»Haben Sie denn heute Morgen die Zeitungen

gelesen? Dort wurde der Mord bis in alle Einzelheiten geschildert. Alle haben von den umgeworfenen Möbeln berichtet und von der Uhr, die um Mitternacht stehen geblieben ist.«

»Das waren die weniger bizarren Dinge, die ich am Ort des Verbrechens gefunden habe«, erklärte er leise.

»Wie bitte?«

»Als ich Elizabeth Delmont fand, lag sie auf dem Teppich in ihrem Séancezimmer. Jemand, wahrscheinlich der Mörder, hatte einen Hochzeitsschleier über ihr Gesicht gelegt. Er war getränkt mit ihrem Blut.«

Sie starrte ihn erschrocken an. »Gütiger Himmel.«

»Außerdem hatte man eine schwarz emaillierte Brosche auf das Mieder von Delmonts Kleid gelegt. Auf der Rückseite der Brosche war eine Strähne blonden Haares und ein kleines Foto einer jungen Frau mit hellem Haar, die als Braut gekleidet war.«

»Sie sagen, die Brosche lag auf Mrs. Delmont? Sie war nicht an ihr Kleid geheftet?«

Er schüttelte den Kopf. »Sie schien sehr sorgfältig auf ihren Körper gelegt worden zu sein, genau wie der Schleier.«

Caroline verschränkte die Arme vor der Brust,

als wolle sie sich so gegen die eigenartige Kälte schützen, die sie bei seinen Worten fühlte. »Bizarr ist in der Tat das richtige Wort. Der Schleier und die Trauerbrosche deuten auf ein sehr persönliches Motiv für den Mord hin. Es sieht ganz sicher nicht so aus, als wäre es die Arbeit eines Einbrechers oder eines Diebes.«

»Und auch nicht wie die Tat von jemandem, der Delmont nur umgebracht hat, um an das Tagebuch zu kommen«, gab er zu, auch wenn er bei diesem Gedanken zu zögern schien. »Ich kann mir nicht vorstellen, dass jemand, den sie vielleicht erpresst hat, sich die Mühe machen sollte, eine so dramatische Szene zu schaffen.«

»Es sei denn, er wollte die Polizei von der Spur abbringen, indem er den Mord so aussehen ließ, als hätte jemand einen persönlichen Grund, Elizabeth Delmont umzubringen«, schlug Caroline vor.

Er sah sie lange und nachdenklich an. »Das ist ein sehr interessanter Gedanke, Mrs. Fordyce. Ablenkung gehört zu den ältesten Tricks in der Welt. Jemand könnte das Tagebuch gestohlen haben, um dann absichtlich eine Reihe von Hinweisen zu hinterlassen, die in eine ganz andere Richtung weisen. Aber wenn das so ist, warum wurde nichts davon in den Zeitungen erwähnt?«

»Ihr Problem scheint noch viel komplizierter zu sein, als es am Anfang schien. Was haben Sie denn jetzt vor?«

»Ich würde sehr gern mehr über Irene Toller erfahren. Ihre außergewöhnliche Abneigung gegenüber Elizabeth Delmont macht sie zu einer ausgezeichneten Verdächtigen, würde ich behaupten. Aber ich zweifle, dass sie auf direkte Fragen sehr hilfreich reagieren wird, ganz besonders dann nicht, wenn sie etwas zu verbergen hat.«

»Sie glauben, sie würde Sie anlügen?«

»Ich mache mir mehr Sorgen, dass sie ihre Sachen packen und verschwinden wird, wenn sie glaubt, dass man ihr auf die Schliche gekommen ist«, meinte er. »Ich möchte sie nicht misstrauisch machen, bis ich ganz sicher weiß, ob sie in die ganze Sache verwickelt ist oder nicht.«

»Aber was wollen Sie tun?«

»Wenn sie wirklich diejenige ist, die Elizabeth Delmont umgebracht und das Tagebuch gestohlen hat, dann hat sie es wahrscheinlich irgendwo in ihrem Haus versteckt«, dachte er laut nach. »Ich denke, mein nächster Schritt sollte sein, ihr Anwesen zu durchsuchen.«

Caroline löste die verschränkten Arme schnell. »Sie wollen wirklich in ihr Haus einbrechen? Gütiger Himmel, ein solches Risiko dürfen Sie nicht eingehen, Sir. Wenn sie wirklich bereits jemanden umgebracht hat, dann wird sie nicht zögern, es noch einmal zu tun.«

Er schien eine Weile über ihre Worte nachzudenken. Dann verdunkelte sich plötzlich sein Blick. »Machen Sie sich Sorgen um meine Sicherheit, Mrs. Fordyce?«

»Ich versuche lediglich, ein wenig Vernunft in Ihren Plan zu bringen.«

»Was für ein Jammer. Einen Augenblick lang habe ich die Hoffnung zu nähren gewagt, dass Sie sich um mein Wohlergehen Sorgen machen.«

»Ich mag es nicht, wenn man mich neckt, Mr. Hardesty. Und wenn Sie wirklich diese Absicht verfolgen wollen, wäre es dann nicht besser, vorher den Plan des Hauses zu kennen, ehe Sie dort einbrechen? Sie sollten schon zuvor einiges über das Haus wissen, damit Sie Ihre Suche besser vorbereiten können.«

Er sah sie nachdenklich an. »Was würden Sie denn vorschlagen?«

»Sie sollten an einer Séance teilnehmen«, überlegte sie schnell. »Mrs. Toller hat doch heute deutlich erklärt, dass sie diese öffentlichen Auftritte dazu nutzt, ihr Geschäft weiter voranzutreiben.«

»Was haben Sie doch für einen wachen Verstand.« Er zog die Augenbrauen hoch. »Das ist in der Tat einfach brillant. Wenn ich das Haus betrete, um an einer Séance teilzunehmen, dann könnte ich diesen Besuch dazu nutzen, mich gründlich umzusehen, und ich könnte auch noch andere Informationen über Irene Toller bekommen. Wissen Sie, etwas sagt mir, dass es sich noch als äußerst nützlich erweisen wird, eine Beraterin in dieser Sache zu haben, die Sensationsromane schreibt.«

Sein Lächeln war ebenso sinnlich und erregend intim wie unerwartet. Es veränderte sein Aussehen und erlaubte ihr einen kurzen Blick auf den Mann hinter der rätselhaften Fassade, die er der Außenwelt präsentierte.

Es verwirrte sie auch. Sie bemühte sich, nicht die Fassung zu verlieren.

»Ich müsste Sie natürlich begleiten«, erklärte sie schnell und versuchte, das Flattern in ihrem Magen zu ignorieren.

»Ich glaube nicht, dass das nötig sein wird.«

»Da bin ich aber ganz anderer Meinung, Sir«, erklärte sie, so energisch sie konnte. »Meine Anwesenheit wird nützlich sein, um das Misstrauen von Mrs. Toller zu zerstreuen.«

»Wieso sollte sie misstrauisch sein? Mrs. Toller und ich sind uns noch niemals begegnet. Wenn sie wirklich das Tagebuch besitzt, und selbst wenn sie weiß, dass ein Gentleman namens Adam Hardesty ein gutes Ziel für eine Erpressung wäre, wie sollte sie mich als ihr Opfer identifizieren können?«

»Sie hat Sie vielleicht heute bei der Vorstellung gesehen.«

Er winkte ab. »Wenn sie mich wirklich gesehen hat, kennt sie mich lediglich als Mr. Grove, genau wie Reed und Elsworth das tun. Irene Tollers Geschäft ist es, Séancen abzuhalten. Ich werde für sie nur ein weiterer Kunde sein.«

Offensichtlich musste sie sich ein anderes Argument überlegen, damit er sie an seinem Plan beteiligte. Sie hatte nicht die Absicht, ihn seine Nachforschungen allein anstellen zu lassen. Du musst vorsichtig vorgehen, warnte sie sich selbst. Adam Hardesty würde es nicht begrüßen, wenn er merkte, dass sie ihn zu manipulieren versuchte. Aber genau das musste sie tun.

Sie räusperte sich. »Ich will Ihnen nicht zu nahe treten, Sir, aber es gibt da, man könnte sagen, einen Aspekt an der ganzen Sache, den Sie bedenken sollten. Mrs. Toller könnte …« Sie hielt inne und suchte nach dem richtigen Wort, doch es fiel ihr nichts ein. »Unsicher sein.«

Er runzelte die Stirn. »Warum um alles in der Welt sollte ich sie unsicher machen?«

Caroline dachte daran, den kleinen Spiegel aus ihrer Tasche zu holen, um ihm zu zeigen, was für ein grimmiges Gesicht er machte, doch schon im nächsten Augenblick entschied sie sich anders. Es war wenig wahrscheinlich, dass er das Gleiche sah wie andere, wenn er sein Gesicht im Spiegel erblickte.

Bleibe bei der Logik, dachte sie. Das war die Methode, die sie anwenden musste, wenn sie hoffte, Adam Hardesty dazu zu bringen, das zu tun, was sie wollte.

»Wenn Irene Toller in der Tat etwas über diesen Mord weiß, wird sie vorsichtig sein«, behauptete sie und bemühte sich, geduldig zu bleiben. »Wenn sie auf der anderen Seite allerdings unschuldig ist, dann wird der Mord an einem Medium sie sicher sehr nervös machen. Ich wäre nicht überrascht, wenn sie alle Anfragen nach Séancen zunächst einmal ablehnen würde. Immerhin würde ich das an ihrer Stelle tun.«

»Wirklich?«

»Ganz bestimmt«, versicherte sie ihm.

Er machte sich gar nicht die Mühe, seine Skepsis vor ihr zu verbergen. Dennoch erkannte sie, dass er über ihre Worte nachzudenken schien.

»Kennen Sie Irene Toller?«, fragte er schließlich.

Ich mache Fortschritte, sagte sich Caroline.

»Wir sind einander zwar noch nicht vorgestellt

worden, doch bin ich sicher, dass sie weiß, wer ich bin, weil ich in der letzten Zeit oft im Wintersett House war, um meine Nachforschungen zu betreiben. Wie Sie schon bei Mr. Reed und Mr. Elsworth gesehen haben, sind meine Arbeiten unter den Mitgliedern der Gesellschaft für übersinnliche Forschungen kein Geheimnis.«

Er hatte den Mund ein wenig spöttisch verzogen. »Mit anderen Worten könnte Ihr Name genau das sein, was ich brauche, um Zugang zu Irene Tollers Haus zu bekommen, nicht wahr?«

»Ich glaube kaum, dass es sehr ungewöhnlich wäre, wenn ich sie um eine Séance bitte. In der Tat hätte ich unter normalen Umständen vielleicht sogar genau das getan.«

Er dachte noch einen Augenblick länger nach. Dann reckte er sich ein wenig, beugte sich vor und stützte die Unterarme auf seine Oberschenkel.

»Also gut, Mrs. Fordyce«, meinte er mit seiner tiefen Stimme. »Wenn Sie es schaffen, eine Séance bei Irene Toller zu bekommen, werden wir zusammen hingehen.«

Erleichtert, dass sie ihr Ziel erreicht hatte, lächelte sie ihn aufmunternd an. »Ich werde sofort eine Nachricht zu Mrs. Toller schicken. Ich bin sicher, dass wir keine Schwierigkeiten haben werden.«

»Werden Sie mir auch erlauben, Ihre Hand zu halten?«, wollte er wissen.

Sie erstarrte. »Wie bitte?«

Er zog mit schnellen Bewegungen die Vorhänge vor die Fenster der Kutsche und hüllte das Innere in ein Halbdunkel. Dann griff er nach ihrer Hand.

»Ich hatte den Eindruck, dass die Teilnehmer an einer Séance oft einander die Hände reichen.« Sanft schlossen sich seine Finger um ihre. »Es hat etwas zu tun mit der Kraft oder mit der Konzentration der Kraft des Mediums, glaube ich.«

Sie blickte auf seine großen, kräftigen Finger hinunter und stellte fest, dass sie kaum atmen konnte. Er war ihr viel zu nahe.

»Ja, das ist wohl die übliche Erklärung«, brachte sie schließlich heraus. »Es gibt Menschen, die behaupten, dass das Medium darauf besteht, dass die Teilnehmer einander an den Händen halten, denn so besteht kaum die Möglichkeit, dass ein skeptischer Teilnehmer plötzlich ein Licht anzündet oder nach einer Geistererscheinung greift.«

»Und dass er so die Tricks des Mediums verrät«, schloss er.

»Genau.«

»Ich freue mich schon darauf, bei der Séance Ihre Hand zu halten, Mrs. Fordyce.«

Sie konnte sich nicht bewegen. Sie wollte sich gar nicht bewegen.

Er hatte sie gelähmt, mit einer unsichtbaren Kraft, während er ganz langsam ihre Hand zu seinem Mund hob. Dann drehte er ihre Hand um, zog ihr ganz langsam den grünen Handschuh aus, gerade weit genug, um die Innenseite ihres Handgelenkes zu entblößen.

Als er einen Kuss auf ihr Handgelenk drückte, genau auf die Stelle, an der ihr Puls so heftig schlug, glaubte sie, in tausend leuchtende Stücke zu zerbrechen.

»Mr. Hardesty«, flüsterte sie.

Er hob den Kopf, doch gab er ihre Hand nicht frei. »Nennen Sie mich Adam.«

»Adam.« Sie schmeckte seinen Namen auf ihrer Zunge und fühlte zum ersten Mal in ihrem Leben die eigenartige Mischung aus Feuer und Eis.

Er lächelte, als würde ihm der Klang seines Namens von ihren Lippen gefallen. Dann beugte er sich noch ein wenig näher zu ihr. Voller Entsetzen wurde ihr klar, dass er die Absicht hatte, sie auf den Mund zu küssen. Doch noch ehe sie wusste, wie sie sich verhalten sollte, schlossen sich seine Lippen bereits über ihren, und die Welt um sie herum versank in einen leuchtenden Nebel.

Ein Gefühl der Euphorie stieg in ihr auf, Freude, Erregung, Neugier und Erwartung mischten sich miteinander und machten sie ganz benommen. Sie legte die Hände auf seine Schultern, um sich festzuhalten. Doch als sie ihn berührte, stieß er ein raues, heftiges Geräusch aus, packte sie bei den Schultern und zog sie heftig an sich.

Sein Kuss wurde fordernder, bis sie nicht länger denken konnte, bis sie verloren war in einem Durcheinander mächtiger Gefühle.

Die gut gefederte Kutsche hielt plötzlich an. Nur zögernd rückte Adam von ihr ab, lehnte sich in die Kissen zurück und öffnete die Vorhänge wieder.

»Wie es scheint, sind wir angekommen.« Er sah sie so eindringlich an, dass ihr Herz einen Schlag lang aussetzte. »Ich bedaure, dass unsere Fahrt nicht noch länger gedauert hat.«

Sie wusste nicht, was sie ihm antworten sollte, stattdessen sah sie aus dem Fenster. Zwei Gestalten standen an der Tür, beide starrten sie voller Erstaunen mit offenem Mund an.

Mit einem Ruck kehrte sie in die Wirklichkeit zurück.

»Oh je«, murmelte sie. »Das könnte ein wenig schwierig für Sie werden, Sir.«

Adam betrachtete die beiden an der Tür. »Ich nehme an, das sind Ihre Tanten?«

»Ich fürchte, ja.«

Er griff nach der Türklinke. »Ich habe Ihnen doch gesagt, dass ich allgemein respektiert werde. Sicher können die beiden doch nichts dagegen haben, wenn ich Sie nach Hause bringe.«

»Das Problem ist, dass die beiden darauf bestehen werden, Sie zu einer Tasse Tee einzuladen.«

»Ausgezeichnet. Eine Tasse Tee könnte ich jetzt gut gebrauchen.«

»Warten Sie, Sie verstehen nicht«, hielt sie ihn zurück. »Es ist nicht nur der Tee. Sie werden Fragen stellen, eine Menge Fragen.«

Er lächelte sein geheimnisvolles Lächeln und stieg aus der Kutsche. »Gegen ein paar Fragen habe ich gar nichts einzuwenden«, meinte er. »Zufällig habe ich da auch noch ein paar Fragen, die ich gern stellen würde.«

10

Ungefähr zwanzig Minuten später fragte sich Caroline noch immer, was Adam wohl mit seiner letzten, geheimnisvollen Bemerkung gemeint hatte. Sie betrachtet ihn unauffällig und war nicht sicher, was er fühlte. Er hätte eigentlich mittlerweile längst Anzeichen von Ungeduld zeigen müssen, überlegte sie, doch stattdessen schien er sich in dem kleinen Wohnzimmer in der Corley Lane 22 recht wohl zu fühlen.

Er saß in einem Lehnsessel, hatte die Beine ausgestreckt und einen Fuß lässig über den anderen gelegt. Auf dem Tisch neben ihm standen eine halb ausgetrunkene Tasse Tee und ein Tablett mit Törtchen von Mrs. Plummer. Davon hatte er sich reichlich bedient.

»Ich bin sicher, Ihre Nichte hat Ihnen erklärt, dass wir beide der Meinung sind, Elizabeth Delmont sei zur Zeit ihres Todes im Besitz eines gewissen Tagebuchs gewesen«, erklärte er, nachdem er einen Bissen von dem Marmeladentörtchen genommen hatte.

Milly und Emma waren zu Beginn der Unterhaltung sehr distanziert gewesen, doch jetzt schienen sie sehr schnell Adams Charme zu verfallen.

»Ja«, antwortete Milly. »Caroline hat uns von dem Tagebuch erzählt.«

Emma runzelte die Stirn. »Ich gebe zu, ich bin sehr neugierig, was wohl in diesem Tagebuch gestanden hat.«

»Sicher.« Adam schluckte den letzten Bissen des Törtchens hinunter. »Ich bedaure, dass ich Ihre Neugier nicht vollkommen stillen kann. Ich bin sicher, Sie verstehen es, wenn ich Ihnen sage, dass dieses Tagebuch einige sehr persönliche Informationen über Menschen enthält, die mir sehr am Herzen liegen.«

»Wie haben Sie denn festgestellt, dass Mrs. Delmont im Besitz dieses Tagebuches war?«, wollte Caroline wissen.

Er zögerte einen Augenblick. Sie wusste, dass er überlegte, wie viel er ihnen erzählen konnte.

»Vor ungefähr zwei Wochen erhielt ich die Nachricht vom Tode einer alten Freundin, Maud Gatley«, erzählte er. »Ich war sehr traurig über diesen Verlust, aber die Neuigkeit kam nicht unerwartet. Maud war schon seit einiger Zeit abhängig von Opium. In den letzten Jahren hatte die Droge ihr Leben bestimmt, und am Ende hat sie das Opium auch umgebracht.«

»Wie tragisch«, flüsterte Milly.

»Ein paar Tage später erhielt ich einen Erpresserbrief, in dem mir angedroht wurde, den Inhalt von Mauds Tagebuch zu veröffentlichen, falls ich nicht eine große Summe Geldes an einem bestimmten Ort deponieren würde.« Adam griff nach einem weiteren Törtchen. »Bis zu diesem Augenblick hatte ich gar nicht geahnt, dass Maud Tagebuch geführt hatte. Ich habe sofort Nachforschungen angestellt und habe schon sehr bald festgestellt, dass der wenige Besitz, den sie hinterlassen hatte, an eine Cousine gegangen war.«

»Und Sie haben diese Cousine gefunden?«, fragte Emma.

»Ja. Ich war überrascht, als ich feststellte, dass Maud noch Verwandte hatte. Sie hat nämlich immer behauptet, sie hätte keine Familie.«

»Es ist wirklich erstaunlich, wie lange vergessen geglaubte Verwandte plötzlich aus dem Nichts auftauchen, wenn jemand stirbt und einige Wertgegenstände hinterlässt«, meinte Emma spöttisch.

Adam war belustigt. »Ja. Auf jeden Fall wurde mir klar, dass diese unbekannte Cousine zweifellos unter Mauds Sachen dieses Tagebuch gefunden, es gelesen und die Möglichkeit erkannt hatte, einen Profit daraus zu schlagen. Daher hat sie mir diesen anonymen Brief geschrieben. Ich habe noch weitere Nachforschungen angestellt, und dann stellte sich heraus, dass Elizabeth Delmont die Frau war, die zu Mauds Haus gekommen war und die wenigen Dinge mitgenommen hatte, die es dort noch gab.«

»Das war aber eine ausgezeichnete Detektivarbeit, Sir«, meinte Milly beeindruckt.

Er griff nach seinem Tee. »Eigentlich war das gar nicht so schwierig. Ein paar Fragen hier und da, und schon bald hatte ich ihre Adresse in der Hamsey Street.«

Er sprach so ganz nebenbei, als hätte jeder das gleiche Ergebnis herausfinden können, doch Caroline wusste, dass das nicht stimmte. Die Menschen in Adam Hardestys Kreisen verkehrten nicht mit den Elizabeth Delmonts dieser Welt. Und wenn man die wenigen Dinge bedachte, die die vom Opium abhängige Maud hinterlassen hatte, so bewegte diese sich auf der gesellschaftlichen Leiter noch eine Stufe tiefer. Es war sehr unwahrscheinlich, dass ein Gentleman aus der gehobenen Gesellschaft die Art von Verbindungen besaß, die nötig waren, um so schnell eine Verbindung zwischen jemand wie Maud und ihrer Cousine herauszufinden.

Je mehr sie über Adam erfuhr, desto geheimnisvoller wurde er für sie.

»Leider war Delmont bereits tot, als ich vor ein paar Tagen vor ihrer Tür erschien, und das Tagebuch war verschwunden.« Er warf Caroline einen schnellen Blick zu. »Wie Sie wissen, führte eines zum anderen, und deshalb bin ich jetzt hier.«

»Caroline hat uns die Sache mit der Liste der Teilnehmer an der Séance erklärt, die Sie in Elizabeth Delmonts Haus gefunden haben«, meinte Milly. »Ihr Name stand darauf.«

Adam richtete seine Aufmerksamkeit wieder auf Caroline. »Ich war schon sehr schnell der Überzeugung, dass sie mit der ganzen Sache nichts zu tun hatte, und das habe ich ihr auch gesagt.« Er nahm einen Schluck von seinem Tee und stellte die Tasse dann wieder ab. »Stellen Sie sich meine Überraschung vor, als ich heute in den Vortragssaal im Wintersett House komme und feststelle, dass sie sich entschieden hat, die Vorstellung von Irene Toller über schriftliche Mitteilungen von der anderen Seite zu besuchen.«

Milly und Emma sahen beide Caroline an.

»Ich glaube nicht an Zufälle«, fügte Adam hinzu. »Deshalb habe ich sofort begriffen, dass sie die Absicht hatte, ihre eigenen Nachforschungen anzustellen. Ich glaube zwar nicht, dass das notwendig sein wird, aber ich kann mich des Eindruckes nicht erwehren, dass ich sie nicht davon überzeugen kann, die Sache mir zu überlassen.«

Emma runzelte die Stirn. »Ich fürchte, wir drei haben ausgezeichnete Gründe dafür, äußerst vorsichtig zu sein, da noch immer die Möglichkeit eines großen Skandals besteht, Sir.«

»In der Tat«, pflichtete Milly ihr bei. »Sie scheinen es ernst zu meinen, Mr. Hardesty, und ich glaube Ihnen auch, wenn Sie behaupten, nicht länger misstrauisch zu sein, was Carolines Verwicklung in den Mord und das gestohlene Tagebuch betrifft. Aber was ist, wenn Sie Ihre Meinung plötzlich ändern sollten?«

»Das ist sehr unwahrscheinlich.« Er wandte sich zu Caroline und betrachtete sie eingehend, sodass sie sich unter seinen Blicken wand. »Es sei denn, es gibt etwas, das Sie mir noch nicht verraten haben.«

Die Teetasse in Carolines Hand klirrte. Schnell setzte sie Tasse und Untertasse ab und versuchte, sich zu konzentrieren. Er wollte eine Erklärung für ihre Weigerung, ihm das Feld zu überlassen. Sie fühlte, dass er nicht eher Ruhe geben würde, bis er mit ihrer Erklärung zufrieden war. Also entschied sie sich, ihm einen Teil der Wahrheit zu verraten, doch nicht alles. Es waren immerhin ihre Geheimnisse, sagte sie sich. Er hatte nicht das Recht, sie zu erfahren.

»Ich will ganz ehrlich sein, Sir«, begann sie und hob das Kinn. »Ich war vor drei Jahren in einen höchst unangenehmen Skandal verwickelt, in, äh, Bath. Wir drei können es uns einfach nicht leisten, noch einmal so etwas durchzustehen. Es könnte sich ungünstig auf meine Karriere auswirken. Meine Tanten und ich sind auf das Einkommen angewiesen, das ich mit meiner Schriftstellerei erarbeite.«

»Ach so.«

Soweit sie es beurteilen konnte, reagierte er überhaupt nicht auf die Neuigkeit eines Skandals in ihrer Vergangenheit. Natürlich hatte er keine Ahnung, worum es sich damals gehandelt hatte, rief sie sich ins Gedächtnis. Sicher nahm er an, dass sie sich vielleicht auf eine verbotene Affäre eingelassen hatte. Als Mann von Welt konnte er solch eine Indiskretion sicher verstehen. Immerhin glaubte er, sie sei eine Witwe mit gewissen Erfahrungen. Und sie hatte nicht die Absicht, ihn von diesem Gedanken abzubringen.

Wenn er die Einzelheiten dieser Sache erfahren würde, bei der sie beinahe umgekommen war und die es schließlich nötig gemacht hatte, dass sie sich eine ganz neue Identität zugelegt hatte, dann wäre er vielleicht gar nicht mehr so bereit, sie für so unschuldig zu halten.

Sie reckte sich entschlossen. »Ich habe die Absicht, an dieser Sache dranzubleiben, bis Sie dieses Tagebuch gefunden haben, Sir. Das ist die einzige Möglichkeit, wie ich die Interessen meiner Tanten und auch meine eigenen Interessen wahren kann.«

Er betrachtete einen Augenblick lang seine Schuhspitzen, ehe er sie wieder ansah. »Werden Sie sich damit zufrieden geben, wenn ich Ihnen verspreche, Sie über meine Nachforschungen auf dem Laufenden zu halten?«

»Nein«, entgegnete sie. »Ich fürchte, das wird mir nicht genügen.«

Er lächelte sie an. »Sie trauen mir nicht, nicht wahr?«

Sie errötete. »Darum geht es doch gar nicht«, wehrte sie schnell ab. Viel zu schnell, begriff sie.

»Doch, genau darum geht es.« Er schien gar nicht beleidigt zu sein. »Aber ich werde mich mit Ihnen nicht darüber streiten. An Ihrer Stelle würde ich auch zögern, einem Menschen zu vertrauen, den ich nicht so gut kenne.«

Das war wahrscheinlich nur ein versteckter Hinweis auf die Tatsache, dass er von ihr genauso wenig wusste, wie sie von ihm. Keiner von beiden hatte Grund, dem anderen zu vertrauen.

Emma straffte ihre Schultern. »Wir wissen Ihr Verständnis zu schätzen, Sir.«

Er senkte ein wenig den Kopf und griff nach einem weiteren Törtchen.

Milly lächelte fröhlich. »Nun, ich bin froh, dass wir uns wenigstens so weit einig sind. Ich denke, Sie werden feststellen, dass Caroline Ihnen sehr hilfreich sein kann, Sir. Die Welt der Erforschungen des Übersinnlichen ist für einen Außenstehenden nur sehr schwer zugänglich. Caroline ist dagegen in dieser Welt bereits akzeptiert, und ihr Wissen über die Gemeinschaft der Medien und die Gesellschaft für übersinnliche Forschungen wird sich für Sie noch als unbezahlbar erweisen.«

»Wenigstens wird sie Ihnen viel Zeit ersparen und Ihre Nachforschungen werden dadurch wesentlich genauer sein«, stimmte ihr auch Emma zu.

Adam lächelte noch einmal sein geheimnisvolles Lächeln. »Wie es scheint, werden wir also in dieser Sache Partner sein, Caroline.«

11

Es war wirklich ein Glück, dass er heute Adam Hardesty erkannt hatte. Verdammtes Glück.

Aber sein Glück war schon immer besser gewesen als das anderer Menschen, überlegte Julian Elsworth. Oder wenigstens bis vor einiger Zeit.

Er löste den Knoten seiner seidenen Krawatte, goss sich einen ordentlichen Schluck Brandy ein und sank dann in den Sessel neben dem Kamin. Wieder rann ein Schauer durch seinen Körper. Er nahm einen großen Schluck von dem Alkohol, um diesen Schauer zu unterdrücken.

Wäre nicht die zufällige Begegnung mit einem Kunden gewesen, der Mitglied in einem der Clubs war, die auch Hardesty bevorzugte, einem Mann, der ihm Hardesty gezeigt hatte, als sie das Theater verließen, er hätte niemals gewusst, dass der großartig aussehende Mr. Grove heute Nachmittag einen falschen Namen angegeben hatte.

Die Fragen stürmten nur so auf ihn ein. Warum war Hardesty in Begleitung der sehr attraktiven Mrs. Fordyce? Warum hatte er einen falschen

Namen benutzt? Warum hatte er den Vortrag von Irene Toller besucht, bei dem sie die Benutzung der Planchette gezeigt hatte?

Aber es gab nur eine logische Antwort auf all diese Fragen. Er konnte ihr nicht ausweichen. Hardesty war ihm auf der Spur. Falls er ihn nicht los wurde, war es nur noch eine Frage der Zeit, ehe Hardesty einige seiner Geheimnisse aufdecken würde.

Julian Elsworth schloss die Augen und lehnte den Kopf gegen die Rückenlehne des Sessels, dann versuchte er, sich wieder an die Todesszene zu erinnern. So viel Blut. Und der entsetzliche Geruch. Wer hätte geglaubt, dass ein Mord eine so schreckliche Angelegenheit sein könnte?

Er öffnete die Augen wieder und sah sich in seiner teuer möblierten Wohnung um. Nach all den Jahren war er endlich dort angekommen, wo er hingehörte, er verkehrte mit den Reichen und Mächtigen, in der glänzenden Welt der gehobenen Gesellschaft. Es war die Welt, in die er eigentlich von Geburt an gehört hätte, die ihm jedoch verwehrt worden war, weil sein Vater, der aus den ersten Kreisen der Gesellschaft stammte, eine Gouvernante, die leider von ihm schwanger geworden war, auf die Straße gesetzt hatte.

Er hatte hart gearbeitet, um sich sein Erbe zu

holen, das von Anfang an ihm hätte gehören sollen, überlegte Julian. Und er würde verdammt sein, wenn er es jetzt zuließ, dass Hardesty sein sorgfältig aufgebautes Leben wieder zerstörte.

12

Eine Stunde später betrat Adam sein Arbeitszimmer und setzte sich hinter seinen massiven Schreibtisch aus Mahagoni. Seine Gedanken wurden von Caroline beansprucht. Sie verbarg einige Geheimnisse, dessen war er sicher. Gut so. Er verstand das. Auch er verbarg einige sorgsam gehütete Geheimnisse.

Er bewunderte ihre Entschlossenheit und ihre Hartnäckigkeit. In seiner ursprünglichen Einschätzung ihres Charakters hatte er Recht behalten. Sie war eine Lady mit einem resoluten Geist.

Dennoch gefiel es ihm nicht, dass es etwas gab, wovon er nichts wusste. Seiner Erfahrung nach führte das immer zu Komplikationen.

Es klopfte an der Tür.

»Herein.«

Morton erschien an der Tür. »Mr. Filby möchte Sie gern sprechen, Sir.«

»Danke, Morton. Bitte, schicken Sie ihn herein.«

Harold Filby, untersetzt, mit Brille und modisch gekleidet in eine karierte Hose, eine gestreifte Weste und einen leuchtenden Ausgehrock, eilte in das Zimmer.

Harold kleidete sich genauso modisch – einige behaupteten sogar noch modischer – wie sein Arbeitgeber. Aber, so überlegte Adam, wenn man einen Mann einstellte, dem man sein volles Vertrauen schenkte, dann musste man ihm auch so viel bezahlen, dass er sich das leisten konnte.

Harold war schon seit mehr als sechs Jahren Adams Mann für besondere Geschäfte. Er konnte Geheimnisse für sich behalten.

»Ich habe Ihre Nachricht bekommen und bin sofort hierher geeilt, Sir«, erklärte Harold.

»Ich weiß Ihre Pünktlichkeit zu schätzen, wie immer. Bitte, setzen Sie sich.«

Harold sank auf den Stuhl vor dem Schreibtisch, rückte seine Brille zurecht und holte ein kleines Notizbuch und einen Stift hervor.

»Sie haben gesagt, es handle sich um eine dringende Angelegenheit, Sir?«

»Ich möchte, dass Sie sofort nach Bath aufbrechen.« Adam legte beide Hände auf den Tisch. »Dort werden Sie einige äußerst diskrete Nachforschungen anstellen über einen Skandal, der dort vor ungefähr drei Jahren geschehen ist.«

Harold machte sich Notizen. »Dabei geht es

wohl um eine geschäftliche Angelegenheit, nehme ich an?«

»Nein, die Sache ist eher persönlicher und privater Natur. Ich möchte, dass Sie alles herausfinden, was möglich ist, über eine Lady mit dem Namen Caroline Fordyce.«

»Mrs. Fordyce?« Harold hob schnell den Kopf. »Handelt es sich dabei vielleicht um die Schriftstellerin, Sir? Die Mrs. Fordyce, deren Romane im *Flying Intelligencer* veröffentlicht werden?«

Adam seufzte resigniert. »Ich scheine der einzige Mensch in ganz London zu sein, der bis vor kurzem ihre Arbeit nicht gekannt hat.«

»Sie schreibt sehr aufregende Sachen«, erklärte Harold begeistert. »Sie lässt einen die wildesten Vermutungen anstellen. Ihr letzter Roman ist bis jetzt der aufregendste, soweit ich das beurteilen kann. Er heißt *The Mysterious Gentleman*.«

»Ja, ich weiß.« Adam öffnete und schloss die Hände, dann verschränkte er die Finger miteinander. »Ich glaube, der Name des Bösewichtes ist Edmund Drake.«

»Ah, ich sehe, Sie verfolgen die Geschichte auch, Sir. Wir haben zwar bis jetzt noch nicht viel von Edmund Drake gehört, aber es ist offensichtlich, dass er ein Halunke ist. Ich kann wohl sagen, dass er ein böses Ende finden wird, genau wie die anderen Bösewichte in Mrs. Fordyces Romanen.«

Adam versuchte, seine Neugier zu unterdrücken, doch das gelang ihm nicht. »Genügt denn nicht die Tatsache, dass Sie bereits den Namen des Bösewichts kennen und wissen, dass er ein unrühmliches Ende nehmen wird, um der Geschichte ihre ganze Spannung zu nehmen? Was hat es denn für einen Zweck, einen Roman zu lesen, wenn man das Ende schon kennt, noch ehe man die erste Seite zu Ende gelesen hat?«

Howard betrachtete ihn vollkommen verwirrt. Dann erkannte Adam, wie er zu begreifen begann.

»Ich nehme an, Sie lesen nicht sehr oft einen Roman, Sir«, meinte er, und aus jedem seiner Worte hörte Adam Mitleid.

»Nein.« Adam lehnte sich in seinem Sessel zurück und umfasste die Armlehnen. »Es gehört nicht zu meinen Gewohnheiten, Romane zu lesen.«

»Dann erlauben Sie mir, Ihnen etwas zu erklären. Natürlich weiß man, dass in einem Sensationsroman der Bösewicht für seine Taten bezahlen wird, genauso, wie man weiß, dass der Held und die Heldin für ihre guten Herzen und ihre edlen Taten belohnt werden. Diese Dinge werden vorausgesetzt. Doch darum geht es dabei gar nicht.«

»Wirklich? Nun, worum geht es denn bei der ganzen Sache?«

»Also, die Spannung wird dadurch hergestellt, dass man sieht, wie die verschiedenen Charaktere von ihrem Schicksal eingeholt werden.« Harold breitete beide Hände weit aus. »Es ist die ganze Reihe von erstaunlichen Ereignisse in den einzelnen Kapiteln, die die Leser unterhalten und erstaunen, die Wendungen in der Geschichte und das Durcheinander der Gefühle. Deshalb liest man einen Roman, Sir. Nicht, um zu wissen, wie er endet, sondern um die eigenartigen Szenen zu genießen.«

»Ich werde daran denken, wenn ich in Versuchung geraten sollte, noch einen von Mrs. Fordyces Romanen zu lesen.« Adam zog die Augen zusammen. »Und da wir gerade von erstaunlichen Ereignissen sprechen, ich denke, Sie gehen besser jetzt nach Hause und packen. Ich möchte, dass Sie so bald wie möglich nach Bath abreisen.«

»Jawohl, Sir.« Harold stand auf.

»Und halten Sie mich durch Telegramme über die Ereignisse auf dem Laufenden.«

13

»Ich fürchte, diese ganze Geschichte könnte gefährlich werden für Caroline.« Emma legte ihre Füße auf den kleinen Hocker vor ihrem Sessel und genoss die wohlige Wärme in dem kleinen Wohnzimmer.

Milly senkte das Buch, in dem sie gerade las, und setzte ihre Brille ab. Sie wusste sehr wohl, dass ihre Freundin schon seit Stunden über die letzten Ereignisse nachgedacht hatte. Nach all den Jahren, in denen sie bereits zusammenlebten, hatte sie gelernt, Emma die nötige Zeit zu lassen, um die Dinge zu verarbeiten.

»Ich glaube nicht, dass du dir Sorgen um Carolines Sicherheit machen musst.« Sie legte die Brille auf den kleinen Tisch neben sich. »Ich bin ganz sicher, dass Mr. Hardesty sehr gut auf sie aufpassen wird.«

»Aber wer wird Caroline vor Mr. Hardesty schützen?«, fragte Emma, und ihre Stimme klang voller Vorahnung.

Milly öffnete den Mund, um ihr zu antworten,

doch dann zögerte sie. Ihr erster Gedanke war, die ganze Situation in möglichst optimistischem Licht zu sehen. Von Emma erwartete man natürlich, dass sie das genaue Gegenteil tat. In den meisten Fällen ergänzten sie sich beide sehr gut.

Im ersten Augenblick wollte sie Hardesty verteidigen. Sie hatte ihn gleich auf den ersten Blick respektiert, und ihr Instinkt sagte ihr, dass man ihm trauen konnte. Aber was wusste sie wirklich von ihm? Sie musste zugeben, dass Emma Recht hatte, wenn sie sich Sorgen machte. Es bestanden immerhin einige Risiken.

»Caroline ist alt und auch klug genug, um mit einem Mann wie Adam Hardesty fertig zu werden«, behauptete sie und versuchte, überzeugend zu klingen. »Es ist ja nicht so, als würde sie die Gefahr nicht sehen. Nach allem, was vor drei Jahren passiert ist, weiß sie, dass sie vorsichtig sein muss.«

»Da bin ich mir gar nicht so sicher. Hast du denn nicht gesehen, wie die beiden heute Nachmittag einander angesehen haben?«

Milly seufzte. »Doch, das habe ich gesehen.«

»Die Atmosphäre war so aufgeladen, dass ich mich schon gewundert habe, dass nicht hier mitten im Wohnzimmer die Blitze gezuckt haben.«

»In der Tat.«

Emma sah sie eindringlich an. »Du weißt genauso gut wie ich, dass eine intime Verbindung mit einem Gentleman wie Mr. Hardesty für Caroline nur Kummer bedeuten kann. Männer mit Macht und Reichtum heiraten nur, um noch mehr Macht und noch mehr Reichtum zu erlangen. Hardesty kann sich eine Frau wählen, die aus den höchsten Kreisen kommt, und das wird er wahrscheinlich auch tun. Von ihm kann sie höchstens eine diskrete Affäre erwarten.«

Milly dachte sehr sorgfältig über ihre Antwort nach. Immerhin begab sie sich hier auf gefährliches Gebiet.

»Wäre das denn ein so schreckliches Schicksal?«, meinte sie schließlich.

Emmas Miene wurde starr. »Wie kannst du nur so etwas fragen? Das wäre entsetzlich.«

»Du denkst an deine Schwester«, meinte Milly sanft. »Aber lass uns hier ganz offen reden. Caroline ist nicht ihre Mutter. Sie hat ein ganz anderes Temperament. Wir beide kennen sie schon, seit sie in der Wiege lag. Du denkst doch wohl keinen Augenblick lang, dass sie eine Frau ist, die sich das Leben nehmen wird, nur weil ihr Liebhaber sie nicht mehr haben will?«

Emma schloss die Augen. »Ich möchte nicht, dass Caroline leiden muss.«

»Vor dieser Art Schmerz können wir sie nicht

beschützen. Früher oder später muss eine Frau lernen, damit umzugehen. So ist es nun einmal in der Welt.«

»Ich weiß. Aber dennoch …«

»Lass mich ausreden.« Milly stand von dem Sofa auf und trat neben Emmas Sessel. Sie legte der Freundin eine Hand auf die Schulter. »Als wir die Aufgabe übernommen haben, Caroline großzuziehen, nachdem deine Schwester gestorben war, haben wir uns geschworen, dass wir ihr beibringen würden, eine starke und unabhängige Frau zu werden. Und um das zu erreichen, haben wir ihr eine ausgezeichnete Ausbildung gegeben. Wir haben ihr beigebracht, logisch zu denken und zu argumentieren und ihre Finanzen zu verwalten. Wir haben dafür gesorgt, dass sie nicht heiraten muss, es sei denn, sie wünscht es sich. In der Tat hat sie bisher mindestens zwei Anträge bekommen, und sie hat beide abgelehnt.«

»Weil sie die Männer nicht geliebt hat«, platzte Emma heraus. Sie verschränkte die Hände fest im Schoß. »Darum geht es doch, Milly. Was geschieht, wenn sie nun diesmal ihr Herz an einen Mann verliert, der ihr gar keine Heirat antragen will?«

»Sie ist schon lange kein kleines Mädchen mehr. Sie kann sehr gut auf sich selbst aufpassen. Denk doch nur, was sie bisher schon erreicht hat. Trotz dieser schrecklichen Geschichte vor drei Jahren hat sie sich einen profitablen Beruf erarbeitet. Sie würde sich lieber den Schwierigkeiten stellen, ihren eigenen Weg im Leben zu finden, als sich in einer lieblosen Ehe elend zu fühlen. Jede Frau, die in der Lage ist, einen Entschluss zu fassen, kann selbst entscheiden, ob sie das Risiko einer Affäre mit einem Mann eingehen möchte, der sie wahrscheinlich niemals heiraten wird.«

Emma lächelte erschöpft, dann legte sie ihre Hand auf die von Milly. »Natürlich hast du Recht, meine liebe Milly. Du hast in solchen Dingen meistens Recht. Aber manchmal, wenn ich Caroline ansehe, muss ich daran denken, was mit Beatrice geschehen ist, und dass es mir damals nicht gelungen ist, sie zu beschützen. Ich habe mir geschworen, dass mir das bei ihrer Tochter nicht passieren wird.«

»Wir haben in der Vergangenheit schon so oft darüber geredet. Ich kann nur das wiederholen, was ich dir schon unzählige Male zuvor gesagt habe. Es gab nichts, was du für Beatrice hättest tun können. Und du hast ganz sicher nicht versagt bei Caroline. Sie ist intelligent, empfindsam und temperamentvoll, und all das verdankt sie dir. Sie ist deine Tochter, im wahrsten Sinne des Wortes, Emma.«

Emma drückte Millys Finger. »Immerhin habe ich sie nicht allein großgezogen. Du warst immer bei mir. Sie ist genauso sehr deine Tochter wie meine.«

Sie sahen ein paar Minuten lang schweigend in die Flammen im Kamin. Es war nicht nötig, zu reden. Sie waren schon so lange Zeit zusammen, dass sie die Gedanken des anderen lesen konnten.

14

Die Antwort auf die Anfrage für die Séance kam am nächsten Morgen sehr schnell.

Caroline saß noch mit Emma und Milly beim Frühstück. Alle drei trugen ihre neuen Morgenmäntel. Die Mode, bequeme, weite Kleidung zum Frühstück zu tragen, war aus Frankreich gekommen, und die Damen der Gesellschaft hatten diese Mode bereitwillig übernommen. Die Ladys in der Corley Lane 22 gehörten zu den Ersten, die sich danach gerichtet hatten.

Die Morgenröcke waren sehr züchtig, doch man betrachtete sie als sehr gewagt, weil sie *weit* waren. Die Kritiker wüteten gegen diese Mode, sie sahen sie als Niedergang der Moral. Einige gingen sogar so weit, die Frauen zu warnen, dass ihre Ehemänner schon bald das Interesse an ihnen verlieren würden, wenn diese ihre Vorzüge jeden Morgen beim Frühstück in solch *weite* Kleidung hüllen würden.

Nur sehr wenige Frauen hörten auf solche Voraussagen.

Sicherlich gehörte aus diesem Haushalt keine zu denen, die sich um die Meinung der Kritiker scherten, da es hier sowieso keine Ehemänner gab. Wenn man bedachte, wie unbequem die steifen, eng geschnürten Korsetts und Mieder der modernen Kleidung waren, ganz zu schweigen vom Gewicht der Stoffe, dann war keine vernünftige Frau gern bereit, den Tag darin früher zu beginnen als unbedingt notwendig.

Caroline legte die Gabel beiseite und öffnete die Nachricht von Irene Toller.

»Aha.« Triumphierend wedelte sie mit dem Blatt Papier. »Ich wusste doch, dass es nicht lange dauern würde, bis ich zu einer Séance gebeten werde. Habe ich euch nicht gesagt, dass Mrs. Toller auf der Suche nach neuen Geschäften ist?«

Milly stellte ihre Teetasse ab. »Was schreibt sie denn, meine Liebe?« Caroline las laut vor.

Liebe Mrs. Fordyce,
Ich beziehe mich auf ihre Bitte, an einer richtigen Séance teilzunehmen, und freue mich, Ihnen mitteilen zu können, dass ich schon heute Abend um neun Uhr eine Séance abhalten werde. Ich habe noch Platz für zwei zusätzliche Teilnehmer. Sie und Ihr Assistent sind herzlich eingeladen. Ich versichere Ihnen, dass Sie nicht enttäuscht sein werden.

Mit freundlichen Grüßen,
I. Toller

P. S.: Die Gebühren für meine Séancen sind unten aufgeführt. Zahlungen sind fällig, ehe die Séance beginnt.

Emma legte langsam den Löffel beiseite. »Versprich mir, dass du heute Abend vorsichtig sein wirst, Caroline. Ich bin noch immer sehr ängstlich wegen dieser Sache, die du und Mr. Hardesty vorhaben.«

»Es wird ihnen beiden nichts geschehen«, versicherte Milly ihr fröhlich. »Was kann schon bei einer Séance passieren?« Sie wandte sich wieder Caroline zu. »Emma und ich haben heute Abend eine Verabredung mit Mrs. Hughes im Theater. Danach werden wir sicher noch viele Stunden Karten spielen. Aber morgen möchte ich jede Einzelheit über Mrs. Tollers Vorstellung hören.«

»Keine Angst«, versicherte ihr Caroline. »Ich werde mir Notizen machen.«

Emma runzelte die Stirn. »Was hat denn die Sache mit dem Assistenten zu bedeuten? Hast du Mr. Hardesty in deiner Nachricht an Mrs. Toller deinen Assistenten genannt?«

»Jawohl.« Caroline lächelte, erfreut über ihre

Lösung des Problems mit Adam. »Ich habe mich selbst als Schriftstellerin vorgestellt, die im Wintersett House Nachforschungen angestellt hat, und habe ihr gesagt, dass mein Assistent mich begleiten würde. Wie du siehst, hat sie nicht lange gezögert, meiner Bitte zu entsprechen.«

Milly zog die Augenbrauen hoch. »Weiß Mr. Hardesty denn, dass du ihn so genannt hast?«

»Noch nicht«, meinte Caroline. »Ich werde es ihm auf dem Weg zu der Séance sagen.«

»Also, das verspricht eine sehr interessante Unterhaltung zu werden«, meinte Milly ein wenig spöttisch. »Schade, dass ich nicht dabei sein kann, um sie zu hören.«

Caroline griff nach einer Scheibe Toast. »Warum sagst du das?«

»Ich habe das Gefühl, dass Adam Hardesty nicht daran gewöhnt ist, von einem anderen Menschen Befehle entgegenzunehmen.«

Um halb neun an diesem Abend stieg Adam zusammen mit Caroline in die Kutsche und setzte sich auf den Platz ihr gegenüber.

»Sie haben Irene Toller gesagt, ich sei *was*?«

»Mein Assistent«, antwortete sie ruhig. »Was hätte ich denn sonst sagen sollen? Ich fand es nicht gerade klug, Sie als entfernten Verwandten vorzustellen, denn immerhin hätte es sein können, dass wir einige Fragen über unsere Vergangenheit gestellt bekommen und uns so verraten hätten.«

»Sicher wäre Ihnen doch auch noch etwas Besseres eingefallen.«

»Ich habe befürchtet, dass jede andere Erklärung Ihrer Anwesenheit den Eindruck wecken könnte, dass Sie und ich eine, äh, intime Bekanntschaft pflegen.« Sie lächelte ihn strahlend an. »Ich wollte Sie auf keinen Fall mit so etwas in Verlegenheit bringen.«

»Ach so.« Seine erste Reaktion auf ihre Neuigkeit, dass er die Rolle des Assistenten einer Schriftstellerin spielen sollte, war eine milde Verärgerung gewesen, gemischt mit spöttischer Belustigung. Jedoch festzustellen, dass Caroline sich die Mühe gegeben hatte, bei niemandem den Eindruck zu erwecken, dass er vielleicht ihr Geliebter sein könnte, dämpfte seine freudige Erwartung.

Offensichtlich hatte sie gestern in der Kutsche auf den Kuss nicht genauso reagiert wie er. Der Augenblick überraschender Leidenschaft hatte in ihm das Gefühl von Ruhelosigkeit hinterlassen, ein Gefühl des Verlangens, das mit der Zeit nur noch eindringlicher geworden war.

Heute Abend sah Caroline bezaubernd geheimnisvoll aus im sanften, goldenen Schein der

Kutschlampen, fand er. Ihr Kleid bestand aus einem bernsteinfarbenen Mieder und einem rotbraunen Rock. Der Saum des Kleides reichte bis zu ihren Füßen. Ein winziger Hut saß herausfordernd schief auf ihrem leuchtenden Haar.

Ganz plötzlich wünschte er, sie wären nicht auf dem Weg zu einer Séance. Er sehnte sich nach einem gemütlichen, abgeschiedenen Zimmer, wo er allein sein konnte mit ihr, vor einem warmen Feuer und in einem bequemen Bett.

»Es tut mir Leid, wenn ich Sie beleidigt habe mit der Rolle, die ich Ihnen zugedacht habe, Sir«, erklärte sie. »Ich dachte, es sei ein sehr kluger Einfall.«

»Es war sicher sehr einfallsreich«, gab er zu.

Sie runzelte die Stirn. »Immerhin haben Sie es mir überlassen, die Einzelheiten der Séance zu arrangieren, wenn Sie sich recht erinnern.«

»Mir schien es angemessen. Doch im Nachhinein frage ich mich, ob das vielleicht ein Fehler war.«

Ihre Mundwinkel verzogen sich ein wenig. »Aber sicher ist doch die Stelle eines Assistenten eine perfekte Tarnung für Sie. Und auf diese Art werden Sie auch nicht zum Objekt des Klatsches, es wird keine Gerüchte geben über Ihre Beziehung zu mir.«

Also schien sie an ihrem kleinen Spaß auch noch Freude zu haben, wie?

»Wie ich schon sagte, die Idee war sehr einfallsreich. Aber es war unnötig, sich Sorgen darüber zu machen, mich in Verlegenheit zu bringen.«

»Wie bitte?«

»Ich hätte keine schlaflose Nacht gehabt, wenn Sie angedeutet hätten, dass wir beide eine intime Beziehung pflegen.«

Ihre Augen weiteten sich, sie öffnete den Mund.

»Oh«, war alles, was sie herausbrachte.

Erfreut, dass es ihm gelungen war, sie erröten zu lassen, verschränkte er die Arme vor der Brust. »Was genau tut eigentlich der Assistent einer Schriftstellerin?«

»Ich habe überhaupt keine Ahnung«, gestand sie ihm. »Ich habe noch nie einen Assistenten gehabt.«

»Dann werde ich mir also zu gegebener Zeit etwas einfallen lassen müssen, nicht wahr?«

»Nun ja, ich denke schon.« Sie zögerte, ihm zu viel Verantwortung zu überlassen. »Also, was die Séance betrifft, wissen Sie doch sicher, dass die Teilnehmer gewisse Regeln einhalten müssen, die allen Anwesenden bekannt sind, nicht wahr?«

»Lassen Sie mich raten, was die Etikette bei einer Séance betrifft. Ich wette, dass niemand die Effekte, die das Medium einsetzt, in Frage stellen darf, ganz gleich wie bizarr oder unwahrscheinlich sie auch sein mögen. Richtig?«

»Sehr richtig.«

»Vielleicht darf ich in meiner Rolle als Ihr Assistent aber ein Streichholz anzünden oder auch unter den Tisch sehen, um die Vorrichtungen darunter zu untersuchen«, dachte er laut nach.

»Denken Sie nicht einmal daran, Sir.« Sie warf ihm einen empörten Blick zu. »Darf ich Sie daran erinnern, dass wir an dieser Séance nicht teilnehmen, um Ihnen die Befriedigung zu geben, das Medium bloßzustellen. Wir sind nur aus dem Grund dort, um uns Mrs. Toller und den Plan ihres Hauses ein wenig genauer anzusehen.«

Er senkte den Kopf. »Danke, dass Sie mir die wichtigen Dinge in dieser Sache noch einmal ins Gedächtnis gerufen haben.«

Irene Tollers Haus lag in einer ruhigen Straße in einer bescheidenen Gegend. Adam bemerkte, dass die obere Etage und auch der größte Teil des Erdgeschosses dunkel waren. Ein blasses, unheimliches Licht fiel durch die bunten Glasfenster über der Tür.

»Mrs. Toller hält wohl nichts davon, ihr Geld für Beleuchtung auszugeben«, wandte er sich an Caroline.

»Ihr Geschäft blüht im Dunkeln.«

Die Haushälterin, eine kleine, untersetzte Frau in mittleren Jahren, öffnete ihnen die Tür. Sie trug ein düsteres schwarzes Kleid ohne jeglichen Schmuck. Eine weiße Schürze und eine weiße Haube gehörten zu ihrer Uniform.

»Hier entlang, bitte«, erklärte sie. »Sie sind die Letzten. Die Séance wird gleich beginnen. Sie können mir das Geld für Mrs. Toller geben.«

Ein Hauch von Lavendelduft stieg Adam in die Nase. Diese Frau hatte etwas, das ihm bekannt vorkam, überlegte er, als er ihr das Geld reichte. Er erkannte ihr Gesicht nicht, doch er war sicher, ihre Stimme zu kennen und auch die Art, wie sie sich bewegte.

Die Erkenntnis traf ihn, als er der Frau in das Wohnzimmer folgte. Er warf Caroline einen schnellen Blick zu. Sie nickte und ließ ihn so wissen, dass auch sie die Frau erkannt hatte.

Tollers Haushälterin war die trauernde Witwe gewesen, die sie gestern bei der Veranstaltung im Wintersett House gesehen hatten, die Frau, die nach dem Verbleib der Aktien ihres toten Mannes gefragt hatte. Offensichtlich arbeitete sie, zusätzlich zu ihren Pflichten als Haushälterin, auch als Assistentin von Irene Toller.

Adam folgte Caroline in das kleine, mit Möbeln voll gestopfte Wohnzimmer. Ein Feuer brannte im Kamin. Über dem Kaminsims hing das Foto der Königin in Trauerkleidung.

Zwei der anderen Teilnehmer waren Frauen in fortgeschrittenem Alter. Sie stellten sich als Miss Brick und Mrs. Trent vor. Beide hatten graues Haar und trugen schlichte Wollkleider.

Der dritte Teilnehmer war ein unruhiger Mann von ungefähr fünfunddreißig Jahren, sein Name war Gilbert Smith.

Smith hatte blassblaue Augen und glattes, rotblondes Haar von beinahe der gleichen Farbe wie sein Gesicht. Sein Rock, sein Hemd und seine Weste wie auch seine Hose waren von mittelmäßigem Schnitt und durchschnittlicher Qualität.

Keiner der drei schien erstaunt, als Adam sich als Mr. Grove vorstellte. Er war froh, dass sie ihn nicht erkannten. Doch in dieser Hinsicht hatte er auch keinerlei Schwierigkeiten erwartet. Dies war nicht die Welt, in der er sich normalerweise bewegte.

Es gab allerdings aufgeregtes Murmeln der beiden Damen, als Caroline vorgestellt wurde.

»Ich freue mich, Ihre Bekanntschaft zu machen,

Mrs. Fordyce«, rief Miss Brick aufgeregt. »Mrs. Trent und ich sind so begeistert von Ihren Geschichten.«

»Ja, in der Tat.« Mrs. Trent klatschte begeistert in die Hände. »Dieser Edmund Drake ist wirklich ein furchtbarer Bösewicht. Ich kann kaum erwarten zu erfahren, was mit ihm geschieht. Vielleicht werden Sie ihn vom Pferd fallen lassen, oder er stürzt vielleicht von einer hohen Klippe ins Meer?«

Adam bemerkte, dass Gilbert Smith aufgehört hatte, mit seinem Spazierstock zu spielen. Er betrachtete Caroline mit nur mühsam verborgenem Interesse.

»Ich fände es besser, wenn Drake von dem Helden, Jonathan St. Claire, erschossen würde«, meldete sich Miss Brick aufgeregt. »Dann könnten Sie Drakes Stöhnen beschreiben, wenn er stirbt, und den Ausdruck von Schmerz und Bedauern auf seinem Gesicht.«

»Danke für Ihre Vorschläge«, meinte Caroline höflich, doch auf eine Art, die weitere Vorschläge nicht zuließ. »Aber ich habe mir schon ein Ende für meinen Bösewicht ausgedacht. Ich nehme an, es wird für alle eine Überraschung sein.« Sie lächelte. »Ganz besonders für Edmund Drake.«

Adam biss fest die Zähne zusammen. Er stellte

fest, dass er das immer dann tat, wenn Edmund Drake erwähnt wurde. Es wurde langsam zu einer lästigen Angewohnheit.

Er zwang sich zu einem freudlosen Lächeln. »Vielleicht wird uns Mrs. Fordyce ja alle in Erstaunen versetzen, wenn sie Drake vor dem üblichen schrecklichen Schicksal bewahrt, das sonst all ihre Bösewichte ereilt.«

Miss Brick und Mrs. Trent starrten ihn an, als hätte er den Verstand verloren.

»Und da wir gerade von erstaunlichen Ereignissen reden«, sprach er schnell weiter, und sein Gedankengang gefiel ihm immer besser, »stellen Sie sich doch nur einmal vor, welchen Eindruck es auf die Leser machen würde, wenn sie Drake schließlich zum Helden der Geschichte machen würde, der am Ende die Heldin heiratet.«

»So etwas kann ich mir gar nicht vorstellen«, wehrte Mrs. Trent voller Überzeugung ab.

»Natürlich nicht«, fügte Miss Brick entschlossen hinzu. »Den Bösewicht zum Helden machen? Undenkbar.«

Gilbert Smith warf Adam einen interessierten Blick zu. »Darf ich fragen, was Sie an der Séance heute Abend interessiert, Sir?«

»Mr. Grove ist mein Assistent«, erklärte Caroline schnell, noch ehe Adam antworten konnte.

Smith runzelte die Stirn. »Was tut denn der Assistent einer Schriftstellerin überhaupt?«

»Sie würden erstaunt sein, wenn Sie wüssten, wie vielfältig meine Aufgaben sind«, warf Adam ein.

Smith gab auf und wandte seine Aufmerksamkeit wieder Caroline zu. »Ich gebe zu, ich bin neugierig zu erfahren, warum eine Schriftstellerin an einer Séance teilnimmt, Mrs. Fordyce.«

»Einer der Charaktere in meinem nächsten Roman ist Medium«, erklärte Caroline. »Ich fand, es wäre eine gute Idee, an einigen Séancen teilzunehmen und einige der übersinnlichen Phänomene mitzuerleben, ehe ich darüber schreibe.«

Miss Brick war beeindruckt. »Sie sind also hier, um Nachforschungen für Ihren neuen Roman zu betreiben?«

»Jawohl«, stimmte ihr Caroline zu.

»Wie aufregend.«

Smith warf Adam einen nur mühsam verhüllten eindringlichen Blick zu. »Und Sie helfen ihr bei diesen Nachforschungen?«

»Meine Arbeit ist äußerst interessant«, erklärte Adam. »Es gibt keinen einzigen langweiligen Augenblick.«

Die Haushälterin erschien an der Tür, wie die Erscheinung eines Geistes.

»Es ist Zeit«, erklärte sie mit gewichtiger Stimme. »Mrs. Toller ist bereit für die Séance. Bitte, folgen Sie mir.«

Sie gingen hinter der Frau her in den halbdunklen Flur. Adam nutzte die Gelegenheit, um sich die Treppe im hinteren Teil des Hauses anzusehen und den Eingang zur Küche.

Nach ungefähr der Hälfte des Flurs öffnete die Haushälterin eine Tür. Einer nach dem anderen folgten ihr die Teilnehmer in ein abgedunkeltes Zimmer, sie alle setzten sich um einen Tisch, auf dem eine Decke lag.

Eine einzelne Lampe brannte mitten auf dem Tisch. Sie war so niedrig gestellt wie nur möglich. Das schwache Licht konnte die tiefen Schatten in dem Raum nicht durchdringen.

Adam rückte Caroline den Stuhl zurecht und setzte sich dann neben sie.

Er stellte fest, dass die schwere Decke, die auf dem Tisch lag, es unmöglich machte, unter den Tisch zu greifen, um nach versteckten Federn und anderen Vorrichtungen zu suchen. Genauso verhinderte die schwache Beleuchtung es, sich die Wände, die Decke und den Fußboden genauer anzusehen. Dennoch stimmte irgendetwas mit den Proportionen in diesem Raum nicht. Er schien viel kleiner zu sein, als er es eigentlich hätte sein sollen, wenn man die Entfernung bedachte, die sie durch den Flur zurückgelegt hatten.

Sehr wahrscheinlich war eine zweite Wand eingebaut worden und auch die Decke schien niedriger zu sein.

»Guten Abend«, begrüßte Irene Toller sie.

Sie stand an der Tür, als Silhouette vor dem Licht. Adam wusste, dass er von Damenmode nicht viel Ahnung hatte, doch selbst mit seiner begrenzten Erfahrung erschienen ihm Irene Tollers Röcke ungewöhnlich aufgebauscht. Caroline hatte ihm erklärt, dass allgemein angenommen wurde, dass betrügerische weibliche Medien weite, schwere Röcke bevorzugten, um darunter verschiedene Vorrichtungen zu verbergen, mit denen sie während einer Séance die gewünschten Effekte erzielten.

Irene trat mit gemessenen Schritten in das Zimmer.

Adam stand auf, genau wie Gilbert Smith, der Anstalten machte, dem Medium den Stuhl zurechtzurücken.

»Danke, Mr. Smith.« Irene setzte sich und sah zu ihrer Haushälterin. »Sie können jetzt gehen, Bess.«

»Jawohl, Ma'am.« Bess verschwand im Flur und schloss die Tür hinter sich.

Das einzige Licht im Raum war der schwache Schimmer der Lampe mitten auf dem Tisch.

»Legen Sie bitte alle die Hände auf den Tisch, genau wie ich das tue«, bat Irene. Sie legte beide Handflächen auf die Tischdecke.

Also wird nichts aus der Gelegenheit, Carolines Hand zu halten, dachte Adam.

»Ich bitte darum, dass niemand seine Hand vom Tisch nimmt, bis die Séance zu Ende ist«, sprach Irene Toller weiter. »Das ist der Beweis dafür, dass hier keinerlei Tricks angewendet werden.«

Das war überhaupt kein Beweis, Adam wusste das. Aber die anderen, möglicherweise mit Ausnahme von Caroline, schienen zu akzeptieren, dass es eine Garantie gegen einen möglichen Betrug war, wenn alle die Hände während der ganzen Zeit sehen konnten.

Das Klopfen begann beinahe sofort, zuerst waren es leise Geräusche, dann gab es einen lauten Schlag, bei dem Miss Brick und Mrs. Trent laut nach Luft schnappten.

Die Geräusche kamen aus verschiedenen Richtungen im Raum, auch aus den Ecken und unter dem Tisch hervor.

»Was ist das?«, fragte Mrs. Trent voller Erstaunen.

»Machen Sie sich keine Sorgen«, erklärte Irene.

»Das ist nur mein Geisterführer, der uns wissen lässt, dass er anwesend ist. Sein Name ist Sennefer. Er war früher einmal Priester im alten Ägypten. Er weiß um unglaublich viele geheime, merkwürdige Dinge. Ich bin sein Medium. Durch mich wird er mit Ihnen in Verbindung treten, ganz wie es ihm gefällt. Aber zuerst muss ich mich in Trance versetzen.«

Sie begann, heftig zu zittern, beinahe genauso wie bei der Demonstration des geisterhaften Schreibens. Sie zuckte und bebte, ihr Kopf fuhr vor und zurück.

Adam beobachtete ihre Hände ganz genau. Sie schienen fest auf der Oberfläche des Tisches liegen zu bleiben. Vollkommen bewegungslos.

Der Tisch begann plötzlich zu wackeln, dann hob er sich wenige Zentimeter über den Boden.

»Erstaunlich«, flüsterte Gilbert Smith.

»Gütiger Himmel, er schwebt in der Luft.« Der begeisterte Blick von Miss Brick wurde ein wenig ängstlich.

»Alle Hände müssen auf dem Tisch liegen bleiben«, befahl Irene mit tieferer, dunklerer Stimme, die angeblich von Sennefer zu kommen schien.

Adam zählte schnell die Hände. Alle lagen noch deutlich zu sehen auf dem Tisch, auch die von Irene.

Der Tisch sank wieder auf den Boden. Die Finger von Irene Toller lagen noch genau in der gleichen Lage auf dem Tisch wie einen Augenblick zuvor, stellte Adam fest.

»Sehen Sie nur«, schrie Mrs. Trent. »Dort oben ist etwas.«

Adam folgte ihrem erschrockenen Blick zu der Decke gleich über dem Tisch. Er konnte nur schwach den silbernen, blassen Umriss einer Gestalt erkennen, die in der Dunkelheit über ihren Köpfen schwebte. Sie bewegte sich wie ein Spuk, dann verschwand sie wieder.

»Gütiger Himmel, was ist das?«, hauchte Miss Brick. Eine leichenblasse Hand hatte sich neben dem Tisch gleich neben Irene Toller erhoben. Während alle zusahen, streckte sie sich aus und berührte Miss Brick sanft an der Schulter. Sie schrie erschrocken auf.

»Haben Sie keine Angst«, beruhigte Irene sie. »Der Geist will Ihnen nichts antun.«

Miss Brick saß bewegungslos, im Halbdunkel erkannte man ihre weit aufgerissenen Augen. Die leichenblasse Hand verschwand wieder unter dem Tisch.

»Sie hat mich berührt.« Miss Bricks Stimme war voller Verwunderung. »Die Erscheinung hat mich wirklich berührt.«

Ehe noch jemand reagieren konnte, ertönte eine weitere Serie von Klopfen und Klicken. Danach folgte ein entferntes Läuten von kleinen Glöckchen.

»Sennefer sagt, das war die Erscheinung eines Geistes, der mit einigen Teilnehmern an diesem Tisch in Kontakt treten möchte.« Irene hielt inne und presste die Augen zu. Ihr Gesicht verzog sich. Und dann riss sie die Augen weit auf, auf eine beunruhigende Art und Weise. »Er möchte Mrs. Trent und Miss Brick eine Nachricht schicken.«

Mrs. Trent war offensichtlich erschüttert. »Das verstehe ich nicht.«

»Wer ist es denn?«, fragte Miss Brick, genauso unsicher.

Die Glöckchen läuteten.

»Diese Botschaft ist von …« Irene sprach zögernd, ihre Worte kamen unregelmäßig, so als versuche sie, die Worte aus der anderen Welt zu übersetzen. »Eine Freundin. Ja, es ist der Geist einer Freundin, die irgendwann im vorigen Jahr hinübergegangen ist.«

Mrs. Trent erstarrte. »Oh, Himmel, ist es etwa Mrs. Selby?«

Miss Brick erstarrte und sah sich in dem Zimmer um. »Bist du das, Helen?«

Wieder klopfte und läutete es.

»Helen Selby schickt Ihnen beiden Grüße«, sprach Irene weiter. Wieder klickte und kratzte es.

»Sie sagt, sie kann Ihnen einen nützlichen Rat geben, was Ihre Finanzen betrifft.«

»Das wäre ja wundervoll«, rief Mrs. Trent und schien wieder so begeistert wie zuvor.

»Was möchtest du uns denn sagen?«, fragte Miss Brick.

Klopfen, Kratzen und Glocken waren zu hören.

»Ihr werdet in der nächsten Zukunft einem Gentleman begegnen«, erklärte Irene mit monotoner Stimme. »Er wird euch eine Investition anbieten. Wenn ihr sie annehmt, werdet ihr innerhalb eines Jahres sehr reich werden.«

»Wie ist denn der Name dieses Gentleman?«, fragte Mrs. Trent aufgeregt.

Eine Serie schneller Klopfgeräusche war zu hören.

»Das kann ich nicht sagen«, behauptete Irene mit ihrer eigenartig tiefen Stimme. »Aber ihr werdet ihn erkennen, denn er wird euch sagen, dass er Helen Selby gekannt hat. Wenn ihr ihm sagt, dass ihr zwei alte Freundinnen von ihr seid, wird er euch diese vorteilhafte Geldanlage anbieten.«

»Helen, wir können dir gar nicht genug danken«, flüsterte Miss Brick.

Gilbert Smith meldete sich eifrig. »Hören Sie, würden Sie etwas dagegen haben, wenn ich auch von dieser Investition profitiere, Mrs. Selby? Mein Name ist Gilbert Smith. Mir ist klar, dass wir uns zu Ihren Lebzeiten nie gekannt haben, aber es könnte doch sein, dass wir einander schon einmal begegnet sind.«

Heftiges Klingeln der Glocken und lautes Klopfen unterbrach ihn.

Dann hörte der Lärm ganz plötzlich auf.

Irene sah Gilbert Smith mit grimmigem, starrem Blick an. »Helen Selbys Geist ist wütend über Ihre Gier, Mr. Smith. Sie sagt, dass man sich mit Ihnen nicht in Verbindung setzen wird.«

»Na gut«, murmelte Smith. »Nun ja, es war einen Versuch wert.«

Ein unheimliches Knarren ertönte aus einer Ecke des Raumes, das in Adams Ohren wie das schlecht geölte Scharnier einer Tür klang. Alle Köpfe wandten sich in die Richtung.

In diesem Augenblick fühlte Adam, wie der Tisch sich noch einmal einige Zentimeter in die Luft hob. Man hörte wieder mehrmals schnelles, lautes Klopfen und dann erklangen noch einmal die Glöckchen.

»Ein weiterer Geist möchte mit jemandem an diesem Tisch in Verbindung treten«, erklärte Irene. »Dieser hat eine Botschaft für Mrs. Fordyce.«

Adam merkte, wie Caroline neben ihm erstarrte.

»Wer ist denn dieser Geist?«, fragte sie leise.

Leises Klopfen und Kratzen ertönte.

»Das ist nicht sehr deutlich.« Irene erweckte den Anschein, als würde sie sich heftig konzentrieren.

Wieder war schwaches Klopfen zu hören.

»Es ist ein Mann, glaube ich«, sprach Irene zögernd weiter. »Ein Gentleman … ah, ja, jetzt sehe ich es. Es ist der Geist Ihres verstorbenen Mannes.«

Caroline saß erstarrt auf ihrem Stuhl.

Wut stieg in Adam auf. Dieses dumme Spielchen hat schon viel zu lange gedauert, dachte er. Wie durfte diese Betrügerin es wagen, Caroline mit so genannten Botschaften von ihrem toten Ehemann zu quälen? Er würde diesem Unsinn sofort ein Ende machen.

»Nein, bitte«, flüsterte Caroline, die gefühlt zu haben schien, was er vorhatte. »Es ist schon in Ordnung. Ich habe nichts dagegen. In der Tat kann ich es kaum erwarten, zu hören, was mein lieber Jeremy mir zu sagen hat. Sein Tod kam so plötzlich. Wir hatten gar nicht die Gelegenheit, uns voneinander zu verabschieden.«

Adam zögerte. Sein Instinkt riet ihm, sie von hier wegzubringen, doch er fühlte, dass sie nicht bereitwillig mit ihm gehen würde. Dies ist ihre Entscheidung, sagte er sich. Wenn sie darauf bestand, hier zu bleiben, hatte er keine andere Wahl, als bei ihr zu bleiben. Sie war eine intelligente Frau. Sicher begriff sie, dass Irene Toller ein überaus unerfreuliches Spiel spielte.

Auf der anderen Seite machte die Trauer um einen geliebten Ehemann, den man durch einen unerwarteten Todesfall verloren hatte, auch die vernünftigste und ausgeglichenste Frau zur leichten Beute für einen Scharlatan wie Irene Toller.

Verdammt, ärgerte er sich. Er konnte nur sich selbst einen Vorwurf machen, weil all das hier geschah. Wenn er Caroline nicht in die Sache hineingezogen hätte, dann wäre sie heute Abend nicht hier.

Wieder waren die Klopfgeräusche und das Läuten und Kratzen zu hören. Über den Tisch hinweg sah Irene Caroline an.

»Ihr Jeremy sagt, ich soll Ihnen ausrichten, dass er Sie liebt und auf der anderen Seite mit offenen Armen auf Sie wartet. Eines Tages werden Sie wieder vereint sein und endlich auch das Glück wiederfinden, das Ihnen genommen wurde, als er von Ihnen ging.«

»In Ordnung«, antwortete Caroline mit eigenartiger Stimme.

Eine Glocke ertönte.

Ein Schauer rann durch Irenes Körper. Ihre Hände auf dem Tisch zitterten. »Der Geist sagt, dass er nicht in der Lage ist, heute Abend noch mehr zu sagen. Er wird es in Kürze noch einmal versuchen.« Sie erstarrte, dann wand sie sich auf ihrem Stuhl. »Es ist vorbei. Die Geister sind verschwunden. Sie müssen jetzt alle gehen, ich bin erschöpft.«

Sie fiel nach vorn, mit dem Gesicht auf ihre bewegungslosen Hände.

Die Tür öffnete sich, und die Haushälterin trat in das Zimmer.

»Die Séance ist vorüber«, erklärte Bess. »Sie müssen jetzt alle gehen, damit Mrs. Toller sich erholen kann.«

15

Die Kutsche rollte durch die nebligen Straßen zurück zur Corley Lane. Im Inneren der Kutsche war es dunkel, weil Adam die Lampen nicht angezündet hatte. Er sagte sich, dass es Caroline wahrscheinlich angenehmer war, nach dieser erschütternden Erfahrung ein wenig Privatsphäre zu haben.

Er war noch immer wütend. Jetzt sah er zu Caroline und überlegte, was er ihr sagen könnte. Sie saß ihm gegenüber, einen warmen Schal um die Schultern, ihr Gesicht hatte sie abgewandt. Sie schien in Erinnerungen versunken.

Er wollte ihr sein Mitleid anbieten, doch gleichzeitig sehnte er sich danach, ihr ins Gedächtnis zu rufen, dass sie nicht an das glauben sollte, was bei der Séance geschehen war. Auf der anderen Seite konnte es aber sein, dass die Möglichkeit, dass ihr toter Mann aus dem Grab zu ihr gesprochen hatte, ihr Trost gab. Wieso sollte er ihr das nehmen?

Er hätte Irene Toller umbringen können, ohne jegliche Reue, entschied er. Wie konnte diese Frau nur mit ihrem Gewissen leben? Es war eine Sache, eine Séance zur allgemeinen Unterhaltung abzuhalten oder selbst als zynisches Mittel einzusetzen, um die dummen und leicht zu beeinflussenden Menschen zu betrügen. Geschäft war immerhin Geschäft. Niemand wusste das besser als er selbst. Aber absichtlich die Trauer einer Frau auszunutzen, das konnte er nicht tolerieren.

Adam schwor sich, dass er dafür sorgen würde, Irene Toller als Betrügerin zu entlarven, noch ehe diese ganze Geschichte vorüber war.

»Es tut mir Leid, dass Sie gezwungen waren, dieses traurige Experiment zu ertragen«, meinte er schließlich.

»Machen Sie sich deshalb keine Sorgen, Adam.« Ihre Stimme klang vollkommen ausdruckslos. »Das war ganz sicher nicht Ihr Fehler.«

»Doch, in der Tat, es war mein Fehler.« Er legte eine Hand auf das Polster neben sich. »Ich hätte niemals zulassen dürfen, dass Sie mich heute Abend begleiten.«

»Nein, nein, Sie dürfen sich keinen Vorwurf machen«, wehrte sie schnell ab. »Es geht mir gut, wirklich.«

»Sie sind außer sich.«

»Ganz und gar nicht.« Jetzt sprach sie ein wenig lauter. »Das versichere ich Ihnen.«

»Niemand könnte eine so quälende Sache durchstehen, ohne davon angerührt zu sein.«

»Es war alles ein wenig …« Sie zögerte, als suche sie nach den richtigen Worten. »Eigenartig, das gebe ich zu. Aber ich versichere Ihnen, meine Nerven sind ganz in Ordnung. Ich werde ganz sicher weder in Hysterie noch in Melancholie verfallen.«

»Daran zweifle ich nicht.« Trotz seines Zorns stieg Bewunderung für diese Frau in ihm auf. »Wir kennen einander noch nicht so lange, Caroline, aber ich muss Ihnen sagen, dass mich Ihre Kraft und Ihre Unerschütterlichkeit beeindrucken.«

Sie öffnete ihren Fächer, schloss ihn wieder und öffnete ihn dann mit nervösen Fingern noch einmal. Diese Nervosität schien so gar nicht zu ihr zu passen.

»Sie schmeicheln mir«, murmelte sie.

Er machte alles nur noch schlimmer, wenn er darüber sprach, überlegte er. Aber er konnte jetzt, wo er einmal damit angefangen hatte, nicht mehr aufhören. »Sie müssen immer daran denken, dass Irene Toller eine Betrügerin ist«, erklärte er leise.

»Ja, natürlich.«

»Sie hat die Tatsache ausgenutzt, dass Sie Witwe sind, um an Ihre Gefühle zu appellieren.«

»Das ist mir bewusst.« Sie klappte den Fächer wieder zusammen, dann verschränkte sie die Finger fest in ihrem Schoß. »Das ist ein üblicher Trick, den jedes Medium anwendet.«

Er ballte die Hand zur Faust und legte diese dann auf seinen Oberschenkel. »Es ist ein grausames Geschäft, es beruht nur auf Täuschung.«

Sie räusperte sich. »Es hat schon immer eine ganze Anzahl Menschen gegeben, die es kaum erwarten können, betrogen zu werden.«

Die Kutsche holperte über die von Gaslampen beleuchtete Straße. Der schwache Schein von draußen erhellte kurz Carolines angespanntes Gesicht. Er machte sich Sorgen, dass sie vielleicht in Tränen ausbrechen würde.

»Sie haben Ihren Ehemann zweifellos sehr geliebt.« Er suchte nach den richtigen Worten. »Mein Beileid für Ihren Verlust.«

Sie erstarrte. »Danke. Doch es ist bereits eine ganze Weile her. Ich habe mich von meiner Trauer recht gut erholt.«

Die Situation wurde immer schlimmer. Hätte er auch nur ein wenig Verstand, dann würde er jetzt den Mund halten, bis sie in der Corley Lane angekommen waren. Aber irgendwie bohrte das Wissen, dass sie sich vielleicht darauf freute, eines Tages wieder mit ihrem toten Ehemann vereint zu sein, wie ein Dolch in seinem Inneren.

»Ich nehme an, der Gedanke, dass Ihr geliebter Jeremy auf der anderen Seite auf Sie wartet, ist ein gewisser Trost für Sie«, hörte er sich selbst sagen.

»*Das reicht.*« Heftig öffnete sie ihren Fächer. »Kein Wort mehr, bitte. Ich kann diese Unterhaltung nicht länger ertragen.«

»Verzeihen Sie mir.« Er schien sich heute Abend ständig zu wiederholen, überlegte er. Er konnte sich gar nicht daran erinnern, sich im gesamten vergangenen Jahr so oft entschuldigt zu haben. »Das Thema ist offensichtlich sehr schmerzlich für Sie. Ich schwöre Ihnen, ich werde Sie nicht noch einmal einer Séance aussetzen. Es war ein Fehler, zuzulassen, dass Sie noch weiter in diese Sache hineingezogen werden.«

»Es war kein Fehler«, wehrte sie heftig ab. »Es war meine eigene Entscheidung.«

»Ich werde Irene Toller bei der ersten Gelegenheit bloßstellen.«

»Nein, das dürfen Sie nicht.« Caroline schien ehrlich entsetzt. »Denken Sie doch nur an das Risiko, Sir. Sie könnten Ihre eigenen Geheimnisse aufs Spiel setzen, wenn Sie sich von einer so kleinen, unwichtigen Sache ablenken lassen. Sie müssen vorsichtig sein.«

»Irene Toller sollte für den grausamen Betrug bestraft werden, den sie heute Abend begangen hat«, entgegnete er ungerührt. »Ich kann nicht zulassen, dass sie so einfach davonkommt, nach allem, was sie Ihnen angetan hat. Ihre Trauer auf eine solche Art auszunutzen ist unverantwortlich.«

Caroline stieß einen kleinen, erstickten Schrei aus. Sehr wahrscheinlich würde sie gleich in Tränen ausbrechen, dachte er. Alarmiert griff er nach seinem Taschentuch.

Als sie das kleine weiße Tuch in seiner Hand entdeckte, seufzte sie auf, als würde sie sich geschlagen geben.

»Das ist nicht nötig, Sir«, murmelte sie. »Ich bin nicht von Trauer überwältigt. Ich nehme an, ich kann Ihnen auch gleich die Wahrheit sagen. Ich sehe schon, dass ich Sie auf andere Art und Weise nicht überzeugen kann.«

»Wovon wollen Sie mich überzeugen?«

»Irene Toller ist gar keine so gewissenlose Betrügerin. Es hat gar keinen Jeremy Fordyce gegeben. Ich habe ihn erfunden.«

Einen Augenblick lang saß er starr vor Erstaunen, er war überrascht über seine eigene Verblüffung. Eigentlich hätte er wissen müssen, dass sie ihn wieder einmal überraschen würde, überlegte er. Dennoch hatte er sich diese Wendung der Dinge nicht vorstellen können.

Er wusste sehr gut, warum er versagt hatte. Er hatte glauben wollen, dass Caroline eine erfahrene Witwe war. Es war so praktisch gewesen, sie als Frau von Welt anzusehen, die sich nicht länger den Regeln einer unverheirateten Frau unter dreißig beugen musste.

»Sie waren niemals verheiratet?«, fragte er vorsichtig.

»Ich fürchte, nicht. Nach den entsetzlichen Ereignissen in Chillingham vor drei Jahren habe ich entschieden, dass mein Leben um vieles bequemer sein würde, wenn ich vorgab, Witwe zu sein und keine unverheiratete Frau. Nachdem wir nach London gezogen waren, habe ich den Namen Mrs. Fordyce angenommen, sowohl aus beruflichen als auch aus persönlichen Gründen.«

Der Ort des Skandals hatte sich also geändert, das durfte er nicht vergessen. »Würden Sie mir Ihren richtigen Namen verraten?«

Sie zögerte. »Caroline Connor.«

»Ah ja.« Er dachte darüber nach, dass es schon spät war und dass er allein mit einer unverheirateten Frau in einer Kutsche saß, einer Frau, die am Abend eigentlich nicht ohne Anstandsdame das Haus hätte verlassen dürfen. Ja, es war ganz sicher angenehmer, zu glauben, dass sie Witwe war.

»Mir ist klar, dass Sie von dieser Neuigkeit nicht gerade erfreut sind, Mr. Hardesty«, meinte sie. »Aber sicher wissen Sie doch, was für ein entsetzlich begrenztes Leben eine unverheiratete Frau meines Alters hat. Auf dem Land waren die Dinge wesentlich einfacher. Die Regeln des Anstands sind dort nicht so streng. Aber hier in der Stadt ist eine allein stehende Frau eine leichte Beute für die Menschen, die böse Gerüchte verbreiten. Wenn man dann auch noch meine Verwicklung in diesen Skandal bedenkt und auch die Tatsache, dass ich Skandalromane schreibe, dann begreifen Sie doch sicher, wie groß mein Problem wirklich ist. Es war so viel einfacher, Caroline Connor einfach verschwinden zu lassen.«

Er dachte darüber nach, wie oft Julia vor ihrer Ehe gegen die Regeln der Einschränkungen gewütet hatte, die die Gesellschaft jungen Damen auferlegte. »Mir ist klar, dass die Regeln des Anstandes sehr ärgerlich sein können. Aber ich möchte Ihnen ins Gedächtnis rufen, dass es dafür auch gute Gründe gibt. Es gibt auf jeder Ebene der Gesellschaft eine ganze Anzahl schlimmer Flegel, die ohne zu zögern eine Frau in Schwierigkeiten bringen.«

Sie umklammerte ihren Fächer fester. »Und die gefährlichsten unter diesen Männern sind diejenigen, die sich in den gehobensten Kreisen bewegen«, erklärte sie mit einer Stimme, die nicht mehr war als nur ein Flüstern.

Einen kurzen Augenblick lang senkte sich Schweigen über sie beide. Er sagte nichts, doch dem Teil von ihm, der immer aufmerksam war und auch die unerwarteten Dinge registrierte, entging nicht, wie heftig sie reagiert hatte. Offensichtlich war es bei dem Skandal, in den sie verwickelt gewesen war, auch um einen Gentleman gegangen, der sich in exklusiven Kreisen bewegte.

Sie atmete tief aus. »Sie können mir glauben, wenn ich Ihnen versichere, dass ich mich mit den Wirklichkeiten des Lebens gut auskenne, Sir. Ich weiß Ihre Fürsorge zu schätzen, aber Sie brauchen sich nicht die Mühe zu machen, mir einen Vortrag über Anstand zu halten.«

Sie hatte das Recht, sich zu nennen, wie sie wollte, um ihr Leben nach ihren Wünschen zu gestalten, rief er sich ins Gedächtnis.

»Ich bitte um Entschuldigung«, sagte er leise.

»Verzeihen Sie mir, dass ich Sie angefahren habe. Wie Sie sehen, ist dieses Thema nicht sehr angenehm für mich.«

»Sie haben Ihre Meinung deutlich gemacht. Leider macht diese plötzliche Änderung ihres Familienstandes eine bereits komplizierte Situation noch viel schwieriger.«

»Unsinn«, wehrte sie schnell ab. »Zwischen uns braucht sich gar nichts zu ändern.«

Beinahe hätte er sogar gelächelt. »Kommen Sie, wir wissen doch beide, dass Sie nicht so naiv sind.«

Sie zuckte zusammen, dann wandte sie den Kopf und sah aus dem Fenster. »Sind Sie böse?«

War er das? Er war sich nicht sicher. »Sagen wir mal, dass Sie mich in eine sehr unangenehme Position gebracht haben.«

»Es besteht absolut überhaupt keine Notwendigkeit, so zu denken.« Sie war jetzt besorgt. »Die ganze Welt glaubt, dass ich Witwe bin, und ich sehe keinen Grund, irgendjemandem diese Illusion zu nehmen. Sie können mich weiterhin genauso behandeln wie zuvor.«

»Glauben Sie wirklich, dass das möglich ist?«

Sie stieß ein unwilliges kleines Geräusch aus. »Es ist ja nicht so, als sei ich eine zerbrechliche Blume. Sie haben selbst gesagt, dass der Inhalt meiner Romane darauf deuten lässt, dass ich eine welterfahrene Frau bin.«

»Sie sind vielleicht eine Frau mit gewissen Erfahrungen«, gab er zu, »aber dennoch haben Sie einen Ruf zu verlieren.«

»Ganz im Gegenteil.« Jetzt klangen ihre Worte bitter. »Caroline Connor hatte einen Ruf zu verteidigen. Doch der wurde vor drei Jahren zerstört. Mrs. Fordyce braucht sich in dieser Hinsicht keinerlei Sorgen zu machen.«

»Das ist eine Ansichtssache.«

Sie warf ihm einen ermahnenden Blick zu. »Wer hätte gedacht, dass Sie ein solcher Heuchler und Eiferer sind, Sir?«

Dieser Vorwurf traf ihn unerwartet. Er lächelte ein wenig. »Ich versichere Ihnen, ich bin noch erstaunter als Sie, diesen Charakterzug bei mir festzustellen.«

Sie verschränkte die Arme vor der Brust und klopfte mit der Spitze ihres Schuhs auf den Boden. »Nun, ich nehme an, jetzt bin ich diejenige, die sich entschuldigen sollte. Ich hatte nie die Absicht, Sie in eine, wie Sie es nennen, *unangenehme Lage* zu bringen, Sir.«

»Mir ist klar, dass das nicht Ihre Absicht war.« Er zögerte. »Sie haben das Recht, Ihre Geheimnisse für sich zu behalten, Caroline, genauso wie ich.«

»In dieser Hinsicht waren wir uns einig.«

Er kämpfte gegen die gefährliche Leidenschaft, die sie in ihm weckte. Der Wunsch war überwältigend, sie in die Arme zu nehmen und zu küssen, bis sie vollkommen atemlos war, bis sie diesen Bastard vergessen hatte, der sie in Chillingham ruiniert hatte. Aber er wollte noch etwas tun, das weitaus leichtsinniger war, etwas, das er noch bei keiner Frau gewagt hatte. Aus irgendeinem verrückten Grund, den er nicht erklären konnte, fühlte er sich gezwungen, für einen Ausgleich zwischen ihnen zu sorgen. Ganz unbeabsichtigt hatte er sie dazu gebracht, ihm einige ihrer Geheimnisse zu verraten. Er wollte ihr jetzt im Gegenzug auch einige seiner Geheimnisse anvertrauen.

»Würden Sie mit mir kommen, in einen anderen Bezirk der Stadt?«, fragte er. »Es gibt da etwas, das ich Ihnen zeigen möchte.«

»Jetzt? Heute Abend?«

»Ja.« Er hatte keine Ahnung, was mit ihm los war, er wusste nur, dass es jetzt kein Zurück mehr gab. »Ich verspreche Ihnen, dass Ihnen von mir keinerlei Gefahr droht.«

Sie schien verwirrt. »Ich habe keine Angst vor Ihnen.«

Vielleicht sollte sie sich weigern, ihn zu begleiten. Vielleicht wäre das besser so. Dennoch wartete er auf ihre Entscheidung, als hinge seine ganze Zukunft davon ab.

»Also gut«, gab sie schließlich nach. »Meine Tanten kommen heute Abend erst sehr spät nach Hause. Sie werden also nicht zu Hause sitzen und sich Sorgen machen, wenn ich ein wenig später komme.«

Noch ehe er seine Meinung ändern konnte, stand er auf, klopfte gegen das Dach der Kutsche und nannte Ned eine bekannte Adresse.

16

Adam auf dieser Reise in die Nacht zu begleiten, war bei weitem das Aufregendste, was sie in ihrem ganzen Leben getan hatte, überlegte Caroline. Eine eigenartige, fieberhafte Erwartung war in ihr geweckt. Wohin brachte er sie? Was wollte er ihr zeigen?

Aber sie stellte keine Fragen. Sie fühlte, dass das, was er ihr zu zeigen hatte, für ihn sehr wichtig und voller Bedeutung war. Er musste die Sache auf seine eigene Art zu Ende bringen.

Sie zog den Schal ein wenig fester um ihre Schultern und sah aus dem Fenster der Kutsche hinaus in die nebligen Straßen. Sie fuhren jetzt durch eine weniger vornehme Gegend. Die Gaslampen standen weiter auseinander in diesen engen Straßen. Es gab weniger Licht in den Fenstern und noch weniger Verkehr. Die dunklen Eingänge zu den Seitengassen sahen so unheimlich aus, dass ihr ein Schauer über den Rücken lief.

Sie fuhren an einer Taverne vorbei. Durch die schmutzigen Fenster erkannte sie Männer in grober Arbeitskleidung und eine Hand voll Frauen in schäbigen Kleidern.

Sie saßen an Tischen und tranken aus Krügen und Gingläsern.

»Machen Sie sich keine Sorgen«, beruhigte sie Adam, der ihr Gesicht beobachtet hatte. »Dies ist eine ärmliche Gegend, aber ich kenne mich hier gut aus. Sie sind nicht in Gefahr.«

»Ich habe keine Angst.« Nicht, solange ich bei dir bin, fügte sie insgeheim hinzu.

Die Kutsche bog um eine Ecke und holperte über eine dunkle Straße. Eine Frau in einem zerschlissenen Kleid lungerte unter einer Gaslampe. Als sie die Kutsche entdeckte, zog sie den Schal zur Seite und enthüllte ihre nackten Brüste. »Ich liefere Ihnen gute Arbeit, Sir«, rief sie mit rauer, ein wenig schleppender Stimme. »Der Preis ist angemessen für das, was ich Ihnen biete.« Dann verzog sie böse das Gesicht. »Was soll das denn? Wie ich sehe, haben Sie bereits Unterhaltung für den heutigen Abend gefunden. Na ja, dann eben nächstes Mal. Ich werde hier sein, Sir. Sie brauchen nur nach mir zu fragen. Mein Name ist Nan.«

»Diese Frau tut mir so Leid«, flüsterte Caroline.

»Sind Sie denn nicht schockiert?«, wollte Adam wissen.

»Mir ist klar, dass es nur sehr wenig Unterschied gibt zwischen einer mittellosen Frau und einer elenden Existenz auf der Straße.«

»Da haben Sie natürlich Recht.« Adam griff in die Tasche seines Rockes, holte ein kleines Päckchen heraus und warf es mit einer geschickten Handbewegung auf die Straße. Die Prostituierte sprang vor, griff das Päckchen und riss es auf.

»Danke, freundlicher Sir«, rief sie, während die Kutsche weiterrollte. »Sie sind ein sehr großzügiger Mann.« Sie drückte einen Kuss auf das Päckchen, dann lief sie davon in die Nacht.

Caroline sah an der Art, wie das Geld eingepackt war, dass Adam das Gleiche schon zuvor getan hatte.

»Als ich das letzte Mal hier vorüberkam, stand eine andere Frau unter dieser Lampe«, sagte er. »Sie hatte einen bösen Husten. Ich frage mich, ob sie wohl überlebt hat.«

»Haben Sie ihr auch Geld gegeben?«, fragte Caroline.

»Ja. Und ich habe ihr gesagt, wo sie ein Wohltätigkeitshaus finden kann, wo man ihr ein Bett und eine warme Mahlzeit geben würde. Aber ich nehme an, sie hat das Geld für Opium oder Gin ausgegeben oder für ein Würfelspiel, genau wie Nan es heute Abend tun wird.«

»Sie wissen das und geben den Frauen trotzdem Geld?«

»Einige von ihnen haben Kinder, die sie ernähren müssen.« Sein Gesicht im Schatten sah angespannt aus. »Manchmal sehe ich auch die Kinder, die unter den Lampen warten.«

Sie fühlte seinen Zorn in der Dunkelheit.

Die Kutsche bog um eine weitere Ecke und hielt dann in der Mitte der Straße an. Caroline sah hinaus und entdeckte einen dunklen Toreingang.

»Kommen Sie«, forderte Adam sie auf.

Er stieg aus und half dann Caroline hinaus.

»Es wird eine Weile dauern, Ned«, meinte er. »Holen Sie sich etwas Warmes zu trinken aus der Taverne oben an der Straße. Ich werde pfeifen, wenn wir weiterfahren wollen.«

»Aye, Sir.« Ned legte die Hand an seinen Hut.

Adam führte Caroline in einen dunklen Hauseingang. Dann zog er einen Schlüssel aus der Tasche und öffnete die Tür.

Sie traten in einen kleinen Flur. Adam zündete eine Lampe an. Mit der Lampe in der Hand nahm er Carolines Arm und führte sie eine enge Treppe hinauf.

»Hier wohnt im Augenblick niemand«, erklärte er ihr. »Das Gebäude gehört mir, und ich habe einige Renovierungsarbeiten angeordnet.«

Sie war neugierig. »Was wollen Sie denn mit dem Haus machen?«

Als sie auf dem Treppenabsatz angekommen waren, führte er sie durch den Flur und blieb vor einer geschlossenen Tür stehen. Er holte einen weiteren Schlüssel aus der Tasche.

Ohne ein Wort schloss er die Tür auf, dann trat er einen Schritt zurück, damit sie vor ihm das dunkle, niedrige Zimmer betreten konnte.

Caroline ging nur zögernd in das Zimmer, sie war sich der Bedeutung dieses Augenblicks überdeutlich bewusst. Dieses kleine, schäbige Zimmer war Adam sehr wichtig.

Das einzelne Fenster war mit einer schlichten Gardine aus Segeltuch verhüllt. Die Möbel waren spärlich. Sie sah ein Bett und einen Tisch. Der Boden war unbedeckt. Keinerlei persönliche Gegenstände befanden sich in dem Zimmer, doch es war sauber und ordentlich. Im Kamin war Feuerholz aufgestapelt.

Adam folgte ihr in das Zimmer, schloss die Tür hinter sich und stellte die Lampe auf den Tisch. Dann wandte er sich zu ihr um.

»Hier habe ich gelebt, bis zum Beginn meines achtzehnten Lebensjahrs«, erklärte er.

Er beobachtete sie mit einer rätselhaften Ruhe, die ihm so sehr eigen war, doch sie spürte die mächtigen Gefühle hinter seinem ausdruckslosen Blick.

»Sie sind also nicht als reicher Mann geboren worden?«, fragte sie vorsichtig.

Er sah ein wenig belustigt aus. »Meine Mutter hat im Geschäft eines Putzmachers gearbeitet. Als sie achtzehn war, hat sie meinen Vater geheiratet. Er war Angestellter in einer Schifffahrtsgesellschaft. Zwei Jahre, nachdem ich geboren wurde, ist er bei einem Unfall auf den Docks ums Leben gekommen. Mutter hatte nichts, außer seinem Ring und seinen Büchern. Sie hat den Ring verpfändet, um die Miete zu bezahlen und Essen zu kaufen, aber die Bücher hat sie behalten.«

Seine knappen Erklärungen hatte Adam mit einer ausdruckslosen Stimme gemacht, als würde er einige langweilige Tatsachen einer uralten Geschichte erzählen.

»Ihre Mutter muss sehr verzweifelt gewesen sein«, sagte Caroline leise.

»Ja. Sie hat den ganzen Tag im Geschäft verbracht. In der Nacht hat sie mir das Lesen beigebracht, mit den Büchern, die mein Vater uns hinterlassen hatte.«

Caroline verschränkte die Hände. »Sie war offensichtlich eine sehr mutige und entschlossene Frau.«

»Ja, das war sie.« Sein Gesichtsausdruck wurde noch unbeteiligter und abweisender. »Sie ist an einem Fieber gestorben, als ich elf Jahre alt war.«

»Adam, das tut mir so Leid. Was haben Sie getan? Wie haben Sie überlebt?«

»Meine Mutter hat mir das Lesen und Schreiben beigebracht, aber ich habe auch noch eine andere Erziehung genossen, durch das Leben auf der Straße in dieser Gegend hier. Das hat sich als sehr nützlich erwiesen, noch bevor Mutter gestorben ist. Es hat mich ernährt, und ich habe die Miete damit bezahlt, nachdem sie nicht mehr da war.«

»Wie haben Sie das denn gemacht?«

»Ich habe die Geheimnisse anderer Menschen gekauft und verkauft«, erklärte er schlicht.

»Das verstehe ich nicht.«

»Erinnern Sie sich noch an Maud Gatley? Die Frau, die dem Opium verfallen war und deren Tagebuch ich jetzt suche?«

»Ja, natürlich.«

Er deutete mit dem Kinn zur Tür. »Sie war eine Prostituierte, die auf der anderen Seite des Flurs gewohnt hat. Manchmal hat sie ihre Kunden mit hier nach oben gebracht. Und ab und zu hat ihr dann einer der Kunden ein Geheimnis zugeflüstert, und sie hat es dann mir erzählt.«

»Und Sie haben einen Markt dafür gefunden?«, fragte Caroline ungläubig.

Er lächelte kalt. »Es gibt einen riesigen und sehr lukrativen Markt für Geheimnisse, ganz besonders, wenn es die Geheimnisse der Gentlemen aus den besseren gesellschaftlichen Schichten sind.«

»Das habe ich gar nicht gewusst.«

»Maud war damals sehr schön, und sie war noch nicht vollkommen den Drogen verfallen. Sie zählte eine ganze Anzahl Männer der gehobenen Schicht zu ihren Kunden. Es war mein Job, Käufer für den Klatsch und die Gerüchte zu finden, die sie bei ihrer Arbeit erfahren hat. Wir haben uns den Gewinn dafür geteilt. Einige Zeit lang war das für uns beide sehr einträglich.«

Verwunderung stieg in ihr auf. »Das ist eine wirklich erstaunliche Geschichte.«

Er zog eine Augenbraue hoch. »Ich freue mich darüber, dass Sie sie interessant finden. Aber ich warne Sie, wenn auch nur ein einziges Wort darüber in einem Ihrer Romane erscheint, werde ich sehr böse sein.«

Sie warf ihm einen äußerst ernsten Blick zu. »Ich würde natürlich die Namen ändern.«

»Eine Änderung der Namen würde bei weitem nicht genügen, um mich zu beruhigen«, warnte er sie.

»Ich habe doch nur Spaß gemacht, Adam, das wissen Sie doch sicher auch. Erzählen Sie mir auch noch den Rest der Geschichte.«

»In den nächsten Jahren habe ich mir noch zwei Schwestern und einen Bruder angeeignet.«

»Wie eignet man sich denn Geschwister an?«, wollte sie wissen.

»Da gibt es unterschiedliche Wege. Manchmal findet man eine Waise, die an ein Bordell verkauft werden soll, das Gentlemen bedient, die jungfräuliche Mädchen unter zwölf Jahren bevorzugen.«

»Gütiger Himmel.«

»Manchmal findet man ein Mädchen, das im Alter von drei Jahren neben einem Abfallhaufen ausgesetzt wurde.«

»Adam, wollen Sie damit etwa sagen …«

»Und manchmal findet man einen Jungen von vier Jahren, der zum Betteln an einer Straßenlampe abgestellt wurde und dessen Eltern ihn nie wieder dort abgeholt haben.«

»Sie haben sie alle bei sich aufgenommen?«, flüsterte Caroline. »Ich weiß nicht, was ich sagen soll. Ich bin vollkommen überwältigt.«

Er zuckte mit den Schultern. »Ich habe zu der Zeit auf der Straße gutes Geld verdient. Ich konnte es mir leisten, noch ein paar hungrige Mäuler mehr zu füttern, und außerdem hatte ich dann an den Abenden Gesellschaft.«

»Haben Sie ihnen auch das Lesen und das Schreiben beigebracht, so wie Ihre Mutter es mit Ihnen gemacht hat?«

»Es gab sonst am Abend nicht viel zu tun«, meinte er.

Sie deutete mit der Hand auf das kleine Zimmer. »Und wie sind Sie alle vier diesem hier entkommen?«

»In der Mitte meines siebzehnten Lebensjahrs hat sich alles geändert. Ich kam in den Besitz eines ganz besonders wertvollen Geheimnisses. Es ging da um einen großen finanziellen Schwindel, in den zahlreiche hochrangige Investoren verwickelt waren. Ich habe diese Information einem neuen Kunden verkauft, einem reichen, verwitweten Gentleman. Er hat die Information benutzt, um sich und einige seiner Bekannten davor zu schützen, eine Menge Geld zu verlieren.«

»Erzählen Sie weiter«, forderte sie ihn fasziniert auf.

Statt sofort zu antworten, stieß sich Adam von der Wand ab, löste die verschränkten Arme und ging durch das kleine Zimmer zum Kamin. Er kniete nieder, zündete ein Streichholz an und hielt es an das Holz im Kamin.

Er sah einen Augenblick lang zu, wie die kleine Flamme zu züngeln begann. Caroline hatte den Eindruck, dass er Szenen aus der Vergangenheit heraufbeschwor und entschied, wie viel davon er ihr erzählen sollte.

»Der reiche Gentleman hatte seine Frau und seine Kinder vor mehreren Jahren an ein schreckliches Fieber verloren«, begann er schließlich. »Der Gentleman war sehr reich, doch war er ganz allein auf der Welt. Nachdem wir beide über mehrere Monate hinweg Geschäfte gemacht hatten, ging er so weit, mir eine Stellung als eine Art inoffizieller Partner anzubieten.«

»Aber Sie waren damals erst siebzehn Jahre alt. Was haben Sie denn für Aufgaben für ihn erledigt?«

»Wie ich Ihnen schon sagte, mein Mentor liebte Geheimnisse aller Art, und ich hatte ein Talent, sie herauszufinden. Ich habe sie nicht nur von Maud bekommen, sondern auch noch von anderen Leuten, die in der Lage waren, sie herauszufinden.« Adam stand langsam wieder auf. »Von Gastwirten, Zimmermädchen, Lakaien, Friseuren, Waschfrauen, von Männern, die auf den Docks arbeiten. Die Liste der Menschen, die in der Lage sind, uns nützliche Informationen über andere Menschen zu liefern, ist endlos.«

»Ich verstehe.« Sie sank auf den Rand des Bettes.

»Das Verhältnis meines Kunden zu mir nahm beinahe väterliche Formen an. Er hat mir nicht nur zu einer feinen Stellung verholfen, er hat mir auch angeboten, in seinem großen Haus zu leben. Aber ich habe ihm erklärt, dass ich meinen Bruder und meine Schwestern nicht verlassen konnte.« Adam schüttelte bei der Erinnerung den Kopf. »Also hat Wilson uns alle bei sich aufgenommen.«

»Das klingt ja beinahe so, als hätten Sie und Ihre Geschwister die Leere in seinem Herzen ausgefüllt, die zweifellos vom Verlust seiner eigenen Familie rührte.«

»Er hat mir einmal vor ein paar Jahren so etwas Ähnliches gesagt. Es war seine Idee, zu behaupten, dass wir alle lange verloren geglaubte Verwandte von ihm waren. Das war ein kühner Plan. Ich habe ihm erklärt, er würde niemals klappen. Aber er hatte die Macht, ihn durchzuführen. Er hat Lehrer eingestellt, Tanzlehrer und eine lange Liste von Experten, damit wir alle die richtige Erziehung bekamen. Am Ende hat er uns sogar zu Erben seines Reichtums eingesetzt.«

»Was für eine faszinierende Geschichte voller erstaunlicher Zufälle«, rief sie aus.

»Vielleicht klingt es so, wenn ich es erzähle,

aber ich versichere Ihnen, so hat es sich damals gar nicht angefühlt, als wir alle das durchlebt haben.«

»Nein, natürlich nicht«, stimmte sie ihm leise zu. »So viel Traurigkeit und so viele Verluste. So viel Unsicherheit und Gefahr. Glauben Sie mir, Sir, ich verstehe sehr gut, dass für Sie das Leben nicht wie ein Roman aussieht. Ich fühle mich geehrt, dass Sie mir das alles anvertraut haben. Ich werde Sie nicht enttäuschen.«

Er sah sie eindringlich an. »Wenn ich nicht davon überzeugt wäre, dass ich Ihnen trauen kann, dann hätte ich Ihnen die Geschichte meiner Vergangenheit niemals anvertraut.«

»Ich denke, ich kann mir vorstellen, was in dem Tagebuch steht, das Sie zu finden versuchen. Es ist die Wahrheit über ihre Vergangenheit und die Ihres Bruders und Ihrer Schwestern, nicht wahr?«

»Ja. Maud kannte all die Einzelheiten. Sie hat sie offensichtlich in ihr Tagebuch geschrieben. Elizabeth Delmont hat dieses Tagebuch gelesen und hat versucht, mich mit diesem Wissen zu erpressen.«

»Kein Wunder, dass Sie dieses Tagebuch unbedingt finden wollen.«

»Wilson hat mir versichert, dass unsere Familie mächtig genug ist, um mit jedem Skandal fertig zu werden, der auftreten könnte. Er hat Recht. Aber ich fürchte, so einfach, wie er sich das vorstellt, wird es nicht sein. Julia ist die Gräfin von Southwood. Ihr Ehemann wird sie beschützen. Aber Jessica steht kurz davor, in die Gesellschaft eingeführt zu werden. Wer weiß, was für einen Klatsch sie ertragen muss, wenn herauskommt, dass man sie auf einem Abfallhaufen gefunden hat?«

»Es ist immer schwierig, mit einem Skandal umzugehen. Ganz besonders für eine junge Frau, die all dem Druck ausgesetzt ist, der damit verbunden ist, wenn man sich in gehobenen Kreisen bewegt.«

»Was Nathan betrifft, er lebt ganz in der Welt des Schreibens und des Forschens. Um seine Interessen zu verfolgen wird es nötig sein, dass er sich in exklusiven Gelehrtenkreisen bewegen kann. Ich nehme an, dort wird er nicht so bereitwillig akzeptiert werden, wenn sich herausstellt, dass er einmal auf der Straße hat betteln müssen.«

»Es ist nur natürlich, dass Sie Ihren Bruder und Ihre Schwestern beschützen wollen. Ich bewundere diesen edlen Charakterzug an Ihnen und auch Ihre Entschlossenheit, Ihre Familie zu beschützen.«

Er verzog ein wenig spöttisch den Mund. »Es stimmt sicher, dass ich entschlossen bin, meine Familie so gut wie möglich vor all dem zu bewahren, doch edel sind meine Absichten überhaupt nicht. Es ist meine Pflicht, sie alle zu schützen.«

Sie nickte. »Sicher, ich habe mir gedacht, dass Sie das so sehen werden.«

»Sie sind diejenige, die meine Bewunderung verdient, Caroline.«

Der Ernst seiner Stimme erstaunte sie. »Entschuldigen Sie bitte, aber ich hatte viel eher den Eindruck, dass Sie nicht gerade sehr angetan sind von der Art, wie ich meinen Lebensunterhalt verdiene.«

Er ignorierte ihre Bemerkung. »Sie haben einen großen Verlust erlitten und auch viele Schwierigkeiten, und dennoch haben Sie triumphiert.«

»Alleine hätte ich das nicht geschafft«, gestand sie leise. »Hätte ich Tante Emma und Tante Milly nicht gehabt, dann hätte mein Leben eine ganz andere Wendung genommen, das kann ich Ihnen versichern.«

»Genau wie meines, hätte es Wilson Grendon nicht gegeben. Aber das mindert Ihren eigenen Verdienst nicht. Sie haben einen großen Skandal überstanden, und es gibt Menschen, die Sie lieben und denen Sie treu ergeben sind. Sie haben ihre Kreativität und Ihre Intelligenz genutzt, um sich eine interessante Karriere aufzubauen. All diese Dinge zusammen bedeuten einen großen Triumph, Caroline.«

Sie wusste nicht, was sie ihm darauf antworten sollte. Sie fühlte, wie ihr eine heiße Röte in die Wangen stieg. Noch nie hatte ein Mann ihr auf eine so rührende und ehrliche Art und Weise Komplimente gemacht. Und sie wusste, dass er jedes Wort ernst meinte.

Dennoch, dachte sie wehmütig, das waren nicht die Gefühle, die sie in ihm wecken wollte.

»Sehr freundlich von Ihnen, das zu sagen«, brachte sie mit möglichst ausdrucksloser Stimme hervor.

»Sie haben mich gefragt, warum ich Sie heute Abend hierher gebracht habe.« Er machte ein paar Schritte auf sie zu. »Ich habe mir gesagt, dass ich Sie mehr oder weniger dazu gebracht habe, mir einige Ihrer eigenen Geheimnisse zu verraten, und dass es nur angemessen ist, wenn ich mich dafür revanchiere. Aber das ist noch nicht alles.«

Die Atmosphäre in dem kleinen Zimmer veränderte sich, sie wurde intimer und intensiver. Ein tiefes Wissen erfasste sie und brachte sie dazu, aufzustehen. Etwas Wichtiges geschah zwischen ihnen, das war ganz deutlich.

Als er bei ihr angekommen war, hob er beide Hände und legte sie um ihr Gesicht.

»Die Wahrheit ist, dass ich nicht wollte, dass Sie glauben, ich sei der Mann, als den Sie mich an unserem ersten Tag gesehen haben, als ich in Ihr Arbeitszimmer gestürmt bin und versucht habe, Sie einzuschüchtern, damit Sie mir die Informationen gaben, die ich von Ihnen haben wollte.«

»Ach ja.« Etwas anderes fiel ihr nicht ein. Sie fühlte seine Wärme und die Kraft seiner Hände so deutlich, dass sie kaum noch atmen, geschweige denn einen klaren Gedanken fassen konnte.

»Mir ist klar, dass ich Ihnen vielleicht vorkomme wie einer der egoistischen, arroganten Männer der gehobenen Gesellschaftsschicht. Und ich gebe zu, dass ich mich in diesen Kreisen bewege. Aber ich bin nicht in diese Kreise hineingeboren, Caroline. Ich trage die richtige Kleidung, gehöre den richtigen Clubs an und mache Geschäfte mit den richtigen Menschen, aber ganz tief in meinem Inneren werde ich immer ein Außenseiter sein. Ich weiß das, auch wenn es die Menschen, mit denen ich zu tun habe, nicht wissen.«

Sie hob die Hände und legte sie um seine Handgelenke. »Ich verstehe das.«

»Ich habe Sie hierher gebracht, weil ich möchte, dass Sie verstehen, dass ich weiß, wie es ist, wenn man sehr hart kämpfen und sich bemühen muss, zu überleben. In der Tat habe ich Dinge getan, um meine Ziele zu erreichen, die Sie zutiefst erschüttern würden.«

»Das kann ich nicht glauben.«

»Glauben Sie es nur«, erklärte er mit rauer Stimme. »Aber ich will Sie mit diesen Geheimnissen nicht belasten. Sie sollen nur heute Abend begreifen, dass ich die Lektionen nicht vergessen habe, die ich gelernt habe, während ich hier lebte. Ich werde sie niemals vergessen. Sie sind ein Teil von dem, was aus mir geworden ist.«

Sie seufzte. »Sie sind vielleicht arrogant. Und ganz sicher haben Sie einen starken Willen, sind manchmal sogar stur. Aber ich weiß sehr gut, dass Sie nicht einer dieser Männer sind, die eine Frau nur für ihre eigenen, selbstsüchtigen Zwecke ausnutzen würden und dann Schande und einen Skandal über sie bringen würden, wenn sie mit ihr fertig sind.«

Der Griff seiner Hände wurde ein wenig fester, und er bog ihren Kopf etwas zurück. »Darf ich Ihrer Bemerkung entnehmen, dass Sie nicht länger glauben, ich sei eine Bedrohung für Sie und Ihre Tanten?«

»Sie würden uns nicht aus einer Laune heraus oder nur aus reinem Misstrauen zerstören. Ich weiß, dass Sie ein Mann sind, der sich nicht mit weniger als mit der ganzen Wahrheit zufrieden geben wird.«

Sie fühlte, dass sich ein wenig seiner Anspannung löste. Er strich mit dem Daumen über ihre Unterlippe.

»Danke dafür«, flüsterte er. »Aus reiner Neugier würde ich gern wissen, wieso Sie davon überzeugt sind, mir vertrauen zu können.«

Sie zog die Nase kraus. »Wenn Sie es unbedingt wissen wollen, meine Intuition hat mir das gleich von Anfang an gesagt, obwohl Sie mir einen falschen Namen genannt haben. Aber die Logik und mein Verstand haben mir natürlich geraten, mich zurückzuhalten.«

»Natürlich«, stimmte er ihr zu.

»Ich musste auch noch an andere denken, nicht nur an mich allein«, rief sie ihm ins Gedächtnis.

»Emma und Milly.«

»Genau. Aber heute Abend habe ich befürchtet, dass Ihr Zorn auf Mrs. Toller Sie dazu bringen könnte, das Risiko einzugehen, sie vor der Zeit zu entlarven. Ich wollte nicht dafür verantwortlich sein, dass Sie Ihre Nachforschungen aufs Spiel setzen.«

»Und deshalb haben Sie mir eines Ihrer Geheimnisse anvertraut?«

»Jawohl.«

»Und jetzt habe ich Ihnen auch einige meiner Geheimnisse verraten.« Sein Blick wurde ganz sanft, und seine Augen leuchteten wie grünes Glas. »Aber es gibt noch ein anderes Geheimnis, das ich Ihnen heute Abend anvertrauen möchte.«

Gespannte Erwartung ließ ihren Körper kribbeln. »Und was ist das für ein Geheimnis?«

Er strich mit den Daumen über ihre Wangenknochen. »Auch wenn die Tatsache, dass Sie keine Witwe sind, die Situation äußerst unangenehm macht, freue ich mich darüber, dass Sie nicht in Trauer sind um eine verlorene Liebe, die mit offenen Armen auf der anderen Seite auf Sie wartet.«

»Warum bedeutet Ihnen das denn so viel?«

»Weil ich Sie noch einmal küssen möchte, und das wünsche ich mir mehr als alles andere in meinem Leben. Und dabei möchte ich nicht mit einem Geist konkurrieren müssen.«

»Oh ja. Ja, *bitte.*«

Er presste seine Lippen auf ihre, mit einer wilden Leidenschaft, die sie berauschte. Sie wäre unter diesem herrlichen Ansturm der Gefühle zusammengesunken, hätte er sie nicht fest in seinen Armen gehalten.

Der Kuss brannte heiß und berauschend. Sie vergaß jede Vorsicht.

»Adam«, hauchte sie, als er ihren Mund einen Augenblick lang frei gab.

»So leidenschaftlich und so wundervoll.« Er drückte seine Lippen auf ihre Augenbraue und strich mit der Hand über ihren Rücken.

Caroline legte die Arme um seinen Hals und berührte mit ihren Lippen die seinen, um zu sehen, wie er darauf reagierte.

Die sanfte Zärtlichkeit schien ihn zu elektrisieren. Er stöhnte auf und erwiderte ihren Kuss hart und fordernd.

Einen Augenblick später fühlte sie seine Finger auf dem Verschluss ihres Kleides. Das starre Mieder, das gleichzeitig als leichtes Korsett diente, ließ sich nur schwer öffnen, wie eine Rüstung.

»Ich habe keine Ahnung, warum Frauen diese Mode mitmachen«, erklärte er mit rauer Stimme. »Ein solches Kleid zu tragen muss sich doch anfühlen, als ginge man den ganzen Tag in einem engen Käfig umher.«

»Aber es ist so wundervoll, wenn dieser Käfig entfernt wird«, erklärte sie. Doch sobald sie diese Worte ausgesprochen hatte, war sie entsetzt über ihre Kühnheit. »Oh je, das klang gar nicht so, wie ich das beabsichtigt hatte.«

Er lachte leise und sinnlich auf, dann küsste er sie noch einmal zärtlich. »Erklärungen sind hier nicht wirklich nötig. Ich glaube, ich verstehe das schon.«

»Vielleicht wäre es einfacher, wenn ich dabei helfen würde?«

»Absolut nicht. Das verbiete ich.« Er nahm seine Arbeit wieder auf, die Haken des Kleides zu öffnen. »Dich zu entkleiden ist so, als würde man ein Geschenk auspacken. Man darf die Vorfreude nicht unterschätzen.«

Sie krallte die Finger in sein Hemd.

Als er das Kleid ein Stück bis unter ihre Brust geöffnet hatte, hielt er inne und legte seine Stirn gegen ihre. »Verdammt, das glaube ich nicht.«

Ihr Herz sank. War er von dem enttäuscht, was er bis jetzt enthüllt hatte? »Stimmt etwas nicht?«

»Ja.« Er hob den Kopf und sah sie mit reumütigem Blick an. »Meine Hände zittern so sehr, dass ich es kaum schaffe, diese Haken zu öffnen.«

»Wirklich?« Sie war entzückt von der Tatsache, dass sie so auf ihn wirkte.

»Ich hatte die Absicht, dich auf einer Wolke von Romantik und Leidenschaft zu entführen. Stattdessen fühle ich mich jetzt wie ein großer, ungeschickter Ochse.«

Sein Geständnis gab ihr den Mut, den sie in diesem Augenblick so sehr brauchte.

»Vielleicht wäre es wirklich einfacher, wenn ich dir helfe«, schlug sie noch einmal vor.

Mit zitternden Fingern begann sie, seine Krawatte zu lösen.

Adam verzog den Mund, im Schein der Lampe leuchteten seine Augen. »Ja«, meinte er, »ich denke, das wird wirklich helfen.«

Es dauerte nur einen kurzen Augenblick, bis sie nur noch in ihrem Hemdchen, ihren Strümpfen und dem Höschen vor ihm stand. Ihr schweres Kleid lag auf dem Boden, daneben Adams Krawatte, seine Weste und das weiße Leinenhemd. Nur noch bekleidet mit der Hose stand er vor ihr.

Das flackernde Feuer warf einen warmen Schein auf seinen schlanken, muskulösen Körper. Fasziniert fuhr sie mit den Fingerspitzen über die Umrisse seiner Brust.

»Du bist so herrlich wie die Statue eines antiken Gottes«, hauchte sie.

Er lachte leise auf. »Ich hoffe, du findest mich ein wenig wärmer und auch etwas jünger.«

»*Viel* wärmer und auch viel jünger. Perfekt sogar.« Sie genoss die Wärme seines Körpers.

»Ah, meine Süße. Du steigst mir zu Kopf.«

Es war gar nicht so einfach gewesen, Adam zu entkleiden, wenn man die Tatsache bedachte, dass sie noch nie zuvor versucht hatte, einen Mann auszuziehen. Nachdem sie ihm das Hemd ausgezogen hatte, hatte sie aufgehört, weil sie es nicht wagte, sich an den Knöpfen seiner Hose zu schaffen zu machen. Glücklicherweise fand er das nicht zu eigenartig.

Er hob sie hoch und setzte sie vorsichtig auf das Bett. Dann richtete er sich wieder auf und zog mit schnellen Bewegungen auch seine restliche Kleidung aus.

Sie war verzaubert.

Sie rief sich ins Gedächtnis, dass sie im Gegensatz zu den sorgsam behüteten Damen aus der Stadt auf dem Land groß geworden war. Daher war ihr der Anblick eines männlichen Tiers in diesem Stadium nicht unbekannt. Außerdem waren Emma und Milly immer sehr aufgeschlossen gewesen in ihrer Meinung, was die Erziehung einer jungen Lady betraf. Alles in allem hätte sie eigentlich auch bei der ersten Begegnung dieser Art mit einem Mann wissen müssen, was sie erwartete. Dennoch war sie erstaunt.

Adam zögerte, sein Gesicht lag im Schatten und wurde nur vom Flackern des Feuers erhellt. »Stimmt etwas nicht?«

»Nein.« Sie griff nach seiner Hand und drückte sie leicht. »Es ist alles in Ordnung.«

Vorsichtig sank er neben sie auf das Bett und

zog sie in seine Arme. Dann löste er eine der Haarnadeln nach der anderen. Sie zitterte, als sie hörte, wie sie auf den Boden neben dem Bett fielen.

»Das hatte ich für den heutigen Abend eigentlich nicht geplant«, flüsterte er und küsste ihren Hals. »Ich habe dich aus einem Impuls heraus hierher gebracht, und jetzt bedauere ich das.«

Sie hielt den Atem an. »Wenn du deine Meinung geändert hast …«

»*Niemals.*« Er vergrub die Finger in ihrem Haar. »Ich brenne vor Verlangen nach dir. Ich könnte mich jetzt nicht von dir abwenden, und wenn mein Leben davon abhinge. Nein, ich bedaure es, dass ich dich nicht in eine viel elegantere Umgebung gebracht habe. Du hast etwas Besseres verdient als dieses kahle Zimmer.«

Sie entspannte sich und streichelte sein Gesicht. »Das Zimmer ist perfekt, Adam. Alles ist perfekt heute Abend.«

Er legte eine Hand auf ihr Bein. Als er dann die Innenseite ihrer Schenkel streichelte, war nichts mehr so, wie es zuvor gewesen war. Die Intimität seiner Berührung war unerträglich erregend.

Es war, als wäre sie ihr ganzes Leben lang durch einen Garten gewandert, jetzt jedoch plötzlich um die Ecke einer hohen Hecke getreten und befände sich in einem exotischen, tropischen Dschungel.

»Du bist so wunderschön.« Er öffnete die Knöpfe ihres Hemdchens und küsste ihre Brust.

Ich bin nicht schön, dachte sie. Aber heute Abend gab er ihr das Gefühl, als sei sie die direkte Nachkommin von Kleopatra, Helena von Troja und Venus.

Als er sanft ihre Brustspitze zwischen die Zähne nahm, stürmten berauschende Gefühle auf sie ein. Wilde, feurige Anspannung stieg in ihr auf. Adam hatte sein Bein über sie geschoben und hielt sie so auf dem Bett fest.

Als seine Finger sich unter ihr Höschen schoben und sich dann zu ihrer geheimsten Stelle vorwagten, hätte sie beinahe aufgeschrien. Schock und Erstaunen nahmen ihr fast den Atem. Nichts, was sie zuvor in ihrem Leben gefühlt hatte, war so wie das, was Adams Hände jetzt auf ihrem Körper weckten.

»Du bist bereits ganz feucht und bereit für mich«, flüsterte er in ihr Ohr.

Sie war ein wenig verlegen, weil er die Feuchtigkeit zwischen ihren Schenkeln bemerkt hatte, doch konnte sie sich seinen Berührungen nicht mehr entziehen. Sie wünschte sich noch viel mehr von dem, was er mit ihr tat.

Und dann war es ihm irgendwie gelungen, das Band ihres Höschens zu lösen. Er schob sich über sie und küsste die Stelle zwischen ihren Brüsten. Ihr Kopf sank zurück über seinen Arm. Ihr war ganz heiß, und sie fühlte sich angespannt und verzweifelt.

»Bitte«, flüsterte sie und legte ein Bein um seine muskulösen Hüften.

Er bewegte sich ein wenig, und sie spürte einen eigenartigen Druck.

»Ja«, hauchte sie. »Das ist so gut.«

»*Caroline.*«

Mit einer einzigen schnellen Bewegung war er in sie eingedrungen.

Sei vorsichtig mit dem, was du dir wünschst, dachte sie.

Sie hatte so etwas erwartet, doch der Schmerz war ein Schock für sie, denn noch Sekunden zuvor hatte sie die herrlichsten Glücksgefühle verspürt.

»Was zum Teufel?« Sie zuckte heftig zusammen und drückte instinktiv gegen seine Schultern. »Warte. Hör auf. Ich glaube, da stimmt etwas nicht.«

Adam erstarrte.

Sie versuchte noch immer, ihn von sich zu schieben. »Verzeih mir. Das ist mein Fehler. Ich habe das nicht verstanden, musst du wissen. Ich meine, ich dachte, ich hätte es verstanden, aber offensichtlich war das nicht so.«

»Caroline, hör auf, dich zu bewegen. Ich bitte dich.«

»Hättest du etwas dagegen, von mir herunterzugehen?«

Er stöhnte auf, und sie entdeckte kleine Schweißtropfen auf seiner Stirn. Er biss die Zähne zusammen, als hätte er Schmerzen. Seine Augen waren halb geschlossen. Mit offensichtlicher Mühe und seiner ganzen Willenskraft begann er, sich aus ihr zurückzuziehen.

Das Gefühl war gar nicht unangenehm.

»Warte«, befahl sie. Sie legte die Arme um seine Hüften und hielt ihn fest. »Vielleicht wird das doch nicht nötig sein.«

»Caroline, du machst mich verrückt.«

»Eigentlich fühlt es sich im Augenblick gar nicht so unangenehm an.« Sie wand sich noch einmal unter ihm, und das Gefühl war angenehm. »Wenn du vielleicht ganz langsam weitermachen würdest.«

»Ganz langsam?« Er stützte sich auf seine Ellbogen und hielt ihr Gesicht mit beiden Händen fest. Jeder Muskel seines Körpers schien hart wie Eisen zu sein. Sein Blick war wie der eines Mannes, der sich schnell seiner inneren Grenze nähert. Aber er verzog leicht den Mund, in einem sinnlichen Lächeln, das eine ganze Stadt in Brand hätte setzen können. »Meinst du so?«

Er begann sich zu bewegen. Langsam.

Caroline entspannte sich. Er griff nach unten, und alles in ihrem Körper spannte sich an, als er sie berührte. Doch diesmal war es keine Abwehr, eher eine wilde, verzweifelte Sehnsucht.

»Ja«, flüsterte sie. »Oh ja, genau so.«

»Zieh deine Knie an, meine Süße«, flüsterte er.

Sie gehorchte ihm. Das erregende Gefühl wurde noch größer.

»Ah, Caroline«, flüsterte er an ihren Lippen. »Ich bin vollkommen verloren.«

Noch ehe sie ihn fragen konnte, was diese eigenartigen Worte zu bedeuten hatten, begann er sich schneller zu bewegen.

Dieses herrliche Gefühl bewirkte, dass sich in ihr alles zusammenzog, bis sie es nicht länger ertragen konnte. Ihr ganzer Körper bebte.

Der Höhepunkt war so überwältigend, dass sie zu fliegen glaubte.

Adam stöhnte erstickt auf, sein Körper spannte sich an.

Im letzten Augenblick löste er sich von ihrem Körper und sank neben ihr auf das Bett, sein Samen floss auf das Laken.

17

Lange Zeit später verschränkte Adam die Hände hinter dem Kopf und zog Caroline unter der alten Decke an sich. Sie kuschelte sich an ihn und es sah so aus, als wolle sie einschlafen. Ein angenehmer Gedanke, fand er, doch heute Abend war das nicht möglich.

»Wann hattest du vor, es mir zu sagen?«, wollte er wissen. Er wusste, dass seine Stimme brüsk und so gar nicht romantisch klang, aber so war das nun einmal. Er versuchte, das Durcheinander der Gefühle zu sortieren, die ihn bis in sein Innerstes erschüttert hatten.

Jetzt im Nachhinein wusste er, dass er nicht auf die kleinen Hinweise hatte achten wollen, die ihm Carolines Mangel an Erfahrung verraten hatte. Er hatte nur zu gern glauben wollen, dass sie eine Witwe war. Und als diese Tatsache sich zuvor als falsch herausgestellt hatte, hatte er sich mit der ebenso passenden Annahme getröstet, dass sie eine dunkle Vergangenheit und eine skandalöse Affäre hinter sich gebracht hatte.

Aber Caroline bot ihm eine Überraschung nach der anderen.

Sie gähnte leicht und reckte sich, wie eine kleine Katze unter der Decke. »Was sollte ich dir sagen?«

Er fühlte, wie ihre Zehen gegen sein Bein stießen. Diese kleine Berührung hatte eine erregende Wirkung.

»Dass du noch Jungfrau warst«, meinte er.

Caroline erstarrte. Dann stützte sie sich auf einen Ellbogen und sah mit gerunzelter Stirn auf ihn hinunter.

»Hätte ich dir das sagen sollen?«, fragte sie.

»Jawohl«, entgegnete er ungerührt. Er war genauso ärgerlich über sie wie über sich selbst. »Du hättest mir das sagen müssen. Ich habe es mir zur Regel gemacht, nicht mit einer unschuldigen Frau ins Bett zu gehen.«

»Ah, da liegt also das Problem.« Ihr Gesicht hellte sich sofort auf. »Du lebst also nach Regeln.«

»Du machst dich über mich lustig, Caroline«, warnte er sie vorsichtig.

»Wir wollen diese Situation doch einmal logisch untersuchen. Mit einer unschuldigen Frau meinst du also ganz sicher eine sehr junge Lady ohne weltliche Erfahrung, von der erwartet wird, dass sie ihren Ruf schützt, bis sie einmal heiratet. Ist das richtig?«

»Fast«, gab er vorsichtig zu. Ihre Antwort ließ ihn aufhorchen. Sie hatte vor, ihn zu manipulieren. Er wusste es so genau, wie er seine eigene Vergangenheit kannte.

Sie lächelte ihn strahlend an. »Dann brauchst du dir ja keine Sorgen zu machen. Ich passe nicht in diese Kategorie unschuldiger Frauen, und daher hast du deine Regeln auch nicht gebrochen.«

Er nahm eine Locke ihres Haares und wickelte sie um seinen Finger, dann zog er leicht daran. »Nicht?«

»Nein, wirklich nicht. Sieh dir doch nur einmal die Tatsachen an.« Sie hob die Hand und zählte an den Fingern ab. »Zuerst einmal bin ich keine *junge* Lady mehr. Ich bin schon siebenundzwanzig Jahre alt, längst über das Alter hinaus, in dem die Welt einen für unschuldig und im heiratsfähigen Alter hält.«

»Caroline …«

»Zweitens würde ich mich in dem unwahrscheinlichen Fall, dass mir ein Mann begegnen würde, den ich mir als eventuellen Ehemann vorstellen könnte, verpflichtet fühlen, ihm von dem schrecklichen Skandal vor drei Jahren zu erzählen, und das wäre das Ende der Geschichte. Kein anständiger, wohlerzogener Gentleman würde eine Frau heiraten wollen, deren Ruf so gründlich zerstört worden ist wie der meine, selbst dann nicht, wenn sie einen anderen Namen angenommen hat. Daher sehe ich absolut keinen Grund, warum ich mich bewahren sollte für eine Hochzeitsnacht, die es niemals geben wird.«

»Deine Logik hat einen großen Fehler«, begann er.

»Und als Letztes«, sprach sie weiter und unterbrach ihn, »obwohl ich technisch gesehen noch eine Jungfrau war, so fehlt mir doch nicht die weltliche Erfahrung. Ich wusste sehr gut, was ich tat, als ich heute Abend deine Küsse erwidert habe, Adam. Du hast mich nicht ausgenutzt. Wenn überhaupt, dann war es höchstens anders herum.«

»Anders herum?« Erstaunt über die Wendung der Dinge zog er den Arm unter seinem Kopf hervor und setzte sich auf. »Versuchst du etwa, mich davon zu überzeugen, dass du mich absichtlich verführt hast?«

Sie schürzte die Lippen. »Nun ja …«

»Denn das glaube ich dir nicht. Keinen Augenblick lang.«

»Ich sagte doch nur, dass ich mich von dir angezogen gefühlt habe, gleich vom ersten Augenblick an.« Sie winkte lässig ab. »Ich gebe zu, es hat da zuerst ein kleines Problem gegeben, weil ich befürchtet habe, du könntest eine Bedrohung für mich bedeuten. Aber als ich erst einmal sicher war, dass ich dir trauen konnte, habe ich gehofft, dass du meine Gefühle erwidern würdest.«

»Ach so.«

»Ich gebe zu, die Dinge haben sich wesentlich schneller entwickelt, als ich es vorhergesehen habe«, sprach sie unbeirrt weiter. »Ich hätte ganz sicher nicht erwartet, dass wir uns schon nach einer so kurzen Zeit unserer Bekanntschaft so leidenschaftlich in den Armen liegen.«

»Ich auch nicht.« Er fuhr mit den Fingern durch ihr Haar und zog ihr Gesicht näher zu sich. »Verrate mir eines, Caroline, wenn du es kaum erwarten konntest, die körperlichen Freuden zu erleben, warum hast du dann so lange gewartet? Sicher hat es doch schon andere Gelegenheiten dazu gegeben.«

Sie schüttelte lächelnd den Kopf, als fände sie seine Frage recht naiv. »Für eine Frau gibt es immer eine Menge Risiken. Ich wollte sie nicht mit dem falschen Mann eingehen.«

Eine tiefe Zufriedenheit erfüllte ihn für einen Augenblick. »Und du hast geglaubt, ich sei der richtige Mann?«

Das Lachen verschwand aus ihrem Blick, nur eine tiefe Sicherheit blieb. »Heute Abend hat es daran überhaupt keinen Zweifel gegeben.«

Er strich sanft mit seinen Lippen über ihre. »Und fandest du die Erfahrung genauso interessant und erregend, wie du es erwartet hattest?«

»Vollkommen. Sehr befriedigend, in der Tat.«

»Du machst mich sprachlos, ganz zu schweigen davon, was du meinen Nerven antust.«

»Reiß dich zusammen, Sir«, forderte sie ihn auf. »Falls du fürchtest, dass deine Nerven versagen, dann erinnere dich bitte an den großen Vorteil, den ich dir biete, und den ausgezeichneten Schutz, der mich vor den schlimmsten Folgen eines Skandals und des Ruins schützen wird.«

»Und was ist das für ein Vorteil?«

»Nun, kein anderer als mein verstorbener Mann, Jeremy Fordyce, der mich praktischerweise zu seiner Witwe gemacht hat.«

Er zog sie zurück auf das Bett. »Ich gebe zu, der Geist dieses Mannes hat wirklich seine Vorzüge.«

18

Irene Toller saß allein in dem Séancezimmer und dachte über ihre Rache nach, vor ihr auf dem Tisch stand ein großes Glas Gin. Ich war ein Dummkopf, dachte sie, aber die Zeiten sind vorbei. Endlich waren die Schleier von ihren Augen gefallen.

»Ich trinke auf dich, Elizabeth Delmont, wo immer du auch sein magst.« Irene hob das Glas in einem spöttischen Toast und nahm einen großen Schluck. Der feurige Alkohol brannte in ihrem Hals.

Sie wischte sich mit dem Handrücken über den Mund. »Du hinterhältige Hure, du hast mir einen großen Gefallen damit getan, mir die Wahrheit zu zeigen. Weißt du, wenn ich wirklich die Fähigkeit besäße, Phantome herbeizurufen, dann würde ich deinen Geist aus der Hölle heraufbeschwören, nur um mich anständig bei dir zu bedanken.«

Sie nahm noch einen Schluck von dem Gin und bemerkte vage, dass es im Haus langsam kalt wurde. Nachdem Bess gegangen war, war das Feuer heruntergebrannt.

»Leider werde ich dir nicht mehr sagen können,

wie sehr ich es zu schätzen weiß, was du für mich getan hast, Mrs. Delmont, denn wenn es um eine Séance geht, bin ich genauso eine Betrügerin, wie du es gewesen bist«, murmelte sie vor sich hin. »Aber alle, die auf diesem Gebiet arbeiten, sind Scharlatane und Betrüger, nicht wahr? Das ist das große Geheimnis, das uns in diesem Beruf verbindet.«

Sie schwieg und versank in Erinnerungen an die Vergangenheit. Sie hatte vor beinahe zehn Jahren mit ihrem Beruf begonnen. Damals war sie noch jung und hübsch, beides nützliche Attribute als weibliches Medium, aber dennoch war auch damals schon die Konkurrenz heftig gewesen. Um sich ihren Lebensunterhalt zu verdienen war sie gezwungen gewesen, die alten und nützlichen Taktiken anzuwenden, private Séancen für Gentlemen abzuhalten, die versuchten, mit den Geistern lang verstorbener Geliebter in Verbindung zu treten.

In einer Nacht nach der anderen hatte sie in abgedunkelten Räumen so getan, als wäre sie besessen von den Phantomen, deren frühere Existenzen sie zu Legenden gemacht hatten. Für Geld hatte sie es ihren männlichen Kunden erlaubt, ihren Körper zu benutzen, um ihre Phantasien leidenschaftlicher Begegnungen mit den lustvollen Königinnen und berühmten Geliebten der Antike auszuleben.

Das war nicht ungewöhnlich bei denjenigen, die am unteren Rand des Berufes existierten. Und sie konnte auch nicht leugnen, dass der große Vorzug darin lag, dass das Medium eine Aura der Unschuld behielt. Immerhin hatte sie ja keinen Sex mit einem Kunden, sie war schließlich nur das Medium, das der Geist für seinen Zweck benutzte.

Diesen Teil ihrer Arbeit hatte sie gehasst, aber sie hatte damals keine andere Wahl gehabt, rief sie sich jetzt ins Gedächtnis.

Schließlich hatte sie die Planchette bei ihrer Arbeit eingeführt, einige Klopfzeichen und die Erscheinungen. Diese Techniken hatten ihr einen anderen, weniger fordernden Kundenkreis eingebracht.

Und dann war vor ein paar Monaten *er* in ihr Leben getreten, und sie war wieder in ihre alte Rolle zurückgefallen. Am Anfang hatte sie sich eingeredet, dass ihre Beziehung aus ihrer Sicht lediglich geschäftlicher Natur war. Doch sie hatte einen entsetzlichen Fehler begangen. Sie hatte sich verliebt.

Wie hatte sie nur so dumm sein können. Es war beinahe so, als wäre sie verzaubert gewesen, überlegte sie. Aber der Zauber war schließlich gebrochen worden, durch das Vergießen von Blut, der ältesten Magie von allen. Und dabei glaubte sie nicht einmal an diesen ganzen Unsinn, rief sie sich ins Gedächtnis, und ein Schauer rann durch ihren Körper.

Aber sie glaubte an die Rache, und schon bald würde sich ihre Rache erfüllen.

Irgendwo im Haus knarrte eine Diele. Das unheimliche Geräusch war laut in der Stille und riss sie aus ihren Gedanken. Sie holte tief Luft und bemühte sich, ruhig zu bleiben. Das Geräusch war nicht mehr als das Arbeiten des Holzes im Haus, das sie schon so oft gehört hatte, wenn sie in der Nacht allein war.

Sie zwang ihre Konzentration wieder zurück auf die ursprünglichen Dinge. Die Séance heute Abend war ganz besonders gut verlaufen, überlegte sie. Es war sehr erfreulich gewesen, Mrs. Fordyce dabeizuhaben. Die Schriftstellerin war ganz sicher einer der wichtigsten Menschen, den sie je bei einer Séance hatte begrüßen dürfen. Es stimmte zwar, Caroline Fordyce gehörte nicht zur gehobenen Gesellschaft, aber sie wurde immer bekannter, und es bestand kein Zweifel daran, dass sehr viele Menschen der gehobenen Gesellschaft ihre Romane lasen.

Irene bedauerte nur, dass die Inspiration sie dazu veranlasst hatte, den toten Ehemann der Schriftstellerin heraufzubeschwören. Es bestand immer ein Risiko, wenn man den Geist eines verstorbenen Ehepartners einschaltete, überlegte sie. Ein Medium musste vorsichtig mit diesen Dingen umgehen, ganz besonders wenn es nichts wusste von der Beziehung ihres Kunden und des Verstorbenen. Sie erinnerte sich nur zu gut an den Abend, an dem sie den Geist eines toten Ehemannes herbeigerufen hatte, nur um dann festzustellen, dass die Witwe ihn abgründig gehasst hatte und wahrscheinlich sogar dabei nachgeholfen hatte, ihn auf die andere Seite zu befördern.

So zu tun, als hätte sie Kontakt mit Jeremy Fordyce aufgenommen, schien ihr harmlos, bis sie aufgeblickt und die nackte Wut im eisigen Blick von Mr. Grove entdeckt hatte. In diesem beunruhigenden Augenblick hatte sie einen Anflug von Furcht verspürt, die durch ihren Körper fuhr. Bei der Erinnerung daran rann erneut ein Schauer durch ihren Körper. Sie hatte sofort begriffen, dass sie sich schrecklich geirrt hatte.

Einige entsetzliche Sekunden lang hatte sie befürchtet, dass Mr. Grove ein Licht anzünden und all ihre Tricks enthüllen würde, einschließlich der falschen Wachshände, die sie auf den Tisch gelegt hatte, damit ihre eigenen Hände die verschiedenen Gerätschaften bedienen konnten, die sie eingebaut hatte.

Irene nahm sich vor, den verstorbenen Ehemann nicht mehr zu erwähnen, wenn Mr. Grove bei einer Sitzung dabei war.

Ganz sicher jedoch wollte sie die Verbindung

mit Mrs. Fordyce fördern. Die Schriftstellerin würde neue Türen für sie öffnen, überlegte Irene zufrieden. Es war Tatsache, dass die gesellschaftlichen Regeln sehr streng waren, wenn es darum ging, mit der anderen Seite in Verbindung zu treten, genau wie im wirklichen Leben auch. Die Menschen der gehobenen Gesellschaft waren genauso fasziniert vom Spiritualismus wie alle anderen auch, aber sie zogen es vor, Medien aufzusuchen, die aus ihren eigenen Reihen zu kommen schienen. Sicher, manchmal machten sie sich einen Spaß daraus, an der Séance eines Mediums teilzunehmen, das gesellschaftlich unter ihnen stand, aber sie würden niemals auch nur einen Augenblick lang daran denken, eine Irene Toller in ihren kostbar möblierten Salon einzuladen.

Selbst wenn sie es schaffte, sich bis in diese Höhen emporzuarbeiten, wäre sie in den Augen der Elite doch nicht mehr als eine Unterhalterin. Nie würden sie Irene im gleichen Licht sehen wie Julian Elsworth.

Sie schnaufte leise und nahm noch einen Schluck von ihrem Gin. Wenn doch diese reichen, arroganten Typen aus der Gesellschaft, die Elsworth umschwärmten, nur die Wahrheit über ihn wüssten. Sie verzog das Gesicht. Was könnte sie ihnen über diesen Mann alles erzählen.

Wieder ächzte es irgendwo in dem kalten Haus. Unsicher blickte sie zu dem verborgenen Schrank, in dem sie den schlimmen Beweis ihres Verbrechens versteckt hatte.

Es hatte sich noch keine Gelegenheit ergeben, ihn verschwinden zu lassen, doch gleich morgen früh würde sie das erledigen. Sie würde das blutbefleckte Kleid in einen Sack stecken, ein paar Steine hinzutun, um ihn zu beschweren, und ihn dann in den Fluss werfen. Die Sache mit dem Kleid tat ihr Leid. Es war ein so hübsches Kleid gewesen. Er hatte es für sie gekauft. Sie hatte nicht erwartet, dass so viel Blut fließen würde.

Ein Luftzug kam aus dem dunklen Flur. Irenes Finger schlossen sich fester um das Glas. Es war beinahe so, als hätte der Geist der verstorbenen Frau gerade ihren Namen gerufen.

Höre sofort mit diesem Unsinn auf.

»Du warst ein genauso großer Dummkopf wie ich, Elizabeth Delmont«, flüsterte sie in die Dunkelheit. »Wir beide hätten von Anfang an begreifen müssen, dass keiner von uns es mit *ihrem* Geist aufnehmen konnte.«

Sie nahm noch einen Schluck Gin, um ihre Nerven zu beruhigen. Er würde schon bald hier sein. Sie musste sich auf den zweiten Teil ihrer Rache konzentrieren.

Man hörte leises, gedämpftes Klopfen von der Eingangstür. Irene sprang auf, ihr Puls raste, trotz des Gins.

Endlich war er hier. Die Zeit war gekommen, um auch noch den Rest ihrer Rache zu erfüllen.

Es herrschte eine so eigenartige Stimmung im Haus heute Abend. Ganz plötzlich wünschte sie, sie hätte Bess nach der Séance nicht weggeschickt. Aber was sie vorhatte, konnte sie auf keinen Fall vor einem Zeugen tun. Wieder klopfte es an der Tür, und Irene musste an das Klopfen der Geister bei einer Séance denken.

Aus einem unerklärlichen Grund musste sie sich zwingen, durch den Flur zur Eingangstür zu gehen. Was war nur los mit ihr? Warum hatte sie plötzlich solche Angst? Es bestand überhaupt kein Grund dafür. Sie hatte einen Plan; einen Plan, der nicht nur ihre Rache erfüllen, sondern der ihr auch weit mehr Geld bringen würde, als alle Investitionen es konnten.

Sie blieb im Flur stehen, atmete tief durch und öffnete dann die Tür.

»Ich habe deine Nachricht bekommen«, sagte er.

»Komm rein.«

Er trat über die Schwelle. »Du hast es mir sehr schwer gemacht, Irene.«

»Hast du wirklich geglaubt, ich würde zulassen, dass du mich benutzt und mich dann betrügst, als sei ich nicht mehr als nur eine billige Hure?«

»Eigentlich bist du noch schlimmer als eine billige Hure. Du bist eine betrügerische Hure. Aber wir wollen uns nicht über Kleinigkeiten streiten. Sage mir, was du von mir willst.«

Sie lächelte, trotz ihres Zorns. »Folge mir, und dann werde ich dir ganz genau sagen, was du tun sollst, es sei denn, du möchtest, dass ich deine Geheimnisse der Presse enthülle.«

»Das klingt ganz nach einer Erpressung.«

»Sieh es lieber als einen geschäftlichen Vorschlag.«

Sie führte ihn durch den Flur in das Séancezimmer. Als sie das Zimmer betrat, war er nur wenige Schritte hinter ihr.

»Irgendetwas sagt mir, dass diese Unterhaltung sehr unangenehm werden wird«, meinte er. »Hast du etwas dagegen, wenn ich einen Schluck Gin trinke?«

»Du wirst gar nichts mehr trinken, was mir gehört«, antwortete sie und wandte sich halb um, um ihn über die Schulter hinweg böse anzusehen.

Zu spät erkannte sie, dass er den schweren Kerzenständer aus Messing in der Hand hielt, der auf dem Tisch im Flur gestanden hatte. Und das war auch der Augenblick, in dem sie begriff, dass sie an diesem Abend bereits ihren zweiten Fehler gemacht hatte.

Sie öffnete den Mund, um zu schreien, instinktiv wirbelte sie herum, um wegzulaufen. Doch in dem kleinen Zimmer war kein Platz zum Fliehen.

Er schlug so schnell zu und mit einer solchen Kraft, dass sie nur noch leise aufstöhnen konnte.

Unter dem ersten Schlag sank sie bereits zusammen, doch er schlug wieder und wieder zu, bis der Teppich voller Blut war. Bis er ganz sicher sein konnte, dass sie tot war.

Als er fertig war, atmete er schwer. Schweißtropfen standen auf seiner Stirn. Er blickte auf sein Opfer hinunter.

»Betrügerische Hure.«

Er ließ sich Zeit, um die Szene im Séancezimmer zu schaffen, die er haben wollte. Als er endlich zufrieden war, zog er seine Taschenuhr heraus und sah nach der Zeit. Viertel nach zwölf.

Sorgfältig stellte er die Uhr zurück und legte sie dann neben die Leiche auf den Boden. Mit dem Absatz seines Schuhs trat er dann mit aller Macht auf das Glas und zerbrach die Uhr.

Die Zeiger der Uhr blieben für immer auf Mitternacht stehen.

19

Er wollte sie nicht nur haben, gestand sich Adam einige Zeit später. Er verzehrte sich nach ihr.

Wieder einmal saß er in der Kutsche und beobachtete Caroline im Halbdunkel. Gemeinsam hatten sie es geschafft, ihr wieder in die Unterröcke und das Kleid zu helfen und ihr Haar zu richten. Sie sah jetzt wieder ganz ordentlich aus. Doch nichts konnte den Funken des neu entdeckten Wissens dämpfen, der ihre Augen blitzten ließ.

Er kannte eine so ruhelose, beunruhigende Leidenschaft gar nicht. Selbst jetzt noch, nachdem er sie zwei Mal geliebt und sich vollkommen verausgabt hatte, konnte er an nichts anderes mehr denken als daran, wie und wann er ein weiteres Treffen mit Caroline einrichten konnte. Seine scheinbar endlose Sehnsucht nach ihr sollte ihm eigentlich Sorgen bereiten, überlegte er. Doch aus irgendeinem Grund heraus brachte er nicht einmal die Energie auf, sich darüber aufzuregen.

Auf der Fahrt zurück in die Corley Lane hatte Caroline nur sehr wenig gesprochen. Sie schien ganz in Gedanken versunken. Er fragte sich, ob sie wohl an die Freuden der Leidenschaft dachte oder ob sie ihre Erfahrungen als Grundlage für das nächste Kapitel des *The Mysterious Gentleman* nutzen würde.

Diese Möglichkeit war äußerst beunruhigend, fand er. Wenn er wirklich seine Nerven strapazieren wollte mit Bedenken über das, was an diesem Abend geschehen war, so war der Gedanke, dass Caroline ihre Erfahrungen in ihren Roman einbringen könnte, dazu sehr angetan.

Als die Kutsche schließlich anhielt, wurde Caroline mit einem Ruck aus ihren Träumen gerissen, sie sah aus dem Fenster.

»Gütiger Himmel, ich bin zu Hause, und wir haben nicht einmal darüber gesprochen, was wir als nächsten Schritt in unseren Nachforschungen unternehmen sollen«, meinte sie.

Er öffnete die Tür der Kutsche und ließ die Treppe auf die Straße hinunter. »Offensichtlich hatten wir andere, dringende Dinge zu tun.«

Sie lachte leicht und fröhlich auf, und er dachte unvermittelt an das sanfte Rieseln eines Frühlingsregens.

»Oh ja, ich verstehe, was du meinst.« Sie stieg hinter ihm aus der Kutsche und wurde gleich wieder ernst. »Ich hoffe, du wirst nicht versuchen, heute Nacht noch Mrs. Tollers Haus zu durchsuchen.«

»Nein.« Er griff nach ihrem Arm und führte sie zum Haus. »Ich habe die Absicht zu warten, bis sie und ihre Haushälterin morgen Nachmittag zum Wintersett House gehen, zu einer weiteren Vorstellung über Schreiben von Geisterhand.«

»Du kennst ihre Termine?«, fragte sie überrascht.

»Ich habe mich heute Nachmittag danach erkundigt.«

»Ah ja, deine berühmten Erkundigungen. Nun, ich bin auf jeden Fall erleichtert zu hören, dass du nicht die Absicht hast, noch heute Nacht in ihr Haus zu schleichen.«

Vor der Treppe zur Haustür blieb er stehen. »Ich würde gern mit dir über die Dinge sprechen, die heute auf der Séance passiert sind. Eine Sache hat dabei meine besondere Aufmerksamkeit geweckt, abgesehen von der Erwähnung von Mr. Fordyce. Darf ich dich morgen besuchen?«

»Ja, natürlich.« Sie griff in die Tasche und suchte nach ihrem Schlüssel. »Was war das denn, was dich aufmerksam gemacht hat?«

»Die Möglichkeit zu einer Investition, zu denen einer der Geister den beiden Ladys geraten hat.«

»Ich erinnere mich. Aber ich glaube nicht, dass

das so viel zu bedeuten hat. Ich habe dir doch gesagt, es ist normal, dass Medien vorhersagen, dass einige der Teilnehmer an der Séance überraschend zu Geld kommen.«

»Aber dies kam mir vor wie eine ungewöhnlich genaue Vorhersage.« Er nahm ihr den Schlüssel aus der Hand und schob ihn ins Schloss. »Es gab ganz genaue Einzelheiten, wie zum Beispiel, dass ein Mann auf die beiden zukommen und sich als Freund einer toten Bekannten vorstellen würde.«

»Ja, das stimmt.«

»Als wir zum ersten Mal miteinander gesprochen haben, hast du erwähnt, dass eine der Teilnehmerinnen an Elizabeth Delmonts letzter Séance auch einen Rat bezüglich einer Investition bekommen hat.«

»Ja, das ist richtig«, stimmte sie ihm zu. »Und jetzt, wo du darüber sprichst, fällt mir ein, dass er ganz ähnlich klang. Einer der Geister, die Elizabeth Delmont anrief, hat Mr. McDaniel gesagt, dass er schon bald von einem Gentleman angesprochen werden würde, der ihm den Namen des Geistes nennen und ihm Informationen über eine lukrative Investition geben würde. Aber was hat das denn mit dem Mord und dem vermissten Tagebuch zu tun?«

»Vielleicht gar nichts.« Er öffnete die Tür. »Aber

ich muss sagen, ich finde es sehr interessant, dass Toller und auch Delmont den Teilnehmern an ihren Séancen ähnliche Botschaften ausgerichtet haben.«

Sie trat in den dunklen Flur und wandte sich noch einmal zu ihm um. »Glaubst du denn, es hat eine Verbindung zwischen den beiden Frauen gegeben?«

»Das wäre schon möglich.«

»Aber Irene Toller und Elizabeth Delmont waren Konkurrentinnen.«

»Geld bringt die eigenartigsten Verbündeten zusammen. Da brauchst du nur einige der Ehepaare aus der gehobenen Gesellschaft zu fragen.«

»Das ist eine sehr zynische Bemerkung, Adam.«

»Ich habe schon vor langer Zeit herausgefunden, dass man sehr viele Fragen über einen Menschen beantworten kann, sei er nun hochgestellt oder nicht, wenn man zuerst einmal nach der Quelle seines Einkommens forscht.«

»Eine verlockende Beobachtung. Das erinnert mich wieder daran, dass du gesagt hast, du hättest Pläne für das Gebäude in der Stone Street. Was willst du denn damit anfangen?«

Er zögerte zuerst, doch dann entschied er, dass es keinen Grund gab, ihr seine Absichten zu verschweigen. »Ich bin dabei, Vorbereitungen zu treffen, um es in ein Haus für Straßenkinder umzubauen. Es wird ein Ort sein, wo sie in Sicherheit sind und auch genug zu essen bekommen. Man wird ihnen dort Lesen und Schreiben beibringen, damit sie ihren Weg in der Welt finden.«

Sie lächelte ihn sanft und geheimnisvoll an. »Natürlich. Ich hätte es mir denken können.«

Er runzelte die Stirn, weil ihre Antwort ihn überraschte. »Wie zum Teufel hättest du möglicherweise …«

»Ach, lass nur. Es ist nicht wichtig. Gute Nacht, Adam.«

»Gute Nacht, Caroline.«

»Ich kann es kaum erwarten, morgen früh mein nächstes Kapitel zu schreiben«, meinte sie. »Ich fließe ganz plötzlich über vor neuen Ideen für meine Geschichte.«

Leise schloss sich die Tür vor seiner Nase.

Einen Augenblick lang blieb er verwirrt stehen. In einem solchen Augenblick würden einige Frauen sich Sorgen um ihren Ruf machen oder darüber, ob sie vielleicht schwanger geworden waren. Caroline allerdings schien sich nur mit der Handlung ihres Romans zu beschäftigen.

Er fragte sich, ob das wohl ein Grund war, sich Sorgen zu machen.

20

Kurz nach neun Uhr am nächsten Morgen legte Caroline ihren Stift beiseite und las noch einmal das Kapitel, das sie gerade zu Ende geschrieben hatte.

Lydia begann zu vermuten, dass Edmund Drake gar nicht so war, wie es den Anschein hatte. Sein hartes, unnachgiebiges Äußeres, das er der Welt zeigte, verbarg nicht nur seine Geheimnisse, sondern vielleicht auch seinen angeborenen Edelmut. Er war nicht der Mann, der seine wahre Natur sehr schnell zeigte, doch hatte sie im Laufe der letzten, beunruhigenden Ereignisse genug über seinen Charakter erfahren, um ihre ursprünglichen Vermutungen in Frage zu stellen. Drake war sicher ein Mann, der starker Leidenschaften fähig war, schloss sie, doch diese Leidenschaften kontrollierte er durch seinen eisernen Willen und ein Ehrgefühl, das dem oberflächlichen Kode, an den sich so viele der reichen, hochgeborenen Gentlemen hielten, nicht entsprach. Drake stellte seine eigenen Regeln auf, und er lebte auch danach.

Zufrieden griff Caroline zu einem weiteren Blatt Papier. Die Geschichte entwickelte sich recht gut. Die erstaunliche Wendung im Charakter von Edmund Drake würde die Leser sicher überraschen. Jetzt brauchte sie nur noch einen erstaunlichen Vorfall, mit dem sie das Kapitel beenden konnte, und sie war fertig mit der Arbeit dieser Woche.

Sie nahm ihren Stift und klopfte damit leicht auf die Oberfläche des Schreibtisches. Vielleicht sollte sie noch eine Kutsche ins Spiel bringen, deren Pferde durchgegangen waren? Nein, das würde zu sehr einem Vorfall ähneln, den sie schon zuvor beschrieben hatte. Mit so etwas musste man sparsam umgehen, um den gewünschten Effekt zu erzielen.

Was sie jetzt brauchte, war erregende Leidenschaft, entschied sie. So etwas wie das, was sie in der vorigen Nacht in Adams Armen erlebt hatte, wäre jetzt perfekt.

Die Erinnerungen stürmten wieder auf sie ein. Noch einmal durchlebte sie alles, und eine wohlige Wärme erfasste sie.

Ja, eine leidenschaftliche Umarmung wäre jetzt genau richtig, um dieses Kapitel zu beenden. Sie begann zu schreiben.

Im Halbdunkel der Kutschlampen sah Lydia, wie Edmund Drakes Augen leuchteten wie zwei Smaragde im Feuer. Er zog sie in seine Arme und drückte sie an seine muskulöse Brust. »Meine süße, wunderschöne Lydia«, flüsterte er. »Wenn ich in deiner Nähe bin, entgleitet mir die Kontrolle.«

»Mrs. Fordyce?«

Caroline zuckte überrascht zusammen. Der Stift fiel ihr aus der Hand und verwischte das Wort *Kontrolle*. Sie sah auf und entdeckte Mrs. Plummer, die an der Tür stand.

»Ja, was ist?«, fragte sie und versuchte, sich ihre Ungeduld nicht anmerken zu lassen.

»Es tut mir Leid, Sie beim Schreiben zu stören, aber dies hier ist gerade für Sie abgegeben worden.« Mrs. Plummer trat in das Zimmer, in der Hand hielt sie einen Umschlag. »Ein Junge hat das vor einem Augenblick an der Hintertür zur Küche abgegeben.«

»Eine Nachricht?« Caroline war vorsichtig. »Sie kommt doch nicht etwa von Spraggett, oder? Er weiß, dass das Kapitel erst Ende der Woche fertig sein soll. Wenn er nicht aufhört, mir auf die Nerven zu gehen, werde ich die Geduld verlieren und mich nach einem anderen Herausgeber umsehen.«

»Nein, ich glaube nicht, dass die Nachricht von Mr. Spraggett kommt. Er schickt doch seine Nachrichten immer durch diesen rothaarigen Jungen, Tom. Der Junge, der mir das hier gegeben hat, war mir fremd.«

Adam, dachte Caroline. Die Nachricht musste von ihm kommen. Sonst hatte niemand einen Grund, ihr eine Nachricht zu schicken. Ihr Herz schlug schneller, und ein angenehmes Gefühl der Erwartung ergriff sie. Doch dann überlegte sie, dass Adam vielleicht seine Meinung geändert hatte und sie heute nicht besuchen kommen würde.

»Danke, Mrs. Plummer.«

Sie riss der Haushälterin den Umschlag aus den Fingern und öffnete ihn.

Liebe Mrs. Fordyce,
ich muss Sie unbedingt sofort sehen. Es geht um eine Botschaft von der anderen Seite, die mir in der vergangenen Nacht mitgeteilt wurde, nachdem Sie mein Haus bereits verlassen hatten.

Ihre
I. Toller

»Wie eigenartig«, murmelte Caroline und überflog den Brief noch einmal. »Es ist eine Nachricht von dem Medium.«

»Von welchem Medium, Ma'am?«

»Von Irene Toller. Die Frau, die gestern Abend die Séance veranstaltet hat, bei der ich mit meinem, äh, Freund Mr. Hardesty war.« Sie legte das Blatt Papier auf den Schreibtisch, stand auf und kam um den Schreibtisch herum. »Ich frage mich, was das wohl zu bedeuten hat.«

»Werden Sie ausgehen, Ma'am?«

»Ja. Das ist eine sehr interessante Wendung der Dinge. Ich möchte mir diese Gelegenheit nicht entgehen lassen. Ich werde gleich nach oben gehen und mich umziehen.« Sie rauschte durch die Tür und blieb dann im Flur noch einmal stehen. »Wenn meine Tanten von ihrem Morgenspaziergang zurückkommen, dann sagen Sie ihnen bitte, dass ich schnell einen Besuch bei Mrs. Toller machen musste und dass ich zum Mittagessen zurück sein werde.«

»Jawohl, Ma'am.«

Caroline lief die Treppe hinauf und blieb dann noch einmal stehen. »Noch eines, Mrs. Plummer. Mr. Hardesty hat erwähnt, dass er mich heute besuchen wollte. Wenn er kommt, ehe ich zurück bin, dann sagen Sie ihm bitte, dass ich bald wieder da sein werde. Er soll bitte warten.«

»Jawohl, Ma'am.«

Sie musste zwei hübsche zweirädrige Droschken vorbeifahren lassen, ehe eine holprige Mietkutsche anhielt. Es war wirklich sehr ärgerlich, dass sie keine zweirädrige Droschke benutzen durfte, dachte sie, als sie in die alte Kutsche kletterte. Nicht nur, dass die Aufmachung der Droschke mit der offenen Front und dem Kutscher, der hinten saß, so aussah, als würde er dem Mitfahrer eine herrliche Aussicht bieten, die Droschken waren auch wesentlich schneller und wendiger im Londoner Verkehr als die anderen Wagen.

Doch leider wurde eine Lady, die man in einer offenen Droschke sah, für leichtfertig gehalten, und das auf mehr als nur eine Art.

Irgendwann später hielt die Mietkutsche vor dem Haus von Irene Toller. Das Haus schien am Morgen genauso trübe und bedrückend zu sein wie am Abend zuvor, als es in Nebel und Dunkelheit gehüllt gewesen war, dachte Caroline, als sie aus der Kutsche stieg.

Sie konzentrierte sich so sehr auf den Grund, warum Irene Toller ihr wohl diese Nachricht geschickt hatte, dass sie im ersten Augenblick gar nicht die Menschen bemerkte, die auf der Straße vor dem Haus standen. Als sie endlich sah, dass sich eine kleine Menschenmenge dort versammelt hatte, verspürte sie einen Anflug von Beunruhigung. Irgendetwas stimmte hier nicht.

Sie hörte leise Bemerkungen, als sie die Treppe vor dem Haus hinaufging.

»Der Verbrecher ist in ihr Haus eingebrochen, als sie schlief, das habe ich gehört«, erklärte eine Frau, deren Schürze sie als Haushälterin auswies.

»Ich kann nicht glauben, dass so etwas hier in unserer Straße passiert ist«, flüsterte ein Hausmädchen.

»Noch nie hat es in all den Jahren, in denen ich hier lebe, solche Schwierigkeiten gegeben«, behauptete eine untersetzte Frau. »Das ist eine anständige Gegend hier.«

Carolines Beunruhigung wurde größer. Sie konnte in diesem schrecklichen Augenblick an nichts anderes denken als daran, dass Adam seinen Plan, das Haus zu durchsuchen, doch wahr gemacht hatte. Hatte er seine Meinung geändert, nachdem er sie nach Hause gebracht hatte? War er gleich hierher gekommen anstatt zu warten, wie er es ursprünglich geplant hatte?

»Wer ist diese Frau auf der Treppe dort?«, zischte jemand hinter Caroline. »Die habe ich hier noch nie gesehen.«

Caroline ignorierte die neugierigen Worte und betätigte den Türklopfer. Bitte gib, dass all das hier nichts mit Adam zu tun hat.

Im Flur hörte man schwere Schritte. Die Tür öffnete sich. Ein großer, schwerer Mann in der Uniform eines Polizeibeamten stand vor ihr.

»Was wollen Sie hier, Madam?«, fragte er.

Panik stieg in ihr auf. Hatte man Adam dabei erwischt, wie er Irene Tollers Haus durchsucht hatte? Das Bild, wie man ihn in Eisen gelegt und in ein dunkles, feuchtes Gefängnis geschleppt hatte, stieg in ihr auf. Sie zwang sich, ruhig zu sprechen. »Ich habe eben eine Nachricht von Mrs. Toller bekommen. Ist etwas nicht in Ordnung?«

»Eine Nachricht, sagen Sie?« Der Polizist kniff ein wenig die Augen zusammen. »Von dem Medium?«

»Ja, und ich bin sofort gekommen.«

Ein kleiner, dürrer Mann in einem schlecht sitzenden Anzug trat hinter dem Polizisten hervor. Er sah sie mit klugem, aufmerksamem Blick an.

»Was ist hier los?«, wollte er wissen.

»Hier ist eine Lady, Inspektor.« Der Polizist warf einen Blick über seine Schulter zurück. »Sie behauptet, sie hätte eine Nachricht von dem Medium bekommen.«

»Also, ist das nicht interessant?« Der Inspektor trat vor. »Wirklich, sehr interessant. Und wer sind Sie, Madam?«

»Mein Name ist Mrs. Fordyce«, erklärte Caroline. Es gelang ihr zwar, ihrer Stimme einen festen Klang zu geben, doch stockte ihr der Atem. »Ich glaube nicht, dass wir uns kennen.«

»Inspektor J. J. Jackson, zu Ihren Diensten. Was haben Sie hier zu suchen, Mrs. Fordyce?«

Die Situation wurde immer schlimmer, fand Caroline. »Wie ich dem Polizeibeamten gerade schon erklärt habe, habe ich eine Nachricht bekommen, die ziemlich dringend klang.«

Ein weiterer Mann trat aus dem dunklen Flur hinter dem Inspektor hervor.

»Guten Morgen, Mrs. Fordyce«, sagte Adam. Er sprach mit äußerst höflicher, sehr kühler Stimme, als würden sie einander nur flüchtig kennen.

»Sie hier zu sehen ist ganz sicher eine Überraschung.«

Ihr Magen zog sich zusammen. Also waren ihre schlimmsten Ängste wahr geworden. Man hatte Adam in Irene Tollers Haus erwischt. Die Botschaft, die er ihr jetzt durch sein eisiges, unpersönliches Verhalten zu vermitteln versuchte, war eindeutig. Er wollte, dass sie so tat, als würden sie einander kaum kennen.

Sie bemühte sich um ein freundliches, höfliches Lächeln. »Wie nett, Sie wiederzusehen, Sir«, antwortete sie. Sie wagte es nicht, ihn mit Namen anzusprechen, weil sie keine Ahnung hatte, ob er den Namen Hardesty oder Grove benutzt hatte, um sich dem Inspektor vorzustellen. »Ich nehme an, auch Sie haben heute Morgen eine Nachricht von dem Medium bekommen, in der Sie um Ihren Besuch gebeten wurden.«

»Ja«, antwortete Adam mit ausdrucksloser Stimme. »Und als ich hier ankam, fand ich Inspektor Jackson und den Polizeibeamten hier.«

»Ich verstehe«, erwiderte Caroline. Sie hatte das Gefühl, sich einen Weg durch ein Feld mit Brennnesseln bahnen zu müssen. »Ist jemand verletzt worden?«

»Man könnte wohl behaupten, dass Mrs. Toller sehr schwer verletzt worden ist«, erklärte Inspektor J. J. Jackson auf die Frage mit ernster Stimme. »Sie ist tot.«

»*Tot.*« Caroline sank entsetzt auf einen kleinen Stuhl im Flur, der gleich unter einer Reihe eiserner Garderobenhaken stand. »Gütiger Himmel.«

»Sie wurde im Séancezimmer umgebracht. Das ganze Zimmer wurde auseinander genommen. Die Möbel sind umgestürzt, die Lampen zerbrochen.«

»Genau wie bei dem anderen Mord«, erklärte der Polizist und nickte wissend.

»Es sieht so aus, als hätte man Mrs. Toller mehrmals auf den Hinterkopf geschlagen«, sprach Inspektor Jackson weiter.

»Genau wie bei dem anderen Medium«, stimmte der Polizist mit geheimnisvoller Stimme zu.

Caroline zwang sich, klar zu denken. »Sie kann aber noch nicht sehr lange tot gewesen sein.«

J. J. Jackson wippte auf den Fersen auf und ab. »Sie ist um Mitternacht ermordet worden.«

»Genau wie die andere«, murmelte der Polizist.

»Mitternacht? Aber das ist ganz unmöglich. Ich habe doch gerade erst eine Nachricht von Mrs. Toller bekommen.« Caroline warf einen Blick auf ihre Uhr. »Die Nachricht wurde mir erst vor etwa vierzig Minuten gebracht.«

Jackson zuckte mit den Schultern. »Sie muss sie schon in der Nacht geschrieben und dann ihrer Haushälterin gegeben haben, damit diese sie heute Morgen losschickt.«

Caroline sah sich um. »Und wo ist die Haushälterin?«

»Die ist noch nicht aufgetaucht«, erklärte der Polizist.

»Und wie haben Sie dann von dem Mord erfahren?«, wollte Caroline wissen.

»Wir haben eine anonyme Nachricht bekommen«, erklärte Jackson. »Einen Hinweis, könnte man sagen. Wir sind auf so etwas angewiesen.«

»Und was macht Sie so sicher, dass Mrs. Toller um Mitternacht umgebracht wurde?«, fragte Caroline.

Jackson räusperte sich und sah dann zu Adam.

»Wir haben ganz zufällig die Taschenuhr eines Gentleman auf dem Boden neben der Leiche gefunden. Mr. Hardesty und ich sprachen gerade darüber, als Sie gekommen sind.«

Mr. Hardesty. Also hatte Adam dem Inspektor seinen richtigen Namen genannt. Sie wusste nicht, ob das etwas Gutes zu bedeuten hatte oder nicht.

»Eine Taschenuhr?«, fragte sie vorsichtig.

»Genau wie beim letzten Mal«, wiederholte der Polizist noch einmal und nickte ernst.

Caroline erinnerte sich daran, dass Adam ihr erzählt hatte, er hätte eine Taschenuhr neben der Leiche von Elizabeth Delmont gefunden.

»Das verstehe ich nicht«, meinte sie mit ausdrucksloser Stimme. »Was verrät Ihnen denn eine Taschenuhr über den Zeitpunkt des Todes?«

»Wie es scheint, ist die Uhr bei dem Kampf zerbrochen.«

J. J. Jackson machte eine ausladende Bewegung mit der Hand, wie ein Zauberer, der einen neuen Trick vorführen will. »Die Zeiger der Uhr sind genau um zwölf Uhr stehen geblieben.«

»Glauben Sie denn, dass die Taschenuhr dem Mörder gehört?«, fragte Caroline, deren Neugier langsam wieder erwachte.

Der Inspektor und der Polizist sahen sie an, als

fänden sie ihre Frage äußerst eigenartig. Wieder rann ein Schauer durch Carolines Körper.

Adam verschränkte die Arme vor der Brust und lehnte sich mit der Schulter gegen die Wand. »Auf der fraglichen Taschenuhr war mein Namen eingraviert, Mrs. Fordyce.«

»*Was?*« Entsetzt sprang Caroline auf. »Aber das ist ganz unmöglich.«

Dies war alles noch viel schlimmer, als sie geglaubt hatte. Hier ging es um einen Mord. Adam würde vielleicht sogar gehängt. Das Bild, das sich in ihrem Kopf formte, ließ sie beinahe ohnmächtig werden.

Sie bemühte sich, ihre Panik zu unterdrücken und warf Adam einen schnellen, fragenden Blick zu, insgeheim hoffte sie darauf, dass er ihr irgendwie weiterhelfen würde. Doch sein Gesicht blieb unbewegt.

»Das sind die Tatsachen, Ma'am«, erklärte Jackson. »Der Name auf der Uhr ist eindeutig. Daran lässt sich nichts ändern.«

Caroline wandte sich zu ihm. »Ich kann Ihnen versichern, dass Mr. Hardesty nichts mit dem Tod von Irene Toller zu tun hat.«

Inspektor Jackson zog seine dichten Augenbrauen hoch.

»Mrs. Fordyce«, unterbrach Adam sie. »Ich denke, es wäre besser, wenn Sie jeden weiteren Kommentar in dieser Angelegenheit zurückhalten würden.«

Das war ein Befehl, den sie auf keinen Fall befolgen würde.

»Inspektor Jackson«, brachte sie mit überzeugender Stimme hervor. »Ich kann Ihnen zwar nicht erklären, wie Mr. Hardestys Taschenuhr an den Tatort gekommen ist, aber ich kann Ihnen versichern, dass Mr. Hardesty selbst um Mitternacht nicht in der Nähe dieses Hauses gewesen ist.«

Adam biss verärgert die Zähne zusammen. »Mrs. Fordyce, Sie haben genug gesagt.«

»Und woher sind Sie so sicher, wo Mr. Hardesty in der letzten Nacht gewesen ist?«, fragte Jackson mit höflichem Interesse.

»Mr. Hardesty war um Mitternacht mit mir zusammen, Inspektor.« Sie hob das Kinn. »Wie beide haben hier in Mrs. Tollers Haus zuvor an einer Séance teilgenommen, dann sind wir zusammen in Mr. Hardestys Kutsche weggefahren. Die anderen Teilnehmer können das bestätigen.«

Jackson nickte. »Mr. Hardesty hat behauptet, dass die Séance gegen zehn Uhr beendet war.«

»Das ist richtig«, stimmte sie zu.

Jackson betrachtete sie voller Interesse. »Wie

weit ist es denn bis zu Ihnen nach Hause, Mrs. Fordyce?«

»Ungefähr eine halbe Stunde, das hängt allerdings vom Verkehr ab.«

»In diesem Fall wären Sie bereits weit vor Mitternacht zu Hause gewesen, und Mr. Hardesty hätte genügend Zeit gehabt, hierher zurückzukommen und den Mord zu begehen«, behauptete Jackson.

Wütend sah Caroline auf den kleineren Mann hinunter. »Mr. Hardesty und ich sind nicht gleich nach der Séance zu mir nach Hause gefahren. Wir haben noch mehrere Stunden zusammen verbracht. Er hat mich erst gegen zwei Uhr am Morgen nach Hause gebracht.«

»Ist das so?« Der Inspektor holte ein Notizbuch aus seiner Tasche. »Also wirklich, das ist sehr interessant, Mrs. Fordyce. Sie sind beide noch auf einer Party gewesen oder vielleicht im Theater?«

»Nein, Inspektor. Wir waren allein in einem Zimmer in der Stone Street. Mr. Hardestys Kutscher hat uns dorthin gebracht und hat uns mehrere Stunden später dort wieder abgeholt.«

Adam atmete tief aus und schien sich einem unabwendbaren Schicksal zu ergeben.

»Sie waren allein in einem Zimmer in der Stone Street«, wiederholte Jackson leise und machte sich

Notizen. »Sehr interessant, Mrs. Fordyce.« Er warf Adam einen fragenden Blick zu. »Ich habe gar nicht gewusst, dass Sie beide einander so gut kennen.«

Caroline rief sich ins Gedächtnis, dass sie seit dem gestrigen Abend immerhin eine welterfahrene Frau war. Sie lächelte den Inspektor höflich an. »Ja, in der Tat, Mr. Hardesty und ich sind sehr gut befreundet, Inspektor. Intim befreundet, um es genauer zu sagen. Und ich bin gern bereit, vor Gericht auszusagen, dass er in der vergangenen Nacht zum Zeitpunkt des Mordes mit mir zusammen war.«

Adam legte die Hand fest um ihren Arm. »Wenn Sie uns bitte entschuldigen würden, Inspektor, dann werde ich Mrs. Fordyce jetzt nach Hause bringen. Sollten Sie noch irgendwelche Fragen haben, dann kennen Sie ja meine Adresse.«

Jackson steckte sein Notizbuch wieder ein. »Danke, Sir.«

Adam schob Caroline durch die Haustür hinaus und dann die Treppe hinunter. In der Menge entdeckten sie ein bekanntes Gesicht, und ein Mann kam auf sie zugeeilt. Er hielt die Ausgabe einer Zeitung unter dem Arm.

»Mrs. Fordyce, Mr. Grove.«

Caroline blickte erstaunt auf. »Mr. Smith. Was tun Sie denn hier?«

»Eigentlich ist mein Name Otford. Gilbert Otford.« Er zog die Zeitung unter seinem Arm hervor und hielt sie wie eine Fahne vor sich. »Als wir uns gestern Abend auf der Séance bei Irene Toller begegnet sind, konnte ich Ihnen nicht sagen, dass ich Reporter für den *Flying Intelligencer* bin.«

»Ihren Namen kenne ich«, erklärte Caroline, die plötzlich wütend wurde. »Sie haben diesen schrecklichen Artikel über mich geschrieben, nicht wahr? Den Artikel über meine angebliche Vorstellung übersinnlicher Kräfte bei einer gewissen Teegesellschaft.«

»Ja. Es war alles sehr interessant, aber ich fürchte, das sind alte Nachrichten.« Gilberts aufmerksamer Blick ging zwischen Adam und Caroline hin und her. »Man hat mich darüber informiert, dass Mrs. Toller in dieser Nacht umgebracht worden ist. Stimmt das?«

»Woher haben Sie denn von dem Mord von Mrs. Toller erfahren?«, fragte Adam, noch ehe Caroline etwas sagen konnte.

Ein geheimnisvolles Lächeln huschte über Otfords Gesicht. Er legte einen Finger an die spitze Nase. »Man könnte sagen, dass ich erst vor kurzer Zeit diese Information bekommen habe. Wir Reporter haben unsere Informanten, müssen Sie wissen. Es freut mich, behaupten zu können, dass mein Informant zu den schnellsten und genauesten gehört.«

»Wenn man Ihren irreführenden Artikel über mich betrachtet, sollten Sie sich vielleicht doch einmal über die Genauigkeit Ihrer Informanten Gedanken machen«, fuhr ihn Caroline an.

Adam verzog nachdenklich das Gesicht, als überlege er, ob er eine Rattenfalle aufstellen oder ganz einfach einen Besen nehmen und Otford in die Gosse kehren sollte. »Warum waren Sie gestern Abend auf der Séance?«

Otford sah sich schnell um, dann sprach er ein wenig leiser, damit niemand sonst ihn hören konnte. »Um ganz ehrlich zu sein, Sir, ich arbeite an einem Artikel über die Medien, mit der Absicht, ihre betrügerischen Machenschaften ans Licht zu bringen. Die Öffentlichkeit hat ein Recht, Bescheid zu wissen. Deshalb habe ich auch gestern Abend nicht meinen richtigen Namen genannt. Ich war inkognito dort, um es genauer zu sagen.«

»Was für ein Zufall.« Adam zog eine Visitenkarte aus der Tasche. Anstatt sie allerdings Otford zu reichen, ließ er sie einfach in die Hand des Reporters fallen und gab ihm so deutlich zu verstehen, dass er jeden körperlichen Kontakt mit ihm verabscheute. »Ich habe auch nicht meine wahre Identität enthüllt. Adam Hardesty. Ich bin nicht der persönliche Assistent von Mrs. Fordyce, ich bin ihr Freund.«

Caroline sah, wie Otford auf die Karte starrte und seine Augen immer größer wurden. Sie wusste, dass er sofort Hardestys Namen erkannt hatte. Und als er schließlich den Zusammenhang begriffen zu haben schien, leuchteten seine Augen vor mühsam unterdrückter Erregung.

»Wirklich, Sir, das ist alles äußerst ungewöhnlich.« Otford holte einen kleinen Notizblock und einen Stift aus der Tasche. »Falsche Identität und alles. Ich bin sehr neugierig. Würden Sie mir vielleicht erklären, was Sie beide heute hier am Tatort tun?«

Caroline sah förmlich schon, wie Otford seine nächste Sensationsreportage schrieb. Die Katastrophe wurde immer größer.

Adam streckte lässig die Hand aus und nahm dem Reporter den Notizblock aus den Fingern. »Im Vertrauen, Otford, Mrs. Fordyce und ich helfen der Polizei bei ihren Nachforschungen. Falls Mrs. Fordyces Name in einem der Artikel erscheint, die über den Mord veröffentlicht werden, dann werden Sie ganz sicher von mir hören. Habe ich mich deutlich genug ausgedrückt, Mr. Otford?«

Otford öffnete den Mund zwei Mal und schloss

ihn dann wieder. Er machte einen Schritt zurück. »Wirklich, Sir, Sie können nicht so einfach einen Gentleman der Presse unter Druck setzen.«

»Ich sehe hier in der Nähe keinen Gentleman«, behauptete Adam. »Ich sehe nur Sie. Und um Ihrer guten Gesundheit willen würde ich Ihnen wirklich sehr dazu raten, zu bedenken, dass ich niemals irgendwelche Drohungen ausspreche, Mr. Otford. Ich mache lediglich Versprechen. Guten Tag.«

Adam zog Caroline mit sich zu einer wartenden Mietkutsche.

21

Während der ganzen Fahrt zurück zur Corley Lane sprach Caroline kein Wort. Es gelang ihr kaum, ihre Gedanken zu sortieren, geschweige denn, sie laut auszusprechen. Adam saß neben ihr, einen Fuß hatte er auf den Sitz gegenüber gestützt, seine Aufmerksamkeit richtete er auf die Straße. Er machte keine Anstalten, das Schweigen zu brechen. Sie hatte keine Ahnung, was er dachte.

Als sie vor dem Haus in der Corley Lane vorfuhren, stellte sie zu ihrer Erleichterung fest, dass Emma und Milly noch nicht von ihrem Morgenspaziergang zurückgekommen waren. Sie stürmte in ihr Arbeitszimmer und sank in den Sessel hinter ihrem Schreibtisch.

»Das war wirklich knapp«, erklärte sie. »Ich zittere noch immer.«

Adam schlenderte hinter ihr in das Zimmer und blieb dann mitten im Raum stehen. Er schob beide Hände in die Hosentaschen und betrachtete sie nachdenklich.

»Es war wirklich einen Augenblick lang ziemlich riskant«, stimmte er ihr zu.

»Jetzt ist nicht die Zeit, um schlechte Scherze zu machen, Sir.« Sie runzelte die Stirn. »Dir ist doch hoffentlich klar, dass deine Drohungen Otford nicht davon abbringen werden, einen Artikel im *Flying Intelligencer* über den Mord zu schreiben, und er wird auch erwähnen, dass wir beide darin verwickelt sind.«

»Ich gebe zu, in diesem Punkt mache ich mir keine großen Hoffnungen.«

»Ich versichere dir, ein Artikel, in dem es um ein weiteres ermordetes Medium geht, um einen mächtigen Gentleman und eine Schriftstellerin von Sensationsromanen wird für Otford und Mr. Spraggett einfach unwiderstehlich sein.« Sie hob warnend einen Finger. »Denke an meine Worte, die Geschichte wird früher oder später gedruckt erscheinen, in der einen oder anderen Version.«

»Ich nehme an, du hast Recht.« Er sah sich erwartungsvoll um. »Hast du vielleicht zufällig etwas Brandy da?«

Sie schloss die Augen. »Wir scheinen es hier mit einem Skandal zu tun zu haben, der immer größer wird. Wie kannst du da nur so ruhig bleiben?«

»Du solltest meine Stimmung nicht falsch einschätzen. Ich bin ganz und gar nicht unberührt. Mir ist schon klar, dass uns einige Probleme erwarten werden.«

Sie öffnete die Augen wieder. »Es freut mich, das zu hören.«

»Und was ist jetzt mit dem Brandy? Ich weiß, es ist noch recht früh am Tag, aber ich könnte ihn jetzt gut gebrauchen. Ich habe einen recht anstrengenden Morgen hinter mir.«

»Dort im Schrank ist Sherry«, gab sie murrend nach.

»Danke.« Er öffnete den Schrank und holte die Karaffe mit dem Sherry heraus. »Nicht ganz so stark, wie ich es gern hätte, aber es wird auch reichen.« Er griff nach einem Glas. »Es tut mir Leid, wenn dich der Gedanke stört, deinen Namen zusammen mit meinem in der Zeitung zu lesen, Caroline. Aber ich möchte dich daran erinnern, dass du es warst, die Inspektor Jackson erklärt hat, dass wir den größten Teil der vergangenen Nacht unter äußerst intimen Bedingungen zusammen verbracht haben.«

Sie breitete beide Hände weit aus. »Es gab doch gar keine andere Möglichkeit. Ich musste ihm doch sagen, dass du zum Zeitpunkt des Mordes bei mir warst.«

»Eigentlich hättest du ihm das gar nicht sagen müssen«, berichtigte er sie. »Dir muss doch klar gewesen sein, dass ich ihm deinen Namen nicht genannt habe und ihm auch nichts über unsere Verbindung berichtet habe.«

»Ja, das habe ich mir gedacht. Du hast versucht, mich zu beschützen. Ich weiß das auch sehr zu schätzen, Adam, aber ich konnte doch unter diesen Umständen auf keinen Fall schweigen.«

»Ich verstehe.« Er nahm einen Schluck von dem Sherry und stellte dann das Glas wieder ab. »Eine kluge Frau, die sich um ihren Ruf sorgt, hätte genügend Verstand besessen, zu schweigen und so zu vermeiden, noch tiefer in einen unangenehmen Skandal hineingezogen zu werden.«

»Wir waren uns doch beide einig, dass mein Stand als Witwe mir größere Freiheiten bietet.«

Er zog die Augenbrauen hoch. »Du weißt sehr gut, dass dein Ruf völlig am Boden ist, wenn erst einmal herauskommt, dass du gar keine Witwe bist.«

»Du machst dir Sorgen um eine Sache, die höchstwahrscheinlich nie eintreten wird. Ich würde vorschlagen, dass du deine ganze Energie auf drängendere Probleme konzentrierst.«

Er schien einen Augenblick lang über ihre Worte nachzudenken, dann senkte er den Kopf. »Vielleicht hast du ja Recht. Was geschehen ist, ist geschehen. Wir müssen jetzt nach vorn schauen.«

»Sehr richtig.« Erleichtert, dass er ihr keine weiteren Vorhaltungen mehr machen würde, verschränkte sie die Arme auf der Tischplatte. »Hattest du die Möglichkeit, dir den Tatort von Mrs. Tollers Mord anzusehen?«

»In gewisser Weise schon. Inspektor Jackson schien nichts dagegen zu haben, dass ich mich im Séancezimmer umgesehen habe.«

»Ich nehme an, das Tagebuch hast du nirgendwo gefunden?«

»Nein.«

»Gab es denn, abgesehen von der Taschenuhr, noch andere Gemeinsamkeiten mit dem Mord an Mrs. Delmont?«

»Der Tatort vom Mord an Mrs. Toller war genauso wie der bei Mrs. Delmont, so wie die Presse ihn beschrieben hat«, erklärte er leise. »Und das finde ich sehr interessant.«

»Alles war genauso, wie es in der Zeitung berichtet wurde?« Sie schien zu begreifen. »Du willst damit sagen, es hat weder den Hochzeitsschleier noch die Trauerbrosche gegeben?«

Er schüttelte den Kopf. »Wer auch immer Toller umgebracht hat, hat offensichtlich die Zeitungsberichte über den Tod von Delmont benutzt, um den Tatort des zweiten Mordes genauso aussehen zu lassen.«

»Und das bedeutet, dass es nicht der gleiche Mörder gewesen sein kann, der auch Mrs. Delmont umgebracht hat.«

»Das scheint so zu sein.« Adam blickte nachdenklich in sein Glas mit Sherry. »Und das bringt uns zurück zu der Frage, was wohl mit dem Hochzeitsschleier und der Brosche geschehen ist.«

»Vielleicht hat ein Nachbar oder einer der Polizeibeamten sie gestohlen.«

»Nein.« Er drehte das Glas in seiner Hand. »Erinnerst du dich daran, dass in der Zeitung erwähnt wurde, dass Delmont zum Zeitpunkt ihres Todes Schmuck getragen hat?«

»Das stimmt. Im *Flying Intelligencer* wurde von einer Halskette berichtet und auch von Ohrringen.«

»Ich habe sie gesehen«, behauptete Adam. »Und sie sahen weitaus wertvoller aus als der beschmutzte Schleier und eine billige Brosche. Ein gemeiner Dieb hätte den Schmuck gestohlen.«

Sie dachte kurz darüber nach. »Und was ist mit den Taschenuhren?«

»Die Uhr, die ich neben Elizabeth Delmonts Leiche gefunden habe, trug ihre Initialen, also nehme ich an, dass sie ihr gehörte. Sie kann einfach aus ihrer Tasche gefallen sein, als sie umgebracht wurde. Und was die Uhr betrifft, die neben Irene Tollers Leiche gefunden wurde, so kann ich nur sagen, dass sie nicht mir gehörte, auch wenn mein Name darauf eingraviert war.«

Sie starrte ihn mit wachsendem Entsetzen an. »Der Mörder muss die Uhr gekauft, deinen Namen eingravieren lassen und sie dann absichtlich am Tatort liegen gelassen haben, um den Verdacht auf dich zu lenken.«

»Das scheint seine Absicht gewesen zu sein, ja.«

»Adam, das ist ja schrecklich.«

Er trank ohne weiteren Kommentar seinen Sherry aus.

Sie warf ihm einen bösen Blick zu. »Darf ich fragen, warum diese Entwicklung der Dinge dich gar nicht so sehr zu beunruhigen scheint?«

Er lächelte sie kühl an. »Weil alles darauf hindeutet, dass ich Fortschritte mache.«

»Ich bin mir gar nicht sicher, ob ich da mit dir übereinstimmen kann.« Sie hielt einen Augenblick lang inne. »Ich frage mich, wer uns wohl diese Nachrichten geschickt hat, um uns heute Morgen zu Mrs. Tollers Haus zu rufen.«

»Das weiß ich nicht, aber wie es scheint, hat jemand gewollt, dass wir in der Nähe sind, wenn die Polizei ihre Nachforschungen beginnt«, meinte er.

»Aber warum denn nur?«

»Das werden wir schon noch herausfinden.« Er zögerte einen Augenblick. »Caroline?«

»Ja?«

»Es war sehr edel von dir, mir ein Alibi für die vergangene Nacht zu geben«, meinte er dann leise. »Danke.«

Seine Dankbarkeit trieb ihr eine heiße Röte in die Wangen. »Ach, das war doch gar nichts. Ich bin sicher, du hättest am Ende den Inspektor sowieso davon überzeugt, dass du die Wahrheit sagst.«

»Das kann man nur hoffen, aber die Tatsache, dass du erklärt hast, wo ich um Mitternacht gewesen bin, hat die Dinge wesentlich einfacher gemacht. Ich schulde dir etwas, Caroline.«

»Ach, Unsinn. Was mir in diesem Augenblick am meisten Sorgen macht, ist, dass die Gerüchte nur so durch die Stadt schwirren werden, wenn man die große Sensation bedenkt. Jeder wird über uns reden und nicht darüber, den wirklichen Mörder zu finden. Und wenn der Skandal sich dann endlich gelegt hat, wird die Spur zu dem wirklichen Mörder verwischt sein.«

»Vielleicht war es ja das, was dieser Verbrecher beabsichtigt hat.« Adam verzog den Mund. »Das muss man ihm schon lassen, es ist ein recht einfallsreicher Plan, ganz besonders, wenn man bedenkt, dass er in so kurzer Zeit gemacht wurde.«

Caroline rieb sich mit den Fingerspitzen über

die Schläfen. »Und was wirst du jetzt als Nächstes tun?«

»Ich muss immer wieder an die Tatsache denken, dass sowohl Delmont als auch Toller Geister angerufen haben, die den Teilnehmern an der Séance zu finanziellen Investitionen geraten haben. Es gibt da irgendeine Verbindung, das fühle ich.«

»Ich stimme mit dir überein, dass es noch eine Menge unbeantworteter Fragen gibt.«

»Ja, aber ehe wir diesen Spuren weiter nachgehen, gibt es zuerst noch eine kleine Angelegenheit, die wir erledigen müssen.«

Sie sah unsicher auf. »Und was ist das für eine Angelegenheit?«

»Du musst meine Familie kennen lernen, wenigstens die Mitglieder davon, die im Augenblick in der Stadt sind, und das müssen wir erledigen, ehe sie von uns in der Zeitung lesen.«

22

Adam fand Wilson schließlich in seinem Club, wo dieser allein in einer Ecke saß, Kaffee trank und die Ausgabe des *Flying Intelligencer* las.

»Wo um alles in der Welt bist du nur gewesen?« Wilson sah ihn über den Rand der Zeitung hinweg an. »Ich habe dich schon vor Stunden zurückerwartet.« Er zog einen Umschlag aus seiner Tasche. »Dieses Telegramm ist für dich gekommen.«

Adam setzte sich und riss den Umschlag auf. Das Telegramm war von Harold Filby.

BEDAURE SIE INFORMIEREN ZU MÜSSEN, DASS ES KEINERLEI FORTSCHRITTE IN DEN NACHFORSCHUNGEN GIBT. STOP

Adam blickte auf. »Hast du schon einmal von einem Dorf Namens Chillingham gehört?«

Wilson dachte kurz nach. »Es gibt ein Chillingham, das nicht weit von Bath entfernt liegt, wenn ich mich recht erinnere.«

Adam winkte einem der älteren Kellner. »Stift und Papier, bitte. Ich möchte ein Telegramm aufgeben.«

Der Mann kam mit den gewünschten Sachen zurück, und Adam schrieb eine Nachricht.

VERSUCHEN SIE ES IM DORF CHILLINGHAM IN DER NÄHE STOP. VERSUCHEN SIE ES UNTER DEM NAMEN CONNOR STOP. DISKRETION UNBEDINGT ERFORDERLICH. STOP.

Er schrieb Filbys Adresse in Bath darauf und reichte die Nachricht dann dem Portier, der eilig damit zum Telegrafenbüro lief.

Wilson zog die Augenbrauen hoch. »Worum geht es denn hier überhaupt?«

»Das werde ich dir später erklären.«

»Also, hat Irene Toller versucht, mit Hilfe dieses Tagebuches Geld aus dir herauszuholen, so wie du es angenommen hast, als sie dich heute Morgen zu sich bestellt hat?«

»Nein. Toller ist in der vergangenen Nacht umgebracht worden, genau auf die gleiche Art wie Delmont. Sie hat mehrere heftige Schläge auf den Kopf bekommen, und das Séancezimmer wurde vollkommen auseinander genommen.«

»Gütiger Himmel. Ist das dein Ernst?«

»Jawohl.«

»Erstaunlich.« Wilson griff mit besorgt verzogenem Gesicht nach seinem Kaffee. »Das ist wirklich höchst ungewöhnlich. Ein zweites ermordetes Medium wird sicher das Feuer noch anheizen, das in einigen der bunten Zeitungsblätter bereits entfacht wurde.« Er deutete mit dem Kopf auf den *Flying Intelligencer*, in dem er gerade gelesen hatte. »Ich habe da gerade einen Artikel gelesen von so einem Dummkopf namens Otford, der angedeutet hat, dass der Mord an Delmont übernatürlichen Kräften zuzuschreiben wäre. Was für ein verdammter Unsinn. Ich kann mir sehr gut vorstellen, was er über einen zweiten Mord zu sagen haben wird.«

»Otford könnte sich noch auf andere Weise als Problem herausstellen.« Adam legte die Fingerspitzen zusammen. »Ich werde mich um ihn kümmern, wenn das notwendig sein wird. In der Zwischenzeit werde ich der Möglichkeit nachgehen, dass Toller und Delmont einen betrügerischen Finanzplan ausgeheckt haben.«

»Ah ja.« Wilson nickte ernst. »Folge dem Geld.«

»Und dabei habe ich geglaubt, dein Rat sei, *cherchez la femme*«, meinte Adam.

»Frauen und Geld gehören sehr oft zusammen.«

»Verzeih mir bitte, Sir, aber diese Art von Weisheit ist nicht sehr hilfreich, angesichts der Tatsache, dass Männer und Geld auch sehr oft zusammengehören.«

»Das gebe ich zu.« Wilson verschränkte die Hände vor dem Bauch. »Warst du denn in der Lage, in Tollers Haus nach dem Tagebuch zu suchen?«

»Nicht sehr eingehend. Als ich heute Morgen an ihrem Haus ankam, war die Polizei bereits da. Ich habe nur eine flüchtige Untersuchung des Séancezimmers und von Teilen des Flurs im Erdgeschoss durchführen können, während ich mich mit dem Inspektor unterhalten habe, aber ich konnte wohl kaum Schubladen öffnen oder den Teppich hochheben. Aber ich bin ganz sicher, dass das Tagebuch verschwunden ist.«

»Glaubst du, der Mörder hat es mitgenommen?«

»Das ist eine Möglichkeit, aber es gibt auch noch andere.«

»Zum Beispiel?«

»Mrs. Toller hat eine Haushälterin, die ihr auch assistiert hat und die bei einigen Dingen wohl auch ihre Partnerin war. Sie scheint verschwunden zu sein. Ihren Namen habe ich von den Nachbarn bekommen, und ich hoffe, ich werde sie aufspüren.« Er hielt inne. »Und ganz zufällig ist der Tod von Toller nur eines der vielen Dinge, die dich zweifellos interessieren werden.«

»Ach, wirklich?«

»Die Polizei hat eine Taschenuhr mit meinem Namen am Tatort von Tollers Mord gefunden, und die Uhr ist offensichtlich genau zu dem Zeitpunkt stehen geblieben, als der Mord ausgeführt wurde.« Wilson sah alarmiert auf. »War es eine deiner Uhren?«

»Nein, es war ein billiges Ding. Die Gravur war auch nicht sehr gut gemacht, doch man konnte den Namen immerhin lesen.«

»Das bedeutet, der Mörder weiß, dass du ihn suchst. Er hat die Uhr benutzt, um den Verdacht auf dich zu lenken.«

»So scheint es zu sein.« Adam klopfte mit den Fingerspitzen gegeneinander. »Die Dinge sind noch viel komplizierter geworden. Ich wollte Julia eigentlich gar nicht in die Sache hineinziehen, aber ich denke, es ist an der Zeit, ihr und Southwood zu sagen, was los ist.«

»In der Tat. Die Situation ist wirklich besorgniserregend. Es wäre besser, wenn die beiden Bescheid wüssten.« Wilson zog die Augen zusammen. »Ich nehme an, die Polizei betrachtet dich als einen der Verdächtigen?«

Adam zuckte mit den Schultern. »Der Inspektor hat mir einige Fragen gestellt, doch die meisten der Fragen haben sich erübrigt, als er feststellte, dass ich ein ausgezeichnetes Alibi hatte. Eine enge Vertraute hat meine Behauptung bestätigt, dass ich anderweitig beschäftigt war zu dem Zeitpunkt, als Toller ermordet wurde.«

»Ich bin erleichtert, das zu hören.« Wilson entspannte sich sichtlich. »Das sollte die ganze Sache wesentlich einfacher machen. Um welche Zeit wurde Toller denn umgebracht?«

»Um Mitternacht.«

Wilson nickte. »Zu dem Zeitpunkt war die Séance aber schon eine Weile vorüber. Du warst zweifellos in deinem Club. Wahrscheinlich hast du dort sogar ein ganzes Dutzend Zeugen.« Er schnaufte verächtlich. »Der Mörder hätte genügend Verstand haben müssen, um sich zu versichern, wo du warst, ehe er versuchte, den Verdacht auf dich zu lenken.«

»Ich war nicht in meinem Club.«

»Aber wo warst du dann? Im Theater?«

»Nein, ich war in der Wohnung in der Stone Street.«

»Um Mitternacht?«

»Jawohl.«

»Das verstehe ich nicht.« Wilson verzog unwillig das Gesicht. »Wenn du dorthin gehst, gehst du doch immer allein. Aber wer ist denn diese Bekannte, die dir dieses Alibi gegeben hat?«

»Meine sehr gute Freundin, Mrs. Fordyce.«

»Fordyce? Fordyce.« Wilson sah ihn verwirrt an. »Meinst du etwa die Schriftstellerin, Mrs. Fordyce?«

»Jawohl.«

Wilson war verblüfft. »Zum Teufel, was sagst du da? Jetzt ist nicht der richtige Zeitpunkt für deinen exzentrischen Humor, Adam.«

»Das ist kein Spaß. Mache dich auf einiges gefasst, Sir. Ich stehe kurz davor, in einen schockierenden Skandal verwickelt zu werden, in dem es um Mord geht und um eine verbotene Beziehung zu einer berühmten Schriftstellerin von Sensationsromanen.«

23

»Macht euch auf einiges gefasst.« Caroline verschränkte die Hände auf der Schreibtischplatte und sah Emma und Milly an. »Eine ganze Anzahl erstaunlicher Dinge ist in der vergangenen Nacht und heute am frühen Morgen passiert, während ihr nicht zu Hause wart.«

»Wie aufregend.« Wie immer, so war auch Milly jetzt begeistert von der Aussicht auf anregende Unterhaltung, sie lief zum nächsten Sessel und machte es sich bequem. »Erzähle uns alles, Liebes.«

Wie zu erwarten war, schien Emmy bei weitem nicht so begeistert zu sein. Sie sank in einen der Lesesessel und betrachtete Caroline mit dem Blick eines Arztes, der sich um einen Patienten mit hohem Fieber sorgt. »Geht es dir gut?«

»Mir geht es ganz gut, das versichere ich euch.« Caroline hielt einen Augenblick lang inne. »Es ist in den vergangenen Stunden so vieles passiert, dass ich gar nicht weiß, wo ich anfangen soll.«

»Fange einfach irgendwo an, Liebes«, riet ihr

Milly und machte eine ausladende Bewegung mit der Hand.

»Also gut. Ein weiteres Medium ist umgebracht worden, und die Art, wie der Tatort aussah, erinnert sehr stark an die Umstände, unter denen Elizabeth Delmont ermordet wurde.«

Das Ticken der Uhr war das Einzige, das man in der Stille hörte, die auf diese Erklärung folgte.

»Das ist aber eine schockierende Nachricht.« Emma sah benommen aus. »Absolut schockierend.«

Milly war aus ihrer ersten Begeisterung gerissen. »Noch ein ermordetes Medium, sagst du? Wer denn?«

»Irene Toller«, antwortete Caroline.

»Delmonts Konkurrentin?« Milly runzelte die Stirn. »Aber ich dachte, du und Adam wärt zu dem Schluss gekommen, dass Toller sehr wahrscheinlich verdächtigt wurde, Elizabeth Delmont umgebracht zu haben.«

»Mr. Hardesty und ich haben diese Möglichkeit sicher in Erwägung gezogen. Aber vielleicht haben wir uns ja auch geirrt.«

Ehe sie jedoch noch weiter von den Ereignissen erzählen konnte, hörte man von der Straße gedämpftes Klappern von Hufen und das Holpern einer Kutsche.

Der Lärm auf der Straße hörte ganz plötzlich

auf, weil das schwere Gefährt vor dem Haus Nummer 22 angehalten hatte.

»Ich frage mich, wer das wohl sein kann«, meinte Emma.

Jemand klopfte an die Tür, dann hörte man Mrs. Plummers Schritte. Die Haustür wurde geöffnet, Stimmen waren zu hören.

Kurze Zeit später erschien Mrs. Plummer an der Tür des Arbeitszimmers. Ihr Gesicht war noch roter als üblich. Sie hielt sich sehr gerade, ihre Schultern waren gereckt, sie sah aus wie eine Frau, die eine wichtige Mitteilung zu machen hatte.

Sie räusperte sich.

»Der Graf von Southwood, Lady Southwood, Mr. Wilson Grendon und Mr. Hardesty sind hier. Soll ich sagen, dass Sie zu Hause sind?«

Milly sprang auf. »Oh, du liebe Güte. Ein Graf und eine Gräfin? Und auch noch Mr. Grendon. Was sollen die Nachbarn denken?«

Auch Emma war von ihrem Sessel aufgesprungen. »Warum bringt Mr. Hardesty sie alle mit? Sie müssen sich wohl in der Adresse geirrt haben, Mrs. Plummer.«

»Nein«, wehrte Caroline erschöpft ab. »Ich fürchte, sie sind an der richtigen Adresse.« Sie nickte Mrs. Plummer zu. »Bitte, führen Sie unsere Gäste in das Wohnzimmer.«

»Was ist denn los?«, wollte Milly wissen.

»Warum besuchen uns der Graf von Southwood und seine Frau?«, fragte Emma. »Und auch noch Mr. Wilson Grendon?«

Caroline stand auf. »Das hängt alles zusammen mit den anderen Ereignissen. Ich hatte noch nicht die Gelegenheit, euch davon zu erzählen.«

»Was ist denn passiert?«

»Die Polizei hielt Mr. Hardesty für einen möglichen Verdächtigen am Mord von Mrs. Toller.«

Emma und Milly starrten Caroline mit offenen Mündern an.

»Macht euch keine Sorgen«, versicherte ihnen Caroline schnell. »Es ist alles in Ordnung. Ich konnte ihm ein Alibi geben. Aber leider, fürchte ich, ist die ganze Sache zu einer Sensation in der Presse aufgebauscht worden.«

»Ich muss Ihnen sagen, dass ich eine große Bewunderin Ihrer Geschichten bin, Mrs. Fordyce.« Julia nahm eine Tasse Tee von Milly entgegen. »Es ist so aufregend, Sie kennen zu lernen.«

»Ja, wirklich.« Wilson war begeistert, er nahm sich ein Törtchen vom Tablett. »Ich muss schon sagen, dass Sie eine sehr angenehme Abwechslung sind unter Adams Bekanntschaften.«

»Sehr wahr«, stimmte auch der Graf von

Southwood zu. Er war ein ruhiger, nachdenklicher Mann, der direkt hinter seiner Frau stand, als wolle er sie beschützen. Jetzt warf er Adam einen spöttischen, belustigten Blick zu. »Aber Hardesty liest wohl kaum etwas anderes als die *Times*, also kann man davon ausgehen, dass sein Bekanntenkreis recht langweilig ist.«

Adam, der in der Nähe des Fensters stand, ignorierte die Bemerkung seines Schwagers. Er schien es zufrieden zu sein, dass seine Verwandten die Unterhaltung mit Caroline, Emma und Milly führten.

Es gelang Caroline, sich zu einem Lächeln zu zwingen. In Wirklichkeit war sie überwältigt. Wenn man bedachte, was Adam ihr von seiner eigenartigen Vergangenheit erzählt hatte, sollte es sie eigentlich nicht überraschen, dass Robert, Julia und Wilson sich nicht so kalt und überheblich benahmen, wie man es von Mitgliedern der gehobenen Gesellschaft angenommen hätte. Immerhin waren sie keine typischen Mitglieder dieser Klasse. Dennoch war sie insgeheim erstaunt, wie passend die elegant gekleideten Besucher sich in dieser bescheidenen Umgebung ausnahmen.

Julia wurde ernster. »Adam hat uns einiges über ihre Abenteuer der vergangenen Tage erzählt.«

Wilson nickte ernst. »Es ist uns klar, dass Sie

ihm bei der Suche nach einen gewissen Tagebuch geholfen habe. Sie beide hatten sicher sehr viele Aufregungen zu bewältigen.«

»Das kann man wohl sagen.« Emma beugte sich vor und sah Adam eindringlich an. »Ich bin nicht gern neugierig, und wäre da nicht die Tatsache, dass Caroline in diese Sache verstrickt ist, dann würde ich auch nicht fragen. Aber wie es scheint, steckt meine Nichte bis zum Hals in dieser ganzen Geschichte, und ich denke, ich habe das Recht zu fragen, warum es für Sie so wichtig ist, dieses Tagebuch zu finden, Mr. Hardesty.«

Milly hörte ganz plötzlich auf zu lächeln, und jeder im Raum ahnte ganz plötzlich, welch harter, entschlossener Charakter sich unter ihrem freundlichen, optimistischen Äußeren verbarg. »Ich stimme da vollkommen mit Emma überein. Die Situation ist deutlich bedrohlich, immerhin sind zwei Frauen gestorben. Ich denke, wir haben das Recht, dass man uns von dem Hintergrund der Drohungen unterrichtet, damit Caroline geschützt werden kann.«

»Die Einzelheiten sind gar nicht notwendig«, wehrte Caroline schnell ab. »Mr. Hardesty hat mir genug erzählt, um mir deutlich zu machen, dass es sehr wichtig ist, dass dieses Tagebuch gefunden wird.«

Julia lächelte sanft. »Ihre Tanten haben das Recht, die ganzen Einzelheiten zu erfahren, Mrs. Fordyce.«

»Nein, wirklich nicht«, begann Caroline.

Julia sah Emma und Milly an. »Um es kurz zu sagen, meine Brüder und meine Schwester und ich sind gar nicht miteinander verwandt. Uns verbinden keinerlei Familienbande mit Onkel Wilson, lediglich die Zuneigung und die Treue.«

»Das verstehe ich nicht«, meinte Emma und runzelte ein wenig die Stirn.

»Wir sind alle vor vielen Jahren auf der Straße gelandet und unserem Schicksal überlassen worden«, erzählte Julia weiter. »Und wenn Adam nicht gewesen wäre, der uns gerettet hat, dann hätten wir alle, Jessica, Nathan und ich, sehr wahrscheinlich nicht überlebt.«

Robert legte ihr beruhigend eine Hand auf die Schulter. Julia griff danach und legte leicht die Finger darauf. Das Gefühl der Intimität und der Liebe, die dieses Paar umgab, war nicht zu leugnen. Ihre Verbindung basierte auf Liebe, das war Caroline klar. Wie glücklich konnten sie sich schätzen.

»Die Wahrheit über unsere Vergangenheit steht in diesem Tagebuch«, beendete Julia ihre Geschichte. »Adam ist entschlossen, es zu finden und es zu zerstören. Er macht sich große Sorgen um Jessica und Nathan, die beide noch sehr jung sind. Ganz besonders Jessica ist sehr verwundbar. Sie ist erst achtzehn und steht kurz vor ihrer Einführung in die Gesellschaft.«

»Erstaunlich«, flüsterte Milly mit weit aufgerissenen Augen.

Julia sah zu Caroline. »Adam hat erzählt, dass er Sie in der vergangenen Nacht mit in die Stone Street genommen hat.«

Caroline war klar, dass Emma und Milly sie mit kaum verhüllter Neugier betrachteten. Sie versuchte, die heiße Röte zu unterdrücken, die ihr in die Wangen stieg. Sie war wirklich jetzt eine erfahrene Frau, und sie musste sich verhalten wie die Witwe, die sie ja eigentlich sein sollte. Witwen, die Affären mit hochgestellten Gentlemen hatten, ließen nicht zu, dass man sie so schnell in Verlegenheit bringen konnte.

»Ja«, stimmte sie zu und versuchte, ihrer Stimme einen ruhigen Klang zu geben. »Er hat mir dort etwas über Ihre Vergangenheit erzählt und darüber, wie Sie alle die Bekanntschaft von Mr. Grendon gemacht haben.«

»Wenn Adam Ihnen das Geheimnis der Stone Street anvertraut hat, dann zögere auch ich nicht, Ihnen zu vertrauen«, erklärte Julia schlicht.

Wilson nahm sich noch ein Törtchen von dem Tablett. »Da stimme ich mit Julia überein.«

Robert zuckte mit den Schultern. »Hardesty hat seine beunruhigenden kleinen Eigenarten, aber ich muss zugeben, dass er normalerweise immer richtig liegt, wenn es darum geht, anderen Menschen zu vertrauen.«

Adam zog die Mundwinkel ein wenig hoch. »Danke, Southwood. Ich hatte ja keine Ahnung, dass du eine so hohe Meinung von mir hast.«

Richard griente ganz unerwartet. »Immerhin hast du mich als Ehemann für Julia akzeptiert. Offensichtlich erkennst du einen anständigen Charakter, wenn es darauf ankommt, selbst wenn du ab und zu erst dazu überzeugt werden musst.«

»Du hast deinen Charakter bewiesen, als du dich geweigert hast, dich durch meine Vergangenheit abschrecken zu lassen, Robert«, warf Julia ein.

Er legte ihr sanft beide Hände auf die Schultern. »Wie hätte ich mich denn nicht in eine so tapfere junge Frau verlieben können?«

Julia lächelte, aus ihren Augen strahlte die Liebe.

Milly tupfte sich die Augen mit einem Spitzentaschentuch. »Wie romantisch.«

Wilson räusperte sich. »Ich habe Adam versichert, dass jeglicher Klatsch, der aus der Veröffentlichung des Tagebuches rühren würde, heruntergespielt werden könnte, aber er ist entschlossen, dieses Tagebuch zu finden und es, wenn möglich, zu verbrennen. Ich muss zugeben, es wäre einfacher, das Ding loszuwerden, ehe es jemand liest. Ich mache mir ein wenig Sorgen, wie es Jessica in der nächsten Saison gehen wird, wenn es Gerüchte über ihre Vergangenheit gibt.«

»Jawohl«, stimmte ihm Robert zu, und sein Gesichtsausdruck wurde hart. »Auch mir wäre es lieber, wenn Julia nicht zum Ziel solcher Gerüchte werden würde.«

»Erpressung ist normalerweise eine geschäftliche Angelegenheit«, versicherte Wilson ihnen. »Und damit kann niemand besser umgehen als Adam.«

Julia, Robert und Wilson stiegen kurz darauf in die glänzende Kutsche des Grafen. Adam stand mit Caroline, Emma und Milly an der Tür und sah zu, wie der livrierte Lakai die Tür der Kutsche schloss.

»Du liebe Güte, bei all der Aufregung hätte ich das beinahe vergessen.« Julia lehnte sich aus dem Fenster und sah Caroline, Emma und Milly an. »Robert und ich geben übermorgen einen Ball. Sie müssen natürlich alle kommen.«

Caroline blickte alarmiert auf. »Ganz unmöglich. Das wird nicht gehen.«

»Haben Sie schon andere Pläne? Ich weiß, es ist schon ziemlich spät, Sie jetzt noch zu fragen.«

Emma schüttelte den Kopf. »Caroline hat Recht. Wir drei können ganz unmöglich kommen. Aber es ist sehr freundlich von Ihnen, uns einzuladen.«

»Aber Sie müssen kommen«, bestand Julia auf ihrer Einladung. »Das Gerücht von Adams Verbindung zu Caroline wird bis dahin durch die ganze Stadt gelaufen sein. Es wird sehr komisch aussehen, wenn Sie nicht da sind.«

»Es geht leider nicht anders, fürchte ich«, erklärte Milly, die sich gar nicht die Mühe machte, ihre Enttäuschung zu verbergen.

Adam betrachtete die drei Frauen der Reihe nach.

»Warum denn nicht?«, wollte er wissen.

»Nun ja«, begann Caroline und hielt dann verlegen inne.

»Das ist schwierig zu erklären«, murmelte Emma.

»Die Kleider«, meldete sich Milly unverblümt. »Um ganz ehrlich zu sein, keine von uns besitzt ein Kleid, das für einen solchen Ball angemessen wäre. Es stimmt, wir haben einige sehr hübsche Kleider, und das verdanken wir Carolines neuem Vertrag, aber es sind keine Kleider, die man zu einem solchen gesellschaftlichen Ereignis tragen könnte.«

»Ja, natürlich«, stimmte Julia ihr zu. »Das hätte ich wissen müssen. Machen Sie sich über dieses Problem keine Sorgen. Ich werde gleich morgen früh kommen, wenn Ihnen das passt. Und wir werden dann zu meiner Schneiderin gehen. Sie wird sich um alles kümmern.«

»Aber«, brachte Caroline hervor, »die Kosten dafür …«

»Das wird auch kein Problem sein«, versicherte ihnen Wilson. »Die Schneiderin soll die Rechnung an Adam schicken.«

»Aber …«, unterbrach Caroline ihn noch einmal.

»Sehen Sie die Kleider als eine Art Gebühr an, die ich dafür bezahle, dass Sie mir bei der Beschaffung des Tagebuches helfen«, meinte Adam.

Eine geschäftliche Vereinbarung, dachte Caroline. Wie bedrückend.

24

»Mir gefällt der Gedanke gar nicht, zum Ball deiner Schwester zu gehen«, behauptete Caroline.

Diese Bemerkung hatte sie nicht zum ersten Mal gemacht.

Nachdem Julia, Robert und Wilson abgefahren waren, waren sie und Adam den weiteren Fragen von Emma und Milly ausgewichen, indem sie mit einer Mietkutsche in diese ruhige, von Bäumen bestandene Straße gefahren waren. Sie hatten die Absicht, Miss Brick und Mrs. Trent zu befragen, die beiden Frauen, denen man versprochen hatte, dass ein Mann mit einem Vorschlag für eine ausgezeichnete Investition auf sie zukommen würde.

»Hör auf, dir wegen dieser verdammten Kleider Sorgen zu machen«, wehrte Adam ab. Eine Spur von Ungeduld lag in seiner Stimme, wahrscheinlich weil sie diese Bemerkung nicht zum ersten Mal gemacht hatte. »Julia wird schon dafür sorgen, dass du für den Ball perfekt ausgestattet bist.«

»Aber drei Ballkleider mit all dem Zubehör werden ein Vermögen kosten, Adam.«

Er sah sie belustigt an. »Bitte, glaube mir, wenn

ich dir sage, dass ich sehr gut weiß, wie viel solche Kleider kosten. Ich habe für Julias Kleider bezahlt, ehe Southwood dafür verantwortlich war, und ich zahle noch immer für die von Jessica.« Die Kutsche hielt an, und Adam warf einen Blick auf die Notiz, die er sich gemacht hatte. »Wie es scheint, sind wir an der richtigen Adresse. Ich würde vorschlagen, wir hören mit dieser ständig wiederkehrenden Diskussion auf und widmen uns unseren Geschäften.«

»Ständig wiederkehrend? Willst du etwa behaupten, dass ich mich ständig wiederhole?«

Er lächelte. »Das würde ich im Traum nicht wagen. Bist du bereit, um mit Miss Brick und Mrs. Trent zu reden?«

Caroline zwang sich, sich auf die Dinge zu konzentrieren, die im Augenblick wichtig waren. »Ja, natürlich. Und es wäre besser, wenn du mich die Fragen stellen ließest. Denke daran, sie kennen dich nur als meinen Assistenten, *Mr. Grove*.«

»Ich werde daran denken, meine Stellung nicht zu vergessen.« Sie stiegen aus der Kutsche und gingen die Treppe vor dem Haus hoch. Adam klopfte an der Tür, und einen Augenblick später wurde ihnen geöffnet. Eine junge, ein wenig schlampig aussehende Haushälterin in einer zerschlissenen Schürze öffnete ihnen.

»Was kann ich für Sie tun?«, fragte sie.

»Wie möchten Miss Brick und Mrs. Trent sprechen«, erklärte Adam. »Sie können ihnen sagen, dass Mrs. Fordyce und Mr. Grove mit ihnen sprechen möchten.«

Die Haushälterin runzelte die Stirn. »Warten Sie bitte hier.«

Einen Augenblick später kam sie zurück und führte Adam und Caroline in ein winziges, düsteres Wohnzimmer.

Miss Brick und Mrs. Trent waren begeistert, sie wiederzusehen.

»Das ist wirklich eine Ehre, Mrs. Fordyce«, rief Miss Brick aus, »Uns hat noch nie eine Schriftstellerin besucht. Möchten Sie eine Tasse Tee?«

»Das wäre nett.« Caroline setzte sich auf ein kleines grünes Sofa. Der Bezug war abgeschabt und glänzte vor Alter.

»Danke, dass Sie uns empfangen. Mr. Grove und ich würden Ihnen gern einige Fragen stellen über die Dinge, die nach der Séance bei Mrs. Toller geschehen sind.«

Adam stellte sich an den Kamin und stützte eine Hand auf den Sims. Caroline wusste, dass er die beiden Frauen eingehend betrachtete. Keine von ihnen machte den Anschein, als hätten sie bereits von dem Mord an dem Medium gehört.

»Das war ganz sicher eine sehr befriedigende Séance«, meinte Miss Brick.

»Es hat gut getan, mit unserer großzügigen Freundin von der anderen Seite zu sprechen«, fügte Mrs. Trent hinzu.

Caroline lächelte. »Wie ich Ihnen schon gestern Abend erzählt habe, mache ich Nachforschungen über Séancen und Medien, und Mr. Grove hilft mir dabei. Eine der wichtigsten Fragen, die man sich in diesem Zusammenhang stellen muss, ist die, ob auch wirklich eintrifft, was ein Medium vorhersagt.«

Mrs. Trent schnalzte mit der Zunge. »Es gibt so viele Betrüger in diesen Zeiten. Aber wir können Ihnen versichern, dass Mrs. Tollers Talent echt ist.«

Adam bewegte sich ein wenig. »Dann haben Sie also wirklich Besuch von einem Gentleman bekommen, der Ihnen die Möglichkeit einer lukrativen Investition angeboten hat?«

»Oh, ja«, rief Miss Brick. »Er ist heute schon am frühen Morgen gekommen. Wir waren noch beim Frühstück.«

»Können Sie ihn beschreiben?«, wollte Adam wissen.

Caroline sah, dass die beiden Frauen über diese Frage erstaunt waren.

»Eine Beschreibung wäre für meine Nachforschungen sehr hilfreich«, erklärte sie schnell.

Das schien die beiden Frauen zu beruhigen.

»Nun ja, lassen Sie mich nachdenken«, begann Miss Brick. »Sein Name war Mr. Jones. Er hat sehr deutlich gehumpelt. Sein ganzer Körper war irgendwie verdreht. Ich nehme an, dass er als Kind eine schreckliche Krankheit überstanden hat, die ihn so entstellt hat.«

»Sehr traurig.« Mrs. Trent seufzte. »Ein so netter Gentleman. Ausgezeichnete Manieren. Oh, er trug eine goldgerahmte Brille.«

Miss Brick kniff die Augen zusammen. »Und sein Bart war viel zu dicht, wenn Sie mich fragen. Er hätte ihn ruhig ein wenig stutzen können.«

Caroline warf Adam einen schnellen Blick zu.

»Sie haben gesagt, dass Jones humpelt?«, fragte Adam. Miss Brick nickte. »Sehr stark sogar, fürchte ich.«

»Mit welchem Bein?«, fragte Caroline.

»Wie bitte?« Miss Brick runzelte die Stirn. »Oh, ich verstehe, was Sie meinen. Ich kann mich gar nicht mehr erinnern, ob es das rechte oder das linke Bein war. Weißt du das noch, Sally?«

Mrs. Trent schürzte die Lippen und zog nachdenklich die Augenbrauen zusammen. »Das linke, glaube ich. Nein, warte, es kann auch das rechte Bein gewesen sein. Oh je, ich fürchte, da bin ich mir nicht so sicher.«

»Aber er hat sich uns vorgestellt, genau wie Mrs. Toller es vorhergesagt hat, und er hat uns eine sehr gute Investition vorgeschlagen«, erklärte Miss Brick eifrig.

»Sie haben ihm Geld gegeben?«, fragte Caroline und sah ihre schlimmsten Befürchtungen bestätigt.

»Es war eine einzigartige Gelegenheit«, erklärte Mrs. Trent fröhlich. »Wir wären sehr dumm gewesen, eine solche Gelegenheit nicht wahrzunehmen.«

»O je«, flüsterte Caroline.

»Was für eine Art Investition war es denn, die Mr. Jones Ihnen vorgeschlagen hat?«, fragte Adam.

Zum ersten Mal zögerten die beiden Ladys und sahen einander unsicher an.

Miss Brick räusperte sich. »Wir möchten ja nicht unhöflich sein oder den Anschein erwecken, Ihnen nicht helfen zu wollen, aber Mr. Jones hat deutlich gemacht, dass wir über die genaue Art der Investition nicht reden sollen.«

»Aus Furcht, dass es einen enormen Ansturm auf diese Aktien geben könnte, müssen Sie wissen«, erklärte Mrs. Trent. »Er hat gesagt, wenn herauskäme, dass es eine solch ausgezeichnete Gelegenheit gäbe, dann würden sehr viele Menschen versuchen, daraus ihren Vorteil zu ziehen. Daher meinte er, dass Geheimhaltung sehr wichtig wäre.«

»Natürlich«, stimmte ihr Adam zu. »Sie müssen die Aktien an einem sicheren Ort verwahren.«

Miss Bricks Augen blitzten. »Keine Angst, wir haben sie gut versteckt.«

»Es freut mich, das zu hören.« Adam sah zu Caroline. »Nun, ich glaube, für heute haben wir unsere Nachforschungen abgeschlossen, finden Sie nicht auch, Mrs. Fordyce? Sollen wir gehen?«

Miss Brick und Mrs. Trent starrten die beiden entsetzt an.

»Aber Sie haben doch noch gar keinen Tee getrunken«, meldete sich Miss Brick mit flehender Stimme.

Caroline warf Adam einen bösen Blick zu. »Wir haben noch keinen Tee getrunken, Mr. Grove.«

Er trommelte mit den Fingerspitzen auf den Kaminsims und erwiderte ihren Blick. »Richtig. Tee. Wie konnte ich das nur vergessen?«

Zwanzig Minuten später entschied Caroline, dass sie endlich gehen konnten, ohne die Gefühle der beiden Ladys zu verletzen.

Draußen auf der Straße griff Adam nach ihrem Arm. »Ich dachte schon, wir würden nie wieder rauskommen.«

»Wirklich, Adam, ich weiß ja, dass du ungeduldig bist, aber es wäre wirklich sehr unfreundlich gewesen, so schnell wieder zu gehen. Miss Brick und Mrs. Trent wären am Boden zerstört gewesen.«

»Sie werden zweifellos völlig am Boden zerstört sein, wenn sie herausfinden, dass diese Aktien, die sie gekauft haben, wertlos sind.«

Sie zuckte zusammen. »Ich habe befürchtet, dass du das sagen würdest. Glaubst du, es gibt noch eine Möglichkeit, dass Mr. Jones ihnen wirklich eine vernünftige Investition angeboten hat?«

»Nein.«

Diese Antwort ließ keine Zweifel, dachte Caroline. »Während du mit Miss Brick und Mrs. Trent gesprochen hast, ist mir eine Frage in den Sinn gekommen.«

»Und was ist das für einen Frage?«

»Aktien sind doch gedruckte Dokumente, nicht wahr?«

Neugierig geworden, sah er sie an. »Ja, und sie sind sehr oft kunstvoll gedruckt, mit wundervollen Buchstaben und Bildern einer Eisenbahn oder einer Mine oder worum es sich auch immer bei diesen Aktien handelt. Warum fragst du?«

»Mein Herausgeber, Mr. Spraggett, ist Drucker, der in dem Geschäft großgeworden ist. Von meinen Verhandlungen mit ihm weiß ich, dass die

Drucker sehr großen Wert auf ihre Kunst legen.« Sie hielt inne. »Mr. Spraggett hat mir sogar einmal erzählt, dass Drucker sehr oft ihre Arbeit zeichnen, mit so einer Art Druckerzeichen.«

Adam blieb stehen, so plötzlich, dass sie beinahe gestolpert wäre. Er sah aus, als wäre ihm gerade eine Erleuchtung gekommen.

»Was für ein brillanter Gedanke, Madam.« Er küsste sie eindringlich und sah sehr zufrieden aus. »Absolut brillant. Wenn ich den Drucker finden könnte, der diese Aktien gedruckt hat, dann könnte ich auch etwas über den Mann in Erfahrung bringen, der sie in Auftrag gegeben hat.«

Atemlos errötete Caroline, dann sah sie schnell die Straße auf und ab, um festzustellen, ob jemand diesen empörenden Vorfall beobachtet hatte, dass ein Gentleman eine Lady in aller Öffentlichkeit geküsst hatte. Erleichtert stellte sie fest, dass niemand in der Nähe war.

Adam blickte zurück zu dem kleinen Haus, in dem Miss Brick und Mrs. Trent lebten. Ein entschieden berechnender Blick lag auf seinem Gesicht. »Ich würde wirklich sehr gern einen Blick auf diese Aktien werfen.«

»Nein, bitte nicht«, bat sie hastig. »Adam, jedes Mal, wenn du ein Haus durchsuchst, entdeckst du dabei eine Leiche.«

»Das ist sehr unfair von dir, Caroline. So etwas ist schließlich nur einmal passiert, im Fall von Elizabeth Delmont.«

»Und beinahe wäre es auch ein zweites Mal passiert, bei Irene Toller.« Ein Schauer rann durch ihren Körper. »Du hattest die Absicht, auch ihr Haus zu durchsuchen. Wenn du heute Morgen nur eine oder zwei Stunden früher hingegangen wärst, dann hätte die Polizei dich erwischt und dir dein Alibi wahrscheinlich nicht geglaubt.«

»Unsinn, ich bin vollkommen in Sicherheit, solange du schwörst, dass ich während des Zeitpunkts des Mordes bei dir war. Wer könnte schon das Wort einer so berühmten Schriftstellerin wie Mrs. Fordyce anzweifeln?«

Kurze Zeit später wurden sie in das Haus von Mr. McDaniel geführt, dem älteren Teilnehmer an der letzten Séance von Elizabeth Delmont, dem man auch eine Möglichkeit zu einer finanziellen Investition geboten hatte.

McDaniel war genauso erfreut über seine unerwarteten Besucher, wie Miss Brick und Mrs. Trent es gewesen waren. Er war sogar bereit, mit ihnen über sein großes finanzielles Glück zu sprechen.

»Ja, in der Tat, der Mann, den Mrs. Delmont mir beschrieben hatte, ist wirklich gekommen, genau wie der Geist es mir vorhergesagt hat. Er hieß Jones.« Er griff nach seiner Teetasse, und seine Hand zitterte so sehr, dass der Tee auf seine Hose tropfte. Doch das schien er gar nicht zu bemerken. »Ein sehr höflicher Mann, sehr gebildet. Schade, dass er so schrecklich humpelt.«

»Erinnern Sie sich noch an andere Dinge, die diesen Mr. Jones betreffen, Sir?«, wollte Adam wissen.

»Nicht wirklich. Nur sein Bart war zu dicht. Der Kerl sollte einmal mit seinem Friseur reden.« Mr. McDaniel zögerte und dachte angestrengt nach. »Eine Brille hat er getragen.« Dann zog er die Augenbrauen hoch. »Warum wollen Sie das wissen?«

»Ein Mann, der dem von Ihnen beschriebenen Mann sehr ähnlich ist, ist auch auf mich zugekommen und hat mir eine viel versprechende Investition angeboten«, erklärte Adam und lächelte ihn verschwörerisch an. »Er hat mir Ihren Namen genannt. Und da dachte ich, ich würde mich lieber zuerst einmal nach ihm erkundigen.«

Caroline stellte fest, dass Adam im Erfinden von Geschichten wohl genauso gut war wie sie selbst.

McDaniel strahlte. »Er hat Ihnen eine ähnliche Investition angeboten, nehme ich an? Aktien einer Mine?«

»Ja, und ich prüfe das Angebot noch«, gestand ihm Adam. »Aber, um ehrlich zu sein, er hat mir die eigentlichen Aktien gar nicht gezeigt. Und das macht mir Sorgen, deshalb habe ich auch noch gezögert, ihm mein Geld anzuvertrauen.«

»Eigenartig. Mir hat er die Aktien sofort gezeigt.«

»Ich frage mich, ob Sie mir sie wohl einmal zeigen würden«, bat Adam. »Ich möchte nur sehen, ob sie echt aussehen.«

»Warum denn nicht? Jones hat mir zwar geraten, mit niemandem darüber zu sprechen, der nicht auch mit der Sache zu tun hat. Aber wenn man bedenkt, dass Sie über die gleiche Investition nachdenken, kann ich mir nicht vorstellen, warum er etwas dagegen haben könnte, wenn ich Ihnen die Aktien zeige.«

»Danke«, meinte Adam.

Mr. McDaniel erhob sich mit Mühe aus dem Sessel, dann tapste er mit Hilfe eines Stockes unsicher zu dem Schreibtisch in der Ecke des Zimmers. Er schloss eine der Schubladen auf und zog einen Stapel Papiere daraus hervor. Adam ging zu ihm hinüber, um sich die Papiere anzusehen, und Caroline folgte ihm schnell.

Die Aktien waren beeindruckend aussehende Dokumente mit einem hellblauen Hintergrund.

Sie waren verziert mit kunstvollen Buchstaben. *Drexford & Co.* stand oben auf der Seite, darunter war das Bild einer Mine, komplett mit den Minenarbeitern und ihrem Werkzeug. Die Einzelheiten waren sehr fein gedruckt, die Arbeit ausgezeichnet.

»Die sehen wirklich echt aus«, meinte Adam und reichte Caroline eines der Dokumente. »Was meinen Sie, Mrs. Fordyce? Als jemand, der Ahnung hat von Druckerzeugnissen, sind Sie doch in dieser Hinsicht wohl eher der Experte.«

Mr. McDaniels blickte ängstlich auf seine kostbare Aktie, als diese weitergereicht wurde. Caroline lächelte ihn aufmunternd an und hielt dann das Papier gegen das Licht.

Inmitten der Verzierungen und der kunstvollen Arbeit konnte sie deutlich einen kleinen Greifen erkennen, in den der Buchstabe B eingewoben war.

»Der Druck ist sehr aufwendig«, meinte sie und reichte Mr. McDaniels die Aktie zurück.

»Was hat Jones Ihnen denn über die Firma erzählt?«, fragte Adam.

»Die Gesellschaft besitzt eine Goldmine, irgendwo im Westen Amerikas«, erklärte McDaniel und entspannte sich ein wenig, nachdem er die Aktie wieder in der Hand hielt. »Der Gründer der

Mine ist gestorben, ehe er mit der Arbeit an der Mine beginnen konnte. Er hat alles seinem Erben hinterlassen, einem jungen Mann, der entschlossen ist, die Mine zu eröffnen und sie produktiv arbeiten zu lassen.«

»Aber der Erbe braucht Kapital, um die Ausgaben zu finanzieren, die für die Arbeit an einer solchen Mine nötig sind, richtig?«, fragte Adam.

Caroline hörte den Zorn hinter seinen Worten, doch McDaniel bemerkte davon nichts.

»Genau.« McDaniel nickte zustimmend und sah Adam ernst an. »Bei Gold kann man nichts falsch machen, sage ich immer.«

»Sehr weise Worte, Sir«, stimmte ihm Adam zu. »Ich werde diese Investition sicher in Erwägung ziehen. Ich danke Ihnen für Ihre Hilfe.«

»Gern geschehen, gern geschehen.« McDaniel schloss die Aktien wieder sicher in der Schublade ein. »Ich muss sagen, ich war schon ein wenig skeptisch, als der Geist mir riet, nach Mr. Jones Ausschau zu halten, aber als er dann wirklich am nächsten Tag hier erschien, ist mir bewusst geworden, dass das Medium doch seriös arbeitet.«

»Genauso seriös wie diese Aktie, die Sie gerade wieder in die Schublade gelegt haben, Mr. McDaniel«, versicherte ihm Adam.

25

Es war schon nach fünf Uhr, als Mr. McDaniel sie aus seinem Haus verabschiedete. Dichter Nebel legte sich über die Stadt und nahm dem Tag das Licht. Adam fühlte, wie zornig Caroline war. Ihre Schultern waren kerzengerade.

»Nun?«, drängte er. »Hast du die Markierung auf der Aktie erkannt?«

»Ja. Ich kann sie Mr. Spraggett beschreiben. Aber er hat heute schon sein Büro verlassen, ich werde ihn also erst morgen danach fragen können.«

Sie schwieg.

»Versuche, dir die ganze Sache nicht zu sehr zu Herzen zu nehmen«, riet er ihr nach einer Weile. »Das ist ganz sicher nicht dein Fehler. Du hättest gar nichts tun können, um die Opfer von Jones vor ihm zu schützen.«

»Alle drei werden ihr Geld verlieren.«

»*Caveat emptor, der Kunde soll selbst aufpassen.* Jeder, der so dumm ist, finanzielle Ratschläge von der anderen Seite zu befolgen …«

»Unsinn. Für dich ist das einfach zu sagen, aber Miss Brick, Mrs. Trent und Mr. McDaniel haben nicht dein Wissen, was geschäftliche Dinge angeht. Du weißt sehr gut, dass keiner der drei es sich leisten kann, dass ihre Investitionen fehlschlagen.«

»Es wird sehr hart für sie sein, das steht außer Frage.«

Eine Mietkutsche holperte an ihnen vorüber und verschwand im Nebel. Ein Schauer rann über Adams Rücken. Es war ein Gefühl, das er nur zu gut kannte. Er hatte es oft genug erlebt, in den alten Zeiten, als er noch die Geheimnisse anderer Menschen in den schmalen Gassen und dunklen Alleen verkauft hatte. Der Überlebensinstinkt, den er als Junge gelernt hatte, war ihm geblieben. Er brauchte eine ganze Menge Disziplin, um sich nicht umzudrehen und über seine Schulter hinweg nach hinten zu sehen.

»Du hast doch ihre Wohnungen gesehen«, sprach Caroline weiter, und aus ihrer Stimme waren ihre Gefühle deutlich zu hören. »Es ist offensichtlich, dass sie alle gerade das Nötigste zum Überleben haben. Ich möchte gar nicht daran denken, was geschehen wird, wenn sie herausfinden, dass sie betrogen worden sind. Sie werden vollkommen verzweifelt sein.«

»Sehr wahrscheinlich«, stimmte er ihr zu.

Er drehte den Kopf ein wenig zu ihr und beugte sich leicht vor, damit es so aussah, als würde er aufmerksam ihren Worten lauschen. Aus den Augenwinkeln sah er eine schattenhafte Gestalt im Nebel. Caroline hob eine Hand. »Wir müssen etwas unternehmen, Adam.«

Beinahe hätte er gelächelt. »Mit dem Wort *wir* meinst du wohl, dass ich etwas tun muss?«

»Das wäre natürlich ideal. Dieser schreckliche Mr. Jones muss gezwungen werden, seinen Opfern das Geld zu ersetzen. Wir können doch nicht zulassen, dass diese Menschen alles verlieren, was sie besitzen.«

»Mach dir keine Sorgen, Caroline.« Er riskierte noch einen Blick nach hinten und stellte fest, dass ihr Verfolger noch immer hinter ihnen war; er hielt noch immer den gleichen Abstand. »Ich werde schon dafür sorgen, dass Brick, Trent und McDaniel ihr Geld zurückbekommen, auf die eine oder die andere Art.«

Sie legte den Kopf ein wenig schief. Unter dem Rand ihres zierlichen kleinen Hutes hervor sah er, dass ihre Augen anerkennend leuchteten.

»Danke, Adam. Das ist sehr nett von dir.«

»Ich hoffe nur, dass die Liste von Jones' Opfern nicht zu lang ist.«

»Ich frage mich, wie vielen Menschen er wohl diese wertlosen Minenaktien angedreht hat.«

»Caroline, wir haben da ein kleines Problem.«

»Wie bitte?«

»Jemand verfolgt uns.«

»*Was*?« Sie wollte stehen bleiben und sich umdrehen.

»Geh weiter.« Er packte sie am Arm und zwang sie, unauffällig weiterzugehen. »Du darfst dir nicht anmerken lassen, dass wir ihn entdeckt haben.«

»Ja, natürlich nicht.« Sie ging weiter, genauso schnell wie zuvor. »Wer glaubst du wohl, ist das?«

»Ich habe die Absicht, es herauszufinden.«

Er betrachtete einen Augenblick lang die von Nebel verhangene Straße und suchte nach einer Stelle, an der er ihren Verfolger überwältigen konnte. Die Häuser zu beiden Seiten der Straße waren eng aneinander gebaut, es gab keine Gassen oder Wege zwischen ihnen. Die beste Möglichkeit war ein kleiner Park auf der anderen Straßenseite. Der Nebel würde ihnen die passende Deckung bieten.

»So werden wir es machen«, erklärte er Caroline. »Hör mir genau zu, und tu dann das, was ich dir sage.«

26

Zusammen betraten sie den Park. Als sie jedoch den ersten dickeren Baum erreichten, bedeutete Adam Caroline, allein über den Rasen weiterzugehen. Unter den tief hängenden Ästen des Baumes versteckte er sich und wartete.

Von seinem Versteck aus konnte er das sehen, was der Mann hinter ihnen auch sah, eine Frau in einem rostfarbenen Kleid, die sehr schnell im dichten Nebel verschwand. Es war ganz unmöglich, festzustellen, dass sie allein war, und der Verfolger sah sicher auch keinen Grund dafür, dass der Begleiter die Lady im Park einfach allein lassen würde.

Das war auch genau das, was Adam sich erhofft hatte.

Er wurde nicht enttäuscht. Ein paar Minuten nachdem Caroline verschwunden war, hörte Adam vorsichtige Schritte auf dem Weg. Die Schritte hörten plötzlich auf, als der Mann vom Weg auf den Rasen trat.

Einen Augenblick später eilte eine Gestalt in einem grauen Rock und mit einem tief in die Stirn gezogenen Hut an der Stelle vorüber, an der Adam wartete.

Adam machte zwei große Schritte, packte sein Opfer am Kragen seiner Jacke und riss es zu Boden. Der Mann schrie erschrocken auf und landete hart auf seinem Po.

Adam blickte auf ihn hinunter und stellte fest, dass er ihn kannte. »Mr. Otford. Was für eine Überraschung, Sie hier zu treffen.«

Gilbert Otfords Gesicht war rot vor Zorn. »Wie können Sie es wagen, mich auf diese rüde Art und Weise anzugreifen?«, brachte er hervor.

»Wissen Sie, Otford, ich möchte Ihnen gern zeigen, wie rüde ich wirklich sein kann.«

Caroline erschien aus dem Nebel, ihre Röcke hatte sie mit beiden Händen gehoben, damit sie so schnell wie möglich und, wie Adam annahm, wenig damenhaft laufen konnte.

»Mr. Otford«, rief sie und blieb vor ihm stehen. »Sie haben uns verfolgt, nicht wahr? Was haben Sie sich dabei nur gedacht?«

»Ich habe jedes Recht, auf einer öffentlichen Straße zu gehen, wohin ich will.« Otford stand unbeholfen auf und wischte sich mit den Händen den Schmutz und das Gras von seiner Hose. »Sehen Sie nur, was Sie mit meinen Sachen gemacht haben, Hardesty. Ihnen ist es vielleicht möglich, mehrere Hosen und Jacken zu kaufen, aber ich versichere Ihnen, andere Menschen haben dieses Glück nicht.«

Adam machte einen Schritt nach vorn, und Otford wich erschrocken zurück, wobei er mit dem Rücken gegen den Baum stieß.

»Rühren Sie mich nicht an«, schrie er. »Ich werde die Polizei rufen, wenn Sie mich auch nur mit einem Finger anrühren.«

»Was wollten Sie denn erfahren, indem Sie uns folgten?«, fragte Adam, offensichtlich interessiert.

»Ich habe Ihnen doch gesagt, ich bin nur zufällig auf der gleichen Straße unterwegs gewesen.« Otford warf Caroline einen flehenden Blick zu. »Sie und ich, wir sind doch in gewisser Hinsicht Kollegen, Mrs. Fordyce. Sicher zweifeln Sie doch nicht an meinen Absichten.«

Caroline seufzte. »Ich glaube ihm, Mr. Hardesty. Ich glaube wirklich nicht, dass Mr. Otford böse Absichten hat.«

»Nun, davon bin ich nicht überzeugt.« Adam machte noch einen Schritt auf ihn zu. »Außerdem habe ich keine Lust auf Ihre Lügen, Otford. Ich denke, ich habe Ihnen doch geraten, mir aus dem Weg zu gehen.«

Otford schluckte ein paar Mal, doch dann gelang es ihm, sich von dem Baum abzustoßen und gerade zu stehen. Adam sah, dass Carolines Anwesenheit und ihre Betroffenheit ihm neuen Mut gegeben hatten. Der Reporter hatte entschieden, dass Adam ihm wahrscheinlich nichts antun würde, solange eine Lady dabei war.

»Ich bin ein Profi, Sir«, fuhr Otford ihn an. »Ein Reporter hat der Öffentlichkeit gegenüber seine Pflichten. Sie und Mrs. Fordyce sind in einen Mordfall verwickelt. Ich habe meinen Lesern gegenüber die Pflicht, die Wahrheit herauszufinden und sie ihnen zu berichten.«

»Sie arbeiten für eine Zeitung, die sich auf Sensationsberichterstattung spezialisiert hat«, behauptete Adam. »Die Wahrheit interessiert Sie überhaupt nicht.«

»Ich verwahre mich gegen diese Behauptung, Sir. Sie haben nicht das Recht, mich auf diese Art zu beleidigen. Ich bestehe auf einer Entschuldigung.«

»Also wirklich …«, fuhr Adam auf.

Otford machte schnell einen Schritt zurück, und seine Augen weiteten sich erschrocken. »Hören Sie, Sir.«

»Ich sehe schon, dass Sie nicht die Absicht haben, mich in Ruhe zu lassen, Otford. Sie lassen mir keine andere Wahl.«

Otford geriet in Panik. Er sprang nach vorn, in der Absicht, wegzulaufen. Adam packte ihn bei den Aufschlägen seines Rockes und zog ihn zurück, dann schob er ihn heftig gegen den Baum.

»Adam«, ermahnte ihn Caroline leise. »Bitte, tu ihm nicht weh. Ich streite ja nicht ab, dass er sehr aufdringlich ist, aber er ist immerhin Reporter, und es stimmt, wenn er behauptet, dass er nur seine Arbeit tut.«

»Sehen Sie?«, stimmte ihr Otford sofort zu. »Ich bin ein Profi und mache nur meine Arbeit.«

»Das nennen Sie Arbeit?«, fragte Adam. »Also gut, ich werde mit Ihnen einen Handel abschließen. Antworten Sie auf meine Fragen, dann werde ich Sie weitergehen lassen, ohne Ihnen etwas anzutun.«

»Was für Fragen?« Otford war vorsichtig.

»Wie haben Sie die Beschreibung vom Tatort der Morde von Toller und Delmont bekommen?«

»Ich habe eine ausgezeichnete Quelle für diese Art von Informationen«, erklärte Otford selbstgefällig. »Eine Quelle, mit der ich schon bei vielen Gelegenheiten zusammengearbeitet habe. Ich vertraue demjenigen vollkommen.«

Adam packte noch ein wenig fester zu. »Und wie ist der Name dieser vertrauenswürdigen Quelle?«

Otford zögerte. »Ein Reporter verrät niemals seine Quellen.«

Adam sah ihn nur an, er sagte nichts.

Otford begann zu husten. »Sein Name ist Inspektor J. J. Jackson. Aber das geht Sie überhaupt nichts an.«

»Und Sie behaupten, dass Sie ihm trauen?«

Otford zuckte ein wenig mit den Schultern. »Ich habe immer wieder festgestellt, dass ich mich auf ihn verlassen kann.«

»Und Sie haben alle interessanten Einzelheiten des Mordes an Delmont in dem Bericht zusammengefasst, den Sie für den *Flying Intelligencer* geschrieben haben?«

»Natürlich.« Otford verzog das Gesicht. »Ich gebe zu, ich habe noch ein wenig übertrieben, um noch mehr Interesse zu wecken – ich habe geschrieben, dass die Röcke der toten Frau über die Knie hochgeschoben waren, auf eine anzügliche Art und Weise, dann habe ich behauptet, übernatürliche Kräfte seien am Werk gewesen – aber das ist gar nicht so ungewöhnlich. In meinem Beruf macht man so etwas.«

»Ja, das dachte ich mir.«

Otford warf ihm einen listigen Blick zu. »Wenn Sie Einzelheiten wissen wollen, könnten Sie diese vielleicht morgen Nachmittag von Julian Elsworth erfahren.«

Caroline blickte auf. »Wie meinen Sie das?«

»Ich habe heute im Wintersett House eine Ankündigung gelesen. Elsworth wird für Inspektor J. J. Jackson und die Mitglieder der Gesellschaft für Übersinnliche Forschungen eine besondere Demonstration seiner übersinnlichen Fähigkeiten geben.«

»Was hat denn Jackson damit zu tun?«, wollte Adam wissen.

»Elsworth behauptet, dass er seine Gabe dazu nutzen kann, bei den Nachforschungen nach den Mördern von Delmont und Toller zu helfen.« Otford schnaufte verächtlich. »Das sollte sehr unterhaltsam sein, finden Sie nicht auch? Stellen Sie sich doch nur einmal vor, dass sich die Polizei an einen Menschen wendet, der behauptet, übersinnliche Fähigkeiten zu besitzen, um so zu helfen, ein Verbrechen aufzuklären.«

Adam gab Otford wieder frei. »Hauen Sie ab, Otford. Und sorgen Sie dafür, dass ich nicht noch einmal feststelle, dass Sie mir folgen. Das nächste Mal werde ich nämlich nicht mehr so freundlich sein.«

Otford rückte seine Krawatte zurecht, setzte seinen Hut gerade und verschwand dann im Nebel.

Caroline sah Adam an. »Jetzt scheint es sicher zu sein, dass es kein Zufall war, dass der blutverschmierte Hochzeitsschleier und die Trauerbrosche nicht in der Presse erwähnt worden sind. Und du hast mich davon überzeugt, dass es sehr unwahrscheinlich ist, dass ein Dieb diese Dinge gestohlen haben könnte.«

Adam sah Otford nach, der im Nebel verschwunden war. »Dafür gibt es nur eine Erklärung. Jemand hat Delmonts Leiche gefunden, nachdem ich weg war, und hat den Schleier und die Brosche mitgenommen. Die Frage ist nur, warum?«

»Ich nehme an, wir werden morgen Nachmittag ins Wintersett House gehen, um uns die Demonstration von Julian Elsworths übersinnlichen Fähigkeiten anzusehen.«

»Das möchte ich mir auf keinen Fall entgehen lassen. Du hast mir geraten, wenn es um diesen übersinnlichen Unsinn geht, sollte ich offen und neugierig sein.«

27

Der Vortragssaal war am nächsten Tag überfüllt. Caroline und Adam gelang es gerade noch, zwei Sitze in der letzten Reihe zu finden.

»Elsworth weiß schon ziemlich genau, wie er die Menschenmassen anziehen kann«, grollte Adam und setzte sich neben Caroline. »Ich erkenne sein schauspielerisches Talent an.«

»Ich habe dir doch gesagt, dass er ziemlich angesehen ist unter den Leuten, die sich mit diesen übersinnlichen Dingen befassen«, erwiderte Caroline. Sie beobachtete das Publikum und entdeckte ein bekanntes Gesicht. »Sieh nur, da ist auch Mr. Otford. Er steht an der Seite, zusammen mit einigen anderen Gentlemen. Sie halten alle Notizblocks und Stifte in der Hand. Das sind sicher alles Reporter.«

Adam folgte ihrem Blick und schüttelte dann verächtlich den Kopf. »Diese lächerliche Séance wird eine reine Zeitverschwendung sein, soweit es die Polizei betrifft, allerdings wird sie dafür sorgen, dass eine Menge Zeitungen verkauft werden.«

»Hör auf zu grollen, Adam. Du wolltest doch auch heute hierher kommen.«

»Ich konnte mir wohl kaum die Gelegenheit entgehen lassen, Elsworth in Aktion zu sehen.«

Etwas in seiner Stimme weckte Carolines Aufmerksamkeit. »Du magst ihn nicht, nicht wahr? Aber warum nur? Du hast ihn doch nur ein einziges Mal gesehen, und er hat nichts getan, was dich hätte abstoßen können.«

»Ich traue ihm nicht. Du kannst das mit männlicher Eingebung erklären.«

Ihr kam ein eigenartiger Gedanke. »Adam?«

»Ja?« Er vermied es, sie anzusehen. Stattdessen betrachtete er das Publikum im Saal.

»Könnte es vielleicht sein, dass du *eifersüchtig* bist auf Mr. Elsworth?«

Einen kurzen, beunruhigenden Augenblick lang schwieg er.

»Habe ich denn Grund, eifersüchtig zu sein?«, fragte er schließlich mit ausdrucksloser Stimme.

»Nein, natürlich nicht.«

»Es freut mich, das zu hören. Es könnte schwierig sein, mit einem Mann zu konkurrieren, der Stühle vom Boden heben und Gedanken lesen kann.«

Der lockere Unterton in seiner Stimme bewirkte, dass sie sich ein wenig entspannte. Wenn Adam vielleicht auch nicht wirklich eifersüchtig war, so hatte er doch die Möglichkeit in Erwägung gezogen, dass sie vielleicht wärmere Gefühle für Elsworth hegte. Sie durfte dem nicht zu viel Bedeutung beimessen. Dennoch fühlte sie, wie ihre Laune stieg.

»Keine Angst, Sir«, versicherte sie ihm. »Ich habe keinen Zweifel, dass auch ich einen Stuhl hochheben oder Gedanken lesen könnte, wenn es nötig wäre.«

Er warf ihr einen schnellen, fragenden Blick zu. Aber was auch immer er antworten wollte, es ging unter in dem allgemeinen Gemurmel, denn genau in diesem Augenblick teilte sich der Vorhang, und ein Mann betrat die Bühne.

»Meine Damen und Herren«, begann er. »Ich bitte um Ihre Aufmerksamkeit. Wie Sie wissen, hat sich Mr. Elsworth großzügigerweise bereit erklärt, seine einzigartigen Fähigkeiten der Polizei zur Verfügung zu stellen, damit diese einen Versuch machen kann, die erschreckenden Morde an den beiden Medien aufzuklären. Er ist bereit, das Publikum teilhaben zu lassen an seinen Bemühungen, doch besteht er darauf, dass während der Séance nicht geredet oder anderer unnötiger Lärm gemacht wird. Niemand darf den Raum betreten oder verlassen. Die besonderen Fähigkeiten der übersinnlichen Kräfte von Mr. Elsworth sind sehr empfindlich. Durch laute Geräusche oder zu viel Bewegung im Raum können sie gestört werden.«

Das Publikum verstummte sofort. Ein Hauch von Erwartung lag über dem Raum. Auch wenn Caroline Adams Skepsis kannte und sie teilte, so bemerkte sie doch, dass er angespannt und voller Neugier war. Und wenn nun Elsworth wirklich durch übersinnliche Kräfte einige Hinweise geben konnte?

Das Licht wurde gedämpft, genau wie bei der Demonstration der Planchette von Irene Toller, doch nicht ganz so stark. Die Erregung unter den Zuschauern stieg an. Schließlich brannte nur noch eine Lampe auf dem Tisch vorn im Raum.

»Erlauben Sie mir, Ihnen Inspektor J. J. Jackson vorzustellen, der Mr. Elsworth befragen wird«, erklärte der Ansager.

Der Vorhang öffnete sich noch einmal, und Inspektor Jackson betrat die Bühne. Caroline fand, dass er aussah, als würde er sich nicht sehr wohl fühlen. Jackson nickte dem Publikum kurz zu, dann setzte er sich auf einen der beiden Stühle an dem Tisch.

»Ich glaube, Mr. Elsworth ist jetzt bereit«, erklärte der Ansager voller Ehrfurcht. »Bitte, applaudieren Sie nicht. Er hat die letzten Stunden damit verbracht, sich auf diese Séance vorzubereiten. Er darf seine Konzentration nicht verlieren.«

Elsworth trat langsam hinter dem Vorhang hervor. Die silberne Strähne in seinem dunklen Haar leuchtete in dem schwachen Licht. Und obwohl erst Nachmittag war, trug er Abendkleidung. Sein schwarzer Frack und die Hose waren maßgeschneidert, sein weißes Hemd und die Krawatte leuchteten.

Der Mann weiß, wie er sich ins rechte Licht setzen muss, überlegte Caroline. Im Schein der einzelnen Lampe sahen seine asketischen Gesichtszüge noch dramatischer aus.

Sie beugte sich ein wenig vor, um besser sehen zu können. Seine Augen hatten etwas ganz Besonderes. Sie konnte aus dieser Entfernung nicht ganz sicher sein, doch sah es aus, als wäre er geschminkt.

Adam berührte ihren Arm, und sie zuckte ein wenig zusammen. Sie sah ihn an. Es war hell genug, um seinen kalten, verächtlichen Blick zu erkennen. Er musste auch bemerkt haben, dass Elsworth geschminkt war.

Als Elsworth auf den Tisch zuging, stand J. J. Jackson auf und setzte sich dann aber schnell wieder hin. Er ist nervös, dachte Caroline. Doch daraus konnte sie ihm wohl kaum einen Vorwurf machen.

»Inspektor.« Elsworths tiefe, wohlklingende Stimme erfüllte den Raum.

Er verbeugte sich vor Jackson, und Caroline kam es so vor, als läge Spott in dieser Verbeugung. Dann setzte er sich.

»Mr. Elsworth.« Jacksons Stimme klang nervös und unsicher. »Ich weiß Ihre Hilfe in dieser Angelegenheit zu schätzen.«

Elsworth senkte nur ein wenig den Kopf, dann streckte er die Hand aus und rückte die Lampe so, dass sein Gesicht hell erleuchtet wurde und das Publikum nichts anderes erkennen konnte. J. J. Jackson saß im Schatten.

»Ich werde alles tun, um der Polizei bei ihrer Suche nach dem Mörder von Mrs. Toller und Mrs. Delmont zu helfen, Inspektor«, erklärte Elsworth. »Ich sehe das als meine Pflicht an. Bitte, stellen Sie mir Ihre Fragen.«

Jackson räusperte sich ein paar Mal, dann zog er ein Notizbuch aus seiner Tasche und blätterte darin.

»Können Sie, äh, mit den Geistern von Mrs. Toller und Mrs. Delmont sprechen, Sir?«, fragte er sichtlich betreten. »Vielleicht könnten Sie die beiden bitten, uns den Namen ihres Mörders zu nennen?«

»Nein«, antwortete Elsworth. »So arbeite ich

nicht. Ich bin kein traditionelles Medium. Ich kann nicht mit der Geisterwelt in Verbindung treten, so wie Toller und Delmont das von sich behauptet haben. Um ehrlich zu sein, ich glaube nicht, dass es möglich ist, Geister von der anderen Seite anzurufen.«

Trotz der vorherigen Ermahnung des Ansagers war im Saal leises, erstauntes Murmeln zu hören.

»Meine übersinnlichen Fähigkeiten unterscheiden sich von denen des durchschnittlichen Mediums«, sprach Elsworth weiter. »Ich kann meine Gabe den Menschen, die ein solches Talent nicht besitzen, nicht vollkommen erklären. Deshalb will ich nur sagen, dass ich in Trance Dinge auf eine Art erfahre, die weit über das normale Empfinden hinausgeht.«

»Nun, Sir, können Sie dann vielleicht das Gesicht des Mörders empfinden?«, fragte Jackson.

»Nicht so, als würde ich ein Foto ansehen«, lenkte Elsworth ein. »Aber wenn Sie die Dinge mitgebracht haben, um die ich Sie gebeten habe, dann kann ich Ihnen vielleicht etwas über den Menschen verraten, der diese Taten begangen hat.«

»Ja, Sir.« Jackson griff in seine Tasche und zog etwas daraus hervor. »Das ist einer der Ohrringe von Mrs. Delmont.« Aus der anderen Tasche zog er ein Stück Stoff. »Und dieses Taschentuch gehörte Mrs. Toller.«

»Danke.« Elsworth griff nach dem Ohrring und dem Taschentuch und schloss dann die Augen. »Bitte, lassen Sie mir einen Augenblick Zeit, damit ich mich auf meine Kräfte konzentrieren kann.«

Schweigen lag über dem Raum. Nach einem Augenblick öffnete Elsworth die Augen und starrte eindringlich in die Menge, als könne er im Dunkeln etwas erkennen.

Während er über die Menge sah, hätte Caroline schwören können, dass sein Gesicht noch angespannter wurde. Sein Blick verdunkelte sich.

»Wut«, flüsterte Elsworth. »Der Mörder ist ein Mann, der von wahnsinniger Wut besessen ist. Ich sehe ihn jetzt in Mrs. Tollers Haus, wie er wieder und wieder zuschlägt. Er hat schon einmal zuvor getötet, und das macht ihm schrecklichen Mut. Er weiß, dass es diesmal leichter sein wird und wesentlich befriedigender.«

Abrupt hörte er auf zu sprechen.

Man fühlte, wie ein Schauer durch die Menschen im Saal zu laufen schien.

Inspektor Jackson schien unsicher zu sein, wie er weiter vorgehen sollte. »Können Sie, äh, mir sagen, warum der Mörder so wütend auf Mrs. Toller ist, Sir?«

»Er glaubt, dass sie ihn betrogen hat«, erklärte Elsworth geheimnisvoll.

Caroline fühlte, wie Adam neben ihr sich ein wenig bewegte. Er beugte sich vor und stützte die Ellbogen auf die Schenkel, plötzlich schien er sehr interessiert zu sein.

»Auf welche Art haben die beiden Medien den Mörder betrogen?«, fragte Jackson, und jetzt klang er wie ein Polizeibeamter.

»Sie haben beide behauptet, dass sie mit der Geisterwelt in Verbindung treten könnten, doch beide haben gelogen.«

Jackson nahm den Stift in die Hand. »Können Sie mir Einzelheiten über diese Lügen sagen, Sir?«

Lange Zeit rührte sich Elsworth nicht.

»Während der Séancen, die sie zusammen mit ihm durchgeführt haben, hat er Fragen gestellt, die nur der Geist richtig beantworten konnte«, erklärte er schließlich. »Toller und auch Delmont haben die falschen Antworten gegeben, daher wusste er ganz sicher, dass sie Betrügerinnen waren. In seiner Wut hat er sich entschlossen, sie zu bestrafen.«

»Der Mörder hat also mit jedem der Medien Séancen abgehalten, Sir?« Jackson schien zum ersten Mal Interesse zu zeigen. »Wollen Sie das damit sagen?«

Elsworth zögerte. »Es scheint so zu sein.«

Erstauntes Murmeln war aus dem Publikum zu hören.

Caroline fühlte Adams Anspannung. Er und Jackson zeigten ähnliche Reaktionen auf die Enthüllungen, die Elsworth gerade gemacht hatten. Beide Männer erinnerten sie an Jäger, die gerade die Spur ihres Opfers aufgenommen hatten. Es schien ihr, als wäre Adam, wenn er nicht den Weg in die gehobene Gesellschaft gefunden hätte, ein ausgezeichneter Detektiv geworden.

»Waren das Séancen, die erst vor kurzer Zeit stattgefunden haben?«, drängte Jackson. »Können Sie vielleicht ein Datum nennen?«

»Ich fürchte, nicht.« Elsworth schien plötzlich erschöpft zu sein. Er hob die Hände und rieb sich über die Schläfen. »Das ist alles, was ich heute für Sie tun kann, Inspektor. Ich bedaure, dass ich Ihnen nicht mehr Informationen liefern kann. Aber meine Kräfte in dieser Intensität zur Schau zu stellen, erschöpft mich sehr schnell.«

»Sie waren mir eine große Hilfe, Sir«, versicherte ihm Jackson. »Eine wirklich große Hilfe. Wenn Sie Recht haben, dann suchen wir nach einem Mann, der an Séancen von Mrs. Toller und auch von Mrs. Delmont teilgenommen hat. Das sollte die Liste der Verdächtigen sehr einschränken.«

»Sehr wahrscheinlich nicht«, murmelte Adam leise vor sich hin. Die äußerste Anspannung wich so schnell von ihm, wie sie gekommen war. Er sank entspannt in seinen Stuhl zurück. »Der Mann ist nichts weiter als ein Betrüger, genau wie ich es angenommen habe.«

Im Publikum waren leise Unterhaltungen zu hören, auf der Bühne trat der Ansager wieder nach vorn.

»Mr. Elsworth hat die Vorstellung seiner übersinnlichen Kräfte beendet. Er dankt Ihnen allen für Ihre Aufmerksamkeit.«

Applaus stieg auf. Caroline sah, wie Otford und die anderen Reporter zur Tür liefen. Auf der Bühne stand Elsworth auf, verbeugte sich vor dem Publikum und verschwand dann hinter dem Vorhang, Jackson blieb allein zurück.

Der Inspektor sah sich um, als sei er nicht sicher, was er als Nächstes tun sollte, dann stand er auf und eilte von der Bühne.

Das Licht ging wieder an. Caroline sah, dass Adam nachdenklich die leere Bühne betrachtete.

»Woran denkst du?«, fragte sie.

»Mir kam der Gedanke, dass Mr. Elsworth gerade die Polizei recht gut abgelenkt hat. Ich nehme an, Inspektor Jackson wird jetzt einen großen Teil seiner Zeit damit verschwenden, die Namen aller männlichen Teilnehmer zu bekommen, die an Séancen der beiden Frauen teilgenommen haben. Wenn es ihm wirklich gelingen sollte, einige der Namen herauszufinden, dann wird er ausführliche Nachforschungen anstellen, um festzustellen, ob jemand von ihnen ein Motiv oder auch ein Alibi hatte. Es wird eine sehr lange und zweifellos wenig erfolgreiche Suche sein.«

»Du nimmst also an, dass die übersinnlichen Fähigkeiten von Mr. Elsworth nicht echt sind.«

»Sehr aufmerksam, meine Liebe. Genau das denke ich nämlich.« Adam stand auf und streckte die Hand aus, um ihr aufzuhelfen.

»Aber warum sollte er sich die Mühe machen, falsche Spuren zu legen? Sicher wird das doch seiner Glaubwürdigkeit schaden, wenn man den wirklichen Mörder findet.«

Adam nahm ihren Arm und führte sie zur Tür. »Es gibt da zwei Möglichkeiten. Die erste davon ist, dass Elsworth mit dem Strom schwimmt.«

»Mit dem Strom?«

»Es könnte sein, dass er es für sehr unwahrscheinlich hält, dass die Polizei den Mörder je fangen wird. Immerhin ist es nicht Elsworths Fehler, wenn sie ihn nie finden, nicht wahr? Er hat alles getan, was er konnte, um ihnen zu helfen.«

»Eine gute Idee. Und was wäre die andere Möglichkeit?«

Adams Gesicht wurde ganz starr. »Es könnte sein, dass Elsworth etwas über die Morde weiß und die Vorstellung heute dazu genutzt hat, um Verwirrung zu stiften und die Polizei in eine falsche Richtung zu führen.«

Caroline war bis in ihr Innerstes erschüttert. »Willst du damit sagen, dass Elsworth in die Morde verwickelt ist?«

»Mrs. Fordyce. Bitte warten Sie einen Augenblick, ich muss mit Ihnen reden.«

Von irgendwo her hörten sie Julian Elsworths Stimme. Caroline und Adam blieben abrupt stehen. Caroline merkte, dass Adams Hand sich fester um ihren Arm schloss, als wolle er sie von diesem Mann wegziehen.

Julian kam auf sie zu, sein gut aussehendes Gesicht trug einen besorgten Ausdruck. Er hatte den größten Teil der Schminke von seinen Augen abgewischt, stellte Caroline fest, doch offensichtlich war er in Eile gewesen. Noch immer haftete ein wenig von der Farbe an seiner Haut.

Er blieb vor ihnen stehen und verbeugte sich spöttisch vor Adam. »Mr. Hardesty, glaube ich. Ich weiß nicht wieso, aber irgendwie scheine ich bei unserer letzten Begegnung Ihren Namen falsch verstanden zu haben. Ich hätte schwören können, dass Sie sich Mr. Grove genannt haben.«

»Es ist nicht nötig, dass Sie sich Gedanken über diesen Irrtum machen, Elsworth«, antwortete Adam gelassen. »So etwas passiert schon einmal. Ich versichere Ihnen, ich mache Ihnen deshalb keinen Vorwurf.«

Julian lächelte ein wenig verächtlich. »Ich bin erleichtert, das zu hören. Ich nehme an, Sie hatten Ihre Gründe dafür, dass sich dieser Irrtum ergab.« Er wandte sich an Caroline. »Ich fühle mich geehrt, dass Sie heute Nachmittag meiner Vorstellung beigewohnt haben.«

»Ich fand sie recht faszinierend«, versicherte ihm Caroline.

»Danke.« Julian sprach leiser. »Während meiner Trance vor wenigen Augenblicken wurde mir Ihre Anwesenheit deutlich. Ich fühlte Sie dort draußen in der Dunkelheit, und mir wurde klar, dass ich Sie warnen musste.«

»Warnen? Wovor?«, wollte Adam wissen.

Julian ignorierte ihn. »Als ich Sie in meiner Trance sah, Mrs. Fordyce, wurde mir klar, dass Sie sich in großer Gefahr befinden.«

»Wie bitte?«, flüsterte Caroline.

Adam machte einen kleinen Schritt nach vorn.

Caroline fühlte, dass er seinen Zorn nur mühsam unter Kontrolle hielt.

»Wenn Sie etwas Wichtiges zu sagen haben, Elsworth, dann werden Sie bitte genauer«, forderte er ihn auf.

Elsworth presste die Lippen zusammen. »Es tut mir Leid, aber mehr Einzelheiten kann ich Ihnen leider nicht geben. Ich kann Ihnen nur sagen, dass ich während meiner Trance bemerkt habe, dass die Gefahr Ihnen immer näher kommt, Mrs. Fordyce.« Er sah Caroline an und schien ehrlich besorgt. »Ich wünschte nur, ich könnte deutlicher machen, wie die Bedrohung aussieht, Madam.«

»Das wäre sicher wesentlich hilfreicher«, meinte Adam viel zu sanft. »Und es würde Sie auch nicht als einen so großen Betrüger dastehen lassen.«

Elsworth achtete gar nicht auf ihn, all seine Aufmerksamkeit richtete sich auf Caroline. »Ich kann Ihnen nur raten, äußerst vorsichtig zu sein, Mrs. Fordyce. Trauen Sie niemandem, den Sie nicht schon seit langer Zeit kennen.«

Er warf Adam einen schnellen, anzüglichen Blick zu, dann drehte er sich auf dem Absatz herum und eilte den Flur entlang.

Adam sah ihm nach. »Bastard. Er wollte dich vor mir warnen.«

»Ja, und auch vor allen anderen Menschen, die

ich nicht so gut kenne, und das sind eine ganze Menge.« Sie schlug sich leicht mit dem Fächer in die Handfläche. »Was könnte er für einen Grund dafür haben?«

»Er will dich ablenken.«

Ihr gefiel diese Antwort nicht. »Glaubst du wirklich, dass er der Mörder sein könnte?«

»Ich denke, die Möglichkeit besteht, jawohl.«

»Aber was hätte er für ein Motiv haben können, Mrs. Toller und Mrs. Delmont umzubringen?«

»Es geht hier um Geld. Und ich habe schon immer festgestellt, dass Geld ein sehr gutes Motiv für jede Art von Verbrechen ist.«

Sie dachte kurz über seine Bemerkung nach. »Aber ganz sicher passt auf ihn nicht die Beschreibung, die wir von diesem geheimnisvollen Mr. Jones bekommen haben. Mr. Elsworth humpelt auf keinen Fall. Und er hat auch keinen Bart und keine Brille, wie die Leute behauptet haben.«

»All diese Dinge könnte ein guter Schauspieler einsetzen, und es ist deutlich, dass Elsworth großes Talent für die Bühne mitbringt.«

28

»Guten Tag, Mr. Spraggett.« Caroline schwebte vor Adam her in das Büro und versuchte, den strengen Geruch von kaltem Zigarrenrauch zu ignorieren. »Ich würde Ihnen sehr gern meinen guten Freund, Mr. Hardesty, vorstellen.«

»Mrs. Fordyce.« Spraggett drückte hastig seine Zigarre aus und sprang von seinem Stuhl auf. »Das ist eine Überraschung.« Er nickte Adam zu und sah ihn unter seinem Augenschutz her an. »Mr. Hardesty. Eine, äh, unerwartete Freude, Sir.«

»Spraggett.« Adam schloss die Glastür hinter sich, lehnte sich dagegen und verschränkte die Arme vor der Brust. »Ich hatte noch nie die Gelegenheit, das Büro eines Zeitungsherausgebers zu besuchen. Das ist also der Ursprung all der Sensationsberichte, die man im *Flying Intelligencer* liest.«

Spraggett warf ihm einen vorsichtigen Blick zu. Er war ein drahtiger, kahlköpfiger Mann in mittleren Jahren, der die nervöse Energie eines Terriers ausstrahlte. Seine Hände waren ständig mit Tinte verschmiert. Ein paar schmutzige Kaffeetassen standen, halb aufgegessene Pasteten und Sandwiches lagen überall herum.

»Wir nehmen unsere Verantwortung sehr ernst, die Öffentlichkeit von allem zu unterrichten, Sir«, erklärte Spraggett.

»Ach, wirklich?« Adams Mund verzog sich in spöttischer Belustigung. »Der Artikel heute Morgen über die ermordeten Medien war sicher sehr aufschlussreich.«

»Ganz besonders der Teil, in dem Sie beschrieben haben, dass eine Uhr mit Mr. Hardestys Namen darauf bei der zweiten Leiche gefunden wurde«, fügte Caroline noch hinzu.

»Tatsachen sind Tatsachen.«

»In der Tat.« Caroline öffnete die Zeitung, die sie mitgebracht hatte, und las laut vor. »Die bekannte Schriftstellerin behauptet, dass sie zum Zeitpunkt des Mordes zusammen mit Mr. Hardesty an einem abgeschiedenen Ort allein war. Es war dem Reporter deutlich, dass ein Hauch romantischer Intimität das Paar umgab und keinen Zweifel daran ließ, um was es sich bei ihrer Beziehung handelt. Wie es scheint, haben sich für Mrs. Fordyce Roman und Wirklichkeit eng verbunden.«

»Das tut mir sehr Leid, Mrs. Fordyce, aber Sie und Mr. Hardesty haben nun einmal Schlagzeilen gemacht.« Spraggett bemühte sich, wichtig auszusehen. »Das ist es, worüber wir hier im *Intelligencer* berichten.«

»Sie veröffentlichen auch meine Romane, Sir.« Caroline warf die Zeitung auf den Schreibtisch. »Wenigstens noch bis zum Ende meines laufenden Vertrags. Danach könnte ich mich entscheiden, mich nach einem anderen Verlag umzusehen.«

Spraggett sah alarmiert auf. »Also, Mrs. Fordyce, Sie dürfen diesen Artikel von Otford nicht zu persönlich nehmen.«

»Das tue ich aber.« Sie wischte einen Stapel Zeitungen von einem Stuhl, setzte sich und strich sich die Röcke glatt. »Ich werde nicht vergessen, dass ich zum Ziel eines großen Skandals in dieser Zeitung gemacht worden bin, wenn Sie das nächste Mal von mir einen Vertrag für einen neuen Roman haben wollen, Mr. Spraggett.«

»Was soll das denn? Haben Sie ein anderes Angebot von Tillotson bekommen? Verdammte Emporkömmlinge, das schwöre ich, und wenn sie versuchen sollten, Sie von dieser Zeitung wegzulocken, werde ich sie verklagen.«

»Vielleicht würde Tillotson meinen Ruf eher mit dem nötigen Respekt behandeln.«

Spraggett wurde noch zorniger. »Was erwarten Sie denn von mir, wenn jeder in der Stadt die Neuigkeit Ihrer Verbindung mit Mr. Hardesty und den Morden veröffentlicht? Ich kann die Situation wohl kaum ignorieren, ganz besonders deshalb nicht, weil in unserer Zeitung *The Mysterious Gentleman* veröffentlicht wird.«

»Sie brauchen es ja auch gar nicht zu ignorieren, aber Sie hätten immerhin die ausschmückenden Hinweise auf eine Liebesaffäre vermeiden können, und Sie hätten auch nicht zu erwähnen brauchen, dass eine sanfte Röte meine Wangen überzog, als man mich sah, wie ich den Tatort zusammen mit Mr. Hardesty verlassen habe.«

»Also, Mrs. Fordyce …«

»Wenigstens könnten Sie versuchen, mich in gewisser Weise zu entschädigen für die Art, in der Sie mich benutzt haben, um Ihre Zeitungen zu verkaufen.«

Spraggett sah sie böse an. »Wenn Sie damit sagen wollen, dass ich Ihnen zusätzlich für Ihren Roman noch etwas zahlen soll, dann möchte ich Sie daran erinnern, dass wir beide einen Vertrag abgeschlossen haben, Madam.«

»Beruhigen Sie sich, Sir.« Sie zog ihre Handschuhe zurecht. »Ich verlange nicht mehr Geld. Was wir von Ihnen wollen, sind Ihre berufliche Erfahrung und Ihr Rat.«

Spraggett wurde vorsichtig. »Wie bitte?«

Sie griff in die Tasche ihres Kleides und holte

das Stück Papier hervor, auf das sie die Markierung des Druckers gezeichnet hatte. »Ich habe diesen kleinen Greifen und den Buchstaben B auf einer Aktie gesehen. Mr. Hardesty und ich möchten wissen, ob Sie den Drucker kennen.«

»Ha!« Spraggett nahm ihr das Stück Papier ab und betrachtete es einige Sekunden lang, dann runzelte er die Stirn. »Auf einer Aktie wollen Sie das gesehen haben?«

»Ja. Erkennen Sie das Zeichen?«

»Bassingthorpe hat es jahrelang benutzt. Er hat in den alten Tagen wundervolle Arbeit geleistet, aber es hat auch immer wieder Gerüchte über ihn gegeben.«

»Bassingthorpe.« Adam runzelte ein wenig die Stirn. »Ich dachte, er hätte aufgehört zu arbeiten.«

»Das habe ich auch geglaubt.« Spraggett blickte noch einmal auf das Papier. »Aber das ist wirklich sein Zeichen.«

»Und was waren das für Gerüchte über ihn?«, wollte Caroline wissen.

Spraggett zuckte mit den Schultern. »Man hat immer behauptet, wenn man ein echt aussehendes Zeugnis brauchte über den Besuch einer Schule für Medizin oder ein Diplom in Recht, dann könnte man das von Bassingthorpe kaufen, ob man nun die Schule besucht hat oder nicht.«

»Ach so.« Caroline stand auf. »Danke, Mr. Spraggett.«

»Augenblick.« Spraggett sprang auf. »Worum geht es hier überhaupt? Hat Bassingthorpe vielleicht etwas mit den Morden zu tun?«

»Das wissen wir nicht«, antwortete Adam und öffnete Caroline die Tür. »Aber ich an Ihrer Stelle würde mir nicht die Mühe machen, einen Reporter loszuschicken, um ihn zu suchen.«

»Warum denn nicht?«

»Falls Bassingthorpe sich nicht sehr geändert hat, und das bezweifle ich wirklich, dann werden Sie aus ihm nichts herausbekommen. Nach allem, was ich gehört habe, hat er seinen Ruf nur deshalb, weil er sehr diskret ist.«

Adam schob Caroline aus dem Büro und schloss die Tür hinter sich, noch ehe Spraggett weitere Fragen stellen konnte.

Draußen im Flur sah Caroline ihn interessiert an. »Was genau hat denn Mr. Bassingthorpe für einen Ruf?«

»Man hat behauptet, dass er nicht nur ab und zu falsche Zeugnisse für Mediziner ausgestellt hat, sondern dass er auch Banknoten nachahmen konnte, die man von den echten nicht unterscheiden konnte.«

»In diesem Fall verstehe ich, warum er ein vorsichtiger Mann gewesen ist.« Sie zögerte. »Aber wenn Mr. Bassingthorpe nicht über seine Kunden spricht, wie willst du ihn dann überreden, mit uns zu sprechen?«

»Bassingthorpe hat noch gearbeitet, als ich auf den Straßen die Geheimnisse verkauft habe. Ich habe ihm ein paar Mal einen Gefallen getan. Und wenn wir Glück haben, erinnert er sich noch daran.«

»Wir müssen ihn sofort besuchen.«

Adam schüttelte den Kopf. »Man erscheint nicht unangemeldet vor Bassingthorpes Haus. Es gibt gewisse Regeln, die man beachten muss. Ich werde ihm eine Nachricht schicken. Und wenn wir Glück haben, wird er zustimmen, sich mit uns zu treffen, zu einem Zeitpunkt und an einem Ort, den er bestimmen wird.«

29

Das Innere des Salons erstaunte Adam immer wieder. Er war unglaublich üppig und extravagant eingerichtet. Der Innenarchitekt hatte offensichtlich alle Regeln des guten Geschmacks über den Haufen geworfen und sich um dramatische Effekte bemüht.

Rot war die beherrschende Farbe. Das riesige Sofa und die Sessel waren mit roter Seide bezogen. Zinnoberrote Samtvorhänge vor den Fenstern reichten bis auf den Boden. Der Teppich hatte ein Muster aus Scharlachrot und Gold.

Wie in so vielen Haushalten überall im Land, so hing auch hier ein großes, gerahmtes Bild der Königin in ihrer Trauerkleidung an dem wichtigen Platz über dem Kamin. Aber die anderen Bilder an der Wand sahen so ganz anders aus. Auf allen Bildern waren kühne Ritter in glänzender Rüstung zu sehen, die gerade eine wunderschöne Frau in nur hauchzarter Kleidung retteten – oder von ihr gerettet wurden.

Florence Stotley liebte ritterliche Motive.

Florence war eine nette, untersetzte, grauhaarige Frau, die sich ihrem sechzigsten Lebensjahr näherte. Mit ihren warmen, strahlenden Augen, den Grübchen und ihrem charmanten Äußeren hätte sie eine liebevolle Großmutter oder eine herzliche Großtante sein können. Nur wenige konnten glauben, dass sie ihren Reichtum als Besitzerin eines der exklusivsten Londoner Bordelle verdient hatte.

Sie hatte sich offiziell aus ihrem Geschäft zurückgezogen, dennoch setzte sie ihre geschäftlichen Talente noch auf die unterschiedlichsten Arten ein. Viele Menschen hatten über Jahre hinweg Florence Stotley unterschätzt, überlegte Adam. Aber er kannte sie seit seiner Zeit auf der Straße, und er empfand den größten Respekt für sie.

In gewisser Weise waren sie Geschäftspartner, doch unterschieden sich ihre Interessen ein wenig. Während er sich in letzter Zeit mit den Dingen der gehobenen Gesellschaft befasste, beschäftigte Florence sich noch immer mit den finsteren Aktivitäten der Menschen der Londoner Unterwelt.

Es war gar nicht ungewöhnlich, dass einer der beiden bei dem anderen Hilfe suchte. Immerhin waren die Geschäfte der Reichen und Mächtigen verwoben mit den geschäftlichen Aktivitäten ihrer Gegenspieler in den weniger exklusiven Teilen der

Stadt, und so etwas war viel öfter der Fall, als viele Menschen glaubten.

»Wie schön, dich wiederzusehen, Adam.« Florence goss Tee aus einer reich verzierten silbernen Kanne ein, die einem wilden Drachen ähnelte. »Es ist schon eine ganze Weile her, seit wir uns zum letzten Mal gesehen haben. Geht es Julia und den Kindern gut?«

»Sie sind alle glücklich und gesund, danke.« Adam lehnte sich in einem großen Ohrensessel zurück und streckte die Beine aus. »Im Augenblick ist meine Schwester damit beschäftigt, einen weiteren unvergesslichen Ball vorzubereiten.«

»Ich bin sicher, sie wird auch in diesem Jahr wieder ein phantastisches Ereignis auf die Beine stellen.« Florence lachte leise und reichte ihm eine Tasse Tee. »Ihr großer Erfolg mit Camelot im letzten Frühjahr war ja wochenlang in aller Munde.«

»Sie war dir wirklich zu großem Dank verpflichtet für deinen Vorschlag.« Er betrachtete die zierlichen Szenen von den Rittern der Tafelrunde auf seiner Teetasse. »Neues Porzellan, wie ich sehe.«

»Ja, ich freue mich sehr darüber.« Florence strich die Röcke glatt und sah ihn erwartungsvoll an. »Also, ich freue mich wirklich sehr über deinen Besuch, Adam, und das weißt du auch. Ich habe deine Nachricht bekommen, in der du mich um Hilfe gebeten hast bei der Suche nach der vermissten Haushälterin des Mediums, und ich versichere dir, ich habe meine Fühler bereits ausgestreckt, aber bis jetzt habe ich noch kein Glück gehabt.«

»Wenn überhaupt jemand Bess Whaley finden kann, dann bist du das, Florence. Ich vertraue deinen Quellen vollkommen. Aber zufällig habe ich heute Abend auch noch eine weitere Bitte. Ich wollte dir in diesem Fall lieber keine Nachricht schicken, weil ich glaubte, so etwas besser persönlich mit dir zu besprechen.«

Florence nickte. »Ich verstehe. Worum geht es denn dabei?«

»Ich möchte diesem alten Fälscher Bassingthorpe eine Nachricht schicken. Er gehörte früher einmal zu deinen Kunden. Bist du mit ihm noch in Verbindung?«

Florence lächelte erfreut. »Natürlich. Er ist nicht nur ein früherer Kunde, er ist auch ein Freund. Ich werde ihn wissen lassen, dass du mit ihm sprechen möchtest.«

»Danke.«

»Ist das alles?«

»Für den Augenblick«, antwortete Adam.

Florence goss ihm noch eine Tasse Tee ein.

»Sehr eigenartig, diese Geschichte mit den ermordeten Medien. Es gehen Gerüchte herum, dass sie beide von dunklen Mächten der Geisterwelt umgebracht wurden, die sie zufällig freigesetzt haben.«

»Ich versichere dir, wer auch immer diese beiden umgebracht hat, kam aus dieser Welt.«

»Darf ich fragen, wieso du dich für die ganze Sache interessierst?«

»Erinnerst du dich an Maud Gatley?«

»Ja. Es war eine so traurige Sache mit ihr.« Florence schüttelte den Kopf. »Der armen Frau ist es nie gelungen, sich von ihrer Sucht zu befreien. Ich weiß, wie sehr du ihr zu helfen versucht hast, Adam. Du hast für so viele Kuren bezahlt, und sie alle haben nichts genützt.«

»Das Opium war immer stärker als ihr Wille«, stimmte er ihr zu. »Wie es scheint, hat sie Tagebuch geführt, und dieses Tagebuch hat sie dann Elizabeth Delmont hinterlassen. Delmont hat versucht, mich damit zu erpressen. Aber in der Nacht, in der sie ermordet wurde, ist auch das Tagebuch verschwunden. Und jetzt ist Irene Toller auf ähnliche Art und Weise umgebracht worden.«

»Ah. Das erklärt vieles. Maud kannte die Wahrheit über dich und Julia und Jessica und Nathan, nicht wahr?«

Er nickte. »Man erzählt, dass der Mann, der in eine betrügerische Investition verwickelt ist, bei der Mrs. Toller und Mrs. Delmont mitgemacht haben, sehr schwer humpelt. Die Zeugen haben mir erzählt, dass er einen üppigen Bart hat und eine goldgerahmte Brille trägt.«

»Und du nimmst an, dabei handelt es sich um eine Verkleidung?«

»Das ist alles viel zu offensichtlich, und man kann es sich zu leicht einprägen.«

»Da stimme ich dir zu.« Sie runzelte die Stirn. »Aber wenn er jetzt im Besitz des Tagebuches ist, warum hat er sich dann noch nicht mit dir in Verbindung gesetzt, um dich zu erpressen?«

»Ich nehme an, er lässt sich einfach nur Zeit.«

»Daraus kann ich ihm noch nicht einmal einen Vorwurf machen«, erwiderte sie spöttisch. »Wenn er überhaupt etwas über dich weiß, dann wird ihm auch klar sein, dass er äußerst vorsichtig sein muss. Er muss wissen, wenn er einen Fehler macht und sich verrät, wirst du ihn finden, und das wird sein Ende sein.«

Adam sah sie eindringlich an. »Ich werde ihn finden. Das ist nur noch eine Frage der Zeit.«

»Das ist mir klar. Ich kenne dich, seit du ein kleiner Junge warst, Adam. Du bist gnadenlos. Aber ich bitte dich, äußerst vorsichtig zu sein.

Zwei Menschen sind in dieser Sache bereits umgebracht worden.«

»Ich weiß deine Sorge zu schätzen.« Er dachte kurz über Florences ausgedehnte Verbindungen in jeder Schicht der Gesellschaft nach. »Ich stelle fest, dass ich in letzter Zeit in die Welt der übersinnlichen Kräfte hineingezogen werde. Kannst du mir etwas über die Menschen im Wintersett House erzählen, das mir vielleicht helfen kann?«

»Nicht sehr viel. Forscher der übersinnlichen Kräfte kommen mir im Allgemeinen vor, als seien sie auf dem falschen Weg, aber allerdings relativ harmlos.« Sie hielt inne und dachte einen Augenblick lang nach. »Ich habe gehört, dass Mr. Reed, der Präsident der Gesellschaft für übersinnliche Forschungen, ein trauernder Witwer ist, der davon träumt, eines Tages mit dem Geist seiner toten Frau in Verbindung treten zu können.«

»Was ist denn mit ihr geschehen?«

»Sie ist vor einigen Jahren ermordet worden. Ich erinnere mich nicht mehr an die Einzelheiten, obwohl es damals in der Presse eine ziemliche Sensation war. Ich glaube, man hat die Leiche von Mrs. Reed in einem Park gefunden, ganz in der Nähe ihres Hauses. Offensichtlich hat sie nur einen Tag nach der Hochzeit einen Spaziergang gemacht und ist überfallen worden. In den Berichten stand, dass sie vergewaltigt und erdrosselt wurde.«

»Hat die Polizei ihren Mörder gefunden?«

»Nein.« Florence nahm einen Schluck von ihrem Tee und stellte die Tasse dann wieder ab. »Vielleicht ist das der Grund dafür, warum Durward Reed so entschlossen ist, mit ihr in Kontakt zu treten. Zweifellos will er von ihr den Namen des Verbrechers erfahren, der sie umgebracht hat, damit dieser Mensch seine gerechte Strafe bekommt.«

»Ich wäre da wohl ein wenig direkter vorgegangen, um den Mörder zu finden«, meinte Adam.

»Ja, natürlich. Aber nicht jeder Mensch hat deine Verbindungen, und nur wenige können sich an den Gedanken der Gewalt so schnell gewöhnen wie du.«

Auf diese Bemerkung gab er keine Antwort. »Ich frage mich, wieso Reed glaubt, dass er mit ihr in Verbindung treten kann.«

Florence zog die Augenbrauen hoch. »Vielleicht ist er davon überzeugt, dass man sie auf der anderen Seite erreichen kann, weil sie damals behauptet hat, selbst übersinnliche Kräfte zu besitzen, während sie noch auf dieser Seite weilte. Zweifellos geht er davon aus, wenn es einen Geist gibt, der die Gabe hat, den Schleier zu durchdringen, dann wird es einer sein, der diese Gabe auch besessen hat, als er noch lebte.«

»Mrs. Reed war ein Medium?«

»Ja, das war sie wirklich. Vor über zehn Jahren, noch vor ihrer Hochzeit, war sie sehr berühmt. Sie hat Séancen veranstaltet in den exklusivsten Kreisen.«

»Sie gehörte also zur gehobenen Gesellschaftsschicht?«

Florence nickte. »Sie war die Letzte einer vornehmen Familie, die ihren Reichtum mit Schifffahrtsgesellschaften verdient hat. Ich hatte eine ganze Anzahl Kunden, die an ihren Séancen teilgenommen haben.«

»Danke, Florence. Ich stehe wieder einmal in deiner Schuld.«

Sie verzog ihr Gesicht auf eine Weise, die ihm bereits bekannt war und ihm sagte, dass sie nur allzu gern bereit war, Geschäfte zu machen.

»Du kannst dich gern revanchieren, mit einigen Informationen aus deiner Welt«, gab sie zurück.

»Wenn ich deine Fragen beantworten kann, will ich das gern tun.«

»Du erinnerst dich doch an das kleine Geschäft in der Marbury Street? Du weißt schon, das sich um die Gentlemen kümmert, die ihre Lust an Disziplin und Fesseln haben?«

»Ja. Ich habe gehört, dass Mrs. Thorne es verkauft hat.«

»Das stimmt. Aber ihre Nachfolgerin, die den bezeichnenden Namen Mrs. Lash trägt, ist recht ehrgeizig. Sie hat die Absicht, ihr Geschäft in ein neues und wesentlich großartigeres Haus zu verlegen. Und dazu hat sie einen sehr einfallsreichen Plan entwickelt, um an das nötige Kapital zu kommen. Sie stellt ein Konsortium aus Investoren aus ihren Kunden zusammen.«

»Wirklich?« Er war interessiert. »Das ist sicher sehr einfallsreich von ihr. Diese Investoren gehören zu den Mitgliedern der gehobenen Gesellschaft, nehme ich an?«

»Genau. Sie hat mich gebeten, mir die finanziellen Hintergründe einiger dieser Männer einmal genauer anzusehen. Eine Frau in ihrer Lage, die sich entscheidet, mit diesen Männern Geschäfte zu machen, kann nicht vorsichtig genug sein.«

»Das ist wahr«, stimmte er ihr zu.

»Ich zeige dir die Liste einmal.« Florence stand auf und ging zu einem Tisch in der Nähe, wo sie eine Schublade aufzog. »Zwei der Namen sind mir bekannt, aber drei von ihnen kenne ich nicht. Ich hoffe, du wirst in der Lage sein, mir etwas über sie zu erzählen.«

Er stand auf, nahm ihr die Liste ab und betrachtete sie einen Augenblick und prägte sich die Namen ein. Diese Art von Information konnte nützlich sein.

»Mir war gar nicht klar, dass Ivybridge und Milborne Freude am Auspeitschen haben«, meinte er dann ein wenig abgelenkt.

»Das haben sie alle. Deshalb sind sie ja Kunden in diesem Haus. Es interessiert mich wirklich, was du über die Männer auf dieser Liste weißt.«

Er zuckte mit den Schultern. »Wie mir scheint, ist es die üblich Ansammlung von unerträglichen Tugendbolden und Heuchlern. Es sind Menschen, die sehr hochnäsig sind und so tun, als hätten sie eine großartige Moral, und hinter den Kulissen drängen sie sich dann ihren Dienerinnen auf und besuchen Bordelle.« Er hielt inne. »Aber du hast gesagt, dass dich ganz besonders ihre Finanzen interessieren?«

»Ja. Wenn man ihre Lage bedenkt, dann wird Mrs. Lash mittellos sein, wenn es sich herausstellt, dass einer dieser Männer nicht verlässlich ist.«

Er gab ihr eine kurze Beurteilung der finanziellen Situation dieser Männer, soweit ihm das möglich war.

»Danke.« Florence legte die Liste in die Schublade zurück. »Ich kann also Mrs. Lash mitteilen, dass keiner ihrer potenziellen Investoren kurz vor dem Bankrott steht.«

»Aber du solltest sie daran erinnern, dass es noch andere Risiken gibt. Keinem dieser Männer kann sie vollkommen vertrauen.«

»Ich bin mir sicher, dass sie sich vollkommen im Klaren ist, was den Charakter dieser Männer betrifft.«

»Wenn das alles ist, dann muss ich jetzt weiter.« Er griff nach ihrer Hand und beugte sich darüber. »Auf Wiedersehen, Florence. Wie immer, so war es mir auch heute wieder eine große Freude, dich zu sehen.«

»Du bist so galant«, murmelte Florence. Ein sehnsüchtiger Ausdruck trat in ihre Augen. »Ich schwöre, wenn ich dich jetzt sehe, in deiner eleganten Kleidung und mit dem feinen Benehmen, dann kann ich kaum glauben, dass du früher einmal dieser abgerissene Junge warst, der an meine Hintertür kam, um mir Geheimnisse und Klatsch von Mauds Kunden zu verkaufen. Aber ich habe schon immer gewusst, dass du eines Tages ein erfolgreicher Mann werden würdest.«

Er griente sie an. »Wirklich?«

»Jawohl. Die einzige Frage für mich war, ob du deinen Reichtum auf die legale oder die illegale Art und Weise erwerben würdest.«

»Eine der vielen Lektionen, die ich gelernt habe, Madam, war die, dass es oft nur einen sehr kleinen Unterschied zwischen diesen beiden Möglichkeiten gibt.«

»Bah. Jetzt versuchst du, der Welt ein kaltes und rücksichtsloses Gesicht zu zeigen, aber ich kenne dich schon sehr lange, Adam Hardesty. Ich weiß, wie du deinen Bruder und deine Schwestern gerettet hast. Ich kenne die Wohltätigkeitshäuser für Kinder, die du in den armen Gegenden errichtet hast. Unter deiner entschieden rostigen Rüstung besitzt du ein Gefühl für Ehre und einen Edelmut, der jedem Ritter der Tafelrunde gut angestanden hätte.«

Belustigt betrachtete er eines der Bilder, das am nächsten hing. Es zeigte einen Ritter in einer kunstvoll geschmiedeten Rüstung, der sich der Aufmerksamkeit einer Gruppe spärlich bekleideter Nymphen erfreute. »Und warum werde ich dann nur so selten von Reihen von wunderschönen nackten Frauen belagert?«

»Sehr wahrscheinlich wegen deiner berüchtigten Regeln, von denen du in den letzten Jahren besessen bist, um einen Skandal zu vermeiden.«

Er betrachtete ein weiteres der Bilder, das eine wunderschöne nackte Frau in den Armen eines Ritters in goldener Rüstung zeigte. Erinnerungen an die heiße, süße Leidenschaft, die er in Carolines Armen gefunden hatte, brachten sein Blut in Wallung.

»Wie es scheint, habe ich in letzter Zeit eine ganze Anzahl dieser Regeln umgestoßen«, meinte er.

»Wie es scheint, bist du der Mittelpunkt einer großen Sensation in der Presse.« Florence lachte. »Und das erinnert mich daran, dass ich dich fragen wollte, ob deine Verbindung mit Mrs. Fordyce eine ernsthafte Sache ist oder nur eine wilde, kurze Affäre? Ich hoffe, es ist etwas von beidem.«

»Kennst du ihre Romane?«

»Natürlich. Ich liebe die Romane von Mrs. Fordyce.«

»Du zwingst mich, die erniedrigende Wahrheit zu gestehen, Madam. Ich habe alle Gründe anzunehmen, dass Mrs. Fordyce mich als ihre Muse betrachtet. Sie hat mir gesagt, dass ich ihr Modell für den Charakter von Edmund Drake in ihrem neuen Roman bin.«

»Wie aufregend. Ich kann gar nicht erwarten, herauszufinden, ob du dem üblichen Schicksal entgehen wirst, das die Bösewichte von Mrs. Fordyce ereilt.«

30

Adam ging die breite Marmortreppe vor dem Haus von Florence Stotley herunter und trat in eine Nacht voller Nebel und Dunkelheit. Gaslampen leuchteten vor den eleganten Häusern in dieser Straße, doch ihr Licht wurde von dem dichten Nebel verschluckt.

Früher am Abend hatte er bereits bemerkt, dass sich der Nebel über die Straßen senkte. Und weil er wusste, dass sich dadurch der Verkehr verlangsamte, hatte er sich entschieden, zu Fuß zu Florences Haus zu gehen.

Am Fuße der Treppe wandte er sich um und ging in die Richtung zurück, aus der er gekommen war, er vertraute auf das geheime Gewebe von verborgenen Wegen, Gassen und Alleen, die seine eigene Karte der Stadt ausmachten.

Ab und zu huschten die schwachen Lichter einer Kutsche oder eines Mietwagens vorüber. Gestalten kamen und gingen wie Geister durch den dichten Nebel. Sie erschienen kurz im flackernden Licht der Gaslampen und verschwanden dann wieder, nur das Echo ihrer Schritte war noch zu hören.

Auf halbem Weg durch einen kleinen Park, auf einem stillen Platz, kam ihm der Gedanke, dass er nicht weit entfernt war von der Corley Lane. Und es war gerade erst zehn Uhr. Caroline hatte ihm zuvor erzählt, dass sie am heutigen Abend schreiben wollte. Vielleicht würde sie gern von seinem Besuch bei Florence Stotley erfahren.

Es war eine fadenscheinige Entschuldigung, sie wiederzusehen. Aber eigentlich brauchte er auch gar keine Entschuldigung dafür, entschied er. Immerhin hatten sie sich beide auf eine Affäre eingelassen. Das räumte ihm gewisse Privilegien ein.

Auf jeden Fall würde es nicht schaden, heute Abend an ihrem kleinen Haus vorüberzugehen. Wenn er Licht im Fenster sah, würde er anklopfen. Wenn nicht, würde er einfach weitergehen.

Leise ging er über einen schmalen Weg, der zwei Reihen Häuser voneinander trennte, durchquerte einen weiteren Park und kam dann auf eine enge Straße.

Kurze Zeit später huschte er in eine gewundene Gasse. Die Mauern der dunklen Häuser ragten über den Eingang dieser Gasse, die es schon seit dem Mittelalter gab. Es war ein Weg, den er oft in seiner Jugend benutzt hatte, wenn er in diesen

Teil der Stadt gekommen war, um seine Waren zu verkaufen.

Der ihm nur zu gut bekannte Schauer rann ihm wieder einmal über den Nacken. Eine Sekunde später hörte er die unvermeidlichen Schritte hinter sich.

Wenn man schon von einer interessanten Entwicklung sprechen wollte, so war dies eine ganz besondere Wendung der Dinge.

Er ging weiter, sein Schritt blieb gleich, und er vermied auch alle anderen Anzeichen, die verrieten, dass er wusste, er wurde verfolgt.

Einige der Häuser in dieser Straße waren mit steilen Treppen vor den Türen gebaut worden. In der Dunkelheit boten sie ihm viele Möglichkeiten, sich zu verstecken. Er wählte eine davon aus und trat leise in den Schatten der alten Mauern.

Die Schritte hörten wenige Sekunden später auf. Wer auch immer ihm gefolgt war, hatte gerade bemerkt, dass sein Opfer verschwunden war. Adam atmete flach und wartete bewegungslos. Er hoffte, dass sein Verfolger die Jagd nicht aufgeben würde. Wer auch immer es war, Adam hatte einige wichtige Dinge mit ihm zu bereden.

Ein paar Sekunden später waren die Schritte wieder zu hören, schneller diesmal.

Adam achtete in der schmalen Gasse auf die Bewegung. Eine einzelne Gaslampe am anderen Ende bot gerade genug Licht, um Bewegungen im Schatten auszumachen. Für den Augenblick genügte das Licht.

Die Gestalt seines Verfolgers erschien plötzlich als dunkler Schatten in der Gasse.

Adam sprang aus seinem Versteck. Er stieß so heftig gegen den Mann, dass sie beide zu Boden fielen. Der Verfolger landete auf seinem Po und dämpfte den Aufschlag so ab. Etwas Metallisches klirrte auf den Steinen.

Der Mann schrie auf, voller Angst und Zorn, doch dann schien er nach Luft zu ringen.

»Keine Bewegung«, befahl Adam.

Er sprang auf, trat einen Schritt zurück und suchte mit dem Fuß auf dem Boden, bis er gegen etwas stieß. Dann bückte er sich und hob ein Messer auf.

»Wie ich sehe, sind Sie bewaffnet«, bemerkte er. »Daher muss ich annehmen, dass Sie mir nicht in der Absicht gefolgt sind, mich in die nächste Kneipe einzuladen.«

Der Mann schluckte und fand dann seine Stimme wieder. »Eine Botschaft. Habe nur versucht, Ihnen eine Botschaft auszurichten, das ist alles. Kein Grund, mich so zu überfallen, Sie verdammter Bastard.«

»Was war das für eine Botschaft, und wer hat sie …«

Er hielt inne, als er fühlte, dass sich noch einmal die Haare in seinem Nacken sträubten. Wieder waren Schritte zu hören, die aus dem Schatten auf ihn zukamen.

Er wirbelte herum und versuchte, zur Seite zu springen, doch dabei stieß er heftig gegen ein Eisengitter. Der zweite Verfolger war schon im nächsten Augenblick über ihm und trat mit schweren Stiefeln zu. Adam wandte sich von dem Tritt weg und versuchte, den Schaden so weit wie möglich zu begrenzen.

Es gelang ihm nur bis zu einem gewissen Maß. Der Fuß traf ihn in die Rippen, doch nicht mit der Wucht, wie sein Angreifer es beabsichtigt hatte. Adam schwankte und ging zu Boden.

»Das ist die Botschaft«, zischte der Angreifer. Er kam schnell näher und versuchte noch einen Tritt in Adams Rippen.

Adam gelang es, das Bein festzuhalten. Mit aller Kraft zog er daran.

»Bastard.« Der Angreifer hüpfte wild hin und her, während er versuchte, auf den Beinen zu bleiben.

Doch es gelang ihm nicht, und er fiel hart auf den Boden.

Der erste Mann war unterdessen wieder auf den Beinen. Adam hörte, wie er hinter ihm näher kam, mit dem Messer in der Hand wandte er sich zu ihm um.

Der Mann erstarrte und blieb ein paar Schritte von ihm entfernt stehen.

Adam hielt das Messer des Mannes in der einen Hand, mit der anderen Hand griff er in seinen Mantel. Der zweite Mann kam unbeholfen wieder auf die Beine.

»Worauf wartest du denn, Georgie«, jaulte er. »Erstich ihn. Das hat er verdient, nach allem, was er uns angetan hat.«

»Er hat mein Messer, Bart.«

»Das stimmt«, versicherte ihm Adam. »Aber ich benutze lieber mein eigenes.« Er zog die Klinge aus einer versteckten Tasche seines Mantels und ließ sie aufblitzen. »Das kenne ich nämlich besser, müsst ihr wissen.«

Nach dieser Bemerkung herrschte Stille.

»Also, hören Sie, wir wollen hier doch nicht mit Messern spielen.« Georgie trat vorsichtig ein paar Schritte zurück.

»Er hat Recht«, stimmte Bart eilig zu. »Das war alles ein Missverständnis, würde ich sagen. Man hat uns bezahlt, um Ihnen eine Botschaft auszurichten, das ist alles.«

»Und warum habt ihr mich dann angegriffen?«, wollte Adam wissen.

»Der Kerl, der uns beauftragt hat, Ihnen die Botschaft zu bringen, hat gemeint, Sie würden ihr mehr Bedeutung beimessen, wenn wir Sie ein wenig grob behandeln würden.«

»Dieser Kerl, den ihr erwähnt habt, könnte es vielleicht zufällig sein, dass er einen dichten Bart hat und humpelt?«

Wieder herrschte Schweigen.

»Woher wissen Sie das?«, fragte Bart verunsichert.

»Ach, lasst nur. Also, nachdem ihr euch so viel Mühe gegeben habt, was ist das für eine Botschaft?«

Georgie hustete. »Sie sollen aufhören, in gewissen finanziellen Dingen, die Sie nichts angehen, herumzuschnüffeln.« Es klang so, als rezitiere er etwas, das er auswendig gelernt hatte. »Und wenn Sie weiter Ihre Nase in die geschäftlichen Angelegenheiten anderer Leute stecken, dann wird ein gewisses Tagebuch an die Presse weitergegeben.«

»Danke«, meinte Adam. »Ihr habt meine Vermutungen bestätigt. Der Mörder hat also offensichtlich das Tagebuch in seinem Besitz.«

»Was für ein Mörder?«, fragte Georgie, nervös geworden. »Wovon reden Sie überhaupt?«

»Der Mann, der euch beide geschickt hat, um mir diese Botschaft zu überbringen, hat vor kurzer Zeit einen Mord begangen, wahrscheinlich sogar zwei.«

»Sie sind ja verrückt«, fuhr Bart ihn an. »Der Kerl, der uns geschickt hat, ist kein Mörder. Er ist ein Geschäftsmann.«

»Das bin ich auch«, behauptete Adam.

Er hielt das Messer hoch. In der Gasse war es gerade hell genug, um die Klinge gefährlich aufblitzen zu lassen.

Bart und Georgie wandten sich um und liefen davon.

31

»Edmund«, flüsterte Lydia verzweifelt. »Du darfst das nicht tun. Du weißt, du wirst es bedauern, wenn das schreckliche Fieber deines Zorns verraucht ist und du die Wahrheit erkennst. Du irrst dich in mir, das schwöre ich dir.« Edmund reagierte auf ihre Worte mit einem leidenschaftlichen Kuss, er berauschte ihre Sinne mit der Entschlossenheit eines wilden Piraten, der nur darauf aus ist, dass sein Opfer sich ihm unterwirft. Sie war unter ihm gefangen, ihre Röcke bauschten sich um sie wie ein Meer aus weicher blauer Seide, und sie sah in sein vor Leidenschaft verzerrtes Gesicht. Sie wusste sofort, dass sie ihn nicht aufhalten konnte. Er war so gefangen in seinem Zorn und seiner Verzweiflung, dass er nicht einmal bemerkte, wie sehr sie sich gegen ihn wehrte. Wenn er wieder zur Vernunft kam, würde er entsetzt sein von seinen Taten. Doch dann wäre es für sie beide zu spät. Verzweifelt und in dem Wunsch, sich und Edmund zu retten, legte sie ihre zierlichen Hände auf seine breiten Schultern und versuchte, seinen Angriff abzuwehren.

Caroline hielt inne und legte den Stift beiseite. Sie war noch nicht ganz zufrieden. Es war sicher eine sehr aufregende Szene, doch Edmund Drake schien die Kontrolle verloren zu haben. Das passte nicht zu seinem Charakter.

Das leise Geräusch des Türklopfers war zu hören, gerade als sie den Stift wieder in die Hand nehmen wollte. Emma und Milly kamen aber schon früh wieder nach Hause. Offensichtlich hatte das Schauspiel, das sie heute Abend besucht hatten, nicht ihren Erwartungen entsprochen. Sie mussten schon in der Pause gegangen sein.

Mrs. Plummer lag oben in ihrem Bett, sie hatte, wie an jedem Abend, ein Schlafmittel genommen, eine Mischung aus Laudanum und Gin. Dieses Mittel sorgte dafür, dass sie bis zum Morgen wie eine Tote schlief.

Caroline lauschte noch einmal, dann stand sie auf, als sie nicht hörte, dass der Schlüssel ins Schloss geschoben wurde. Vielleicht hatten ihre Tanten den Schlüssel vergessen.

Sie ging durch den Flur in die Eingangshalle. Dort blieb sie stehen, um durch das kleine bunte Glasfenster neben der Tür zu sehen. Erschrocken stellte sie fest, dass es Adam war, der vor der Tür stand. Er schien sich schwer gegen den Türrahmen zu lehnen.

Schnell schloss sie die Tür auf. »Was tust du denn um diese Zeit hier?«

»Das ist eine sehr lange Geschichte.« Mit einer Hand stützte er sich gegen den Türrahmen und sah sie mit einem Blick an, der seine Anspannung nicht verbarg.

Ganz plötzlich wurde sie sich bewusst, dass sie nur mit einem Morgenmantel und Pantoffeln vor ihm stand.

»Irgendetwas ist passiert«, meinte sie und versuchte, in seinem Gesicht zu lesen. »Was ist los?«

»Darf ich reinkommen?«

»Ja, natürlich.« Sie trat einen Schritt zurück und ließ ihn in den Flur.

Er stieß sich vom Türrahmen ab. Als er die ersten Schritte machte, stellte sie fest, dass er sich nicht mit seiner üblichen Anmut bewegte.

»Ist alles in Ordnung mit dir?«, fragte sie. Unter seinem Auge entdeckte sie die ersten Anzeichen eines blauen Flecks und beantwortete dann selbst ihre Frage. »Nein, ich sehe, es ist nicht alles in Ordnung. Du bist verletzt.«

»Ich könnte ein Glas vom Sherry deiner Tanten brauchen«, gab er zu und warf seinen Hut auf den Tisch im Flur. »Oder vielleicht auch zwei Gläser.«

Er zuckte zusammen, als er versuchte, seinen Mantel auszuziehen.

»Komm, ich helfe dir.« Sie streckte die Hände aus, um ihm den Mantel von den Schultern zu ziehen. »Bitte, erzähle mir, was passiert ist.«

»Könnte ich zuerst den Sherry bekommen?«

Sie führte ihn durch den Flur in ihr Arbeitszimmer, setzte ihn in den Lehnsessel und goss ihm ein großes Glas Sherry ein.

Er nahm einen kräftigen Schluck und stellte dann das Glas wieder ab, dabei stieß er ein Geräusch aus, das eine Mischung war aus einem Seufzer und einem Stöhnen.

»Mir ist am heutigen Abend klar geworden, dass ich längst nicht mehr so jung bin, wie ich geglaubt habe«, meinte er. »Kein Wunder, dass alle mich drängen, endlich zu heiraten.«

»Du machst mir wirklich Angst, Adam. Würdest du mir bitte sagen, was geschehen ist?«

Er lehnte den Kopf gegen die Rückenlehne des Sessels und schloss die Augen. »Vor wenigen Augenblicken wurde mir eine Botschaft überbracht, von zwei Gentlemen der Verbrecherklasse. Mir wurde deutlich gemacht, dass das Tagebuch an die Sensationspresse weitergegeben wird, wenn ich nicht meine Nachforschungen nach den betrügerischen Investitionen und sehr wahrscheinlich auch nach den Morden einstelle.«

Entsetzt beugte sie sich über ihn und strich über

die Schwellung unter seinem Auge. »Man hätte dich umbringen können.«

Er öffnete die Augen, und sie erkannte den Ausdruck des Räubers in ihnen. Ein Schauer rann über ihren Rücken.

»Aber das hat man nicht getan«, antwortete er.

Sie hatte ihn noch nie in dieser eigenartigen Stimmung gesehen. Was auch immer heute Abend vorgefallen war, es war gefährlich und gewalttätig gewesen, dachte sie.

»Ich habe bemerkt, dass du die Hand an deine Rippen gelegt hast«, sprach sie weiter und bemühte sich, ruhig zu bleiben. »Glaubst du, du hast dir ein paar Knochen gebrochen?«

»Nein.« Vorsichtig legte er die Hand auf die Rippen, dann schüttelte er verneinend den Kopf. »Es ist nichts gebrochen, ich habe nur ein paar blaue Flecke abbekommen.«

»Warte hier«, befahl sie und lief zur Tür. »Ich hole ein Tuch und ein wenig der Salbe, die Tante Emma für so etwas benutzt.«

Er runzelte die Stirn. »Es ist wirklich nicht nötig …«

Sie ignorierte seinen Protest und lief durch den Flur in die Küche, um dort alles zu holen, was sie brauchte.

Als sie wenige Minuten später mit dem Tuch

und der Salbe zurückkehrte, stellte sie fest, dass er nicht länger in dem Sessel saß. Stattdessen stand er hinter ihrem Schreibtisch und las die Szene, die sie gerade geschrieben hatte, als er kam. Sie bemerkte auch, dass er sich ein weiteres Glas Sherry eingegossen hatte.

»Was zum Teufel ist hier eigentlich los?« Mit einem bösen Blick sah Adam sie an. »Hat Drake etwa Miss Lydia angegriffen?«

»Es hat ein schreckliches Missverständnis gegeben«, erklärte sie und öffnete den Topf mit der Salbe. »Edmund Drake glaubt, dass Miss Lydia ihn angelogen hat. In seinem Zorn und seinem Schmerz hat er die Kontrolle über seine Gefühle verloren.«

»Nur ein brutaler Verrückter kann sich eine solche Entschuldigung ausdenken«, erklärte Adam mit ausdrucksloser Stimme. Er nahm noch einen Schluck von seinem Sherry.

Caroline strich die Salbe auf das Tuch. »Du hast Recht. Ich wusste, dass etwas an dieser Szene nicht stimmte. Ich werde nach einer anderen Lösung suchen müssen, um sein Verhalten zu erklären.«

»Aber warum? Ich habe geglaubt, er sei der Bösewicht in dem Stück. Bösewichte sind brutal und verrückt, nicht wahr?«

»Ach, lass nur.« Sie riss ein Stück von dem Stoff

ab und drückte es sanft auf seine Wange. »Halte das hier fest, während ich einen Verband für deine Rippen mache.«

Abwesend hielt er das Stück Stoff fest. »Wo sind denn Emma und Milly?«

»Im Theater. Mrs. Plummer ist hier, aber sie schläft oben.« Sie bestrich ein weiteres Stück Stoff mit der Salbe. »Das hier ist für deine Rippen. Bleibe ruhig stehen, ich werde dir das Hemd ausziehen.«

Er zog scharf den Atem ein, als sie ihm das Hemd auszog, doch sagte er nichts.

Es war erst das zweite Mal, dass sie ihn ohne Hemd sah. Der Anblick seines nackten Oberkörpers mit dem leichten Flaum aus krausem Haar lenkte sie für einen Augenblick ab. Er ist mein Geliebter, dachte sie. Immerhin hatte sie das Recht, ihn so zu sehen. Doch dann riss sie sich zusammen und schlang den Streifen Stoff um seine Rippen. Adam zuckte zusammen, dann trank er das Glas mit dem Sherry leer.

»Habe ich dir wehgetan?«, fragte sie erschrocken.

»Nein. Die Salbe ist kalt, das ist alles.«

»Das muss auch so sein.« Sie band die Enden des Stoffes zusammen. »Die Kälte hilft, die Schwellung zu lindern.«

Er sah auf ihre Hände, während sie den Verband befestigte. »Ich hoffe, deine Tante hat keine Arnika in ihre Salbe getan.«

»Nein. Sie sagt, auch wenn das sehr gut ist gegen die Schwellung, so ist es doch zu gefährlich. Die Arnika dringt durch einen Schnitt oder eine offene Wunde in die Haut ein und wirkt wie ein Gift. Adam, diese Männer, die dich angegriffen haben – glaubst du etwa, dass sie etwas mit den Morden zu tun hatten?«

»Ich bin mir ziemlich sicher, dass sie nichts damit zu tun haben. Sie haben behauptet, dass unser alter Bekannter sie angeheuert hat, der Mann mit dem viel zu dichten Bart, der so stark humpelt.«

»Aber wenn nun …«

Ohne Vorwarnung ließ er das Stück Stoff fallen, das er bis jetzt an seine Wange gedrückt hatte, senkte den Kopf und küsste sie mit einer solchen Zärtlichkeit, dass es sie bis in ihr Innerstes anrührte.

Als er schließlich den Kopf wieder hob, musste sie sich an seinen Schultern festhalten, um nicht zu fallen.

»Adam?«

»Ich hätte heute Abend gar nicht hierher kommen dürfen, ich hätte gleich nach Hause gehen sollen.«

»Nein, das ist schon in Ordnung.« Sie räusperte sich. »Wir haben uns auf eine Affäre eingelassen. Du hast das Recht, hier zu sein.«

»Wirklich? Habe ich wirklich das Recht, hier mit dir allein zu sein? Sage mir die Wahrheit, Caroline.«

»J-ja«, stotterte sie, weil sie nicht sicher war, worauf er hinauswollte. »Wir sind jetzt Liebende.«

»Liebende.« Er wiederholte das Wort, als sei er sich seiner Bedeutung nicht klar. »Ja. Ich bin ganz sicher dein *Geliebter*.«

Er küsste sie noch einmal. Und als er diesmal den Kopf wieder hob, rang sie nach Atem.

»Adam, du solltest dich wirklich nicht so anstrengen«, ermahnte sie ihn. »Nicht, nach allem, was du heute Abend durchgemacht hast.«

»Ich will dich.«

Jetzt stockte ihr der Atem vollkommen.

»Hier?«, brachte sie schließlich heraus. »Jetzt?«

»Hier. Und jetzt.«

Sie leckte sich über die Lippen. »Oh.«

»Du hast gesagt, wir sind Liebende.« Er schob den Kragen ihres Morgenmantels zur Seite und küsste sie auf die Schulter. »Liebende tun so etwas. Sie lieben sich.«

Sie starrte auf das Bücherregal an der Wand hinter ihm. »In … in einem Arbeitszimmer?«

»Überall, wo es möglich ist.« Er öffnete den ersten Knopf ihres Morgenmantels. »Liebende müssen jede Gelegenheit nutzen.«

»Ja, ich denke, das ist so«, stimmte sie ihm zu. »Aber was ist, wenn jemand kommt?«

»Darüber machen wir uns Gedanken, wenn es so weit ist. Küss mich, Caroline.«

Vorsichtig legte sie die Arme um seinen Hals und hatte Angst, ihm wehzutun.

»Ich habe gesagt, küss mich«, flüsterte er an ihrem Mund.

Der grobe, männliche Geruch des Kampfes hing noch an ihm. Sie fühlte die ungewöhnliche Energie, die er ausstrahlte.

Zärtlich küsste sie ihn und versuchte, die Gewalttätigkeit durch Liebe zu ersetzen.

Mit schnellen Bewegungen öffnete er ihren Morgenmantel. Und dann waren auch schon seine Hände auf ihrer Haut, umfassten ihre Taille, und er hob sie hoch.

Sie hatte erwartet, dass er sie auf den Teppich legen würde. Das schien der einzig mögliche Platz im Zimmer zu sein. Doch stattdessen setzte er sie auf die Kante des Schreibtisches.

Und als er dann ihre Beine auseinander drängte und sich dazwischen schob, war sie viel zu erschrocken, um zu protestieren. Sie fühlte nur noch seine Hände auf ihrer Haut, die sie neckten, streichelten, bis sie ganz feucht war und voller Sehnsucht.

Er strahlte an diesem Abend eine eigenartige, wilde Anspannung aus, dennoch hielt er sich unter Kontrolle. Sie war bei ihm in Sicherheit, ganz gleich, wie wild die Leidenschaft zwischen ihnen auch sein mochte.

Es war ein berauschendes, herrliches Gefühl.

Er öffnete seine Hose, und sie umfasste ihn mit den Händen, prägte sich das Gefühl ein, ihn so zu halten.

»Du erstaunst mich«, flüsterte sie benommen.

Er lachte leise und voller Erregung auf. Und dann machte er Dinge mit ihr, die wirklich erstaunlich waren.

Alles in ihr zog sich zusammen, bis sie glaubte, es nicht länger ertragen zu können. Sie krallte die Finger in seine Schultern.

»*Adam.*«

Ohne jede Vorwarnung löste sich die Anspannung in ihrem Inneren auf in ein heißes, mächtiges Pulsieren, das sie mit einem überwältigenden Glücksgefühl erfüllte.

Noch ehe sie sich davon erholen konnte, schlossen sich Adams Hände um ihren Po, und er drang mit einem einzigen, heftigen Stoß tief in sie ein.

Seine eigene Erfüllung ließ seinen Körper erbeben. Sie hörte, wie er ein Aufstöhnen unterdrückte und verspürte eine große Zufriedenheit darüber, dass er in ihren Armen eine solche Erfüllung gefunden hatte. Das war zweifellos sehr selbstsüchtig von ihr, aber sie hoffte von ganzem Herzen, dass er diese Erfahrung nie wieder mit einer anderen Frau machen würde.

Sie klammerte sich an ihn, schlang die Beine fest um seine Hüften, bis die Welt sich wieder in ihrem normalen Rhythmus drehte.

Eine Ewigkeit später löste sich Adam von ihr, wenn auch nur zögernd, und machte sich daran, seine Kleidung wieder zurechtzurücken.

»Ich muss gehen«, meinte er, nach einem Blick auf die Uhr. »Deine Tanten werden bald nach Hause kommen, und ich bin nicht in dem Zustand, in dem ich sie begrüßen möchte.«

»Versprich mir, dass du dir eine Mietkutsche nehmen wirst. Ich möchte nicht, dass du den ganzen Weg zurück nach Hause zu Fuß gehst.«

Er griente, legte die Hände um ihre Hüften, hob sie vom Schreibtisch und stellte sie wieder auf die Füße.

»Ich versichere dir, nach dieser herrlichen Erholung fühle ich mich sehr belebt.«

»Aber wenn nun diese beiden Männer noch einmal versuchen, dich anzugreifen.«

»Ich glaube nicht, dass ich sie bald wiedersehen werde.« Er gab ihr einen kleinen Kuss auf die Nasenspitze und griff nach seinem Hemd. »Gute Nacht, meine Süße. Ich werde dich morgen besuchen kommen.«

Sie war erstaunt über den Wechsel in seiner Laune. Es war tatsächlich so, als hätte er ein berauschendes Getränk zu sich genommen. War es möglich, dass die Liebe eine solche Wirkung auf einen Mann haben konnte?

Adam ging bereits zur Tür. Sie lief hinter ihm her.

»Aber du wirst vorsichtig sein«, ermahnte sie ihn.

»Ganz sicher«, versprach er.

Ihrem Geschmack nach sagte er das viel zu lässig. Aber was sollte sie tun? Sie ging hinter ihm her, bis hinaus auf die Straße.

Als er weg war, schloss sie die Tür, lehnte sich daran und hielt die Türklinke mit beiden Händen fest.

Männer, so dachte sie, waren schon merkwürdige Wesen.

Nach einer Weile ging sie zurück in ihr Arbeitszimmer und setzte sich hinter ihren Schreibtisch.

Sie las noch einmal durch, was sie vor Adams Ankunft geschrieben hatte, und war jetzt noch unzufriedener mit der Entwicklung ihrer Geschichte als zuvor. Irgendwie konnte sie es nicht zulassen, dass Edmund Drake die Kontrolle über seine Gefühle so weit entglitt, dass er Miss Lydia etwas antun würde, selbst dann nicht, wenn er glaubte, sie hätte ihn betrogen.

Nur ein brutaler Verrückter kann sich eine solche Entschuldigung ausdenken.

Und dann erinnerte sie sich wieder daran, was er gesagt hatte, als sie seine Rippen mit Emmas Salbe verbunden hatte.

Ich hoffe, deine Tante hat keine Arnika in ihre Salbe getan?

Und sie dachte an ihre Antwort. *Nein. Wenn sie in die Haut eindringt … ist sie wie ein Gift.*

Gift.

Wenn Edmund Drake vergiftet worden war, dann könnte er sich vielleicht so ungewöhnlich benehmen.

Sie griff nach ihrem Stift, strich einige Absätze durch und begann dann zu schreiben.

»Edmund, du musst mir zuhören«, bat Lydia. »Du bist nicht du selbst, Sir. Ich denke, man hat dich vergiftet.«

Edmund erstarrte, sein Verstand und seine Intelligenz gewannen wieder die Oberhand. »Vergiftet? Aber wie sollte so etwas möglich sein?«

»Die Törtchen«, rief sie ihm ins Gedächtnis und warf einen Blick auf das Tablett auf dem Tisch. »Diese düstere Stimmung hat dich überkommen, nachdem du das erste davon gegessen hast.«

»Zum Teufel, du hast Recht.« Edmund schüttelte den Kopf, als wolle er den Nebel, der sich um seinen Verstand gelegt hatte, vertreiben. »Irgendetwas stimmt nicht. Ich fühle mich gar nicht wohl.« Er stand auf und sah mit wachsendem Entsetzen auf sie hinunter. »Was habe ich nur getan? Verzeih mir, Miss Lydia. Ich würde dir niemals etwas antun.«

»Ich weiß.« Sie setzte sich auf und strich sich hastig die Röcke glatt. »Es war ein großes Missverständnis, und ich kann alles erklären.«

So ist es schon viel besser, dachte Caroline.

Aber sie konnte nicht länger verleugnen, was doch so offensichtlich war. Ganz langsam entwickelte sich Edmund Drake zu ihrem Helden. Und das warf ein ernstes Problem auf. Sie musste einen anderen Bösewicht finden. Es blieben nur noch wenige Kapitel, bis die Geschichte zu Ende war.

32

Kurz nach elf Uhr am nächsten Abend schlich sich Adam aus dem lauten, überfüllten Ballsaal. Schnell ging er an den Räumen der Dienstboten vorbei und nahm die Abkürzung in die Bibliothek.

Die Musik und der Lärm der Stimmen verblassten langsam hinter ihm. Julia hat einen weiteren überwältigenden Erfolg gelandet, dachte er. Die Brunnen funktionierten alle, keiner lief über, und die Ruinen sahen außergewöhnlich echt aus. Das Thema der römischen Villa würde zweifellos von jeder Gastgeberin in der Stadt imitiert werden.

Aber am meisten freute er sich an diesem Abend über Caroline. Sie strahlte in einem eleganten roten Kleid. Winzige goldene Blümchen glänzten in ihrem hochgesteckten Haar.

Es belustigte ihn, dass sie sofort einen so großen Erfolg gehabt hatte, und zwar nicht wegen der Verbindung zu seiner mächtigen Familie, sondern wegen ihrer Arbeit als Schriftstellerin des *The Mysterious Gentleman*. Sofort als sie den Ballsaal betreten hatte, hatte sich eine Menschenmenge um sie versammelt. Es schien, dass alle Anwesenden wissen wollten, welches Schicksal Edmund Drake erwartete.

Er öffnete die Tür der Bibliothek und trat ein.

»Ich habe Ihre Nachricht bekommen, Harold.«

Harold Filby hörte auf, nervös in dem Raum auf und ab zu laufen, und wirbelte herum. Hinter den dicken Brillengläsern blickten seine Augen ungewöhnlich besorgt.

»Es tut mir Leid, Ihren Abend so zu unterbrechen, Sir, aber ich bin gerade erst nach London zurückgekehrt und sofort hierher gekommen. Ich dachte, Sie sollten die Neuigkeiten sofort erfahren.«

»Machen Sie sich keine Sorgen über die Unterbrechung des Abends.« Adam schloss die Tür der Bibliothek hinter sich und kam auf ihn zu. »Ich versichere Ihnen, es wird mich niemand vermissen. Mrs. Fordyce ist die große Attraktion des Balles heute Abend.«

»So.« Harold sah ihn genauer an. »Was ist denn mit Ihrem Auge geschehen, Sir? Hatten Sie einen Unfall?«

»Das ist eine lange Geschichte. Ich werde sie Ihnen später einmal erzählen.«

Harold räusperte sich. »Nun, also, ich fürchte, die Informationen, die ich für Sie habe, haben mit Mrs. Fordyce zu tun. Nachdem ich Ihr Telegramm bekommen habe, habe ich mich in das Dorf Chillingham begeben. Es war nicht einfach, aber schließlich habe ich doch die Einzelheiten des Skandals herausgefunden, in den sie verwickelt war.«

»Wissen Sie eigentlich, dass ich schon beinahe vergessen hatte, dass ich Sie losgeschickt habe, nach allem, was hier geschehen ist?« Adam lehnte sich gegen seinen Schreibtisch und verschränkte die Arme vor der Brust. »Nun? Was haben Sie erfahren?«

»Ich bedaure sehr, Ihnen sagen zu müssen, dass es sich bei den fraglichen Ereignissen um nicht gerade harmlose Dinge handelt. Wir sprechen hier von einem Mordversuch, einer verrückten Frau, Selbstmord, Hinweisen auf eine verbotene Liebesaffäre und der Ehre einer Lady.«

Eine eisige Hand schien nach Adams Herzen zu greifen. »Man kann sich darauf verlassen, dass Mrs. Fordyce keine halben Sachen macht.«

»Es gibt eine ganze Anzahl alarmierender Tatsachen, doch das Wichtigste im Augenblick ist, dass auch ein Gentleman in die Sache verwickelt war.«

»Das habe ich mir bereits gedacht, da es hier ja um einen Skandal geht.«

»Zweifellos. Und das Beunruhigende dabei ist, dass der Name des Gentleman Ivybridge ist.«

Adam erstarrte. »Ich kenne ihn.«

»In der Tat, Sir. Aber was die Sache noch dringender macht ist, dass er und seine Frau im Augenblick in der Stadt sind. Sie haben sehr gute gesellschaftliche Verbindungen. Ich brauche Ihnen wohl nicht in Erinnerung zu rufen, dass alle, die in der gehobenen Gesellschaft einen Namen haben, heute Abend auf der Gästeliste von Lady Southwood stehen?«

»Verdammt.« Adam machte sich auf den Weg zur Tür. »Ivybridge könnte in diesem Augenblick dort draußen im Ballsaal sein. Ich muss ihn unbedingt finden, ehe Caroline ihn entdeckt.«

Keine Panik, dachte Caroline. Er hat dich nicht gesehen.

Sie eilte durch die Terrassentür am anderen Ende des Ballsaals und entkam auf eine kleine Terrasse. Niemand war hier zu sehen. Im Schatten am anderen Ende entdeckte sie einige kunstvoll aufgebaute Stücke falscher Steine, die mit einem Tuch aus blauem Samt bedeckt waren. Das schwache Plätschern von Wasser war hinter einer Gardine zu hören, die mit einem goldenen Band zusammengebunden war.

Es war einer dieser geheimen Rückzugsorte, die Julia für ihre Gäste geschaffen hatte. Sie waren überall verstreut in dem von Laternen erhellten Garten und auf den Terrassen, so wie hier. Diese abgeschiedenen Orte waren bestimmt für Paare oder kleinere Gruppen, die dem Lärm und dem Durcheinander des strahlend hell erleuchteten Ballsaals entfliehen wollten.

Wie Caroline gehofft hatte, war dieser Ort auf der abgeschiedenen Terrasse bis jetzt nicht genutzt worden. Sie schob den blauen Samt beiseite und befand sich plötzlich in der Miniaturausgabe eines römischen Gartens. Eine geschnitzte Bank und ein kleiner Brunnen verzierten ihn.

Sie sank auf die Bank und atmete zuerst einmal tief durch. Für den Augenblick war sie in Sicherheit. Glücklicherweise hatte sie Ivybridge gleich in dem Augenblick entdeckt, als er zusammen mit seiner Frau den Ballsaal betreten hatte. Für ihn gab es keinen Grund, in der Menge nach ihr zu suchen, rief sie sich ins Gedächtnis. Selbst wenn er hörte, wie die Leute darüber sprachen, dass Mrs. Fordyce, die Schriftstellerin, heute Abend hier war, so konnte er ganz unmöglich diesen Namen mit ihr in Verbindung bringen. Sie hatte den Namen nach den Ereignissen in Chillingham erst erfunden.

Emma und Milly waren vor einer Stunde ins Kartenzimmer gegangen. Sie würde einen Weg finden müssen, den beiden Ivybridges Anwesenheit mitzuteilen, damit sie alle den Ball verlassen konnten, ehe er zufällig einem von ihnen über den Weg lief.

Sie löste das goldene Band, um den blauen Samtvorhang vor die Nische fallen zu lassen. Er verbarg sie vollkommen. Wenn jemand durch Zufall dieses kleine Eckchen hier entdeckte, würde er annehmen, es sei besetzt, und würde sich einen anderen Ort suchen.

Sie zwang sich dazu, sich zu konzentrieren. Sie brauchte jetzt einen Plan. Sie musste Emma und Milly durch einen der Lakaien eine Nachricht schicken und sie auffordern, das Haus durch eine der Seitentüren zu verlassen. Dann würde sie Adam Bescheid sagen müssen, dass sie gezwungen gewesen war, den Ball frühzeitig zu verlassen. Morgen könnte sie ihm dann alles erklären.

Sie hörte leise Schritte auf der Terrasse, die sie in ihren Gedanken unterbrachen. Erschrocken versuchte sie, sich nicht zu bewegen, nicht einmal zu atmen. Hatte Ivybridge sie doch entdeckt und war ihr gefolgt?

»Ich nehme an, du bist so erschöpft vom Tanzen, dass du nicht einmal einen Walzer mit mir tanzen willst, Mrs. Fordyce.« Adam schob den blauen Vorhang beiseite. Er lächelte leicht, doch in dem schwachen Licht konnte sie den Ausdruck seiner Augen nicht erkennen. »Ich weiß, dass du heute Abend sehr begehrt bist, aber immerhin sind wir doch gute Freunde.«

»*Adam*.« Erleichterung mischte sich mit der Angst, und ihr Herz schlug heftig. Sie sprang auf. »Gott sei Dank bist du hier. Es braut sich ein entsetzlicher Skandal zusammen.«

»Schon wieder einer? Sie entstehen so schnell, dass ich gestehen muss, mir fehlt langsam der Überblick.«

»Dieser hier wird alle anderen verblassen lassen. Du musst mir vertrauen, wenn ich dir sage, dass es äußerst wichtig ist, dass ich sofort Emma und Milly finde. Wir drei müssen dafür sorgen, dass wir das Haus ungesehen verlassen können.«

»Das klingt ja ganz so, als hätte es schon wieder einen erstaunlichen Vorfall gegeben.« Er schüttelte leicht den Kopf. »Ich schwöre, mein Leben ist zu einem Sensationsroman geworden, seit ich dich kennen gelernt habe.«

»Das ist jetzt nicht der richtige Zeitpunkt für Humor, Sir, das versichere ich dir.« Sie stellte fest, dass sie in ihrer Aufregung heftig mit ihrem Fächer wedelte. Verlegen zwang sie sich, ruhig zu bleiben.

»Du hättest die ganze Geschichte längst erfahren müssen, aber wir waren so sehr beschäftigt mit den Morden und all diesen Dingen, dass ich bis jetzt keine Gelegenheit hatte, dir von den entsetzlichen Ereignissen in Chillingham zu erzählen.«

»Nein, das stimmt, das hast du nicht getan.«

»Es war einfach schrecklich, Adam. Wirklich schrecklich. Eine gewisse Person, die der Grund für all das war, ist im Augenblick hier in diesem Haus. Ich habe ihn gerade gesehen. Wenn er mich oder meine Tanten entdeckt, dann wird der Skandal, in dem wir uns im Augenblick befinden, noch tausend Mal schlimmer werden.«

»Ich nehme an, wir reden über Ivybridge?«

Sie erstarrte. »Du weißt von Ivybridge?«

»Ich kenne zwar nicht die genauen Einzelheiten, aber ich weiß, dass er der Gentleman ist, der deinen Ruf ruiniert hat, als du noch Miss Connor warst.«

»Gütiger Himmel. Das ist wirklich erstaunlich. Wie um alles in der Welt hast du das erfahren?«

»Es war nicht gerade einfach, ganz besonders wegen der Tatsache, dass du mich absichtlich in die Irre geführt hast, als du Bath erwähntest.«

Sie fühlte sich schuldig. »Oh ja. Das hatte ich ganz vergessen. Ich bitte dich um Entschuldigung. Aber zu diesem Zeitpunkt wollte ich dir noch nicht zu viele Einzelheiten verraten, falls ich dir nicht vollkommen, äh …«

»Falls du mir nicht vollkommen trauen konntest?«

Sie errötete. »Bis vor ein paar Tagen kannte ich dich noch kaum, und ich musste vorsichtig sein.«

»Das verstehe ich.« Er senkte den Kopf ein wenig. »Man kann nicht vorsichtig genug sein, wenn man versucht, seine Vergangenheit zu verbergen. Ich hatte selbst einige Erfahrungen in dieser Hinsicht, wenn du dich recht erinnerst.«

»Ja, natürlich. Ich habe nur gerade versucht, mir einen Plan zurechtzulegen, damit meine Tanten und ich uns aus dem Haus schleichen können, und da du in dieser Hinsicht so viel Erfahrung hast, könntest du uns dabei helfen.«

»Woran hast du denn gedacht?«

»Ich dachte, dass wir vielleicht durch den Dienstboteneingang verschwinden könnten.«

»Wie eigenartig. Ich dachte da eher an einen gemeinsamen Walzer.«

Sie sah ihn böse an. »Hast du heute Abend zu viel getrunken, Adam?«

»Noch nicht. Aber wenn man bedenkt, wie sich die Dinge entwickeln, wäre ich nicht überrascht, wenn ich noch ein wenig Stärkung brauche, ehe der Abend vorüber ist.«

»Ich verstehe nicht, warum du dich in dieser äußerst ernsten Lage noch lustig machst. Ich verspreche dir, wenn Emma, Milly und ich nicht unbemerkt entkommen, ohne dass Ivybridge uns sieht, dann wirst du und deine Familie in einen Skandal verwickelt werden, der noch viel schlimmer ist als alles, was du dir vorstellen kannst.«

Er löste die Arme, die er vor der Brust verschränkt hatte und legte die Fingerspitzen auf ihren Mund, um sie zum Schweigen zu bringen.

»Zuerst der Walzer«, bestand er auf seinem Wunsch.

Er griff nach ihrem Arm und zog sie aus ihrem Versteck.

»Adam, warte, du scheinst nicht richtig zu verstehen …«

»Wenn du mich weiter so böse ansiehst, werden alle glauben, dass wir uns gestritten haben«, meinte er, als er sie zurück in den Ballsaal führte. »Denke nur, was für einen Klatsch *das* auslösen würde.«

Ganz benommen vor Angst leistete sie ihm keinen weiteren Widerstand. Sie hatte getan, was sie konnte, sagte sie sich. Sie hatte versucht, ihn zu warnen. Jetzt war er für sein eigenes Schicksal verantwortlich.

Als sie die Tanzfläche erreicht hatten, fühlte sie

Adams Arm fest und sicher um ihre Taille. Und dann schwebte sie in seinen Armen durch den Raum, zu den berauschenden Takten eines Walzers.

Es hätte ein Traum sein können, überlegte sie. Die Umgebung war so romantisch. Adam war beunruhigend sinnlich und gefährlich attraktiv in seiner formellen Abendkleidung. Er strahlte eine männliche Kraft aus und ein Selbstbewusstsein, bei denen sie sich ihrer eigenen Weiblichkeit sehr bewusst war.

Doch in Wirklichkeit war das alles ein Alptraum. Überall im Raum wandten sich ihnen die Blicke zu. Die Menschen hatten bemerkt, dass der geheimnisvolle Mr. Hardesty mit seiner sehr guten Freundin, der Schriftstellerin, tanzte. Es war nur noch eine Frage der Zeit, ehe Ivybridge sie entdeckte.

Und als die Begegnung dann endlich stattfand, geschah alles so schnell und mit einer solch militärischen Präzision, dass Caroline begriff, Adam hatte alles bis zur letzten Einzelheit geplant.

Er blieb mit ihr stehen, genau vor dem erstaunten Ivybridge. Der starrte Caroline mit offenem Mund an, als wäre plötzlich ein Geist vor ihm erschienen.

»Ivybridge«, begrüßte ihn Adam lässig. »Ich

dachte mir schon, dass ich Sie eben irgendwo gesehen habe.«

Ivybridge schluckte und löste dann den erschrockenen Blick von Caroline. »Hardesty.« Einen Augenblick lang schien er von Adams Gesicht abgelenkt zu sein. »Sind Sie gegen eine Tür gelaufen, Sir?«

»So einfach war das gar nicht.« Adams Lächeln hätte die Hölle gefrieren lassen können. Er warf Caroline einen Blick zu. »Meine Liebe, erlaube mir, dir Ivybridge vorzustellen. Die Familie besitzt eine kleine Länderei in einem winzigen Dorf mit dem Namen Chillingham, glaube ich. Du hast vielleicht schon davon gehört. Gleich in der Nähe von Bath. Ivybridge, das ist meine sehr gute Freundin, Mrs. Fordyce. Sie ist eine Schriftstellerin, die erstaunliche Sensationsromane schreibt. Zweifellos haben Sie von ihr gehört.«

Caroline sah, wie Ivybridge seine Augen zusammenkniff.

»Mr. Ivybridge«, begrüßte sie ihn und bemühte sich um den gleichen kalten Ton, den auch Adam benutzt hatte. Es war offensichtlich, dass Ivybridge von dieser Vorstellung beeindruckt war. Unsicher, wie er reagieren sollte, wählte er den sicheren Weg und begrüßte Caroline mit einem knappen Nicken seines Kopfes.

»Mrs. Fordyce«, murmelte er.

»Komm, meine Liebe, wir müssen weiter.« Adam umfasste ihren Arm fester. »Ich glaube, ich habe meine Schwester an der Tür des Speisesaales gesehen. Sie hat uns zugewinkt.«

Er führte sie so schnell durch die Menge, dass weder sie noch Ivybridge etwas sagen konnten.

»Was um alles in der Welt hast du denn damit bezwecken wollen?«, flüsterte sie Adam zu.

»Wenn ich dem Feind begegne, dann ziehe ich es vor, dies unter meinen eigenen Bedingungen zu tun und nicht unter seinen.«

»Ist das wieder eine deiner Regeln?«

»Jawohl.«

»Adam, ich weiß zwar nicht, was du vorhast, aber ich mache mir große Sorgen«, verriet sie ihm, und ihre Angst wuchs mit jeder Sekunde. »Du kennst die Ausmaße des Skandals nicht, der über meinem Kopf hängt.«

»Ich bin sicher, das werde ich schon sehr bald herausfinden. In einem Sensationsroman passiert immer alles sehr schnell, habe ich festgestellt. Man gerät nie in die Gefahr, sich zu langweilen.«

Er blieb mit ihr vor Julia stehen, die sich gerade mit einer kleinen Gruppe von Gästen unterhielt.

»Ich werde Caroline eine Weile bei dir lassen, wenn du nichts dagegen hast«, meinte Adam. »Ich habe in der Bibliothek etwas Geschäftliches zu erledigen.«

»Geschäfte? Heute Abend?« Julia warf ihm einen vorwurfsvollen Blick zu. »Wirklich Adam, das kannst du doch sicher bis morgen verschieben.«

»Ich fürchte, es ist eine äußerst dringende Angelegenheit.« Er zog Carolines Hand an seine Lippen und drückte einen leichten Kuss darauf. »Sorge dafür, dass Wilson mit meiner sehr guten Freundin tanzt, ja?«

Julia schien sofort zu begreifen, dass etwas nicht stimmte. Sie stellte ihm keine weiteren Fragen.

»Ich bin sicher, Onkel Wilson wird sehr gern mit ihr tanzen.«

Caroline räusperte sich. »Ich weiß deine Fürsorge zu schätzen, aber ich bin wirklich im Augenblick nicht in der Stimmung, zu tanzen.«

»Wie schade.« Wie durch ein Wunder stand Wilson plötzlich neben ihr. »Und ich hatte mich schon so sehr auf einen Walzer gefreut. Ich hoffe, Sie werden mir den Wunsch erfüllen.«

»Aber …«

Doch es war schon zu spät. Er hatte bereits ihren Arm genommen und führte sie durch die Menschenmenge zur Tanzfläche.

»Ich weiß nicht, was ihr drei euch denkt«, wandte sie sich mit leiser Stimme an Wilson, als dieser den Arm um ihre Taille legte. »Aber ich verspreche euch, ihr macht die Dinge nur noch schlimmer.«

»Ich gebe zu, ich habe keine Ahnung, was los ist, und ich kann sehen, dass Julia es auch nicht weiß«, entgegnete Wilson ungerührt. »Aber Adam hat offensichtlich alles unter Kontrolle.«

»Das scheint er ganz sicher zu glauben. Das Problem ist allerdings, dass auch er nicht weiß, was los ist, wenigstens nicht alles.« Sie bemerkte, dass sie ganz atemlos wurde, während sie versuchte, mit Wilsons überraschend schwungvollem Tanzstil Schritt zu halten. »Ich versichere Ihnen, es wird noch einen weiteren Skandal geben.«

»Wirklich? Es wird mich wirklich interessieren, ob er den augenblicklichen Skandal noch übertreffen kann.«

»Aber Adam hat mir gesagt, dass eine seiner Regeln die ist, sich niemals in einen öffentlichen Skandal einzulassen.«

»Adam hat eine ganze Liste von Regeln«, wehrte Wilson ab. »Aber offensichtlich hat er Ihnen die wichtigste seiner Regeln noch gar nicht verraten.«

»Und was ist das?«

»Nun, für jede Regel gibt es eine Ausnahme.«

33

»Ich bin wirklich nicht gern der Botschafter, der die schlechten Nachrichten bringt, alter Kumpel«, begann Ivybridge. Er machte es sich in einem der ledernen Ohrensessel bequem und warf Adam einen wissenden Blick von Mann zu Mann zu. »Aber immerhin sind wir Mitglieder im gleichen Club und so weiter. Es wäre ein Fehler, wenn ich Ihnen nicht einen guten Rat geben würde, bezüglich Ihrer Verbindung mit der Frau, die sich Mrs. Fordyce nennt.«

Adam lehnte sich in seinem Sessel zurück und betrachtete seinen Besucher nachdenklich. Als er in die Bibliothek zurückgekehrt war, hatte er Filby in ein anderes Zimmer geschickt, mit einer Flasche Claret und ein paar Sandwiches vom Buffet. Dann hatte er auf Ivybridge gewartet. Sein Instinkt hatte ihm gesagt, dass er nicht lange würde warten müssen. Und er hatte Recht behalten.

»Sie kennen doch das traditionelle Schicksal des Boten, der schlechte Nachrichten bringt«, rief ihm Adam ins Gedächtnis.

Ivybridge zwinkerte mit den Augen und runzelte dann ein wenig die Stirn. Doch dann lachte er leise. »Sie werden mir für diese Nachrichten dankbar sein, Hardesty.«

»Wirklich?«

»In der Tat. Kein Mann wird gern in die Rolle eines Dummkopfes gedrängt.«

»Ich sehe, Sie können es kaum erwarten, mir Ihren neuesten Klatsch mitzuteilen.«

»Es geht hier nicht um Klatsch, Sir. Was ich Ihnen erzählen werde, sind Tatsachen. Zunächst einmal ist der Name der Lady nicht Mrs. Fordyce.« Ivybridge warf einen sehnsüchtigen Blick auf die Karaffe mit Brandy. »Caroline Connor ist ihr wirklicher Name. Ich nehme an, den Namen Mrs. Fordyce hat sie erfunden, um ihre Vergangenheit zu verbergen.«

Adam ignorierte den Hinweis auf den Brandy. Er hatte nicht die Absicht, sein ausgezeichnetes Getränk jemandem wie Ivybridge anzubieten.

»Ich nehme an, Sie wollen mir erzählen, warum sie gewisse Dinge verbergen möchte«, meinte er.

»Ich werde Sie nicht mit allen Einzelheiten langweilen, aber ich kann Ihnen versichern, dass Miss Connor in einen großen Skandal verwickelt war, der ihren Ruf vollkommen zerstört hat.«

»Ach so.«

»Ich muss sagen, es erstaunt mich, dass sie es irgendwie geschafft hat, sich unter einem neuen Namen ein neues Leben einzurichten. Aber ich habe schon immer geahnt, dass sie eine kluge Frau ist.«

Adam legte die Fingerspitzen zusammen. »Ich habe festgestellt, dass sie sehr intelligent und erfindungsreich ist.«

»Nun, das sind wohl die Eigenschaften einer erfolgreichen Abenteuerin, nicht wahr?« Ivybridge lachte. »Ich gebe zu, sie ist eine interessante Frau, wenn man gerade in der Stimmung ist, etwas Außergewöhnliches auszuprobieren. Aber sie ist wohl kaum das Vorbild anständigen weiblichen Benehmens, wie?«

Adam dachte über die verschiedenen Möglichkeiten nach, wie er Ivybridge loswerden konnte. Doch leider würden die meisten davon zu einer größeren Verschmutzung des Teppichs führen.

»Wohl nicht Ihre Wahl, nicht wahr?«, meinte er stattdessen.

»Leider fürchte ich, dass nach den unglücklichen Umständen in Chillingham ihr Ruf so schlecht ist, dass wohl kein Gentleman daran denken würde, sie seiner Familie vorzustellen.« Ivybridge zwinkerte vielsagend. »Ich bin sicher, Sie verstehen, was ich damit sagen will.«

»Das tue ich«, antwortete Adam. Kurz dachte er

über die verlockenden Dinge nach, die er mit seinem äußerst scharfen Brieföffner anstellen könnte. »Ich würde vorschlagen, wir kehren zu dem Thema des toten Botschafters zurück.«

Ivybridge runzelte die Stirn. »Wie bitte?«

Ohne jede Vorwarnung öffnete sich schwungvoll die Tür, mit einer solchen Wucht, dass sie gegen die Wand flog. Caroline lief in das Zimmer, die Röcke wehten hinter ihr. Wilson folgte, er schien höchst belustigt.

»Meine Liebe.« Adam stand auf. »Was für eine unerwartete Freude.«

Sie ignorierte ihn. »Da sind Sie ja, Ivybridge.« Mitten im Zimmer blieb sie stehen. »Ich habe gesehen, wie Sie den Ballsaal verlassen haben, und ich habe sofort gewusst, was Sie vorhaben. Sie konnten es gar nicht erwarten, Mr. Hardesty Ihre Version der ganzen Geschichte in Chillingham zu erzählen, nicht wahr?«

Ivybridge betrachtete sie verächtlich, er machte sich erst gar nicht die Mühe, aufzustehen. Dann blickte er wieder zu Adam. »Wie ich schon sagte, wohl kaum ein Vorbild weiblichen Benehmens.«

Adam achtete gar nicht auf diese Bemerkung. »Bitte, setz dich doch, meine Liebe.«

Entweder hörte sie ihn gar nicht, oder sie hatte nicht die Absicht, sich zu setzen. Sie sah noch immer Ivybridge an, mit einem Blick, der eine Mischung war aus Wut und Verachtung.

Adam warf Wilson einen schnellen Blick zu.

»Tut mir Leid«, meinte Wilson fröhlich und schien die ganze Sache überhaupt nicht zu bedauern. »Aber ich konnte sie nicht aufhalten. Als sie erst einmal bemerkt hatte, dass Ivybridge den Ballsaal verlassen hatte, war sie hinter ihm her, wie der Jagdhund hinter einem Fuchs.«

Eigentlich hätte ich das wissen müssen, dachte Adam. Wilson amüsierte sich köstlich. Und er selbst hatte die Kontrolle über die ganze Sache verloren.

Er kam um seinen Schreibtisch herum und lehnte sich dagegen. Dann betrachtete er sein Publikum.

»Ich gebe zu, dass ich sehr neugierig darauf bin, zu erfahren, was in Chillingham geschehen ist«, begann er.

»Es hat eine ganze Menge hässlichen Klatsch gegeben, so viel kann ich Ihnen verraten«, antwortete Ivybridge düster.

Caroline wirbelte zu Adam herum. »Ich werde dir ganz genau erzählen, was geschehen ist.«

Noch einmal öffnete sich die Tür, ehe Caroline weitersprechen konnte. Julia und Robert betraten die Bibliothek.

»Lady Southwood.« Ivybridge sprang auf und verbeugte sich tief vor Julia. »Madam, darf ich Sie bitten, zu gehen. Ich bin sicher, Sie möchten diese unangenehme Unterhaltung nicht hören. Ihre zarten weiblichen Nerven …«

»Machen Sie sich keine Sorgen um meine Nerven, Mr. Ivybridge«, unterbrach ihn Julia mit eisiger Stimme.

»Ich versichere Ihnen, die Nerven meiner Frau sind sehr stark, Ivybridge.« Mit hochgezogenen Augenbrauen sah Robert Adam an. »Was zum Teufel ist hier eigentlich los?«

»Caroline wollte uns gerade die Einzelheiten eines großen Skandals erzählen, in den sie vor drei Jahren verwickelt war«, meinte Adam.

»Wie aufregend.« Julia setzte sich und sah Caroline erwartungsvoll an.

»Es geht doch nichts über einen guten Skandal«, stimmte ihr Robert zu. Er stellte sich an den Kamin und lehnte sich gegen den Sims.

Noch einmal wurde die Tür aufgerissen. Diesmal stürmten Emma und Milly in die Bibliothek. Ihr Gesichtsausdruck wechselte von Besorgnis zu offensichtlichem Zorn, als sie Ivybridge entdeckten.

»Was will dieser Bastard denn hier?«, wollte Milly wissen.

»Was für eine Sprache.« Ivybridge sah aus, als würden ihm diese Worte Schmerzen bereiten. »Ich habe versucht, Sie zu warnen, Hardesty.« Er lehnte sich wieder in seinen Sessel zurück. »Der gesamten Familie fehlt der Sinn für Anstand.«

Emma sah ihn voller Verachtung an. »Sie sind gekommen, um Caroline noch einmal zu ruinieren, nicht wahr?«

»Mrs. Fordyce wollte uns gerade die ganze Geschichte erzählen.« Robert warf Caroline einen aufmunternden Blick zu. »Bitte, fangen Sie doch an.«

Ivybridge presste verärgert die Lippen zusammen. »Ich weiß gar nicht, was Sie sich davon versprechen, wenn Sie sich auf diese gewöhnliche Art in Verlegenheit bringen, Miss Connor. Sie werden alles nur noch viel schlimmer machen.«

Julia war sofort neugierig. »Ist das Ihr richtiger Name? Connor?«

»Ja«, antwortete Caroline.

»Erzähle«, forderte Adam Caroline auf.

»Ich werde versuchen, meine Version der ganzen Geschichte so kurz wie möglich zu halten«, begann sie. »Mr. Ivybridge ist der Eigentümer einer großen Länderei außerhalb des Dorfes Chillingham. Seine Familie besitzt schon seit langer Zeit Land in dieser Gegend.«

»Seit sechs Generationen, um es genau zu sagen«, warf Ivybridge ein, mit der Arroganz eines Mannes, der weiß, dass er auf der gesellschaftlichen Leiter einen hohen Rang einnimmt.

»Vor drei Jahren hat sich Ivybridge entschieden, zu heiraten«, erzählte Caroline weiter. »Im Dorf war es kein Geheimnis, dass er sich das Ziel gesetzt hatte, eine Frau zu finden, die ihm zusätzlichen Besitz in der Nähe von Chillingham einbringen würde. Also suchte er sich eine Frau aus dem örtlichen Landadel. Eine kurze Zeit lang machte er Miss Aurora Kent den Hof, der Tochter einer anderen wohlhabenden Familie der Gegend. Aber aus irgendwelchen Gründen entschied er sich dann, doch nicht um ihre Hand anzuhalten.«

Ivybridge schnalzte mit der Zunge. »Es stellte sich heraus, dass die Finanzen der Familie nicht so waren, wie ich es erwartet hatte«, erklärte er Wilson und Adam mit verschwörerischer Stimme.

»Mit anderen Worten, das Erbe der Lady war nicht groß genug und sagte Ihnen deshalb nicht zu«, erklärte Caroline eisig. »Sie haben sich also zurückgezogen und Ihre Interessen auf ein anderes Ziel gerichtet.«

»Auf meine bezaubernde Helen«, stimmte Ivybridge ihr zu und zeigte offen seine Zufriedenheit. »Wie es sich herausgestellt hat, war es eine ausgezeichnete Verbindung.«

»Sie war nicht nur sehr hübsch, sie hatte auch noch einen beträchtlichen Besitz, der gleich an das Land von Ivybridge grenzte«, erklärte Caroline. »Aber da gab es noch das kleine Problem mit Miss Aurora Kent, die gar nicht damit zufrieden war, dass man sie beiseite schob.«

Ivybridge verzog das Gesicht. »Meine geänderten Absichten haben offensichtlich die Nerven der Lady auf ganz besondere Weise angestrengt. Sie begann, sich sehr eigenartig zu benehmen. Sie ist sogar zwei Mal zu mir nach Hause gekommen, beide Male ohne jegliche Begleitung, muss ich erklären. Sie verlangte zu wissen, wen ich an ihrer Stelle ausgewählt hatte. Bei ihrem zweiten Besuch gab es eine schreckliche Szene, sie hat Drohungen ausgestoßen.«

Adams Magen zog sich zusammen. »Aurora Kent war geistig gestört?«

»Ich fürchte, ja.« Ein Schauer rann durch Ivybridge. »Es war damals sehr knapp, das kann ich Ihnen verraten. Wenn ich daran denke, dass ich diese Frau beinahe geheiratet hätte, dann lässt mich das noch immer schaudern.«

»Ivybridge hat sehr richtig festgestellt, dass Aurora Kent nicht ganz normal war«, sprach Caroline weiter. »Als er seinen Antrag zurückzog, wurde sie zu einer Besessenen. Er schloss, dass es nicht sehr weise wäre, ihr den Namen seiner zukünftigen Frau zu nennen.«

»Ich habe befürchtet, sie könnte Helen etwas antun.« Ivybridge sah die Männer im Raum an, als wolle er ihr Verständnis und ihre Zustimmung haben. »Offensichtlich hatte ich die Pflicht, meine zukünftige Frau vor dieser Verrückten zu schützen.«

»Also hat er stattdessen Aurora Kent meinen Namen genannt.« Caroline ballte die Hände zu Fäusten. »Er hat dieser armen, gestörten Frau erzählt, dass er die Absicht hatte, *mich* zu heiraten. Und er hat nie den Anstand besessen, mir zu erklären, was er getan hatte.«

Ivybridges Gesicht verzog sich vor Wut. »Wie können Sie es wagen, mir vorzuwerfen, ich hätte Sie in eine solche Gefahr gebracht?«

»Genau das ist es, was Sie getan haben«, unterbrach ihn Caroline. »Sie wollten Rache.«

»Unsinn«, wehrte Ivybridge schnell ab. »Sie erfinden hier nur eine weitere Geschichte.«

Carolines Blick wich nicht von seinem Gesicht. »Sie waren wütend, weil ich ihre lüsternen Annäherungsversuche abgelehnt hatte. Und als Sie dann die Möglichkeit sahen, mich dafür zu bestrafen, dass ich Ihr abscheuliches Angebot, Ihre Geliebte zu werden, abgelehnt hatte, haben Sie diese Gelegenheit ergriffen, sich so an mir zu rächen.«

»Wie können Sie es wagen, mich zu beschuldigen, ich hätte mich Ihnen unerwünscht genähert?« Ivybridge warf Adam und den anderen Männern einen nervösen Blick zu, dann sah er schnell weg. »Sie haben mit ihrem unkonventionellen Verhalten meine Aufmerksamkeit auf sich gezogen. Ständig sind Sie allein herumgelaufen, ohne eine anständige Begleitung – was haben Sie denn von einem Gentleman erwartet?«

Alle Luft schien aus Adams Lungen gewichen zu sein. Er wagte es nicht, sich zu bewegen. Er wusste, wenn er sich in diesem Augenblick nicht vollkommen unter Kontrolle hielt, würde er Ivybridge ganz sicher umbringen.

»Es stimmt, dass ich lange Spaziergänge gemacht habe, um meine Romane zu überdenken und neue Gedanken zu fassen«, stimmte Caroline zu. Sie presste die Lippen zusammen. »Auf dem Land ist das alles ganz anders, dort ist alles wesentlich entspannter. Niemand im Dorf hat sich daran gestoßen, nur Sie. Und an diesem Tag waren Sie wütend, weil ich Ihre Annäherungsversuche abgewiesen hatte. Später, als Aurora Kent dann Anzeichen zeigte, recht gefährlich zu werden, haben Sie sie auf mich gehetzt.«

»Und was ist geschehen?«, fragte Julia.

»Aurora ist mir an einem Nachmittag gefolgt«,

berichtete Caroline. »Ich schwöre, sie hat mich verfolgt, als wäre sie ein Jäger und ich die Beute.«

»Gütiger Himmel«, flüsterte Julia.

Ivybridge rollte mit den Augen. »Was für eine melodramatische Vorstellung. Kein Wunder, dass Miss Connor Schriftstellerin für Sensationsromane geworden ist.«

Caroline warf Adam rasch einen Blick zu. »Aurora Kent hat mich entdeckt, als ich unter einem Baum saß und mir Notizen machte. Ich habe sofort bemerkt, dass etwas mit ihr nicht stimmte. Sie trug nur ein Nachthemd und Schuhe. Ich habe mit ihr geredet, habe sie gefragt, ob sie krank sei. Aber sie schien meine Fragen gar nicht zu hören. Sie hat immer nur die gleichen Worte gesagt, wieder und wieder.«

Adam konnte den Schrecken in ihrem Blick nicht übersehen. Er richtete sich auf und kam zu ihr hinüber, dann legte er ihr sanft die Hände auf ihre nackten Schultern.

Keiner rührte sich, keiner sprach ein Wort. Sogar Ivybridge schien sprachlos.

»Was hat sie gesagt?«, fragte Adam Caroline, als sei sonst niemand mehr im Raum.

»Sie sagte, *Du musst weggehen. Verstehst du denn nicht? Er wird zu mir zurückkommen, wenn du weggehst.*«

Als sie Auroras Worte wiederholte, veränderte sich ihre Stimme, sie wurde eigenartig monoton. Sie versank wieder in Erinnerungen, begriff er, durchlebte den Alptraum noch einmal. Unter seinen Händen war ihre Haut eiskalt geworden. Er fühlte, wie ein Beben durch ihren Körper rann. Vorsichtig griff er fester zu und zwang sie so, ihn zu bemerken.

»Und was ist dann geschehen?«, fragte er in die Stille hinein.

Caroline sah ihn an, als sei sie gefangen in einem Wirbel und nur er hielt das Seil in der Hand, das sie in die Sicherheit zurückholen konnte. »Sie hatte ein Messer hinter ihrem Rücken verborgen. Das hob sie hoch und lief auf mich zu. Sie hat versucht, mich umzubringen, Adam.«

Er zog sie in seine Arme und versuchte, sie mit seinem Körper zu wärmen.

»Du hast es überlebt«, flüsterte er in ihr Ohr und wiegte sie sanft hin und her. »Du hast es überlebt. Es geht dir gut, Caroline. Es ist alles vorbei.«

»Ich habe mich umgewandt, um davonzulaufen«, hauchte sie an seiner Brust. »Aber meine Röcke haben sich um meine Beine gewickelt, und ich bin gefallen. Sie war gleich hinter mir und hat versucht, mir das Messer in den Hals zu stoßen. Es ist mir gerade noch gelungen, mich auf die Seite zu rollen und aufzuspringen. Und dann bin ich losgerannt.«

»Caroline.« Mit ausgestreckten Armen kam Emma auf sie zu.

Aus dem Augenwinkel entdeckte Adam, wie Milly Emma die Hand auf die Schulter legte und sie so festhielt.

Ivybridge schnaufte verächtlich. »Zu Ihrer aller Information, es wurde nie ein Messer gefunden. Ich fürchte, das alles ist nur eine weitere Erfindung von Miss Connors überschwänglicher Vorstellungskraft.«

»Ich habe meine Röcke gehoben und bin zum Fluss davongelaufen«, sprach Caroline benommen weiter. »Sie war gleich hinter mir, ganz nahe. Ich wusste, dass ich ihr in meinem schweren Kleid nicht entkommen konnte. Und als ich dann am Fluss angekommen war, lief ich über die Brücke. Sie hatte mich fast eingeholt.«

Caroline war so angespannt, als würde sie noch immer um ihr Leben laufen, das fühlte Adam.

»Was in Gottes Namen hast du getan?«, fragte er gepresst.

»Ich habe mich schließlich an meinen Sonnenschirm erinnert. Er hing an meiner Taille, an einer neuen Kette, die Tante Emma und Tante Milly mir zum Geburtstag geschenkt hatten. Ich habe ihn von der Kette gelöst und bin dann auf der Brücke stehen geblieben. Und dann habe ich den Sonnenschirm eingesetzt wie ein langes Schwert, ich habe damit auf Auroras Gesicht gezielt. Sie ist zurückgewichen und hat instinktiv versucht, ihre Augen zu schützen, denke ich. Aber sie hat die Balance verloren. Mit der Rückseite des Knies ist sie gegen das niedrige Geländer der Brücke gestoßen. Sie ist in den Fluss gefallen. Das Wasser ist dort sehr tief, und sie konnte nicht schwimmen.«

»Ist sie ertrunken?«, fragte Adam.

Ivybridge schnaufte. »So einfach war das alles nicht. Zufällig ist Miss Connor, zusätzlich zu ihren anderen, wenig damenhaften Eigenschaften, eine ausgezeichnete Schwimmerin. Sie hat sich bis auf ihr Hemd ausgezogen, ohne jeden Anstand, ist in das Wasser gesprungen und hat die arme Miss Kent gerettet. Beide Frauen hat schließlich einer meiner Pächter gefunden, nur in ihrer Unterwäsche. Ein erschreckender Anblick, kann ich Ihnen sagen. Der Klatsch hat sich monatelang gehalten.«

»Und was ist mit Aurora Kent passiert?«, wollte Robert wissen. »Ich nehme an, man hat sie in eine Anstalt eingewiesen?«

Caroline hob den Kopf von Adams Schulter. »Sie hat sich noch am gleichen Nachmittag das Leben genommen.«

»Sie hat die Pistole ihres Vaters benutzt, um das zu beenden, was der Fluss nicht geschafft hatte«, erklärte Ivybridge lässig. »Und Miss Connors lächerlicher Rettungsversuch war vollkommen vergebens.«

»Und was ist mit dem Messer geschehen?«, fragte Adam.

»Aurora Kent hatte es noch immer in der Hand, als sie in den Fluss fiel«, flüsterte Caroline. »Im tiefen Wasser unter der Brücke hat sie es fallen lassen. Ich nehme an, es liegt noch immer im Schlamm auf dem Grund des Flusses.«

»Es war alles ein riesiger Aufruhr, das kann ich Ihnen versichern«, behauptete Ivybridge. »Und zusätzlich dazu kam auch noch das Gerücht auf, dass Miss Connor und ich eine verbotene Affäre gehabt hätten. Und wenn man eines zum anderen zählte, war der Ruf von Miss Connors ruiniert.«

Robert nahm die Hand vom Kaminsims und verbeugte sich voller Respekt vor Caroline. »Meinen Respekt vor Ihrer heldenhaften Tat, Miss Connor.«

Julia stand auf. »Das empfinde ich auch so, Caroline. In der Tat hat mich diese traurige Geschichte sehr berührt. Meiner Meinung nach hat Ivybridge jegliche Ehre und jeglichen Edelmut vermissen lassen.«

Ivybridge war wie vom Donner gerührt. »Wie bitte, Madam? Ich bin ein Gentleman.«

»Ich stimme meiner Frau vollkommen zu«, meldete sich jetzt auch Robert. Er sah Ivybridge an. »Sie, Sir, sind kein Gentleman.«

»Ich mochte Sie noch nie, Ivybridge«, meinte Wilson. »Bitte, suchen Sie Ihre Frau im Ballsaal, und gehen Sie sofort. Sie sind in diesem Haus als Gast nicht länger willkommen.«

Ivybridge verzog ungläubig das Gesicht, doch dann breitete sich zusehends Schrecken in seinem Blick aus. Adam sah, dass er endlich begriff, dass seine Rolle in dieser Geschichte in Chillingham nicht von allen mit Zustimmung gesehen wurde.

»Also wirklich, Sie müssen verstehen …« Ivybridge sprang auf. »Ich wollte Ihnen doch nur einen Gefallen tun, Hardesty. Wenn Sie die Gesellschaft schockieren wollen, indem sie öffentlich eine Verbindung mit einer Frau eingehen, die in einen so großen Skandal verwickelt war, dann ist das Ihre Sache.«

»Da haben Sie vollkommen Recht.« Adam gab Caroline frei und ging auf Ivybridge zu. »Es ist meine Sache. Und es gibt noch einen anderen Aspekt dieser ganzen Situation, den ich Ihnen in Erinnerung rufen möchte.«

Ivybridge umklammerte die Lehne des Sessels. »Was wollen Sie damit sagen?«

»Miss Connor ist nicht nur eine sehr gute Freundin, ich hoffe sogar, dass sie, wenn die Zeit gekommen ist, einen Heiratsantrag von mir annehmen wird.«

Ivybridge sah ihn mit offenem Mund an. Adam hörte, wie Caroline ein erstauntes kleines Geräusch ausstieß. Es amüsierte ihn, dass außer ihr niemand sonst in dem Raum von seiner Erklärung erstaunt zu sein schien.

Vor Ivybridge blieb er stehen. »Ich bin sicher, Sie können sich vorstellen, wie äußerst verärgert ich sein würde, wenn Miss Connor in Verlegenheit gebracht würde durch irgendwelchen Klatsch über die Ereignisse in Chillingham.«

»Wie können Sie es wagen, mir zu drohen, Sir«, platzte Ivybridge heraus.

»Ich wäre in der Tat so verärgert, dass ich nicht zögern würde, Ihre Investition in einem gewissen Etablissement in der Marbury Street an jeden Reporter der Stadt weiterzugeben.«

Erschrecken lag auf Ivybridges Gesicht. »Ich habe keine Ahnung, wovon Sie überhaupt reden.«

»Es ist eine Sache, wenn ein Gentleman sich diskrete Unterhaltung in einem Bordell sucht, aber es ist eine ganz andere Sache, wenn er in ein solches

Haus investiert, nicht wahr? Stellen Sie sich doch einmal vor, was geschehen wird, wenn Ihre Freunde davon in der Zeitung lesen.«

»Also wirklich, ich weiß gar nicht, was Sie damit sagen wollen, aber ich kann Ihnen versichern, dass Sie so etwas niemals beweisen können.«

Adam breitete beide Hände aus. »Das ist doch das Erstaunliche an einer Sensationsgeschichte in der Zeitung, nicht wahr? Man kann dem Ruf eines Gentleman und seiner Stellung in der Gesellschaft sehr schaden, ohne sich überhaupt die Mühe machen zu müssen, nackte Tatsachen zu nennen oder Beweise zu erbringen.« Er hielt inne. »Aber wenn es Sie beruhigt, dann kann ich Ihnen versichern, dass ich den Reportern genügend Beweise geben kann.«

»Ich habe nicht die Absicht, mich über Miss Connors Vergangenheit auszulassen«, erklärte Ivybridge, der offensichtlich erschüttert war. »Aber was ist mit meiner Frau? Sie wird sie doch sicher wiedererkennen.«

»Ich würde vorschlagen, dass sie das besser nicht tut«, erklärte Adam. »Wenn irgendwelche Gerüchte oder auch nur die Andeutung einer Verbindung von Mrs. Fordyce zu den Ereignissen in Chillingham vor drei Jahren an meine Ohren dringen, dann werde ich annehmen, dass diese von Ihnen kommen, Ivybridge, und ich werde mich entsprechend verhalten.«

»Sie können mir wohl kaum einen Vorwurf machen, wenn jemand anderes Miss Connor erkennt und den Klatsch in Umlauf setzt.«

»Ganz im Gegenteil, ich werde nicht zögern, Sie dafür verantwortlich zu machen. Keinen Augenblick lang. Ich bin sicher, Sie können Ihre Frau davon überzeugen, dass es nicht sehr weise ist, beim Tee diesen Klatsch zu verbreiten.« Adam warf einen Blick auf die große Uhr. »Ich gebe Ihnen fünf Minuten Zeit, Ihre Frau zu suchen und dann das Haus zu verlassen.«

Benommen ging Ivybridge zur Tür, riss sie auf und verschwand dann im Flur.

Ein kurzes Schweigen senkte sich über die kleine Gruppe von Menschen, die in der Bibliothek zurückgeblieben waren.

Milly durchbrach das Schweigen, indem sie ihren Fächer öffnete. Sie lächelte Adam zustimmend an.

»Das war der erfreulichste Anblick, den ich seit Jahren hatte, Sir«, meinte sie. »Danke, dass Sie einen höchst unterhaltsamen Abend mit einem so erfreulichen Ende abgerundet haben.«

Emma machte einen Schritt nach vorn und blieb dann stehen. »Haben Sie wirklich so entsetzliche Informationen, die Ivybridges Investitionen in ein Bordell bestätigen können?«

Wilson antwortete an Adams Stelle. Er lachte leise. »Darauf können Sie sich verlassen, Madam. Adam kennt die Geheimnisse aller in der Gesellschaft.«

»Ich bedaure es wirklich nicht, ihn von unserer Gästeliste gestrichen zu haben«, meinte Robert. Er griff nach Julias Arm und zog sie zur Tür. »Er stand sowieso nur darauf, weil sein Vater und meiner alte Bekannte sind. Aber sie sind beide schon tot. Ich sehe also keine Notwendigkeit, diese Verbindung noch weiter zu pflegen, oder was meinst du, meine Liebe?«

»Überhaupt nicht«, stimmte ihm Julia zu.

»Komm, wir müssen zurück zu unseren Gästen.« An der Tür blieb Robert noch einmal stehen und strahlte Adam an. »Ach, übrigens, erlaube mir, dir zu deinen Hochzeitsplänen Glück zu wünschen, Hardesty. Es ist auch langsam Zeit, dass du dich endlich entscheidest. Du wirst auch nicht jünger, musst du wissen.«

Adam senkte ein wenig den Kopf. »Danke, dass du mir meine Vorzüge in Erinnerung rufst.«

»Gern geschehen. Ich dachte, als dein Schwager hätte ich die Pflicht.« Er schob eine lachende Julia durch die Tür.

»Ich stimme Southwoods Gefühlen bezüglich deiner Hochzeitspläne zu, Adam.« Wilson lächelte Caroline dankbar an. »Eine ausgezeichnete Wahl, möchte ich behaupten. Sie wird sehr gut in die Familie passen.«

Milly wedelte sich glücklich mit dem Fächer Luft zu. »Das ist alles so romantisch.«

Emma zog die Augenbrauen zusammen. »Sind Ihre Absichten meiner Nichte gegenüber auch ernsthaft, Mr. Hardesty?«, fragte sie. »Oder war die Erwähnung des Antrages nur dazu gedacht, Ivybridge einzuschüchtern?«

»Natürlich meint er es ernst.« Wilson griff mit einer Hand nach Emmas Arm, mit der anderen nach dem von Milly und zog die beiden zur Tür. »Adam hat seine Regeln, wenn es um eine Lady geht. Vertrauen Sie mir, er hätte das Thema einer Heirat nicht zur Sprache gebracht, wenn es ihm nicht sehr ernst damit wäre.«

Die drei verschwanden durch die Tür.

Endlich war Adam allein mit Caroline.

»*Adam.*«

Sie lief zu ihm und warf sich in seine Arme, hielt ihn so fest, dass er hoffte, sie würde ihn nie wieder loslassen. Er legte die Arme um sie und genoss ihre Wärme und das Gefühl, sie so zu halten.

»Ich kann gar nicht glauben, was du und deine

Familie gerade für mich getan habt«, flüsterte sie gerührt.

Er lächelte und drückte den Mund in ihr Haar. Sie hatte ja überhaupt keine Ahnung, überlegte er. Die milden Drohungen, die Ivybridge dazu gebracht hatten, den Raum zu verlassen, waren ja erst der Anfang. In den nächsten Monaten würde erst die wirkliche Gerechtigkeit einsetzen. Ivybridge würde ganz langsam, aber sicher feststellen, dass er nicht länger auf der Gästeliste einiger der wichtigsten Gastgeberinnen der Gesellschaft stand. Er würde von einigen gewissen privaten Investitionen fern gehalten. In gewissen Clubs wäre er nicht länger willkommen. Am Ende würde er zahlen, und zwar sehr teuer, für all das, was er Caroline angetan hatte. Aber es hatte keinen Zweck, sie mit all den Einzelheiten zu belasten.

»Das war doch nur sehr wenig, wenn man bedenkt, was er dir angetan hat«, antwortete er ihr.

»Ich weiß deine Gefühle zu schätzen.« Sie hob den Kopf und trat dann zögernd einen Schritt zurück. »Doch in deinem Wunsch, Ivybridge zu schaden, hast du, fürchte ich, die Dinge einen Schritt zu weit getrieben.«

»Verdammt. Es ärgert mich jedes Mal so sehr, wenn so etwas passiert.«

34

Offensichtlich schenkte er dieser Situation nicht die ernsthafte Aufmerksamkeit, die sie verdiente. Vielleicht hatte er noch nicht an die möglichen Folgen gedacht. »Das ist gar nicht lustig, Adam«, schalt sie ihn. »Deine Familie weiß, wie sehr du auf deine Regeln achtest.«

Er senkte ein wenig den Kopf. »Das stimmt.«

»Nach allem, was du Ivybridge gerade gesagt hast, werden sie zweifellos erwarten, dass wir uns verloben. Wirklich, Sir, was hast du dir dabei nur gedacht?«

»Offensichtlich habe ich an Heirat gedacht.« Er ging hinüber zu dem Tisch, auf dem der Brandy stand, und hob die Karaffe hoch. Das Licht brach sich im Kristall der Karaffe, als er sie über ein Glas hielt. »Alle, mit der offensichtlichen Ausnahme von Ivybridge, scheinen zu glauben, dass wir ein wundervolles Paar werden.« Er hielt inne und hielt die glitzernde Karaffe hoch. »Möchtest du auch einen Brandy?«

»Nein, danke. Einer von uns muss noch einen klaren Kopf behalten.«

»Besser du als ich.« Er nahm einen großen Schluck von dem Brandy. Sie wirbelte herum und lief dann unruhig in dem großen Zimmer auf und ab, dabei versuchte sie, ihre chaotischen Gefühle wieder unter Kontrolle zu bringen.

»Bitte, du darfst mich nicht missverstehen«, begann sie. »Ich stehe tief in deiner Schuld, wegen der Art und Weise, wie du mit Ivybridge umgegangen bist. In der Tat weiß ich nicht, wie ich das je wieder gutmachen soll.«

Zum ersten Mal, seit Ivybridge die Bibliothek verlassen hatte, schien Adam ungehalten. »Es besteht überhaupt kein Grund, das wieder gutmachen zu wollen«, meinte er, und seine Stimme klang eisig. »Du schuldest mir gar nichts. Ich bin derjenige, der in deiner Schuld steht, weil du mir ein Alibi gegeben hast, für den Zeitpunkt des Mordes an Irene Toller.«

»Unsinn. Ich habe lediglich die Wahrheit gesagt.« Er zuckte mit den Schultern. »Genau das Gleiche habe ich jetzt auch getan.«

»Aber du hast Ivybridge gegenüber behauptet, dass du vorhast, mir einen Heiratsantrag zu machen.«

»Ja, das habe ich getan, nicht wahr?«

Sie seufzte. »Ich weiß, dass all das Teil deines brillanten Plans war, ihn einzuschüchtern. Und ich bezweifle auch nicht, dass er es sich sehr gut überlegen wird, ehe er irgendein Gerücht verbreitet über die zukünftige Braut des geheimnisvollen Mr. Hardesty. Aber so weit brauchtest du gar nicht zu gehen. Das begreifst du doch sicher. Er hat doch bereits schon vor Angst gezittert, nachdem du seine Verbindung mit dem Bordell erwähnt hast.«

Adam nahm noch einen Schluck von seinem Brandy, er sah sehr nachdenklich aus. »Danke. Die Erwähnung seiner Verbindung zu diesem Bordell war wirklich sehr wirkungsvoll, findest du nicht auch?«

»Das war eine sehr kluge Strategie.« Am anderen Ende des Zimmers blieb sie stehen und gestikulierte heftig mit ihrem Fächer. »Aber alles, was du tust, ist sehr wirkungsvoll und sorgfältig geplant. Also, warum um alles auf der Welt hast du es für nötig gehalten, ihm zu erklären, dass du die Absicht hättest, mir einen Heiratsantrag zu machen?«

Er setzte sich auf die Kante des Schreibtisches und nahm noch einen Schluck von seinem Brandy, während er über diese Frage nachdachte.

»Sehr wahrscheinlich war der Grund dafür der, dass ich genau das vorhatte«, meinte er schließlich. Sie hatte das Gefühl, sie sei zu einer Salzsäule erstarrt. Sie hätte sich nicht bewegen können, selbst wenn jemand »Feuer« gerufen hätte.

»Das verstehe ich nicht«, erklärte sie schließlich, und ihr war ein wenig schwindlig. »Ich dachte, unsere Affäre sei ganz in Ordnung.«

»Ich fürchte, das ist lediglich deine Meinung.«

Ihr Herz sank. »Oh, ich verstehe. Ich wusste gar nicht, dass du nicht … ich will sagen, ich … Nun ja, ich nehme an, mein Mangel an Erfahrung war für dich wohl eine Enttäuschung. Aber ich versichere dir, ich lerne sehr schnell.«

Er warf ihr einen rätselhaften Blick zu. »Sage mir die Wahrheit, Caroline. Benutzt du mich lediglich als deine Muse?«

Sie war entsetzt. »Nein, natürlich nicht.«

»Bist du auch ganz sicher?«

»Vollkommen sicher.«

»Dann bin ich also nicht nur ein Spielzeug für dich?« Sie fühlte, wie eine heiße Röte in ihre Wangen stieg. Wahrscheinlich war ihr Gesicht jetzt genauso rot wie ihr Kleid. »Wie kannst du nur so etwas glauben?«

»Wenn ich also für dich mehr bin als nur ein Spielzeug oder eine nützliche Muse, warum zögerst du dann, von einer Heirat zu sprechen?«

Weil du nicht in der Lage zu sein scheinst, mir zu erklären, dass du mich verrückt, wild, leidenschaftlich liebst, dachte sie. Doch das konnte sie wohl kaum laut aussprechen.

»Nun ja …« Sie hielt inne und versuchte, einen Grund zu finden, der seiner Logik angemessen war. »Die Zeit hat damit sehr viel zu tun, Sir. Ich bin sicher, du stimmst mir zu, dass es noch viel zu früh ist, um über dieses Thema zu reden. Immerhin kennen wir uns doch erst wenige Tage.«

»Aber wie es scheint, passen wir sehr gut zusammen. Alle anderen scheinen das zu glauben.«

Wir passen gut zusammen. Das war wohl kaum eine Erklärung unsterblicher Liebe.

Sie räusperte sich und riss sich zusammen. »Wie gut passen wir denn zusammen?«

Er lächelte sie lässig und sinnlich an. »Du kennst meine Geheimnisse, und ich kenne die deinen.«

Das ließ sie einen Augenblick innehalten, dennoch gelang es ihr, einen Rest von Logik zu bewahren.

»Nun ja, das mag ja stimmen«, gab sie zu. »Aber glaubst du wirklich, dass das ein ausreichender Grund für eine Heirat ist?«

»In diesem ganz besonderen Fall schon, wenigstens sehe ich das so.« Er stellte sein Glas ab und stand von dem Schreibtisch auf. »Aber ich versichere dir, es gibt auch andere Dinge, in denen wir sehr gut zueinander passen.«

Ihr Kopf schien plötzlich ganz leer zu sein. »Und das wäre?«

Er kam auf sie zu, gefährlich sah er aus mit seinem blauen Auge und dem grimmigen Gesichtsausdruck.

»Auf diese Art, zum Beispiel«, flüsterte er.

Er legte seine starken Hände sehr vorsichtig um ihren Hals und hob ihren Kopf, um sie zu küssen. Ein Schauer der Erregung rann durch ihren Körper. Das war zweifellos der Weg ins Unglück, rief sie sich ins Gedächtnis. Wenn sie auch nur einen Funken Verstand behalten wollte, würde sie sich von ihm abwenden müssen, jetzt sofort, in dieser Minute, ehe seine Lippen die ihren berührten.

Aber sie schien sich nicht bewegen zu können. Und dann war es auch schon zu spät, denn er küsste sie, so sanft und sinnlich, dass sie zu vergehen schien und ihr Herz in Flammen stand.

Sie wollte gar nicht mehr an seinen Heiratsantrag denken, der so geschäftsmäßig geklungen hatte. Stattdessen wollte sie sich nur darauf konzentrieren, was sie fühlte, wenn sie in seinen Armen lag. Seine Zunge strich über ihre Mundwinkel und schob sich dann vorsichtig zwischen ihre Lippen. Sie lehnte sich schwer an ihn und schlang die Arme um seinen Hals. Das erregende Feuer und die Kraft seines Körpers hüllten sie ein.

Sein Kuss wurde leidenschaftlicher und eindringlicher, bis sie sich hilflos an ihn klammerte.

Das Wissen, dass er sich so sehr nach ihr sehnte, gab ihr Mut und Hoffnung. Sie verstand seine Vorsicht. Er hatte auf der Straße überleben müssen und dann in einer glitzernden, übernatürlichen Welt, in der die Liebe höchstens mit belustigter Verachtung betrachtet wurde. Er hatte seine Lektionen gelernt und seine eigenen Regeln aufgestellt. Es war nur natürlich, dass er sehr vorsichtig war.

Ich gehe ein großes Risiko ein, dachte sie. Aber Adam war dieses Risiko wert.

Es klopfte leise an der Tür.

Adam hob den Kopf und runzelte ein wenig die Stirn. »Das muss Morton sein, und das bedeutet, dass es einen wichtigen Grund gibt, warum er klopft. Entschuldige mich bitte, meine Liebe.«

Er ging zur Tür und öffnete sie. Caroline entdeckte den Butler im Flur. Morton gab sich alle Mühe, nicht zu ihr hinzusehen. Sie hörte, wie er leise und ernst mit Adam sprach. Adam antwortete in knappen Worten.

Als er sich dann wieder zu ihr umwandte und die Tür schloss, wusste sie sofort, dass etwas geschehen war. Der sinnliche Ausdruck war aus seinem Gesicht verschwunden, jetzt lag die Konzentration des Jägers in seinem Blick.

»Was ist passiert?«, fragte sie.

»Morton hat mir eine Nachricht von einer alten Freundin gebracht, von Florence Stotley. Ihr verdanke ich es, dass ich jetzt die Adresse von Irene Tollers Haushälterin bekommen habe, von Bess Whaley. Ich muss sofort zu ihr.«

»Du willst Bess noch heute Abend aufsuchen?«

»Ja.« Er zog seine Jacke aus. »Ich möchte nicht noch einmal das Risiko eingehen, sie aus den Augen zu verlieren.

Morton bringt mir eine andere Jacke und auch meine Stiefel.«

»Ich denke, ich sollte mit dir gehen, um mit ihr zu reden.«

»Das ist nicht nötig. Die Adresse, die ich bekommen habe, liegt nicht gerade im besten Teil der Stadt.«

»Bess hat offensichtlich einen Grund, sich zu verstecken. Wahrscheinlich wird sie in Panik geraten, wenn du zu dieser Zeit vor ihrer Tür erscheinst. Vielleicht wird meine Anwesenheit sie beruhigen.«

Er zögerte kurz, doch dann nickte er. »Also gut. Ich werde dir deinen Umhang holen lassen.«

35

Die Gegend, in der Bess Whaley sich versteckte, lag zwar nicht im schlimmsten Teil der Stadt, doch um diese Zeit war es nicht gerade der angenehmste Ort. Adam befahl Ned, die Kutsche in einer Straße ein Stück vor ihrem Haus anhalten zu lassen. Er wollte nicht das Risiko eingehen, dass Bess Whaley zu früh vom Klappern der Hufe und dem Rattern der Kutsche gewarnt wurde.

»Sie wissen, was ich von Ihnen erwarte«, wandte er sich an Ned, als er Caroline aus der Kutsche half.

»Aye, Sir.«

Adam warf Caroline einen fragenden Blick zu. »Bist du wirklich sicher, dass du mit mir kommen möchtest?«

»Wir haben bereits darüber gesprochen, Adam. Ich werde mit dir kommen.« Sie bückte sich, um sich zu versichern, dass ihr langer Rock hochgebunden war.

Er lächelte ein wenig, Bewunderung für diese Frau stieg in ihm auf. Carolines Mut zog ihn an, wie ein anderer Mann vielleicht von einem teuren Parfum angezogen wurde. Und damit wollte er nicht sagen, dass sie nicht höchst einzigartig und wundervoll duftete, überlegte er, und sein eigenes Erstaunen belustigte ihn.

Sie folgten dem Plan, den sie sich auf dem Weg zu Bess Whaley eilig zurechtgelegt hatten, und er führte Caroline über einen schmalen Weg zu einer Gasse, die gleich hinter dem Haus von Bess lag. Er zählte die kleinen Gärten, bis er den fand, der vor der Hintertür zu Bess Whaleys neuer Adresse lag.

Es war gar nicht schwer, das Tor zum Garten zu öffnen. Er und Caroline gingen hinein, sie versteckten sich im Schatten neben der Hintertür und warteten. Kurze Zeit später ratterte eine Kutsche laut auf der Straße vor dem Haus. Ned hatte Adams Anweisungen befolgt. Kurz darauf hörte Adam, wie Ned an der Haustür klopfte.

Es gab eine lange Pause, und Adam fragte sich schon, ob er sich wohl geirrt hatte.

Dann hörte man eilige Schritte im Flur. Die Tür zur Küche wurde aufgerissen. Das Licht des Mondes war gerade hell genug, um eine Frau in einem Morgenmantel und Pantoffeln zu entdecken, die aus dem Haus in den Garten gelaufen kam.

»Bess Whaley, nehme ich an?«, fragte Adam und verstellte ihr den Weg.

Bess unterdrückte einen leisen Aufschrei und blieb stehen. »Gehen Sie weg.« Ihre Stimme war voller Furcht. »Gehen Sie weg, sage ich. Bitte, tun Sie mir nichts. Ich werde kein Wort verraten.«

»Beruhigen Sie sich, Bess«, mischte sich jetzt Caroline ein. »Ich bin Mrs. Fordyce. Sie erinnern sich doch sicher an mich, nicht wahr?«

Bess wirbelte herum. »Mrs. Fordyce? Sind Sie es wirklich, Ma'am?«

»Ja. Und das hier ist mein Assistent, Mr. Grove. Sie erinnern sich doch sicher auch an ihn, von der Séance, nicht wahr?«

»Was tun Sie beide hier?«

»Wir möchten Ihnen helfen«, versicherte ihr Caroline mit ruhiger Stimme.

»Das verstehe ich nicht.« Bess warf Adam einen vorsichtigen Blick zu. »Als ich die Kutsche auf der Straße hörte, war ich sicher, dass es entweder er war oder die Polizei. Ich wusste nicht, was schlimmer wäre, um Ihnen die Wahrheit zu sagen. Ich hatte eine solche Angst, dass entweder der eine oder der andere mich finden würde.«

Caroline griff nach ihrer Hand. »Wir müssen miteinander reden. Lassen Sie uns ins Haus gehen.«

Adam saß mit einer erschütterten Bess Whaley am Küchentisch. Caroline hatte eine Lampe angezündet und dann sofort den Teekessel aufgesetzt und ein paar Tassen geholt. Er fragte sich, ob sie wohl wusste, was für einen Anblick sie bot, hier in dieser ärmlich eingerichteten Umgebung in ihrem eleganten Ballkleid und den zierlichen Schuhen. Wenn es wirklich so war, so ließ sie sich doch nichts anmerken. Sie schien sich hier zu Hause zu fühlen, als wäre es ganz natürlich, der früheren Haushälterin und Assistentin eines betrügerischen Mediums eine Tasse Tee anzubieten.

»Sie behaupten, dass Sie versuchen, den Mörder von Mrs. Delmont und Mrs. Toller zu finden?« Bess' rundliches Gesicht hatte noch immer einen unsicheren Ausdruck.

»Der Mörder ist sehr gefährlich, Bess«, erklärte ihr Adam. »Es wird besser sein, wenn man ihn so schnell wie möglich findet.«

»Aber Sie verstehen nicht«, wiederholte sich Bess zum fünften oder sechsten Mal. Ihre Worte klangen schon wie eine Litanei.

»Dann müssen Sie es uns erklären, Bess.« Caroline gab die Teeblätter in die Kanne. »Es ist wichtig, dass Sie uns alles sagen, was Sie in diesem Zusammenhang wissen.«

»Sie können damit beginnen, indem Sie uns erklären, warum Sie weggelaufen sind, nachdem Mrs. Toller umgebracht wurde«, meinte Adam.

»Haben Sie den Mörder gesehen? Oder haben Sie Angst, dass er Sie gesehen hat?«

»Nein.« Bess zögerte. »Ich habe ihn nicht gesehen. Wenigstens nicht richtig. Ich habe Mrs. Tollers Leiche früh am nächsten Morgen gefunden, als ich zur Arbeit kam. Das Séancezimmer war vollkommen durcheinander, aber ich wusste sofort, dass es kein Einbrecher war und auch kein Dieb, der sie umgebracht hatte, weil keine Wertgegenstände gefehlt haben.«

»Eine sehr kluge Beobachtung«, warf Adam ein.

»Ja, Sir. Danke, Sir.« Bess krallte die Hände in ihren Morgenmantel. »Als ich Mrs. Toller fand, trug sie noch immer das Kleid, das sie auch bei der Séance getragen hatte. Die Haustür war offen.«

»Wirklich?«, fragte Adam leise.

Bess warf ihm einen verängstigten Blick zu. »Sie hatte ihn erwartet, müssen Sie wissen.«

Caroline, die am Herd stand, erstarrte. »Wen hat sie erwartet, Bess?«

»Ihren Geliebten natürlich.« Bess zuckte mit den Schultern. »Sie hat mich immer weggeschickt an den Abenden, wenn er kam. Er ist in den vergangenen Wochen nicht sehr oft bei ihr gewesen, aber an diesem Abend hat sie ihn erwartet, da bin ich ganz sicher.«

»Aber wer ist er, Bess?«, wollte Adam wissen. Der warnende Blick, den Caroline ihm zuwarf, sagte ihm, dass seine Frage zu direkt gewesen war.

Bess Augen weiteten sich erschrocken. »Ich habe Ihnen doch gesagt, ich weiß es nicht, Sir. Ich schwöre, dass ich es nicht weiß. Ich habe ihn nie gesehen. Nicht ein einziges Mal. Sie taten immer sehr geheimnisvoll. Sie hat behauptet, dass er darauf bestand.«

»Hier ist Ihr Tee, Bess.« Caroline kam zum Tisch und stellte eine volle Tasse vor Bess. »Ich habe etwas Zucker und Milch hineingetan.«

Abgelenkt löste Bess die Hände von ihrem Morgenmantel und legte sie um die Tasse. Sie starrte hinein, als hätte sie so etwas noch nie zuvor in ihrem Leben gesehen.

»Danke, Ma'am«, flüsterte Bess.

Caroline stellte auch eine Tasse vor Adam, dann setzte sie sich Bess gegenüber. »Lassen Sie sich nur Zeit, Bess. Es besteht kein Grund zur Eile. Sie haben gesagt, Sie wissen nicht, wer Mrs. Tollers Geliebter ist?«

»Nein, Ma'am.« Bess nippte vorsichtig an ihrem Tee. Er schien sie zu beruhigen. »Er hat immer darauf bestanden, dass sie allein war, wenn er zu Besuch kam. Er war da sehr streng.«

»Woher hat Mrs. Toller denn gewusst, an welchem Abend er kommen würde?«, wollte Adam wissen.

Bess schien verwirrt. »Das weiß ich nicht, Sir. Sie hat es einfach gewusst.«

»Hat er ihr eine Nachricht geschickt?«, fragte Caroline.

Bess presste ganz fest die Lippen zusammen, dann schüttelte sie den Kopf. »Ich habe nie eine gesehen.«

»Aber Sie glauben, dass er an dem Abend bei ihr war, als sie starb, und dass er derjenige war, der sie umgebracht hat?«, fragte Adam.

»Alles, was ich sicher weiß, ist, dass er an diesem Abend kommen sollte.« Bess nahm noch einen Schluck von ihrem Tee. »Sie war wütend auf ihn. Ich nehme an, sie haben sich gestritten, und er hat sie umgebracht.«

Adam beugte sich ein wenig vor und betrachtete im flackernden Licht der Lampe Bess' Gesicht eingehend. »Woher wissen Sie denn, dass Mrs. Toller wütend auf ihn war?«

»Ich habe schon seit Jahren für sie gearbeitet. Ich kannte sie sehr gut. Als Haushälterin habe ich angefangen, und schließlich habe ich die Pflichten ihrer Assistentin übernommen. Sie hatte das Gefühl, dass sie mir vertrauen konnte.«

»Sie haben ihr geholfen, all die Tricks durchzuführen, die ihren Séancen den Anschein von Wirklichkeit gegeben haben«, bemerkte Adam.

Bess seufzte tief auf. »Es war eine gute Arbeit. Ich werde sie vermissen. Ich glaube nicht, dass ich noch einmal eine so gut bezahlte Stellung finden werde.«

Caroline schob ihre Tasse beiseite. »Wissen Sie denn, warum Mrs. Toller wütend war auf ihren Geliebten?«

Bess schnaufte verächtlich. »Aus dem ältesten Grund der Welt.«

Erstaunt zog Caroline die Augenbrauen hoch. »Sie hat herausgefunden, dass er sie betrogen hat?«

»Jawohl, Ma'am.« Bess trank noch einen Schluck Tee. »Und dazu noch mit ihrer Konkurrentin.«

Adam stellte seine Tasse heftig auf den Tisch zurück. »Mit Elizabeth Delmont?«

»Jawohl, Sir.« Bess schüttelte traurig den Kopf. »Mrs. Toller hat tagelang geweint. Und dann wurde sie ganz kalt und wütend. Ich wusste, dass sie etwas geplant hatte, doch ich habe angenommen, sie würde ihren Geliebten zur Rede stellen und ihm erklären, dass sie seinen Betrug nicht länger dulden würde. Ich schwöre, mir ist niemals der Gedanke gekommen, dass sie das tun würde, was sie schließlich getan hat.«

Wieder fiel ein Teil des Puzzles an die richtige Stelle. Adam beobachtete Bess eindringlich.

»Irene Toller hat Elizabeth Delmont umgebracht, nicht wahr?«, fragte er.

»Jawohl, Sir«, gestand Bess. Ihre Stimme war nur noch ein Flüstern, und sie sah in ihre Tasse. »Ich habe ihr nie verraten, dass ich Bescheid wusste. Das habe ich nicht gewagt. Ich habe den Mund gehalten und meine Arbeit getan, als wäre nie etwas geschehen.«

»Aber woher haben Sie das gewusst?«, wollte Caroline wissen.

»Mrs. Toller hat mich auch an diesem Abend weggeschickt. Zuerst habe ich angenommen, dass ihr Liebhaber sie besuchen wollte. Doch als ich dann am nächsten Morgen ins Haus kam, habe ich bemerkt, dass sie gar nicht zu Hause gewesen war.«

»Und woran haben Sie das gemerkt?«, fragte Adam.

Bess zog die Schultern hoch. »Eine Haushälterin sieht Dinge, die anderen gar nicht auffallen. Mrs. Toller und ihr Freund hatten sich schon seit ein paar Monaten abends getroffen. Sie hatten da so ihre Gewohnheiten.«

»Und die waren?«, drängte Caroline.

»Kleinigkeiten. Sie hielt immer eine Flasche seines Lieblingsbrandys für ihn bereit. Ehe sie intim wurden, haben sie immer ein Glas zusammen getrunken. Und die Gläser haben sie immer auf dem Tisch im Wohnzimmer stehen lassen. Doch an dem Morgen, nachdem Mrs. Delmont ermordet wurde, standen dort keine Gläser.«

»Und was ist Ihnen sonst noch aufgefallen?«, fragte Adam.

»Mrs. Toller war im Morgenmantel, als ich an diesem Tag zur Arbeit kam, aber sie benahm sich sehr eigenartig. Ich dachte, dass sie vielleicht nur nervös war oder so. Und ihr Bett war schon gemacht. Sie hat noch nie ihr Bett selbst gemacht. Ich glaube, sie hat in dieser Nacht gar nicht darin geschlafen. Aber was mich am meisten erschreckt hat, war das, was ich in ihrem Schrank entdeckt habe.«

»Und was war das?« Caroline sah sie aufmerksam an.

»Es war nicht so, dass ich dort etwas gefunden hätte, es war das, was fehlte.« Bess sah auf. »Ihr neues Kleid war verschwunden. Es war ihr Lieblingskleid, und es war auch sehr teuer gewesen. Er hatte es ihr bezahlt. Solch ein Kleid verschwindet nicht so einfach.«

Caroline wurde noch aufmerksamer. »Und was ist mit dem Kleid geschehen?«

»Genau das habe ich sie auch gefragt.« Bess verschränkte die Hände auf dem Tisch und senkte den Kopf. »Mrs. Toller hat mir erzählt, es wäre am vergangenen Abend ruiniert worden, als eine vorüberfahrende Kutsche sie über und über mit Lehm bespritzt hätte. Sie hat behauptet, sie hätte es dann einem Armenhaus geschenkt. Aber ich wusste, dass das nicht stimmte. Sie hat noch nie auch nur einen einzigen Penny an ein Armenhaus gegeben, solange ich sie kannte. Sie hat immer behauptet, das seien alles Betrüger.«

»Und was glauben Sie, ist mit dem Kleid geschehen?«, fragte Caroline.

»Sie hat es in einem geheimen Fach in ihrem Séancezimmer versteckt«, erklärte Bess angespannt. »Ich habe es zufällig gefunden, als ich das Zimmer für die Séance vorbereitet habe, auf der Sie beide gewesen sind. Ich konnte nicht verstehen, wieso das Kleid in diesem geheimen Fach lag. Doch dann habe ich all das Blut auf dem Rock entdeckt. Und ich habe auch sofort gewusst, was Mrs. Toller getan hatte. Ich hatte Todesangst, das kann ich Ihnen verraten.«

»Das kann ich verstehen.« Ein Schauer rann durch Carolines Körper.

»Jawohl, Ma'am.« Bess seufzte. »Ich wusste bereits, dass ich mich sehr wahrscheinlich nach einer anderen Arbeit würde umsehen müssen.«

»Und was haben Sie mit dem Kleid gemacht?«, wollte Adam wissen.

»Ich habe es sofort zurück in den Schrank gelegt und habe so getan, als hätte ich es nie gesehen.« Bess zuckte mit den Schultern. »Ich bezweifle, dass sie es hat verschwinden lassen, ehe sie umgebracht wurde. Wahrscheinlich liegt es noch immer dort, es sei denn, die Polizei hat es gefunden.«

Sie saßen noch eine Weile schweigend beieinander, tranken ihren Tee und sahen einander im flackernden Licht der Lampe an.

Adam beobachtete die verängstigte Frau. »Sie haben uns gesagt, dass Sie an dem Morgen weggelaufen sind, als sie Mrs. Tollers Leiche gefunden haben, weil sie sich sowohl vor dem Mörder als auch vor der Polizei gefürchtet haben.«

»Jawohl, Sir«, gab sie bedrückt zu. »Ich hatte schreckliche Angst, dass die Polizei glauben könnte, ich hätte Mrs. Toller umgebracht, weil wir uns über meine Bezahlung gestritten haben. Die Nachbarn haben uns gehört. Aber ich hatte genauso viel Angst, dass ihr Geliebter denken könnte, ich wüsste zu viel von ihren Geschäften, und dass er mich deswegen verfolgen würde.« Adam umfasste seine Tasse mit beiden Händen. »Von ihren Geschäften? Meinen Sie damit die betrügerischen Investitionen, die Mrs. Toller vermittelt hat?«

»Sie wissen Bescheid darüber?« Bess sah noch unglücklicher aus als zuvor. »Sie haben Recht, Sir. Deshalb habe ich mich mit Mrs. Toller gestritten. Ich dachte mir, dass sie eine sehr ergiebige Einnahmequelle gefunden hatte und dass sie das Geld mit ihm teilte. Und deshalb habe ich ihr erklärt, dass ich einen Teil des Gewinnes bekommen sollte, weil ich ihr schließlich dabei geholfen habe. Sie hat mich gewarnt, den Mund zu halten. Und dann hat sie mir gedroht, sie würde mich wegschicken, ohne jegliche Referenzen. Ich habe ihr erklärt, wenn sie das tun würde, würde ich ihre Tricks aufdecken. Es war ein sehr hitziger Streit, und ich nehme an, einige der Nachbarn haben gehört, wie wir uns angeschrien haben.«

»Ich habe da noch ein paar Fragen, Bess«, meinte Adam. »Und danach werde ich Ihnen genügend Geld geben, damit Sie mit dem Zug fahren können, wohin Sie wollen, und dort bleiben können, bis man Mrs. Tollers Mörder gefunden und der Polizei übergeben hat.« Zum ersten Mal leuchtete ein kleiner Hoffnungsschimmer in Bess' Augen. »Das ist sehr nett von Ihnen, Sir. Was wollen Sie denn noch wissen?«

»Haben Sie eine Ahnung, warum Mrs. Tollers Geliebter sie umgebracht haben könnte?«

Bess zögerte. »Darüber habe ich auch schon

nachgedacht. Ich nehme an, er hat gewusst, dass sie Mrs. Delmont umgebracht hat, und er hat sich davor gefürchtet, was sie bei ihrem nächsten Wutanfall tun könnte. Vielleicht hatte er Angst, dass sie ihn und seine betrügerischen Investitionen verraten könnte. Wie ich Ihnen schon sagte, wer auch immer er ist, er tut alles sehr geheimnisvoll.«

»Würden Sie mir bitte ganz genau erzählen, was Sie an dem Morgen gesehen haben, als Sie Mrs. Tollers Leiche fanden?«, bat Adam.

Bess dachte einen Augenblick lang nach. »Es war schrecklich viel Blut überall. Er hat ihr den Kopf eingeschlagen, müssen Sie wissen. Sie lag auf dem Rücken. Auf dem Boden neben ihr lag eine Taschenuhr. Das ganze Zimmer war durcheinander. Ich erinnere mich noch daran, dass ich gedacht habe, es sah genauso aus, wie die Zeitung den Tatort nach Mrs. Delmonts Tod beschrieben hatte. Und das schien mir eigenartig, denn ich wusste ja, dass Mrs. Toller und nicht ihr Geliebter Mrs. Delmont umgebracht hatte. Ich konnte gar nicht verstehen, warum er sich die ganze Mühe gemacht hatte, es genauso aussehen zu lassen.«

»Gab es da noch etwas an der Leiche oder in ihrer Nähe, das ungewöhnlich schien?«, fragte Adam. »Vielleicht ein Trauerschmuckstück oder einen Schleier?«

Bess zog die Augenbrauen zusammen. »Nein, Sir. So etwas habe ich nicht gesehen.«

»Noch eine letzte Frage, Bess«, bat Adam. »Waren Sie diejenige, die die Nachricht an Mrs. Fordyce und mich übermittelt hat, am Morgen nach dem Mord in Mrs. Tollers Haus zu kommen?«

Bess sah ihn verständnislos an. »Nein, Sir. Ich habe Ihnen keine Nachricht geschickt. Ich war viel zu sehr damit beschäftigt, meine Sachen zusammenzupacken und ein Versteck zu finden.«

Caroline stieg in die Kutsche und setzte sich Adam gegenüber. Sie fühlte sich eigenartig, eine Mischung aus Erregung und Erschöpfung hatte sie überkommen. Sie versuchte, eine gewisse Ordnung in ihre wirren Gedanken zu bringen.

»Wenn Bess Recht hat, dann hat Mrs. Toller Elizabeth Delmont in einem Anfall von Eifersucht umgebracht«, fasste sie zusammen. »Aber es ging dabei nicht um berufliche Eifersucht, es war eher persönlich. Sie hatte festgestellt, dass ihr Geliebter sie mit einer anderen Frau betrog.«

»Ja.« Adam lehnte sich in die Polster. »Toller muss diejenige gewesen sein, die den Hochzeitsschleier, die zerbrochene Uhr und die Trauerbrosche neben Elizabeth Delmonts Leiche gelegt hat. Aber die Frage ist, warum hat sie das getan?«

»Vielleicht hatten diese Dinge eine symbolische Bedeutung für sie. Doch wer hat diese Dinge dann weggenommen?«

Adam sah sie an. »Ihr Geliebter, der gleichzeitig ihr Geschäftspartner war? Er hatte vielleicht am gleichen Abend ein Stelldichein mit Delmont geplant. Wenn das so ist, dann hat er den Schleier und die Brosche bei der Leiche gefunden, so wie ich es getan habe. Und vielleicht hat er befürchtet, dass die Polizei diese Dinge entdecken und dann Fragen stellen würde, die er nicht beantworten wollte.«

»Weil diese Antworten ihn in gewisser Weise belasten würden?«

»Das ist die einzig logische Möglichkeit, wenigstens im Augenblick.«

»Und was willst du jetzt tun?« Caroline unterdrückte ein Gähnen.

»Ich werde dich jetzt nach Hause bringen, und dann werde auch ich schlafen gehen. Es war eine sehr lange Nacht.«

36

Er bekam die Nachricht von Bassingthorpe spät am Nachmittag des nächsten Tages. Der alte Fälscher begrüßte ihn in einem hübschen Haus, in einer Straße ohne Namen.

Bassingthorpe betrachtete Adam durch seine Brille und seufzte tief auf. »Meine Augen sind auch nicht mehr das, was sie einmal waren. Die Feinarbeit überlasse ich in letzter Zeit meinem Enkel. Er hat ein großes Talent.«

»Aber Sie kümmern sich noch immer um die Geschäfte, nehme ich an?«, fragte Adam.

»Aber sicher.« Bassingthorpe schnaufte verächtlich. »In diesem Beruf kann man nicht vorsichtig genug sein. Diesen Teil der Arbeit bringe ich meiner Enkelin bei. Sie ist keine Künstlerin, aber sie hat einen klugen Kopf für Zahlen und Verstand genug, um sich aus Schwierigkeiten herauszuhalten.«

»Ihr Enkel hat also die Aktien gedruckt, wie?«, fragte Adam.

»Ja, das hat er«, erklärte Bassingthorpe stolz.

»Er hat gute Arbeit geleistet, das muss ich schon sagen. Er ist genauso gut, wie ich es in seinem Alter war.«

»Aber es ist Ihr Kunde, für den ich mich interessiere«, lenkte Adam ein. »In der Vergangenheit waren Sie immer sehr vorsichtig bei Ihren Geschäften.«

Bassingthorpe hob warnend einen Finger. »Das erste Gesetz für den Erfolg in diesem Geschäft ist, seinen Kunden genau zu kennen. Es sind diese Leute, die zu gierig sind und jeden Auftrag annehmen, nur des Geldes wegen, die schließlich im Gefängnis landen.«

»Ich habe Grund, anzunehmen, dass derjenige, der die Aktien in Auftrag gegeben hat, eine Frau umgebracht hat, Irene Toller, das Medium, um es genauer zu sagen.«

Bassingthorpe runzelte die Stirn. »Sind Sie sicher?«

»Nicht ganz. Ich stelle noch immer Nachforschungen an.«

»Hmm.« Bassingthorpe legte die Fingerspitzen aneinander und dachte nach. »Ich habe eigentlich eine gute Menschenkenntnis, wenn es um meine Kunden geht, das wissen Sie. Ich hätte nie geglaubt, dass dieser ganz besondere Kunde ein Mörder sein könnte. Er ist wohl eher ein Geschäftsmann.«

»Vielleicht haben Sie ja Recht. Aber auf jeden Fall ist er ein Glied in der Kette, die ich verfolge. Ich muss ihn unbedingt finden.«

»Wissen Sie, ich würde Ihnen gern helfen. Ich bin Ihnen noch aus den alten Tagen einen oder zwei Gefallen schuldig. Und meine Schulden bezahle ich immer.«

»Da bin ich Ihnen wirklich dankbar, Sir.« Adam stützte die Arme auf die Lehnen des Sessels. »Die Beschreibung, die ich von diesem Mann habe, besagt, dass er einen sehr dichten Bart hat und stark humpelt.«

Bassingthorpe lachte leise. »Das hat er auch versucht, als er sich mit mir getroffen hat. Aber ich habe meine üblichen Vorkehrungen getroffen. Ich habe dafür gesorgt, dass wir uns auf neutralem Boden getroffen haben, damit er meine Adresse nicht kennt, und ich habe einem der Jungen, die für mich arbeiten, befohlen, ihm zu folgen, nachdem wir miteinander einig geworden waren.«

Adam sah erwartungsvoll auf. »Und hatte der Junge Erfolg?«

»Aber sicher. Der junge Harry kommt aus der gleichen Gegend wie Sie, Adam. Niemand kennt sich besser damit aus, einem Mann durch die Straßen zu folgen wie ein Junge, der dort groß geworden ist, wie?«

»Und was hat Harry herausgefunden?«

»Unter anderem ist unser Mann ein sehr erfolgreicher Schauspieler. Er hat seine Verkleidung aufrechterhalten bis zu dem Zeitpunkt, als er durch die Hintertür sein Haus betreten hat. Aber ein solches Talent ist in seinem Beruf zweifellos nötig.«

»Und was ist das für ein Beruf?«, wollte Adam wissen.

»Nun ja, er arbeitet im Bereich der Erforschung des Übersinnlichen. Und dort hat er auch einen ziemlich guten Ruf. Wie ich gehört habe, hat er erst kürzlich an einem Nachmittag eine höchst erstaunliche Vorstellung für die Polizei gegeben. Er hat behauptet, er könne den Kerl identifizieren, der die beiden Medien ermordet hat.«

»Bitte, kommen Sie doch herein, Mrs. Fordyce.« Durward Reed führte Caroline in sein unordentliches Büro und bot ihr einen Stuhl an. »Ich kann gar nicht sagen, wie dankbar ich Ihnen bin, dass Sie mir heute etwas von Ihrer Zeit geschenkt haben. Wie ich gehört habe, sind Sie sehr beschäftigt, mit Ihrer Schriftstellerei und den, äh, anderen Dingen.« Er hielt inne, und eine leichte Röte stieg in seine Wangen. »Ich meine natürlich die gesellschaftlichen Forderungen, die an Sie gestellt werden, bezüglich Ihrer Verbindung mit Mr. Hardesty.«

»Natürlich.« Caroline setzte sich und strich die schweren Falten ihres grünen Kleides glatt. Sie tat so, als hätte sie Reeds Verlegenheit gar nicht bemerkt. Eine Frau, die eine Affäre mit einem bekanntermaßen geheimnisvollen wie mächtigen Gentleman hatte, musste sich an einen gelegentlichen Fehltritt anderer gewöhnen. »Ich habe mich über Ihre Nachricht gefreut. Ihr Interesse an meinen Romanen weiß ich zu schätzen.«

»Ja, ich bewundere Ihre Arbeit sehr, sowohl als Herausgeber als auch als Leser.« Er deutete auf das Tablett mit dem Tee. »Darf ich Ihnen eine Tasse Tee einschenken?«

»Gern, danke.«

Während er sich mit der Teekanne beschäftigte, sah sich Caroline in dem Büro um. Es sah dem von Spraggett ganz ähnlich, überall lagen Papiere, Bücher und Akten herum. Ein ganzes Regal quoll über mit den Ausgaben des *New Dawn*.

Das Foto der Königin nahm einen beherrschenden Platz an der Wand ein.

»Meine Frau, Sarah, hat Romane immer sehr geliebt. Ich bin sicher, ihr hätten auch Ihre Romane gefallen.« Reed stellte eine Tasse auf den Tisch neben Carolines Stuhl. »Sie war ein sehr begabtes Medium. Traurigerweise habe ich sie vor einigen Jahren verloren. Irgend so ein Monster hat sie am

Morgen nach unserer Hochzeitsnacht überfallen, als sie einen Spaziergang im Park auf der anderen Straßenseite gemacht hat.«

»Das tut mir sehr Leid für Sie, Mr. Reed«, sagte Caroline mitfühlend.

»Danke. Es ist mein sehnlichster Wunsch, mit ihr auf der anderen Seite in Verbindung zu treten. In der Tat habe ich diesem Wunsch mein ganzes Leben gewidmet.«

Ein eisiger Schauer rann durch Carolines Körper. »Ich verstehe.«

Er machte eine ausladende Handbewegung, die das Büro und das riesige, düstere Haus umfasste, das so bedrückend auf sie wirkte. »Sie war das letzte Mitglied ihrer Familie. Dieses Haus gehörte zu ihrem Erbe. Ich bin nach ihrem Tod hier geblieben, weil ich sicher war, dass ihr Geist hier an diesen Ort zurückkehren würde, der in ihrem irdischen Leben ihr Zuhause gewesen ist.«

»Ich verstehe.«

»Doch während die Jahre vergingen und ich keinen Kontakt mit ihr aufnehmen konnte, habe ich mich den Studien der Erforschung des Übersinnlichen gewidmet. Ich habe die Gesellschaft gegründet, und ich versuche, Medien und auch andere Menschen zu ermuntern, sich für dieses Gebiet zu interessieren. Es ist meine Hoffnung, dass jemand, der mehr Begabung besitzt als ich, mir helfen wird, Antworten zu finden.«

»Sie haben auf dem Gebiet der Erforschung des Übersinnlichen große Dienste geleistet, Mr. Reed.« Aus Höflichkeit nahm Caroline noch einen Schluck von dem sehr starken Tee. Die Milch und der Zucker machten ihn erträglich, doch er war kaum genießbar.

Reed verschränkte seine kräftigen Hände auf dem Schreibtisch. Caroline bemerkte, dass er Trauermanschettenknöpfe trug, die aus Gagat und Silber angefertigt waren.

»Alles, was ich seit Sarahs Tod getan habe, war getragen von der Hoffnung, eines Tages mit ihr in Verbindung treten zu können«, meinte er. »Aber bis jetzt hat nichts zum Erfolg geführt.«

»Es wäre ja auch möglich, dass es nicht sein soll«, schlug sie vor, so freundlich sie nur konnte.

Er runzelte die Stirn. »Wenn das so wäre, dann würde es Medien wie meine Sarah gar nicht geben. Sie hatte wirklich das erstaunlichste Talent, Mrs. Fordyce. Daran gibt es überhaupt keine Zweifel. Und da ich das weiß, werde ich immer weiter forschen, in alle möglichen Richtungen. Früher oder später werde ich ein Medium finden, das in der Lage sein wird, mit ihr in Verbindung zu treten. Und wenn das geschieht, wird es mir nicht nur möglich sein, mich mit meiner Sarah auszutauschen, ich werde auch der ganzen Welt beweisen, dass die Erforschung des Übersinnlichen eine legitime Wissenschaft ist.«

»Ich weiß, dass Sie mit Ihrer Überzeugung nicht allein dastehen, Sir.« Sie zögerte einen Augenblick. »Und ich wünsche Ihnen Glück bei Ihren Forschungen. Aber ich glaube, dass Sie mich heute hierher bestellt haben, um über wesentlich weltlichere Dinge zu sprechen.«

»Gar nicht so weltlich, Madam. Ich habe nach Möglichkeiten gesucht, die Leserschaft des *New Dawn* auszuweiten und damit auch die Mitgliedschaft in der Gesellschaft. Ich glaube fest daran, dass es wesentlich wahrscheinlicher ist, einen Durchbruch zu erlangen, wenn noch mehr Menschen sich mit diesen Dingen befassen.«

»Das klingt durchaus plausibel.«

Er beugte sich vor und sah sie eindringlich an. »Mir ist der Gedanke gekommen, dass ich eine große Leserschaft anziehen und somit wahrscheinlich auch neue, talentierte Medien finden könnte, wenn ich einen Ihrer Romane in einer Fortsetzungsserie im *New Dawn* veröffentlichen würde.« Caroline schluckte, weil sie feststellte, dass ihr Hals ganz trocken geworden war. Sie hoffte nur, dass sie keine Erkältung bekam.

»Ich fühle mich geehrt, Mr. Reed, aber glauben Sie wirklich, dass meine Romane für Ihre Zeitung geeignet sind?«

»Sie haben mir erzählt, dass Sie Nachforschungen für einen neuen Roman anstellen, in dem es um ein mächtiges Medium geht und um einige Ereignisse, die auch die andere Seite einbeziehen. Ich würde Ihnen sehr gern einen Vertrag anbieten, um diesen Roman im *New Dawn* zu veröffentlichen.« Caroline trank noch einen Schluck Tee, um ihren ungewöhnlich trockenen Hals ein wenig anzufeuchten. »Das ist ein sehr verlockender Vorschlag, Sir.«

»Mir ist klar, dass Ihr augenblicklicher Herausgeber Ihnen zweifellos ein ausgezeichnetes Angebot für Ihren nächsten Roman machen wird. Ich bitte Sie lediglich, mir die Möglichkeit zu geben, dieses Angebot durch ein noch besseres zu überbieten. Ich gebe zu, ich weiß nicht, wie viel eine Schriftstellerin für einen Roman bekommt, doch ich bin nicht vollkommen ohne Mittel. Ich vertraue darauf, dass wir uns einig werden.«

Es klopfte leise an der Tür des Büros.

Reed hielt irritiert inne. »Ja, Miller, was ist?«

Die Tür öffnete sich. Ein zaghafter junger Mann lächelte Caroline entschuldigend an, dann räusperte er sich.

»Es tut mir Leid, wenn ich Sie unterbreche, Sir, aber Sie wollten Bescheid wissen, wenn Mr. Elsworth kommt.«

»Elsworth?« Reed war offensichtlich verärgert. »Er ist hier?«

»Jawohl, Sir. Er sagt, er wollte mit Ihnen über die Vorbereitungen für den Empfang am heutigen Abend sprechen und über die Demonstration. Offensichtlich möchte er noch einige Veränderungen anbringen.«

»Das ist höchst ungewöhnlich.« Reed stand auf. »Es ist erst kurz nach drei. Meine Verabredung mit Elsworth sollte erst um vier Uhr stattfinden.«

»Soll ich ihn bitten, um vier Uhr wiederzukommen?«

»Nein, nein. Sie dürfen ihn nicht beleidigen. Er hat uns eine ganze Menge Aufmerksamkeit eingebracht.« Reed eilte um seinen Schreibtisch herum. »Sie wissen doch, was für ein aufbrausendes Temperament er hat.«

»Jawohl, Sir.« Miller wartete auf Befehle.

Neben Carolines Stuhl blieb Reed stehen. »Mrs. Fordyce, würden Sie mich für ein paar Minuten entschuldigen? Elsworth kann recht schwierig sein.«

»Das verstehe ich.« Eine Woge von Übelkeit stieg in Caroline auf, ihr wurde plötzlich kalt.

»Vielleicht sollte ich ein anderes Mal wiederkommen.«

»Nein, bitte, warten Sie hier. Es wird nur einen Augenblick dauern.«

Reed verschwand und Miller mit ihm, noch ehe Caroline sich eine Entschuldigung überlegen konnte, um zu gehen. Die Tür schloss sich hinter den beiden.

Caroline saß einen Augenblick lang ganz still und holte tief Luft, in der Hoffnung, dass ihr Magen sich beruhigen würde. Sie sah in die halb leere Tasse mit dem ekelhaft süßen Tee. Die Zeilen, die sie an dem Abend geschrieben hatte, nachdem Adam ihr Arbeitszimmer wieder verlassen hatte, kamen ihr wieder in den Sinn. *Du bist nicht du selbst … ich glaube, jemand könnte dich vergiftet haben …*

Unmöglich, dachte sie. Du solltest dich nicht von deiner Vorstellungskraft als Schriftstellerin überrumpeln lassen. Reed hat überhaupt keinen Grund, dir etwas anzutun.

Aber dennoch fühlte sie sich nicht wohl. Sie wünschte sich nichts mehr als nach Hause zu gehen, in ihr Bett zu kriechen, die Decke über die Ohren zu ziehen und zu schlafen.

Sie brauchte ihre ganze Kraft, um aus dem Stuhl aufzustehen. Einige Sekunden lang stand sie orientierungslos mitten im Zimmer und bemühte sich, sich nicht zu übergeben.

Sie schloss die Augen, als eine weitere Woge der Übelkeit sie erfasste. Als es vorüber war, holte sie tief Luft, öffnete die Augen und wandte sich zur Tür.

Sie blickte auf ein Foto. Es war kein Foto der Königin, sondern ein anderes Foto, das neben der Tür hing. Sie hatte mit dem Rücken zu dem Bild gesessen, deshalb bemerkte sie es erst jetzt.

Es war das Bild einer jungen Frau in einem eleganten Kleid und einem langen weißen Schleier. Ihr wunderschönes Gesicht hatte einen unglücklichen Ausdruck, als würde sie sich einem unangenehmen Schicksal fügen.

»Sarah Reed, nehme ich an?«, flüsterte Caroline. »Warst du ein wirkliches Medium? Konntest du wirklich den Schleier durchdringen und mit der anderen Seite in Verbindung treten?«

Der Schleier.

Dieses Bild hatte etwas an sich …

Das helle Haar der Braut war so frisiert, wie es etwa vor zehn Jahren modern gewesen war.

Sarah Reed war offensichtlich blond gewesen, überlegte Caroline. Warum war das so wichtig?

Sie trat noch näher an das Bild, als würde sie davon angezogen. Sie brauchte ihre ganze Kraft, um sich auf die Einzelheiten zu konzentrieren. Sarah Reeds Kleid und auch der Schleier waren weiß. Das war nicht ungewöhnlich. Nachdem die Königin für ihre Hochzeit mit ihrem geliebten Albert ein weißes Kleid gewählt hatte, war diese Farbe bei Bräuten in Mode gekommen. Viele zogen zwar noch immer andere Farben für ihre Hochzeitskleider vor, doch die Farbe weiß war nicht ungewöhnlich.

Caroline sah näher hin und entdeckte eine Brosche, die Sarah Reed an ihrem Kleid trug. Sie schien aus schwarzem Emaille zu sein.

Ein Gefühl der Angst erfasste Caroline. Ihre Gedanken verschwammen, doch irgendwie gelang es ihr, sich an einige der Dinge zu erinnern, die Adam ihr erzählt hatte, als er die Brosche beschrieb, die er auf dem Mieder von Elizabeth Delmont gefunden hatte. Sie war aus schwarzem Emaille gewesen – dessen war sich Caroline ganz sicher. Er hatte gesagt, dass er in der Brosche das Foto einer Frau gefunden hatte, die ganz in Weiß gekleidet war und einen Schleier getragen hatte … Eine Strähne blonden Haares hatte unter dem Glas der Brosche gelegen.

Gütiger Himmel. Der Schreck ließ ihr Blut zu Eis erstarren. Sie musste sofort von hier verschwinden.

Die Tür wurde geöffnet, noch ehe sie einen Schritt machen konnte.

»Mrs. Fordyce.« Reed betrat das Zimmer und sah sie besorgt an. »Geht es Ihnen gut?«

»Nein. Ich bin krank. Bitte, entschuldigen Sie mich.« Sie machte ein paar Schritte nach vorn und versuchte, die Balance zu halten. »Ich muss sofort nach Hause.«

»Erlauben Sie mir, Ihnen zu helfen.«

Reed schloss die Tür und kam mit ausgestreckten Armen auf sie zu.

»Rühren Sie mich nicht an«, keuchte sie und versuchte, ihm auszuweichen.

»Aber Sie sind krank, Mrs. Fordyce. Sie brauchen Hilfe.«

»Nein, ich muss gehen.«

Doch das Zimmer drehte sich immer schneller um sie. Eine dichte, trübe Dunkelheit hüllte sie ein, und alle Konturen verschwammen, bis sie sich nicht mehr orientieren konnte. Sie versuchte, sich an der Lehne eines Stuhles festzuhalten, doch sie verfehlte sie und sank auf die Knie.

»Keine Sorge, Mrs. Fordyce, ich werde mich um Sie kümmern.«

Reed hob sie auf seine Arme. Er hatte mehr Kraft in seinem untersetzten Körper, als sie es sich vorgestellt hatte.

Sie öffnete den Mund, um nach Hilfe zu rufen, doch dieser eigenartige Nebel hüllte sie vollkommen ein. Ganz plötzlich schien sie zu schweben, auf einem Meer aus Nichts, sie schlief nicht richtig, doch war sie auch nicht wach. Sie befand sich in einer Traumwelt.

Und dann fragte sie sich, ob dies wohl die andere Seite war.

37

Adam wartete in der Stille und den Schatten des elegant möblierten Hauses auf seine Beute. Kurz vor sechs Uhr an diesem Abend hörte er, wie der Schlüssel im Schloss gedreht wurde.

Die Tür öffnete sich. Elsworth betrat das Zimmer und ging zu der Lampe, um sie anzuzünden.

Adam trat aus dem Schatten, packte ihn hinten an seinem Rock und stieß ihn gegen die Wand.

Elsworth stöhnte laut auf, er schlug gegen die Wand und landete dann hart auf dem Boden. Schnell bemühte er sich, wieder auf die Beine zu kommen. »Wenn Sie auch nur einen Finger rühren, werde ich ihn Ihnen brechen«, sagte Adam.

Elsworth erstarrte, halb sitzend, halb noch auf dem Boden liegend. »Hardesty? Was zum Teufel ist denn hier los?«

Adam zündete die Lampe an. »Es geht um zwei Morde und um ein vermisstes Tagebuch.«

»Sind Sie verrückt geworden, Sir? Wie können Sie es wagen, in mein Haus einzudringen und anzudeuten, dass ich etwas mit den Morden zu tun habe?«

»Ich will Antworten, Elsworth, und zwar schnell. Erzählen Sie mir alles, was sie über die Morde an Elizabeth Delmont und Irene Toller wissen.«

»Ich kannte diese beiden Betrügerinnen kaum. Mit ihrem Tod habe ich nichts zu tun, und Sie können mir auch nichts anderes beweisen. Und jetzt würde ich Ihnen raten, so schnell wie möglich hier zu verschwinden, denn sonst werde ich die Polizei rufen. Ich habe heute Abend einen wichtigen Empfang und auch eine Demonstration im Wintersett House, auf die ich mich vorbereiten muss.«

»Wenn Sie mir nicht alles sagen, was Sie wissen, dann werden Sie nicht nur den Empfang heute Abend verpassen, ich werde auch dafür sorgen, dass noch heute Abend Ihre Laufbahn als Londons beliebtestes Medium zu Ende ist.«

Elsworth starrte ihn an. »Bedrohen Sie etwa mein Leben, Sir?«

»Im Augenblick nur Ihren Lebensunterhalt. Aber das könnte sich sicher ändern.«

»Bah.« Elsworth entspannte sich sichtbar. »Glauben Sie wirklich, dass Sie die Leute davon abbringen können, an meine Kräfte zu glauben? Wenn das so ist, dann sind Sie ein Dummkopf. Die Leute glauben das, was sie glauben wollen, und im Augenblick freut sich der größte Teil der Bewohner Londons darüber, dass ich der mächtigste Mann mit übersinnlichen Kräften bin, den es je gegeben hat.«

»Sie missverstehen mich, Elsworth. Ich habe nicht die Absicht zu beweisen, dass Sie ein Betrüger sind, wenn es um die übersinnlichen Dinge geht, sondern dass Sie ein Betrüger in Finanzangelegenheiten sind.« Adam griff nach dem Umschlag, den er zuvor auf einen Tisch gelegt hatte. Er öffnete ihn und ließ die Aktien von Drexford & Co auf den Boden fallen.

Elsworth warf einen unsicheren Blick darauf. »Woher haben Sie die?«

»Aus der untersten Schublade Ihres Schreibtisches.«

»Also, hören Sie, ich weiß nicht, wieso Sie glauben, etwas über diese Aktien zu wissen.«

»Der Drucker, der diese Dokumente für Sie angefertigt hat, ist ein alter, vertrauter Freund von mir«, erklärte Adam. »Er ist auch recht vorsichtig. Er hat jemanden abgestellt, der Ihnen gefolgt ist, nachdem sie beide sich geschäftlich einig geworden sind. Er weiß gern so viel wie nur möglich über seine Kunden, müssen Sie wissen. Das gibt ihm ein gewisses Maß an Sicherheit.«

Elsworth verzog das Gesicht. »Dieser alte Halunke. Ich hätte wissen müssen, dass er mit einem solchen Trick arbeitet. Nun, das wird ihm gar nichts nützen. Er wird wohl kaum gegen mich aussagen, dafür hat er selbst viel zu viele Geheimnisse zu verbergen.«

»Ich brauche seine Aussage gar nicht, um Ihre Laufbahn zu zerstören. Ihnen scheint gar nicht bewusst zu sein, dass ich selbst auch einige Macht besitze.« Elsworth betrachtete ihn vorsichtig. »Wovon reden Sie überhaupt?«

»Ein Wort von mir über die wahre Art Ihrer Geschäfte, Elsworth, und jede Zeitung der Stadt wird mit Freuden über den finanziellen Skandal berichten, den Sie mit Hilfe der beiden ermordeten Medien angezettelt haben.«

»Sie haben keinerlei Beweise«, wehrte Elsworth ab. »Sie wissen genauso gut wie ich, dass Beweise gar nicht so wichtig sind, wenn es um eine Sensation in der Presse geht. Aber um ganz ehrlich zu sein, eine solche Bloßstellung in der Presse sollte noch Ihre geringste Sorge sein.«

»Was wollen Sie damit sagen?«

»Ich möchte Sie an meine gesellschaftliche Stellung erinnern«, rief ihm Adam freundlich ins Gedächtnis. »Ich kontrolliere nicht nur einen großen Reichtum, ich bin auch Wilson Grendons Erbe, und ich habe eine sehr enge Verbindung zum Grafen von Southwood. Ich verspreche Ihnen, ehe ich mit Ihnen fertig bin, werden alle Türen der

Gesellschaft, die Ihnen bis jetzt noch offen stehen, ganz plötzlich mit einem solchen Knall vor Ihrer Nase zufallen, dass man das Echo in ganz England hören wird.«

Elsworth dachte genau zwei Sekunden lang über diese Bemerkung nach.

»Was genau wollen Sie von mir?«, fragte er dann vorsichtig. Adam griff nach dem Tagebuch, das er unter dem Bett versteckt gefunden hatte. »Aus reiner Neugier möchte ich wissen, wo Sie das hier gefunden haben. Ich habe das ganze Haus von Elizabeth Delmont sehr sorgfältig danach durchsucht.«

»Ich kannte sie besser, Sir. Delmont zählte sich zu meinen Kollegen. Als ich Interesse für ihre Tricks und ihre Gerätschaften zeigte, hat sie mir stolz all ihre Geheimnisse gezeigt.« Elsworth schnaubte verächtlich. »Sie wollte mich beeindrucken, und ich muss zugeben, sie war klüger als viele andere meiner Konkurrenten. Sie hatte eine ganze Anzahl versteckter Fächer und Schränke installiert. Eines davon lag hinter der Wandlampe im Séancezimmer. Dort habe ich auch das Tagebuch gefunden.«

»Leider ist mir dieses Fach entgangen.« Adam legte das Tagebuch wieder auf den Tisch zurück. »Wenn ich das Tagebuch in der Nacht damals gefunden hätte, dann hätten Sie mir und auch sich selbst großen Ärger erspart.« Er ließ Elsworth nicht aus den Augen. »Woher haben Sie gewusst, dass ich danach suche?«

»Delmont hat mir erzählt, dass Sie vor kurzem in den Besitz eines Tagebuches gekommen war, das wundervoll für eine Erpressung geeignet wäre. Sie hat sogar damit geprahlt. Wie ich schon sagte, wollte sie, dass ich sie als eine mir gleichgestellte Kollegin betrachtete und nicht nur als niedrige Assistentin. Nachdem ich ihre Leiche gefunden hatte, habe ich überlegt, dass es sich vielleicht lohnen könnte, schnell ihr Haus zu durchsuchen, um zu sehen, ob ich dieses Tagebuch finden könnte. Ich gebe zu, sie hatte mich mit der Aussicht auf einen schnellen Profit neugierig gemacht.«

»Und Sie haben das Tagebuch gefunden.«

»Jawohl, aber nachdem ich das verdammte Ding durchgelesen hatte, habe ich mich entschieden, dass es besser wäre, es nicht zu nutzen.«

»Wieso sind Sie zu diesem Schluss gekommen?«

»Ich verdiene mir meinen Lebensunterhalt mit meinem Verstand«, erklärte Elsworth ein wenig spöttisch. »Ich bin kein Dummkopf. Ich wollte nicht das Risiko eingehen, einen Mann zu erpressen, der so mächtig und so gefährlich ist wie Sie, Hardesty. Aber Sie haben mich ja fast dazu gezwungen, als Sie ihre Nase in die Morde gesteckt haben. Ich wusste, dass Sie früher oder später hinter meine sehr ertragreichen kleinen Finanzgeschäfte kommen würden.«

»Sie haben mir diese beiden Männer auf den Hals geschickt, die mich warnen sollten, nicht wahr?«

Elsworth zuckte mit den Schultern. »Ich wurde langsam verzweifelt. Das Tagebuch war alles, was ich gegen Sie einsetzen konnte.«

»Ich verstehe ja, warum Sie das Tagebuch mitgenommen haben. Aber warum haben Sie auch die Trauerbrosche genommen und den Schleier?«

Elsworth runzelte die Stirn, jetzt war er ehrlich verwirrt. »Was für eine Brosche? Und was für einen Schleier?«

»Der Schleier war voller Blut von Mrs. Delmont. Die Brosche war mit schwarzem Emaille verziert. Sie enthielt ein Foto einer jungen Frau in einem weißen Kleid und einem Schleier. Und es war auch eine blonde Locke darin.«

Elsworth erstarrte. »Sind Sie sicher?«

»Jawohl. Der Schleier und auch die Brosche lagen noch auf Delmonts Leiche, als ich sie fand. Ich bin sicher, dass Irene Toller sie absichtlich dorthin gelegt hat. Aber ich weiß nicht, warum sie das getan hat oder woher sie beides hatte.«

Elsworths Stimme klang gepresst. »Ich habe schon ein paar Mal Durward Reed in seinem Büro im Wintersett House besucht. Dort hängt ein bestimmtes Foto an der Wand neben der Tür.«

»Was wollen Sie damit sagen?«

»Ich fürchte, die ganze Sache ist noch viel schlimmer, als Sie es sich vorstellen.«

Kurze Zeit später klopfte Adam an der Tür der Corley Lane 22. Mrs. Plummer öffnete ihm. Sie sah verwirrt aus, als er nach Caroline fragte.

»Sie ist heute Nachmittag weggegangen, Sir. Sie hat eine Nachricht von Mr. Reed bekommen, von der Gesellschaft zur Erforschung des Übersinnlichen, in der stand, dass er sich mit ihr über einen Vertrag für einen ihrer Sensationsromane unterhalten wollte. Ich habe sie schon längst zu Hause erwartet, aber sie ist noch nicht zurück.«

Adam riet sich, ruhig zu bleiben.

»Sind ihre beiden Tanten zu Hause?«

»Nein, Sir. Sie sind zum Essen mit Freunden gegangen, und danach wollen sie Karten spielen. Sie werden erst spät zurückkommen. Stimmt etwas nicht, Mr. Hardesty?«

»Ich bin sicher, dass alles in Ordnung ist, Mrs. Plummer.«

Aber er wusste, dass er log.

38

Caroline kam erst lange Zeit später wieder zu Bewusstsein.

Sie öffnete die Augen und starrte an die schattige Zimmerdecke, während sie in Gedanken versuchte, ihre Lage einzuschätzen.

Die Übelkeit war verschwunden, stellte sie fest. Vorsichtig setzte sie sich auf und erinnerte sich plötzlich daran, dass Reed sie auf ein Bett gelegt hatte. Eine Woge der Furcht überkam sie, so heftig, dass sie kaum atmen konnte. Was war mit ihr geschehen, während sie sich in diesem grauen Nebel befunden hatte?

Verzweifelt sprang sie von dem großen Bett. Eine überwältigende Erleichterung erfasste sie, als sie fühlte, dass sie ihre Röcke und die Unterröcke noch trug und dass ihre Kleidung nicht zerknittert war. Ihre Strümpfe waren auch noch an ihrem Platz und ihre Unterhose geschlossen, genau so, wie sie von zu Hause weggegangen war. Das war ermutigend.

Sie zwang sich dazu, nüchtern nachzudenken,

suchte nach Erinnerungen aus der unheimlichen Welt, in der sie sich befunden hatte. Sie würde wissen, wenn Reed sie bedrängt hätte, denn sie war von diesem vergifteten Tee nicht vollkommen bewusstlos gewesen, wahrscheinlich aber nur deshalb, weil sie nur wenige Schlucke davon getrunken hatte. In der Tat erinnerte sie sich schwach an die eigenartige Art, in der Reed sie auf dieses Bett gelegt hatte. Er hatte sich sogar die Zeit genommen, ihr den Rock anständig über die Beine zu ziehen, ehe er das Zimmer verlassen hatte.

Sie wandte sich um und untersuchte das dunkle Zimmer. Sie musste hier heraus, ehe Reed zurückkam.

Sie ging zur Tür, in der schwachen Hoffnung, dass sie nicht abgeschlossen war. Aber natürlich war sie das.

Schwach hörte sie Geräusche von irgendwo unter ihr. In weiter Entfernung spielte Musik. Der Empfang mit Julian Elsworth hatte begonnen.

Sie lief zum Fenster und stellte sofort fest, dass es zugenagelt war. Durch die winzigen, bleiverglasten Scheiben konnte sie einen riesigen leeren Garten hinter dem Haus erkennen. Das Mondlicht leuchtete unheimlich in dem schwachen Nebel.

Es war sehr weit bis nach unten, stellte sie enttäuscht fest. Das Zimmer, in dem sie gefangen war, lag offensichtlich im obersten Stock des alten Hauses.

Nach Hilfe zu rufen, würde nichts nützen. Wenn man bedachte, wie dick die Wände waren und was unten für ein Lärm herrschte, würde niemand sie hören.

Sie wandte sich um und untersuchte das Zimmer genauer. Gerade genügend Mondlicht fiel hinein, um ihr das Bett, einen Schrank und einen Stuhl zu zeigen. Nirgendwo gab es eine Lampe oder eine Kerze in diesem Raum.

Sie ging hinüber zu dem Schrank und öffnete ihn, erwartete schon, ihn leer vorzufinden. Entsetzt fuhr sie zurück, als sie den weißen Seidenstoff erkannte.

Sie zog das altmodische Kleid heraus und betrachtete es genauer. Und dann wusste sie Bescheid.

Es war das Hochzeitskleid von Sarah Reed.

Der lange Spitzenschleier lag ordentlich zusammengefaltet in einem Fach des Schrankes. Er war mit getrocknetem Blut verschmiert. Sie fand auch die Trauerbrosche mit dem schwarzen Emaille in einer Schublade, zusammen mit einem Paar weißer Handschuhe.

Früher oder später würde Reed zurückkommen.

Sie musste sich einen Plan ausdenken. Das Wort, das Adam ein paar Mal benutzt hatte, als er ihr die verschiedenen Wege in seinen Nachforschungen beschrieben hatte, fiel ihr wieder ein. Er hatte von etwas gesprochen, von dem er behauptete, es sei der älteste und verlässlichste Trick der Welt.

Ablenkung.

39

Adam beobachtete Elsworth, der ihm in der Kutsche gegenübersaß, in seiner formellen Abendkleidung.

»Ich brauche eine Ablenkung«, erklärte Adam. »Sie werden dafür sorgen. Ich bezweifle, dass es jemanden gibt, der in diesen Dingen erfahrener ist.«

»Ich nehme das als ein Kompliment.« Elsworth rückte seine weiße Fliege zurecht. »Aber vergessen Sie nicht, dass auch ein Mann, der in seiner Arbeit sehr erfolgreich ist, es nur schaffen kann, wenn das Publikum mitspielt. Ich bin nicht für das verantwortlich, was passieren wird, wenn Reed meine Vorstellung verlässt und dann feststellt, dass Sie sein Haus durchsuchen.«

»Sie kümmern sich um Ihre Rolle.« Adam klopfte auf die Tasche seiner Jacke und fühlte beruhigt das Messer in seiner Scheide. »Ich kümmere mich um meine.«

»Gut.« Elsworth strich seine Handschuhe glatt, griff nach seinem Rock und stieg aus der Kutsche. Er zögerte. »Ob Sie es nun glauben oder nicht, ich wünsche Ihnen Glück, Hardesty. Ich muss zugeben, dass ich Mrs. Fordyces Arbeit sehr mag. Es wäre nicht schön, wenn ich das Ende des *The Mysterious Gentleman* verpassen würde.«

»In diesem Fall sollten Sie dafür sorgen, dass Sie heute Abend die beeindruckendste Vorstellung Ihrer Karriere geben, Elsworth.«

Elsworth senkte zustimmend den Kopf, wandte sich um und ging auf das hell erleuchtete große Haus zu. Wenn Reed wirklich Caroline in seiner Gewalt hatte, was im Augenblick sehr wahrscheinlich schien, würde er sie irgendwo in diesem alten Mausoleum von einem Haus versteckt halten, überlegte Adam.

Es gab natürlich noch eine andere Möglichkeit, doch darüber wollte er jetzt lieber nicht nachdenken. In der letzten Stunde hatte er sich einzureden versucht, dass Reed Caroline nicht umbringen würde, wenigstens nicht, ehe er von ihr das bekommen hatte, was er wollte, was immer das auch sein mochte. Mit all der Aufregung, die den Empfang am heutigen Abend und die Demonstration von Elsworth umgab, hatte Reed wahrscheinlich noch gar nicht die Zeit gehabt, seinen Plan auszuführen.

Adam wartete, bis er sah, wie Elsworth die Treppe hinaufgegangen und dann in der hell erleuchteten Empfangshalle verschwunden war. Dann erst stieg er aus der Kutsche, gab dem Kutscher ein Trinkgeld und verschwand im Schatten einer Gasse in der Nähe. Von hier aus sah er sich das Wintersett House noch einmal genauer an. Der Kontrast zwischen den hell erleuchteten Fenstern in der unteren Etage und der unheimlichen Dunkelheit der oberen Stockwerke machte ihm Angst.

Caroline war irgendwo dort oben. Er fühlte es.

Schnell bewegte er sich durch die muffige Gasse. Als er die Gasse am anderen Ende verließ, ragte die Mauer des Gartens gleich vor ihm auf.

Es war schon ein paar Jahre her, seit er über eine Gartenmauer geklettert war. Erleichtert stellte er fest, dass er es noch nicht verlernt hatte.

Ohne eine steife Krinoline hingen die Röcke des Hochzeitskleides von Sarah Reed, das vor zehn Jahren noch modisch gewesen war, schlaff und viel zu lang um Carolines Füße.

Aber eine Krinoline wäre nicht nur gefährlich unbequem gewesen, sie hätte auch viel zu viel Platz gebraucht und ihr Versteck verraten, überlegte sie. Sie würde es nie geschafft haben, sich damit in dem Schrank zu verstecken.

Sie hatte die Tür des großen Schrankes ein wenig offen gelassen. Durch den Spalt konnte sie die Tür des Schlafzimmers und einen Teil des Bettes erkennen. Wenn Reed zurückkam, würde sie ihre Flucht sorgfältig planen müssen, damit sie überhaupt noch eine Chance hatte.

Es kam ihr so vor, als wäre sie schon eine Ewigkeit in diesem Schrank gefangen, dabei wusste sie, dass höchstens eine Stunde vergangen sein konnte. Aber sie wagte nicht, sich zu bewegen. Sie hatte keine Ahnung, wann Reed zurückkommen würde.

Hier in diesem engen Schrank zu stehen, zerrte an ihren Nerven. Sie hatte sich von den schlimmsten Folgen des vergifteten Tees erholt, aber ihre Sinne reagierten noch nicht ganz normal. Ihr schien es so, als würden die Geräusche des Empfangs unten im Haus anschwellen und wieder abebben, wie eine riesige, unsichtbare Woge. Ein Gefühl der Unwirklichkeit hielt sie gefangen. Sie fragte sich, ob es wohl davon kam, dass sie das Hochzeitskleid einer Toten trug.

Das Klirren von Eisen auf Eisen riss sie aus ihrer eigenartigen Benommenheit. Ihr Herz begann zu rasen, und ein eisiger Schauer rann über ihren Körper.

Bleibe ruhig, sagte sie sich. Sorge dafür, dass du die Röcke in der Hand behältst, damit du loslaufen kannst. Du darfst auf keinen Fall stolpern, so wie vor drei Jahren. Eine zweite Chance wirst du nicht bekommen.

Durch den Türspalt des Schrankes sah sie, wie sich die Tür des Schlafzimmers öffnete. Licht fiel auf den Boden.

»Sind Sie schon aufgewacht, meine liebe Mrs. Fordyce? Der Empfang unten ist auf dem Höhepunkt angekommen. Elsworth ist der Mittelpunkt der Aufmerksamkeit, daher war es mir möglich, mich davonzustehlen, um nachzusehen, wie es Ihnen geht. Diese Droge, die ich leider benutzen musste, kann äußerst unangenehme Wirkungen haben, hat man mir gesagt.«

Reed betrat das Zimmer und ließ die Tür hinter sich ein Stück offen. In einer Hand trug er eine Lampe, in der anderen hielt er eine Pistole.

»Sie schlafen noch immer, wie ich sehe.« Er trat einen Schritt näher an das Bett und hielt die Lampe höher. »Oder vielleicht tun Sie ja auch nur so, wie? Auf jeden Fall ist das egal. Dieses leidige Geschäft wird schon bald vorüber sein.«

Er war schon beinahe am Bett angekommen. Aus irgendeinem Grund blieb er plötzlich stehen. Caroline hielt den Atem an und sah, wie das Licht der Lampe auf ihr grünes Kleid fiel. Sie hatte sich bemüht, das Mieder und die Röcke mit den Laken und ein paar Kissen auszustopfen. Aber sie wusste, dass der Betrug bei genauerem Hinsehen nicht lange unentdeckt bleiben würde.

»Was für ein Jammer, dass Sie sich von Hardesty haben verführen lassen, sogar so weit, dass Sie in einen großen Skandal hineingezogen worden sind«, meinte Reed und machte noch ein paar Schritte auf das Bett zu. »Kümmert Sie denn Ihr Ruf gar nicht? Sie haben sich Ihren schwachen, weiblichen Gefühlen hingegeben, genau wie Sarah es getan hat, denke ich. Ich kann Ihnen gar nicht meine Verzweiflung und meinen Zorn beschreiben, als ich in unserer Hochzeitsnacht festgestellt habe, dass Sarah nicht unberührt war. Ihr Geliebter war gestorben, müssen Sie wissen. Sie hat mir nie von ihm erzählt. Aber am Tag unserer Hochzeit hat sie eine Trauerbrosche auf ihrem wunderschönen weißen Kleid getragen, seinetwegen.«

Er hatte das Bett erreicht und blieb stehen.

»Als ich feststellte, wie sehr sie mich betrogen hatte, bin ich durchgedreht. Ich bin sicher, dass irgendein dunkler Geist von der anderen Seite von mir Besitz ergriffen und mich gezwungen hat, ihr den Schal um ihren wunderschönen Hals zu legen, dass er mich gezwungen hat, ihn zuzuziehen, bis …«

Ganz plötzlich hielt er inne und schien sich zusammenzureißen.

»Später war ich vom Kummer überwältigt und entsetzt von dem, was ich getan hatte. Ich wusste, dass ich die Leiche loswerden musste, damit niemand erfuhr, was geschehen war. Kurz vor der Morgendämmerung habe ich ihr dann ihr bestes Ausgehkleid angezogen und sie über die Straße in den Park getragen. Ich habe ihr die Brosche weggenommen und habe später das Foto ihres Geliebten darin durch ihr eigenes Foto ersetzt. Aber da war es schon zu spät. Sie hatte bereits begonnen, mich zu verfolgen.«

Caroline sah, dass er die Hand nach dem Kissen ausstreckte, das sie über die Stelle gelegt hatte, wo ihr Kopf hätte sein müssen, wenn sie das Kleid noch immer getragen hätte.

»Aber Sie sind diejenige, auf die ich gewartet habe, Sie sind es, die mit meiner Sarah auf der anderen Seite in Kontakt treten kann. Jetzt weiß ich das. Und wenn Sie den Schleier durchdringen, dann werde ich ihr erklären, dass ich in unserer Hochzeitsnacht nicht ich selbst war, sondern ein Besessener. Sie wird mir verzeihen und wird mich in Frieden lassen.«

Er zog das Kissen beiseite. »Was ist das denn?« Reed starrte ungläubig auf das Kleid.

Eine bessere Gelegenheit werde ich niemals bekommen, dachte Caroline. Sie umklammerte den weißen Rock, stieß die Tür des Schrankes auf, sprang heraus und lief zur Tür.

Reed wandte sich langsam um, er war vollkommen verwirrt.

»Sarah? Das kann nicht sein. *Sarah.*«

Caroline rannte so schnell sie konnte durch die Tür in den dunklen Flur. Eine schwache Wandlampe warf gerade genug Licht, um auf beiden Seiten des Flurs eine Reihe geschlossener Türen erkennen zu können.

Verzweifelt sah sie sich um und suchte nach der Treppe. Doch alles, was sie sah, war eine endlose Reihe geschlossener Türen.

Hinter sich hörte sie Schritte. Reed war aus seiner Benommenheit und seinem Schrecken erwacht. Er verfolgte sie.

»Komm zurück, Sarah.«

Sie musste sich für eine Richtung entscheiden.

Instinktiv wandte sie sich nach rechts und lief den Flur hinunter, in Richtung auf das Fenster am anderen Ende. Wenn sie schon die Haupttreppe nicht fand, würde sie vielleicht die Dienstbotentreppe erreichen.

»Sarah, bleib stehen. Du musst mir erlauben, dir alles zu erklären. Ich war gar nicht derjenige, der dich umgebracht hat. Ich war besessen.«

Caroline warf einen Blick über ihre Schulter zurück und entdeckte Reed hinter sich.

»Sage mir, was ich tun muss, damit ich befreit

werde von deinem Geist, der mich verfolgt«, wütete er. »Du machst mich verrückt.«

Die Pistole donnerte los. Caroline hörte, wie irgendwo in der Nähe Holz splitterte. Sie hatte beinahe das Ende des Flurs erreicht und noch immer keine Treppe gefunden. Vielleicht sollte sie versuchen, eine der Türen zu öffnen. Wenn sie in eines der Zimmer kam und eine Möglichkeit fand, die Tür hinter sich zu verschließen, könnte sie ein wenig Zeit gewinnen.

Doch sie wäre auch wieder gefangen.

»*Sarah.*«

Noch einmal ging die Pistole los. Das Glas des Fensters vor ihr zersplitterte. In der Mitte des Flurs, hinter Caroline, wurde eine Tür aufgerissen.

»Reed«, schrie Adam. »Bleiben Sie stehen, oder Sie sind ein toter Mann.«

»Hardesty.« Reed wirbelte herum und hob die Pistole, er zielte auf Adam, der nur wenige Schritte von ihm entfernt war.

»Nein«, schrie Caroline. Auf diese Entfernung konnte Reed ihn gar nicht verfehlen.

Sie sah, wie Adam schnell den Arm bewegte, als würde er etwas werfen. Einen kurzen Augenblick lang blitzte im Licht der Laterne Stahl auf.

Reed zuckte heftig zusammen. Die Pistole in seiner Hand ging noch einmal los, doch der Schuss musste weit am Ziel vorbeigegangen sein, denn Adam rührte sich nicht.

Reed sank mit dem Gesicht nach unten auf den Boden und blieb ganz still liegen.

Adam stieß mit dem Fuß die Pistole beiseite und sah dann Caroline an.

»Bist du verletzt?«, fragte er, mit einer Stimme, die aus den Tiefen der Hölle zu kommen schien.

»Nein.« Sie umklammerte den Rock des Hochzeitskleides und ging langsam auf ihn zu. »Nein, es ist alles in Ordnung mit mir, Adam. Er hat mich nicht angerührt.«

Er streckte ihr einen Arm entgegen. In einem Wirbel von weißer Seide lief sie auf ihn zu. Als sie bei ihm angekommen war, riss er sie heftig in seine Arme. Lange Zeit hielt er sie fest, dann gab er sie zögernd frei und bückte sich zu Reed.

Caroline war sicher, dass Reed tot war. Doch als Adam ihn umdrehte, stöhnte er auf. Und da entdeckte Caroline das Messer, das tief in Reeds Brust steckte. Reed öffnete die Augen und starrte Caroline an.

»Sarah. All die Jahre hast du mich verfolgt. Jetzt werde ich endlich zu dir kommen auf die andere Seite.«

Reed schloss die Augen. Er öffnete sie nicht mehr.

40

Am nächsten Nachmittag saßen alle zusammen in der Bibliothek am Laxton Square. Adam goss Wilson, Robert, Elsworth und sich selbst Brandy ein, Caroline, Julia, Emma und Milly tranken Tee.

Adam betrachtete Carolines Gesicht, als er die Karaffe wieder abgestellt hatte. Ihr Blick war getrübt, die Anstrengung der Ereignisse der vergangenen Nacht waren auf ihrem Gesicht noch zu erkennen, doch bemerkte er auch, dass ihr wacher, aufmerksamer Geist nicht in Mitleidenschaft gezogen war. Sie erholte sich sehr schnell.

Was er von sich selbst nicht so unbedingt behaupten konnte. Er nahm an, die letzten Augenblicke im Wintersett House würden ihn noch auf Jahre als Alptraum verfolgen.

Wäre er nur ein paar Augenblicke später gekommen, hätte er nicht zufällig die Dienstbotentreppe entdeckt …

Denke nicht daran, denn sonst wirst du verrückt.

Er nahm einen Schluck des starken Brandys und setzte sich dann hinter seinen Schreibtisch.

»Es war die Tatsache, dass sowohl Irene Toller als auch Elizabeth Delmont mit Reed und auch mit Elsworth in Verbindung standen, die alles noch viel komplizierter machte«, wandte er sich an die anderen. »Wie es scheint, hat Elsworth eine recht einträgliche Geschäftsverbindung mit einer ganzen Anzahl von Medien unterhalten, auch mit Irene Toller und Elizabeth Delmont.«

»Aber mehr war da auch nicht.« Elsworth nippte an seinem Brandy und stellte das Glas dann wieder ab. »Ich mache es mir zur Gewohnheit, mich niemals mit meinen Geschäftspartnerinnen auf eine Beziehung einzulassen. Meiner Erfahrung nach führt eine solche Verbindung immer zu einem finanziellen Desaster.«

Caroline sah ihn an. »Haben Sie denn gewusst, dass Mr. Reed eine weitaus intimere Beziehung mit Elizabeth Delmont und Irene Toller eingegangen war?«

»Ich habe es vermutet«, gab Elsworth zu. »Mir schien, dass Reed ein wenig zu großzügig war, als er Irene Toller erlaubte, ihre eigentlich recht amateurhaften Dienste mit diesen lächerlichen Vorführungen der Planchette im Hauptquartier der Gesellschaft anzubieten. Aber ich habe auch vermutet, dass diese Beziehung sich sehr schnell einem Ende näherte. Reed hat mehr und mehr seine Aufmerksamkeit auf Elizabeth Delmont gerichtet.«

»Hat er Sie je gebeten, eine Séance durchzuführen, in der Hoffnung, mit seiner toten Frau in Verbindung zu treten?«, fragte Julia.

»Nein.« Elsworth schwenkte den Brandy in seinem Glas. »Ich habe von Anfang an erklärt, dass ich nicht mit Toten in Kontakt treten kann. Meine Kräfte sind ganz anderer Natur.«

Robert warf ihm einen skeptischen Blick zu. »Aus reiner Neugier würde es mich interessieren, wie viele Medien in London Ihre Investmentpläne unterstützen.«

Elsworth bemühte sich, unschuldig und sogar ein wenig beleidigt auszusehen. »Sie können nicht erwarten, dass ich ein Berufsgeheimnis lüfte, Sir.«

Adam mischte sich in die Unterhaltung ein. »Elsworth hat zugestimmt, den Kunden von Elizabeth Delmont und Irene Toller, die ihm das Geld gegeben haben, um es für sie zu investieren, ihre Einlage zurückzuzahlen. Das stimmt, doch, Sir, nicht wahr?«

Elsworth seufzte. »Ja, so ist es.«

Wilson trommelte mit den Fingern auf der Armlehne seines Ledersessels. »Wenn Toller und Delmont unfähige Medien waren, warum hat sich Reed dann für die beiden entschieden?«

Elsworth rümpfte verächtlich die Nase. »Reed war in solchen Dingen bemerkenswert begriffsstutzig. Der Dummkopf hat nicht einmal gemerkt, wenn jemand ein Betrüger war. Immerhin hat er ja auch ein Medium geheiratet, wenn Sie sich erinnern. Vielleicht hat er das damals getan, um an ihr Vermögen zu kommen, aber er hat wirklich daran geglaubt, dass sie übersinnliche Fähigkeiten besaß.«

Adam deutete auf das dicke Buch auf seinem Schreibtisch. »Das hier ist Reeds privates Tagebuch. Ich habe es heute Morgen in seinem Arbeitszimmer gefunden, als ich mich dort mit der Polizei getroffen habe. Wie es scheint, hat Reed nur sehr wenig Interesse für männliche Medien gezeigt. Er war davon überzeugt, dass eine Frau viel wahrscheinlicher in der Lage sein würde, mit dem Geist seiner toten Frau in Verbindung zu treten.«

Elsworth zuckte mit den Schultern. »Die meisten Menschen, die sich mit der Erforschung des Übersinnlichen beschäftigen, sind davon überzeugt, dass allgemein Frauen wesentlich besser mit der anderen Seite in Verbindung treten können.«

Adam blätterte in dem Buch, las Namen und Daten. »Wie es scheint, hat Reed in den letzten Jahren systematisch eine ganze Anzahl gut aussehender weiblicher Medien benutzt. Er macht kein

Geheimnis aus der Tatsache, dass er mit jeder von ihnen eine intime Verbindung eingegangen ist, weil er glaubte, dass eine solche Verbindung die Kräfte des Mediums verstärken würde.«

Caroline erschauderte. »Das wird in gewissen Kreisen allgemein angenommen.«

Adam blätterte eine weitere Seite um. »Nach einer angemessenen Zeit der Verführung und des Ausprobierens hat er das Medium dann schließlich in Sarahs altem Schlafzimmer getestet. Er war davon überzeugt, dass sie in diesem Zimmer spukt. Wenn das Medium diesen Test nicht bestand, hat er sich eine neue Kandidatin gesucht.«

»Er hat Sarah im Schlafzimmer umgebracht, in ihrer Hochzeitsnacht«, flüsterte Caroline.

Adam nickte. »Wenn man diesem Buch hier glauben kann, hat er ihre Leiche umgezogen und sie dann in den Park getragen, wo man sie am nächsten Tag gefunden hat. Keiner aus der Dienerschaft hat sie am nächsten Morgen als vermisst gemeldet, weil alle geglaubt haben, dass sie, wie jede anständige Braut, von den traumatischen Ereignissen der Hochzeitsnacht so überwältigt war, dass sie lange geschlafen hat, um sich zu erholen. Später hat man angenommen, dass sie unbemerkt das Haus verlassen hatte, um einen Spaziergang zu machen.«

Julia legte den Kopf ein wenig schief. »Reed sah

ganz sicher nicht besonders gut aus, und er war auch nicht sehr charmant. Ich frage mich, warum Irene Toller und Elizabeth Delmont und all die anderen Medien, die er benutzt hat, seine Annäherungsversuche so bereitwillig akzeptiert haben.«

»Für jedes Medium hatte es entschiedene Vorteile, eine Beziehung zu Durward Reed zu unterhalten«, erklärte Elsworth. »Solange eine jede seine Zuneigung genoss, hat sie von der Unterstützung der Gesellschaft profitiert, und das hat ihrem Ruf und auch ihrem Einkommen sehr genützt.«

»Ja, natürlich«, murmelte Milly. »Ein solches Motiv kann man verstehen, denke ich.«

»Das Geschäft ist sehr hart«, warf Elsworth ein. »Ganz besonders, wenn man noch ganz am Anfang steht.«

»Aber Irene Toller hat den tödlichen Fehler begangen, sich in Reed zu verlieben«, erklärte Caroline. »Und als sie dann feststellte, dass er sie sehr wahrscheinlich verlassen würde, um sich mit Elizabeth Delmont zusammenzutun, war sie zunächst verzweifelt und wurde dann schrecklich wütend.«

»Ich nehme an, ihre Situation war ganz besonders schlimm, weil sie Elizabeth Delmont schon immer als ihre härteste Konkurrentin angesehen hatte«, meldete sich jetzt auch Emma. »Irene Toller sah sich als verschmähte Frau.«

»Sie kannte das Wintersett House sehr gut, ganz besonders auch das Schlafzimmer von Sarah Reed, weil sie dort als letzten Test die Séance für Reed durchgeführt hatte«, meinte Adam. »Sie muss sich eines Tages nach oben geschlichen haben, ohne dass Reed etwas davon bemerkt hat, und dann hat sie die Brosche und den Schleier aus dem Schrank gestohlen.«

Caroline nickte. »Sie hat beides in der Nacht mitgenommen, in der sie Elizabeth Delmont umgebracht hat, und dann hat sie die Sachen am Tatort zurückgelassen. Offensichtlich hatten sie für sie eine Bedeutung, weil sie der Frau gehört hatten, von der Reed besessen war.«

»Und was ist mit der Taschenuhr, die man neben Delmonts Leiche gefunden hat?«, fragte Julia. »Von der Uhr stand doch auch etwas in der Zeitung.«

»Sie gehörte Elizabeth Delmont«, erklärte Adam. »Es war ein Geschenk von Reed gewesen. Irene Toller musste das gewusst haben, deshalb hat sie in ihrer Wut die Uhr zerstört. Ich war der Erste, der in Delmonts Haus war, in der Nacht, nachdem der Mörder gegangen war. Als ich sie fand, lagen sowohl der Schleier als auch die Brosche und die Uhr noch am Tatort.«

»Reed kam als Nächster«, spann Wilson den Faden weiter. »Zweifellos muss er entsetzt gewesen sein, als er die Brosche seiner toten Frau und ihren Schleier am Tatort fand. Er muss sofort geahnt haben, wer diese Dinge gestohlen und demnach auch Delmont ermordet hatte. Er hat die Brosche und den Schleier mitgenommen, doch die Uhr hat er liegen gelassen. Sie bedeutete ihm nichts.«

»Und ich kam als Letzter«, berichtete Elsworth. »Ich wollte ihr nach einem langen Abend in der Stadt einen Besuch machen. Es war schon fast Morgen.«

Milly sah ihn an. »Warum um alles in der Welt sind Sie so spät noch zu ihrem Haus gegangen?«

»Ich hatte vermutet, dass Delmont, nachdem sie von mir ein paar Tricks gelernt hatte, ihre eigenen finanziellen Pläne hatte, die sie ohne meine Mithilfe durchführen wollte. Ich wollte, dass sie sich diesen Schritt noch einmal überlegt. Ich hatte die Absicht, ihr zu drohen, sie zu entlarven, wenn sie ihre eigenen Geschäfte machen würde. Als ich dort ankam, war die Tür offen. Ich ging ins Haus und fand die Leiche.«

»Und Mauds Tagebuch«, fügte Adam hinzu.

Elsworth winkte ab. »Ich bin jemand, der jede Gelegenheit nutzt. Aber wie ich Ihnen schon sagte, als ich das Tagebuch gelesen hatte, habe ich entschieden, dass ich diese Sache nicht weiter verfolgen wollte. Das wäre viel zu leichtsinnig gewesen.«

»Aber da war es schon zu spät, nicht wahr?«, meinte Milly fröhlich. »Sie wussten bereits, dass Adam Ihnen auf den Fersen war.«

Elsworth verzog das Gesicht. »Als ich ihn nach der Vorstellung von Irene Toller zusammen mit Mrs. Fordyce sah, wusste ich, dass ich mich in einer ausweglosen Situation befand. Ich habe alles getan, um die Aufmerksamkeit der Leute auf eine andere Spur zu lenken, indem ich meine Dienste der Polizei angeboten habe. Ich war sicher, dass die Presse eine große Sensation daraus machen würde. Und als ich Sie an diesem Tag im Publikum entdeckte, Mrs. Fordyce, habe ich versucht, Sie zu warnen, dass Sie in Gefahr sind. Ich dachte, dass könnte Sie und Hardesty vielleicht ablenken. Doch als auch das nichts nutzte, musste ich stärkere Mittel einsetzen.«

»Sie haben diese beiden Halunken bezahlt, damit sie Adam angriffen«, warf ihm Caroline vor.

»Jawohl, was soll ich sagen, Madam? Ich war verzweifelt.«

»Reed war noch viel verzweifelter«, berichtete Adam weiter. »Seinem Tagebuch hat er anvertraut, dass er die große Hoffnung hatte, dass Elizabeth Delmont endlich das Medium sein würde, das den Kontakt zu seiner toten Frau herstellen konnte. Aber noch ehe er den letzten Test mit ihr in Sarahs Schlafzimmer machen konnte, hat Irene Toller sie umgebracht. Und dann hat Irene Toller ihm eine Nachricht geschickt und ihm befohlen, sie zu besuchen. Er hat wohl vermutet, dass sie vorhatte, ihn zu erpressen, indem sie drohte, die Geschichte seiner Séancen in Sarahs Schlafzimmer an die Presse weiterzugeben.«

»Und deshalb hat er sie umgebracht«, schloss Julia. »Und er hat den Mord so aussehen lassen, wie er in der Zeitung beschrieben worden war, weil er wusste, dass die Presse sich darauf stürzen würde.«

Adam nickte. »Nachdem Elizabeth Delmont tot war, hat Reed entschieden, dass Carolines Verbindung zum Wintersett House mehr war als nur ein Zufall. Er glaubte, dass ihre übersinnlichen Kräfte sie zu ihm geführt hätten, damit er sie dazu nutzen konnte, Sarah zu erreichen. Gestern hat er dann endlich Caroline in seine Falle gelockt.«

Emma runzelte die Stirn. »Das verstehe ich nicht. Hat er wirklich erwartet, dass er so einfach Caroline entführen und sie in irgend so einer schrecklichen Séance benutzen könnte? Er muss doch gewusst haben, dass Sie Carolines Verschwinden untersuchen würden, Adam.«

»Wenn er mit Caroline fertig war, wollte er sie auch umbringen, und er wollte den Mord genauso aussehen lassen wie die anderen beiden Morde«, meinte Wilson und presste zornig die Lippen zusammen. »Er wollte dafür sorgen, dass ihre Leiche und noch eine weitere zerbrochene Taschenuhr in ihrem eigenen Haus gefunden wurden, damit es noch mehr Beweise gegen Adam gab.«

Julia erschauderte. »Die Presse hätte sich ganz sicher auf diese Geschichte gestürzt und hätte berichtet, dass eine Schriftstellerin für Sensationsromane von ihrem Geliebten getötet wurde.«

Milly war entsetzt. »Hat er wirklich geglaubt, dass ein solcher Plan klappen könnte?«

Elsworth schüttelte den Kopf. »Sie verstehen nicht, wie Menschen denken, die alle Logik und jeglichen Verstand außer Acht lassen, nur weil sie an die Möglichkeit glauben wollen, mit der anderen Seite in Verbindung treten zu können. Glauben Sie mir, wenn ich Ihnen sage, dass Reed einer der leichtgläubigsten Menschen war, die mir je begegnet sind.«

Caroline sah ihn an. »Waren Sie etwa derjenige, der Adam und mir die Nachrichten geschickt hat, am Morgen nach dem Mord zu Mrs. Tollers Haus zu kommen?«

»Nein.« Elsworth hob beide Hände mit den Handflächen nach oben. »In diesem Punkt bin ich unschuldig.«

»Reed hat die Nachrichten geschickt.« Adam schloss das Buch. »Er hat auch eine anonyme Nachricht an die Polizei und an einige Reporter geschickt. Er wollte eine Sensation schaffen.«

»Zweifellos hat er gehofft, dass du verhaftet würdest«, meinte Wilson. »Wenigstens sollte ein starker Verdacht auf dich fallen, und du solltest in einen Skandal verwickelt werden. Sein oberstes Ziel war es, einen Keil zwischen dich und Caroline zu treiben. Er hat angenommen, dass sie schockiert und entsetzt sein würde, wenn sie herausfand, dass du möglicherweise mit einem Mord in Verbindung gebracht würdest. Er hoffte, sie würde dir den Rücken kehren, um ihren eigenen Ruf zu schützen.«

Adam lächelte lässig und sah dann Caroline an. »Reed hatte offensichtlich kein übersinnliches Talent. Er konnte nicht vorhersehen, dass du mir ein Alibi geben würdest, auch wenn das bedeutete, dass du dadurch noch tiefer in einen großen Skandal verwickelt werden würdest.«

Zum ersten Mal seit der Sache im Wintersett House blitzte ein Lachen in Carolines Augen auf. »Offensichtlich hat er keine Ahnung von Schriftstellerinnen, die Sensationsromane schreiben. Wir leben von solchen Dingen.«

41

Einen Monat später …

»Also wirklich.« Wilsons lauter Ausruf hallte im Frühstückszimmer wider. Er warf die Ausgabe des *Flying Intelligencer* auf den Tisch. »Das ist wirklich eine überraschende Wendung der Dinge.«

Adam nahm sich gerade Marmelade aus dem Glas. »Es ist viel zu früh am Tag, um schon so laut zu schreien. Worüber hast du dich denn so aufgeregt? Gibt es schlechte Finanznachrichten?«

»Die Finanznachrichten kannst du vergessen. Das ist eine Sache, die wirklich wie ein Erdbeben einschlägt.« Mit dem Zeigefinger deutete Wilson auf die Zeitung. »Darin steht das letzte Kapitel des *The Mysterious Gentleman*. Du wirst es nicht glauben, aber Edmund Drake ist als Held aus der ganzen Geschichte hervorgegangen.«

Etwas in Adam erstarrte. Hoffnung flammte auf. Er legte das Messer, mit dem er gerade die Marmelade auf seinen Toast streichen wollte, auf den Tisch zurück.

»Ich dachte, Drake sei in der Geschichte der Bösewicht«, sagte er vorsichtig.

»Das habe ich auch geglaubt, genau wie alle anderen, die diese Geschichte gelesen haben, das wette ich.« Wilson griff nach seiner Kaffeetasse. »Aber hier steht es. Ich habe gerade das letzte Kapitel gelesen, in dem Drake Miss Lydia rettet und den hochnäsigen Jonathan St. Claire entlarvt.«

»Du meinst den, von dem alle geglaubt haben, er sei der Held?«

»Jawohl. Eigentlich mochte ich ihn noch nie. Er hatte viel zu glatte Manieren, und er war so höchst anständig. Ein recht langweiliger Kerl, wirklich. Ich hätte wissen müssen, dass Caroline niemals zulassen würde, dass er Miss Lydia heiratet. Drake war von Anfang an der Richtige.«

»Edmund Drake heiratet Miss Lydia?«

»Jawohl, das tut er.« Wilson brummte unwillig. »Alles höchst aufregend. Ich kann es kaum erwarten zu hören, was Julia dazu sagt. Ich bin sicher, in ganz London sind heute Morgen die Leser alle erstaunt. Wieder einmal hat die kluge Mrs. Fordyce uns mit einem unerwarteten und aufregenden Vorfall erstaunt. Diese Frau ist einmalig.«

Adam zog die Serviette von seinem Schoß und warf sie auf den Tisch. »Du musst mich bitte entschuldigen, Sir.«

Er stand auf und ging zur Tür.

»Was ist los? Wo willst du hin, Adam? Du hast ja nicht einmal zu Ende gefrühstückt.«

»Ich entschuldige mich, Sir, aber ich muss sofort weg. Es geht um eine lebenswichtige Angelegenheit, die nicht länger warten kann.«

Wilson zwinkerte erstaunt mit den Augen, doch dann legte sich seine Verwirrung. An ihre Stelle trat ein zufriedenes Lächeln.

Noch einmal griff er nach der Zeitung. »Grüße Caroline von mir.«

Sie war in ihrem Arbeitszimmer und genoss den warmen Sonnenschein, der durch die Fenster fiel. Sie machte sich Notizen für ihren nächsten Roman, als Adam in das Zimmer trat. Sie blickte auf, und eine freudige Erwartung ergriff sie, aber der Blick seiner Augen nahm ihr den Atem.

»Adam? Stimmt etwas nicht? Du siehst ein wenig fiebrig aus.«

Mit langen Schritten kam er auf sie zu.

»Du hast Edmund Drake zum Helden deines Romans gemacht«, sagte er.

»Nun ja, das habe ich getan. Und warum erstaunt dich das?« Vor ihrem Schreibtisch blieb er stehen, er legte beide Hände auf die Platte und beugte sich vor. »Warum hast du das getan?«

»Ich dachte, es wäre eine aufregende Wendung der Geschichte«, begann sie vorsichtig. »Ich muss sagen, dass es mich überrascht, dass du weißt, wie die Geschichte endet. Ich dachte, du hättest nur ein einziges Kapitel davon gelesen.«

»Wilson hat es mir erzählt.«

»Ach so. Darf ich fragen, warum dich das so sehr interessiert? Wenn man bedenkt, dass du solche Geschichten erst gar nicht liest, erstaunt mich das.«

Er richtete sich wieder auf und kam um den Schreibtisch herum, noch ehe sie wusste, was er vorhatte. Dann beugte er sich vor, packte sie an den Schultern, zog sie von ihrem Stuhl und stellte sie auf die Füße.

»Weil es mich hoffen lässt, dass du mich vielleicht genauso sehr liebst, wie ich dich liebe«, antwortete er.

Verwunderung und Freude erfüllten ihr Herz. »Du liebst mich?«

»Vom ersten Augenblick an, als ich dich hier in diesem Zimmer gesehen habe.«

»Oh, Adam, ich liebe dich von ganzem Herzen.« Sie schlang die Arme um seinen Hals.

»Und wirst du mich jetzt endlich von meinem Elend erlösen und mich heiraten?«

»Aber ja. Natürlich. Ich habe doch nur gezögert, weil ich befürchtete, dass es deine Regeln waren, die dich zu deinem Antrag gezwungen haben. Ich weiß sehr wohl, dass deine edle Gesinnung dir eine schwere Verantwortung auferlegt.«

»Caroline«, sagte er mit nur mühsamer Zurückhaltung. »Ich liebe dich mehr, als ich mit Worten ausdrücken kann, und ich werde dich für den Rest meines Lebens lieben. Zu wissen, dass deine Liebe mir gehört, macht mich zum glücklichsten Menschen auf der ganzen Welt. Aber ich muss dir sagen, mein Verlangen nach dir hat überhaupt nichts Edles. Ich sehne mich so sehr nach dir, dass ich lügen, betrügen, stehlen und noch viel Schlimmeres tun würde, um dich zu bekommen.«

Sie lachte. »Was ist denn nur los mit dir, Sir? Beunruhigt es dich, zu wissen, dass du aus dem Stoff bist, aus dem Helden sind?«

»Helden gibt es nur in Romanen.« Er strich mit dem Daumen über ihre Unterlippe. »Ich bin ein Mann. Mir ist nur wichtig, dass du mich so liebst, wie eine Frau einen Mann liebt.«

»Für den Rest meines Lebens und noch länger«, schwor sie.

Er küsste sie, gleich dort im goldenen Sonnenschein, und er hielt sie so fest, dass sie alles andere vergaß. Erst der Klang von bekannten Stimmen brachte Caroline in die Wirklichkeit zurück.

»Einen schönen guten Tag, Mr. Hardesty«, begrüßte ihn Emma, die an der Tür stand. »Für so etwas ist es eigentlich noch recht früh, nicht wahr?«

Adam hob den Kopf. »Einen schönen guten Tag, Madam. Um Ihre Frage zu beantworten, nein, für so etwas ist es nie zu früh. Und zufällig habe ich die Absicht, Caroline zu heiraten, dann werde ich jeden Tag auf diese Art beginnen.«

»Wie romantisch.« Milly eilte in das Zimmer und stellte ein Tablett auf den Tisch. Sie hob die Kanne von dem Tablett und sah die beiden erwartungsvoll an. »Möchte jemand Tee?«

»Wir könnten alle eine Tasse Tee brauchen«, meinte Caroline, die sich noch immer in Adams Arme schmiegte. »Adam hat gerade versucht, mich davon zu überzeugen, dass er kein Held ist.«

»Unsinn.« Milly setzte sich und goss den Tee in vier Tassen. »Es ist doch offensichtlich, dass er ein Held ist, von Kopf bis Fuß.«

»Diesen Eindruck hatte ich auch.« Emma sank in einen Sessel.

Adam verzog schmerzlich das Gesicht. »Wenn wir das Thema wechseln könnten, wäre ich wirklich sehr dankbar.«

»Wie du wünschst«, meinte Caroline. »Eigentlich gibt es da noch ein anderes Thema, das mich sehr interessiert. Ich habe mir gerade Notizen für das erste Kapitel meines neuen Romans gemacht.«

»Du meinst den Roman, in dem du auch über die Erforschung des Übersinnlichen schreiben möchtest?«, fragte Emma.

»Ja.« Caroline ging zu ihrem Schreibtisch zurück. »Ich glaube, auch diesmal wird Adam wieder meine Inspiration sein.«

Adam stöhnte laut auf. »Bitte, meine Liebe …«

»Beruhige dich, Sir. Diesmal möchte ich nicht deine Fähigkeiten als Held nutzen.«

Er sah sie vorsichtig an. »Vielleicht mein finanzielles Geschick?«

Caroline setzte sich hinter ihren Schreibtisch, griff nach ihrem Stift und klopfte damit leicht auf das Löschblatt. »Nein, ich dachte an deine übersinnlichen Talente.«

Er erstarrte. »Meine *was*?«

»Ich denke, die sind doch offensichtlich.«

»Offensichtlich für wen? Wovon redest du überhaupt?«

»Denke doch nur einmal an die Tatsachen.« Sie lächelte ihn aufmunternd an, erfreut über ihre Logik. »In gewissen kritischen Situationen in dieser ganzen Sache hast du dich von deiner Intuition leiten lassen, auf eine Art, die man sehr gut als übersinnlich beschreiben könnte.«

»Wenn ich einen solchen Unsinn …«

Emma hob die Hand. »Ich denke, Caroline hat da gar nicht so Unrecht, Sir.«

»In der Tat.« Milly nickte ernst.

»Ich wette, du kannst mir nicht ein Beispiel für meine übersinnlichen Fähigkeiten nennen«, grollte er.

»Es war die Art, wie du gleich zu Anfang vermutet hast, dass ich in die ganze Sache verwikkelt war«, meinte Caroline. »Wärst du nicht zu diesem Schluss gekommen, und hättest du mich nicht gleich am Morgen nach dem Mord an Elizabeth Delmont aufgesucht, dann weiß ich nicht, was mit mir geschehen wäre. Wie die Dinge jetzt stehen, hatte Reed mich schon damals als mögliche Nachfolgerin für Delmont ausgesucht.«

»Augenblick mal, ich hatte einen vollkommen logischen Grund, an diesem Tag hierher zu kommen«, meinte Adam. »Immerhin stand dein Name auf der Liste der Teilnehmer an Delmonts letzter Séance.«

»Und dann war da noch dieser Abend, den wir zusammen in dem Zimmer in der Stone Street verbracht haben«, sprach Caroline weiter. »Hättest du nicht ausgerechnet diesen Abend gewählt, um mich zu verführen …«

»Verdammt, Caroline.«

Er warf Emma und Milly schnell einen verlegenen Blick zu. Die beiden lächelten ihn an. Eine heiße Röte stieg in seine Wangen.

»Und es gibt noch einige andere Dinge, die mir als ausgezeichnetes Beispiel deiner Talente einfallen, Sir, aber was mich am meisten beeindruckt hat, ist das, was du an dem Abend gesagt hast, als du hierher kamst, nachdem die beiden Grobiane dich angegriffen hatten, die Elsworth dir auf den Hals geschickt hat.«

Er verzog unwillig das Gesicht. »Ich kann mich nicht mehr erinnern, dass ich an diesem Abend etwas gesagt haben soll, das mit übersinnlichen Dingen zu tun hatte.«

»Du hattest einige Zeilen gelesen, die ich geschrieben hatte«, erklärte sie ihm sanft. »Es war diese Szene, in der Edmund Drake gerade über Miss Lydia herfallen wollte. Ich habe dir erzählt, dass Drake in seiner Wut die Kontrolle über seine Gefühle verloren hatte. Und du hast behauptet, dass nur ein brutaler Mann oder ein Verrückter eine solche Entschuldigung anführen würde, um über eine Frau herzufallen.«

»Na und?«

»Ich hatte mich damals mit dieser Szene verfahren, und das wusste ich auch. Nachdem du gegangen warst, habe ich sie neu geschrieben, doch konnte ich sie nicht völlig ändern, weil ich das Kapitel davor schon an Spraggett geschickt hatte.« Sie hielt inne, um ihren nächsten Worten noch mehr Bedeutung zu verleihen. »Also musste ich einen anderen Grund finden für Drakes Benehmen.«

Adam sah sie verständnislos an.

»Das Gift«, rief Emma aus.

»Ja, natürlich.« Milly war begeistert. »Das hätte ich mir eigentlich denken müssen.«

»Was hätten Sie sich denken müssen?«, wollte Adam wissen.

Sie lachte leise. »Wegen Ihrer Bemerkungen, Mr. Hardesty, musste sich Caroline eine andere Erklärung für Drakes unerhörtes Benehmen einfallen lassen. Und das war der vergiftete Kuchen.«

»Was um alles in der Welt hat das denn damit zu tun?«, fragte er benommen.

»An dem Tag, als ich den Tee getrunken habe, den Reed mir gab, habe ich gefühlt, dass etwas nicht stimmte«, erklärte Caroline ihm. »Und genau wegen dieser Szene ist mir der Gedanke gekommen, dass Reed mich vergiftet hatte. Ich habe nach nur wenigen Schlucken aufgehört, von dem Tee zu trinken. Doch das genügte schon, damit ich mich eine Zeit lang sehr ungemütlich gefühlt habe. Aber immerhin war ich nicht vollkommen betäubt von der Droge. Ich konnte noch immer um mein Leben laufen, als sich dann die Gelegenheit ergab.«

»Und das hat Ihnen, Mr. Hardesty, die Möglichkeit gegeben, Reed umzubringen«, schloss Emma. »Wer weiß, wo das alles hingeführt hätte, wenn er in der Lage gewesen wäre, Caroline als seine Geisel zu behalten?«

Adam verschränkte die Arme vor der Brust. »Und wegen dieser kleinen Zufälle hast du entschieden, dass ich übersinnliche Kräfte besitzen soll?«

»Die Erforschung dieser Kräfte steht noch ganz am Anfang«, rief ihm Caroline mit ernstem Gesicht ins Gedächtnis. »Wir wissen bis jetzt noch so wenig darüber. Wer kann schon sagen, was auf diesem Gebiet noch alles herausgefunden wird?«

»Das sind die unlogischsten, phantastischsten Gründe, die ich je in meinem Leben gehört habe.« Er setzte dieses lässige Lächeln auf, das man so selten an ihm sah. »Doch angesichts der Tatsache, dass ich vorhabe, eine Schriftstellerin von Sensationsromanen zu heiraten, nehme ich an, dass ich mich besser an solche Dinge gewöhnen sollte.«

Caroline fühlte das wohlbekannte, erregende Gefühl der Sicherheit, das all ihre Sinne ergriff.

»Ja, das solltest du wirklich«, meinte sie. »Aber keine Angst, ich glaube immer an ein Happy End.«

Epilog

Bekannte Schriftstellerin heiratet Mr. Hardesty

von
Gilbert Otford
Reporter

The Flying Intelligencer

Die bekannte Schriftstellerin Caroline Fordyce und Mr. Adam Hardesty haben kürzlich in einer sehr beeindruckenden Zeremonie geheiratet, bei der viele der prominentesten Mitglieder der Gesellschaft anwesend waren.

Treue Leser dieser Zeitung werden sich daran erinnern, dass das jungverheiratete Paar unschuldig in einen großen Skandal verwickelt wurde, bei dem es um eine Anzahl gewalttätiger Todesfälle ging, die man auf übernatürliche Gründe zurückgeführt hatte. In der Tat schien es eine Zeit lang so zu sein, als würde eine dunkle Wolke aus Skandalen und Morden für immer die Aussicht auf eine glückliche Zukunft für die beiden trüben. Der Reporter freut sich jedoch sehr, berichten zu können, dass am Hochzeitstag die Sonne hell schien, als wolle sie die Tatsache unterstreichen, dass die geheimnisvolle Bedrohung aus der Vergangenheit überwunden und erfolgreich gebannt war.

Alle, die bei dieser Hochzeit anwesend waren, stimmten darin überein, dass die strahlende Braut und der stolze, vornehme Bräutigam in eine Aura von wahrhafter, hingebungsvoller Liebe eingehüllt waren. Es wurde allen deutlich, dass ein Leben voll ehelichen Glücks dieses Paar erwartet.

»Erstaunlich. Da kann man wohl wirklich von unvorhergesehenen Ereignissen sprechen.« Adam warf den *Flying Intelligencer* auf den Nachttisch und kletterte in das große Bett, wo er eine lachende Caroline in seine Arme zog. »Zum ersten Mal hat diese Zeitung wirklich Recht.«